Sonja Rüther

Tödlicher Fokus

Über dieses Buch:

Für die junge Schauspielerin Marike geht ein Traum in Erfüllung, als sie ihre erste Filmrolle bekommt – und dann auch noch an der Seite des charmanten Top-Stars Lars Behring! Aber während sie vor der Kamera über sich hinauswächst, fallen nach Drehschluss dunkle Schatten auf Marike: Sie fühlt sich beobachtet, verfolgt, schutzlos. Noch ahnt Marike nicht, welcher Albtraum ihr bevorsteht … und wie er sie verändern wird!

»Ein verrückter Stalker, die Fallstricke der Filmbranche und die zentrale Frage, ob die beste Freundin Marikes Rettung oder ihr Untergang sein wird: Der Thriller ist so packend, dass ich mich verfolgt gefühlt habe wie die Heldin!« Laura Wulf alias Bestsellerautorin Sandra Henke

Über die Autorin:

Sonja Rüther, geboren 1975 in Hamburg, betreibt in Buchholz/Nordheide einen Kreativhof (»Ideenreich – der Kreativhof«) und den Verlag »Briefgestöber«.

Sonja Rüther

Tödlicher Fokus

Thriller

Genehmigte Lizenzausgabe 2018
der Buchvertrieb Blank GmbH, Vierkirchen
Copyright © 2016 dotbooks GmbH, München
Umschlaggestaltung: HildenDesign, München (www.HildenDesign.de),
unter Verwendung von Bildmotiven von Shutterstock.com/Eugene Partyzan
und Shutterstock.com/RFvectors.
Gesamtherstellung: GGP Media GmbH, Pößneck
Printed in the EU

ISBN 978-3-94601-283-2

Für David

Prolog

10. September 2012

Das grelle Scheinwerferlicht blendete nicht ansatzweise so stark wie die Bilder in Marike Lessings Kopf. Sogar ihr Lampenfieber verblasste angesichts der konzentrierten Anstrengungen, nichts von dem nach außen dringen zu lassen, was in ihr an Verstörung und Angst tobte.

Sie lächelte den Moderator an, dem sie gegenübersaß, und zwinkerte mit professioneller Fröhlichkeit in die Kamera. Der Schweiß juckte unter der dicken Puderschicht auf ihrem Gesicht, aber Marike faltete ihre Hände lässig vor dem Bauch, das linke Bein über das rechte geschlagen, die Ellbogen auf den Armlehnen des roten Sessels. Alle wollten sie als Opfer sehen, aber sie bestimmte, was für eines sie sein würde.

Sie hielt ihre Finger bewusst von der Perücke fern, die die Maskenbildnerin in der Garderobe mit viel Haarspray fixiert hatte. Akkurat umrahmten die braunen Locken ihr Gesicht. Wenn sie wieder zu Hause wäre, würde sie sich ein langes Bad gönnen, um die ganze Chemie und alles andere aufzuweichen und wegzuspülen.

Seit zehn Minuten beantwortete sie Fragen über *Wege zu gehen*, den Film, der sie endlich auf die große Leinwand brachte. Keine dieser Fernsehproduktionen, die das Abendprogramm irgendwelcher Sender füllten – nein, ein richtiger Kinofilm.

Diesen Erfolg würde ihr kein Psychopath der Welt zerstören.

Auf eine Bemerkung des Moderators hin warf sie den Kopf in den Nacken und lachte herzlich. Die Menschen mochten ihre fröhliche Art. Marike bezauberte, und das tat sie gern. Deswegen war sie Schauspielerin geworden. Wenn sich die Zuschauer von ihr unterhalten fühlten, sie Emotionen bei ihnen anstieß oder sie zum Lachen brachte, war sie vollkommen zufrieden gewesen mit sich selbst – und genau das würde sie wieder sein, das hatte sie sich fest versprochen.

Diese Zufriedenheit war brutal erstickt und durch Angst und Paranoia ersetzt worden, aber es war nur eine Frage der Zeit, bis die seelischen Wunden verheilten.

Sie sah den Moderator an, der von ihrem Management genaue Vorgaben erhalten hatte, was er fragen durfte und was nicht. Er schäkerte mit ihr. Trotz allem, was er über ihre Traumata wusste, würde er sie wahrscheinlich anmachen und flachlegen wollen, wenn sie nicht gerade vor laufenden Kameras und einem Live-Publikum gesessen hätten.

»Es heißt«, setzte er an, »Sie seien bei Ihren Fans besonders beliebt wegen Ihrer offenen und herzlichen Art. Ein Star zum Anfassen. Mit Ihrem ersten großen Film wird das Interesse an Ihrer Person sicher steigen. Wie gehen Sie damit um?«

Bilder durchbrachen kurz den Wall ihrer Konzentration. Sie spürte, wie kleine Muskeln in ihrem Gesicht verräterisch zuckten. Auch wenn sie es schnell mit einem Lächeln überspielte und den Blick auf ihre Finger senkte, irgendwer hatte es sicher bemerkt. Sie entdeckte einen winzigen dunklen Punkt auf ihrem buntgemusterten Kleid und legte einen Finger darüber.

»Wissen Sie, Herr Marberg, man kann nicht allen gerecht werden, ich kann nur mein Bestes versuchen.«

Im Publikum klatschten ein paar Zuschauer, der Rest schien mit ihrer ausweichenden Antwort weniger zufrieden zu sein. Ungefähr 50 saßen dort irgendwo hinter der Wand aus Licht.

Aber beobachtet fühlte sie sich von einer anderen Stelle aus. Sie widerstand dem Impuls, sich umzudrehen. Wenn da niemand stand, hieß es nicht, dass da tatsächlich niemand war.

»Erzählen Sie unserem Publikum, wie alles begann.«

Wie alles begann. Marike atmete tief durch. Eine schwierige Frage, denn ihre Gedanken waren noch zu sehr damit beschäftigt, wie alles geendet hatte.

Kapitel 1

12. März 2011, 18 Monate zuvor

»Setzt euch ruhig schon an die Bar, ich komme gleich.« Marike zog ihr Handy aus der Tasche und schaltete es ein.

»Ach komm, du willst dich doch jetzt nicht ärgern. Lass uns lieber die gelungene Vorstellung feiern.«

Mit einer scheuchenden Handbewegung schickte Marike ihre Schauspielkollegen weiter. Sie konnte nicht feiern, wenn sie vorher nicht gehört hatte, ob ihr Freund den Streit mit dem Vermieter aus der Welt geräumt hatte. Sie waren gerade erst in diese Wohnung eingezogen, und allein die Vorstellung, alles wieder einpacken und rausschleppen zu müssen, war grauenhaft.

Während die Verbindung hergestellt wurde und das Freizeichen erklang, sah sie zu ihren Kollegen rüber, die ordentlich aufgekratzt waren und Wein und Bier orderten. Es war der dritte Abend gewesen, ausverkauftes Haus, eine tolle Stimmung und Standing Ovations. Sie selbst spielte eine der vier Hauptrollen, es hätte gar nicht besser laufen *können*.

»Hallo?«

»Hey, Frank, ich bin's. Wie war es?« Sie drehte sich um, damit sie sich ganz auf das Gespräch konzentrieren konnte.

»Er bleibt dabei. Wir müssen den Aufschlag zahlen oder ausziehen.« Seine Stimme klang wütend. Marike konnte sich vorstellen, wie das Gespräch mit dem alten, sturen Mann verlaufen war.

»Aber hast du ihm nicht gesagt, dass wir –«

Frank fiel ihr mit einem genervten Laut ins Wort. »Ich habe ihm alles gesagt, was wir besprochen hatten, aber es nützt nichts, er bleibt dabei. Der Mieterschutzbund sagt, dass wir dagegen vorgehen können, aber ich habe keine Lust, in einer Wohnung zu leben, die mit so viel Stress belastet ist.«

Sie wusste, was das bedeutete. Wieder unzählige Annoncen wälzen, Telefonate führen, Besichtigungen, Bewerbungen und Frust.

»Du hast recht«, sagte sie leise. »Wir finden schon eine Alternative.«

Viel lieber wäre sie zu dem alten Mann gegangen und hätte ihm mal so richtig die Meinung gegeigt, aber so ein Mensch war sie nicht. Sie regelte die Dinge höflich und friedlich. Umso mehr frustrierte es sie, dass andere sich das Recht herausnahmen, laut und unsachlich zu werden.

Ihre Feierlaune war endgültig dahin.

»Ich werde mit den anderen noch auf die gelungene Vorstellung anstoßen, dann komme ich nach Hause, okay?«

Sie hörte Geräusche im Hintergrund.

»Lass dir Zeit, ich bin mit den Jungs unterwegs – den Ärger etwas ertränken. Vor Mitternacht bin ich sicher nicht zu Hause.«

Die Vorstellung, allein in der Wohnung zu sitzen, war nicht sehr verlockend. »Okay, viel Spaß.«

Sie verabschiedete sich und stand unschlüssig neben der Garderobe. Es war immer das Gleiche, schon seit ihrer Kindheit: Wenn sie ungerecht behandelt wurde, kam alles in ihr zum Stillstand. Als drücke eine mächtige Hand einen schweren Deckel auf die Wut. Ihr war nach Weinen zumute, aber das hätte auf die anderen sicher albern gewirkt.

Bevor sich jemand zu ihr gesellen konnte, ging sie zu den Toiletten, setzte sich in eine Kabine auf den geschlossenen Deckel und sperrte ab. Nach einiger Zeit *hörte* sie, wie jemand hereinkam, in die Nebenkabine ging und die Hose öffnete. Es war das Natürlichste der Welt, weil jeder Mensch zur Toilette gehen musste, aber Marike mochte die damit verbundenen Geräusche nicht. Vor allem, wenn es ansonsten so still war, dass man jeden Tropfen und auch alles andere hören konnte.

»Verdammt«, vernahm sie eine leise Stimme.

»Ist das Klopapier alle?« Marike nahm die Rolle von der Halterung und hielt sie unter die Trennwand.

»Danke. Sie sind meine Rettung!«

»Dann habe ich meine gute Tat an diesem Tag ja doch noch geschafft.« Sie musste lächeln.

»Brauchen Sie die Rolle zurück?«

Marike stand auf. Auch wenn die Auszeit nur kurz gewesen war, es hatte geholfen, einen Moment hier durchzuatmen. »Nein danke, ich habe noch.«

Pro forma drückte sie auf die Spülung und verließ die Kabine. Nebenan rauschte es ebenfalls, und eine recht durchschnittliche Frau mit langen, aschblonden Haaren und einem dunkelblauen Kostüm kam heraus. Aber ihre grünen Augen waren bemerkenswert wach und lebendig. Sie strahlte Lebensfreude aus und so was wie Freundschaft-auf-den-ersten-Blick.

»Harter Tag?« Sie ging ans Waschbecken und wusch sich die Hände.

»Streit mit unserem Vermieter«, sagte Marike und war froh, darüber reden zu können, auch wenn es nur eine Fremde war.

»Das kenne ich. Freunde von mir sind gerade aus einer Wohnung ausgezogen und sollen noch drei Monate die Miete zahlen, weil sie einen Tag zu spät gekündigt haben.«

Marike wurde hellhörig. »Gibt es schon einen Nachmieter?« Sie glaubte ans Schicksal. Das Leben schrieb nun mal solche Geschichten, warum sollte diese Begegnung nicht ebenso schicksalhaft sein?

»Ich kann sie gern fragen.«

Schnell kramte Marike Zettel und Stift aus der Tasche und schrieb ihre Nummer auf. »Ich kann Ihnen gar nicht sagen, wie dankbar ich Ihnen wäre.«

Die Fremde streckte ihr eine Hand entgegen. »Ich bin Jutta, ich denke, das *Sie* ist überflüssig.«

Freudig ergriff Marike die Hand und schüttelte sie. »Marike. Es ist mir eine Freude.«

***

Zwei Tage später meldete sich Jutta tatsächlich, und Frank und sie fuhren zu der Adresse, die sie ihnen gegeben hatte. Direkt im Zentrum in einer kleinen Nebenstraße vom Schulterblatt im dritten Stock. Marike konnte es kaum glauben, dass sie so ein Glück haben sollten. Die Wohnung war perfekt. Zwei Zimmer, voll ausgestattetes Bad und eine geräumige Küche – viel besser als die andere Wohnung.

Sie unterschrieben den Vertrag und zogen noch in derselben Woche um, und neben vielen Freunden half auch Jutta beim Schleppen der Kartons und der Möbel.

Es kam Marike bald so vor, als würde sie sie schon ihr Leben lang kennen. Während Frank arbeitete, bauten sie beide die Möbel auf, richteten alles ein und entdeckten dabei immer mehr Gemeinsamkeiten.

»Was ist das für ein Foto?« Jutta hielt ein gerahmtes Bild hoch, das Marike auf der Bühne zeigte.

»Das war meine Premiere auf den Brettern des Schauspielhauses. Eine kleine Rolle, aber der Beginn meiner Karriere.«

Jutta ließ sich aufs Sofa fallen. »Du bist Schauspielerin?«

Marike musste lachen. Normalerweise reagierten Freunde nicht so ehrfürchtig, wenn sie von ihrem Job erzählte. »Ja, es macht unfassbar viel Spaß. Was machst du beruflich?«

Jutta stellte das Bild auf den Tisch zurück. »Ich bin Schneiderin. Nichts Besonderes, aber mir reicht's.«

»Ich finde das bewundernswert. Mir fehlt die Geduld dafür. Bei der Arbeit sehe ich ja, was Schneider so alles zaubern können. Ich finde sehr wohl, dass es etwas Besonderes ist.«

Jutta wurde rot, dann lachte sie herzlich. »Ich würde dich gern mal spielen sehen.«

»Das kannst du gleich morgen Abend, wenn du willst.«

Es war schön, dass Jutta so viel Interesse zeigte. Ihre Freunde fragten zwar auch ab und zu mal nach, aber es war eine andere, distanziertere Anteilnahme. Jutta hingegen fragte viel, versuchte, sich in Marike hineinzuversetzen, und brachte Verständnis für sie auf. Sie könnte die beste Freundin werden, die ihr bislang gefehlt hatte.

»Der alte Vermieter hat noch ganz schön Stress gemacht. Kennst du das, wenn man mal so richtig aus der Haut fahren und nicht immer um des lieben Friedens willen zurückstecken will?«

Jutta klatschte in die Hände. »Warum tust du es nicht einfach mal? Wäre sicher eine Befreiung für dich.«

Der Umzug und die Streitigkeiten hatten Marike erschöpft, aber jemanden anschreien oder gar angreifen konnte sie nur auf der Bühne. »Ich mag es nicht, wenn andere überreagieren. Ich finde das erschreckend.«

Jutta stand auf und nahm sie in den Arm. »Genau das macht dich ja so liebenswert.« Die Umarmung tat gut, Frank tat das viel zu selten. »Komm, wir kümmern uns jetzt um die Klamotten.«

Es war Marike etwas peinlich, dass Jutta durch das Einräumen der Kleidung intime Einblicke in ihre Wäsche bekam. Aber manche Kleider warf sie aufs Bett, statt sie in den Schrank zu hängen.

»Was wird das?«, fragte Marike amüsiert. »Zensur?«

»Ich wette, dass diese Stücke zwar gut an dir aussehen, aber nicht optimal passen. Ich könnte sie für dich etwas umnähen, wenn du möchtest.« Sie nahm eines davon in die Hand. »Ich habe immer Nadeln in meiner Handtasche – Berufskrankheit. Willst du das hier mal anziehen?«

Marike fragte sich, wie man diese Kleider noch besser machen könnte, und irgendwie fühlte sie sich ein wenig wie Pretty Woman, weil Jutta sie so wohlwollend betrachtete und ausstaffieren wollte.

»Okay, aber nicht ohne Sekt.«

Sie holte eine Flasche aus dem Kühlschrank, und die Kleiderparty konnte beginnen.

Vom Theater war sie es gewohnt, sich vor anderen umzuziehen. Es störte sie nicht, dass Jutta sie berührte, um den Stoff zu straffen und abzustecken, und tatsächlich saßen die Kleider anschließend besser.

»Ich bin echt froh, dass wir uns begegnet sind«, sagte sie und sah Jutta im Spiegel an. »Vielen Dank für alles.«

Jutta legte einen Arm um ihre Hüfte und den Kopf an ihre Schulter. »Ich auch. Zum ersten Mal habe ich das Gefühl, nicht enttäuscht zu werden. Du bist der großartigste Mensch, den ich kenne.«

Diese Aussage kam vielleicht etwas schnell, aber Marike empfand ganz genauso. Und sie verdankte Jutta viel.

Kapitel 2

15. Juni 2011, drei Monate später

»Ich habe die Rolle!« Marike war so aufgeregt, dass sie die Begrüßung am Telefon gleich übersprang. Seit sie es erfahren hatte, freute sie sich auf den Anruf bei Jutta. Immerhin hatte die ihr gut zugeredet, zum Casting zu gehen, und ihre Zweifel, auch für einen Film geeignet zu sein, nicht gelten lassen. Und nun bekam sie nicht irgendeine Rolle, sondern die Hauptrolle in einem Paul-Kreuzer-Film!

»Das ist ja phantastisch. Keine andere hat es mehr verdient. Das müssen wir feiern!« Jutta machte den Eindruck, dass sie sofort aufbrechen wollte und nur noch auf die Bekanntgabe des Treffpunkts wartete.

»Das hat Frank auch gesagt. Ich denke, er plant auch schon etwas für heute Abend.«

Noch während sie das sagte, bemerkte sie ihren Fehler. So gut sie sich auch mit Jutta verstand, so schlecht harmonierte es zwischen ihrer Freundin und Frank. Das war inzwischen ein kleines Reizthema in der ansonsten engen Freundschaft, weil Jutta manchmal mit ihm um Marikes Aufmerksamkeit zu wetteifern schien. Das fiel zum Glück nur selten ins Gewicht, weil Marike und Frank ganz andere Tagesrhythmen hatten und sie viel Zeit mit Jutta verbringen konnte, ohne dafür weniger mit ihrem Freund zusammen zu sein. Und wenn Frank sich zu sehr über Jutta aufregte, erinnerte sie ihn einfach daran, was sie ihr alles zu verdanken hatten. Meist ließ er es anschließend gut sein.

Jutta war kein einfacher Mensch, aber das war Frank auch nicht. Und ganz offensichtlich war es ihre Aufgabe, beide so zu lieben, wie sie waren.

Ihre Freundin schwieg am anderen Ende.

»Wie wäre es, wenn wir Freitag essen gehen?«, bot Marike schnell an.

Sie hätte Jutta schon gern dabeigehabt, aber die Gefahr, dass sie mal wieder provokante Themen aufbrachte, auf die Frank mit einer gewissen Streitlust reagierte, war zu groß. Manche Menschen passten eben nicht zusammen.

Die Stille in der Leitung hatte etwas Forderndes.

»Ich lade dich ein«, ergänzte Marike.

Jutta atmete durch, dann seufzte sie. »Freitag kann ich nicht.«

Da sie selbst keine Alternative anbot, sollte Marike sich offenbar mehr anstrengen. Also schwieg sie ebenfalls und wartete, was passieren würde.

»Na gut«, sagte Jutta dann in getragenem Tonfall. »Ich werde meine Termine absagen und mit dir essen gehen.«

»Das musst du nicht, wir können es auch an einem anderen Tag machen. Sag mir nur, wann es passt.«

Es knarrte im Hintergrund. Jutta saß anscheinend auf dem alten Ledersessel, der in ihrer Wohnung dem Panoramafenster zugewandt war. Von dort konnte man die Wohnhäuser auf der gegenüberliegenden Straßenseite betrachten. Manchmal saßen sie abends im Dunkeln davor und dachten sich Geschichten zu den Menschen aus, die hinter den Fenstern wohnten.

»Ich habe heute Zeit, die restlichen Abende sind verplant.«

Das musste ja kommen. Frank würde wütend werden, wenn sie ihn bat, die Überraschung zu vertagen oder Jutta ebenfalls einzuladen. Im Zweifelsfall ging ihr Partner nun mal vor.

»Heute geht es nicht, tut mir wirklich leid.«

»Mir auch«, klang es verschnupft aus dem Hörer. »Dann muss ich eben meine Termine am Freitag absagen.«

Es hatte keinen Sinn, gegen diesen Vorschlag anzureden, zumal Marike nicht glaubte, dass Jutta überhaupt Termine hatte. Diese Behauptung diente sicher nur dazu, das Opfer zu betonen, das sie brachte, weil sie heute Abend nicht die erste Wahl war.

»Das ist sehr lieb von dir. Dafür lade ich dich zu diesem neuen Argentinier ein.«

»Ist gut.«

Es wurde Zeit, das Gespräch zu beenden. Bis Freitag hätte sie sich beruhigt, und dann könnten sie über die kommenden Proben und die

Dreharbeiten sprechen – und über Lars Behring, ihren Filmpartner. Sie bekam Herzklopfen, wenn sie nur daran dachte, diesen Superstar küssen zu müssen.

Frank würde sie von diesem Telefonat nichts erzählen. Er hatte schon gemutmaßt, ob Jutta vielleicht lesbisch sei, aber diesen Weg wollte Marike gedanklich nicht zu Ende gehen. Selbst wenn Jutta sich zu Frauen hingezogen fühlte, sie selbst tat das definitiv nicht, also sollte es auch gar nicht erst zum Thema werden.

»Ich muss jetzt los. Bis Freitag sprechen wir uns sicher noch mal«, sagte Marike fröhlich, in der Hoffnung, etwas Leichtigkeit zu verbreiten.

»Wir werden sehen.«

Die Verabschiedung war ein knappes Flüstern, dann legte Jutta auf.

Marike atmete tief durch. Die Freude über die Rolle war nun etwas gedämpft, aber sie würde sicher mit voller Kraft zurückkommen, wenn Frank heute Abend mit ihr ausging.

Jutta war eine sehr unsichere Person, was sie besonders in solchen Momenten zeigte. Marike musste ihr ständig bestätigen, dass sie wichtig war und gemocht wurde, aber wenn sie daran dachte, was andere Freunde Jutta in der Vergangenheit angetan hatten, wunderte es sie nicht, dass sie so wenig Vertrauen hatte. Sie würde schon noch sehen, dass sie, Marike, nicht so war. Ab und zu würde es eben solche Gespräche geben, aber so schnell gab sie nicht auf. Augen zu und durch.

An ihrem linken Arm glänzte das silberne Armband mit dem Kleeblatt, das Jutta ihr als Glücksbringer geschenkt hatte. Sie hatte oft kleine Geschenke dabei, über die sich Marike ehrlich freute, auch wenn sie oft nicht wusste, wie sie damit umgehen sollte. Sie selbst war gar nicht gut in solchen Dingen, bekam es selten hin, Blumen oder etwas Süßes mitzubringen, wenn sie eingeladen war. Geburtstagsgeschenke kaufte sie auf den letzten Drücker, und ihre Geschenkpapierverpackung sah oft aus, als wäre ein Fisch darin eingewickelt worden. Nein, ihre Qualitäten lagen woanders.

Sie stand noch immer unschlüssig im Flur neben dem kleinen Tischchen mit der Telefonladestation – ein Gerät, das in diesem Moment für die drei emotionalen Zustände stand, die sie seit der Heimkehr durchlebt hatte: Freude über die Nachricht auf dem Anrufbeantworter; Liebe zu Frank, der sie mit so viel Anteilnahme überschüttet hatte; Enttäuschung, weil Jutta sich zurückgesetzt fühlte. Sie tippte das Telefon neben der Station an und ließ es einmal um die eigene Achse rotieren.

»Ich habe die Rolle«, sagte sie halblaut. Ihre Gedanken öffneten sich für das, was diese Worte bedeuteten. »Man wird mich im Kino sehen.«

Sie schaute in den Spiegel, der am weißen Holzrahmen kleine Häkchen für die Haustürschlüssel aufwies. Mit einer Hand strich sie sich übers Gesicht, und ein Lächeln erstrahlte im Spiegel. »Hauptrolle. Mensch, Marike, das kann der Anfang von etwas Großem werden!«

Sie fasste die langen rotbraunen Locken zu einem Pferdeschwanz zusammen und suchte ein Haargummi aus dem Schälchen hinter der Ladestation. Sie nahm das weiße heraus, fixierte den Zopf und ging gutgelaunt in die Küche. Bis Frank nach Hause kam, würden noch zwei Stunden vergehen. Genug Zeit, in Ruhe einen Kaffee zu trinken und sich für den Abend schick zu machen.

So, wie sie ihn kannte, würde er ein paar Freunde mobilisieren, damit sie gemeinsam feiern gehen konnten.

In der Gesäßtasche ihrer Jeans summte das Handy.

Sie schaltete den Kaffeeautomaten ein und zog erst dann das Handy heraus.

Es war eine Nachricht von Jutta. *Lass dich feiern. Ich freue mich für dich.*

Erleichtert steckte sie das Smartphone weg. Der Abend war gerettet.

*»Tick, tack … ein kleines Vögelchen hat mir gezwitschert,
dass du wieder auf Freiersfüßen bist.
Ich sehe jeden deiner Schritte, jeden deiner Blicke.
Du musst nicht flüstern, ich bin doch immer in deiner Nähe.«*

Kapitel 3

17. Juni 2011

Dass alles so schnell gehen würde, hätte Marike nicht gedacht. Das Treffen mit dem Regisseur und dem Team hatte bereits am Vormittag stattgefunden, und sie war bis oben hin voll mit Informationen und Eindrücken – und mit Vorfreude.

Sie hatte Hände geschüttelt, Namen gehört, die meisten direkt wieder vergessen und ehrfürchtig ihrem Filmpartner gegenübergestanden. Lars Behring war derzeit der erfolgreichste Schauspieler Deutschlands, und sie würde seine Frau verkörpern, ihn lieben, hassen und letztendlich verlassen müssen. Das war so unfassbar großartig.

Jetzt war sie spät dran, aber dafür würde sie Jutta mit Informationen überfluten, um sie über die Verspätung hinwegzutrösten. Seit dem Telefonat hatten sie sich nur ein paar SMS geschickt, mehr ein Kontakthalten als Informationsaustausch.

Von der Feier wollte Marike lieber nichts erzählen. Frank hatte alle Freunde zusammengetrommelt, und sie hatten beim Italiener über die Wand hinterm Tisch ein großes Banner gespannt, auf dem stand: *Marike, unser Superstar!*

Sie hatten Pizza gegessen, Rotwein getrunken und unglaublich viel Spaß gehabt. 20 Freunde, die mal eben alles stehen und liegen ließen, um ihr viel Glück und Erfolg zu wünschen. So fühlte sich das Leben genau richtig an.

Sie parkte vor dem Wohnhaus und ließ die Tasche mit dem Drehbuch im Auto. Sie würde nur kurz klingeln, raufgehen, Jutta abholen, und dann könnte sie im Auto fragen, ob sie es sehen wollte. Immerhin war es in diesem Moment ihr wertvollster Besitz.

Erst nach dem dritten Klingeln summte es, und sie drückte die Tür auf. Wahrscheinlich war Jutta im Bad gewesen.

Doch als sie im dritten Stock aus dem Fahrstuhl stieg, erwartete sie keine ausgehfertige Freundin. Die Tür stand angelehnt, gedämpftes Licht fiel durch den schmalen Spalt.

»Hallihallo, das Taxi ist da«, rief sie und drückte die Tür auf.

Schritte hallten durchs Wohnzimmer.

»Jutta?«

»Taxi?«, erklang Juttas missmutige Stimme, ehe sie im Bademantel um die Ecke kam. »Du hättest mich nicht abholen müssen.«

»Das sollte nur ein Scherz sein.« Marike merkte, wie die Euphorie verflog. »Aber warum bist du noch nicht fertig?«

Jutta verschränkte die Arme vor der Brust, was im grauen Frotteemantel, mit ihrem blassen Gesicht und den aschblonden Haaren ein befremdliches Bild abgab. Als würde Marike eine Abhängige aus dem Drogensumpf retten wollen und nicht ihre Freundin zum Abendessen abholen.

»Ich dachte, du kommst nicht mehr«, sagte Jutta kühl und blieb regungslos im Türrahmen stehen.

»Meine Güte, ich bin 20 Minuten zu spät, das kann doch mal passieren.«

Jutta fixierte sie mit ihren grünen Augen.

Marike hielt dem Blick arglos stand. »Nun zieh dich endlich um. Ich kann kaum erwarten, dir alles zu erzählen. Heute war die Vorbesprechung, und du erfährst alles aus erster Hand.«

Juttas Blick verweilte noch einen Moment prüfend auf ihr, dann nickte sie. »Gut. Wenn du das möchtest.«

Marike verdrehte die Augen, als Jutta sich in Bewegung setzte. Mit abgeschminktem Gesicht, Schlafanzug und Bademantel sah sie gar nicht so aus, als hätte sie auf Marike gewartet.

So beleidigt hatte sie ihre Freundin bisher noch nicht erlebt. Es waren immer nur Kleinigkeiten gewesen, die schnell wieder vergingen. Und wenn sie bedachte, dass die Freundschaft noch gar nicht so alt war, erschien die Reaktion ziemlich übertrieben. Andererseits verbrachten sie sehr viel Zeit miteinander, da musste man sich ja zwangsläufig mal auf die Nerven gehen. Marike kam gerade mit schwierigen Charakteren besonders gut klar. Der Trick lag darin, die guten Eigenschaften niemals aus den Augen zu verlieren. Marike wusste besonders Juttas Anteilnahme und ihre Hilfsbereitschaft zu schätzen. Jutta war oft enttäuscht worden, und sicher erwartete sie, Marike würde sie irgendwann ebenso enttäuschen. Aber das hatte sie nicht vor.

Die Wohnung war etwas unordentlich. Marike fand das sympathisch, weil sie selbst auch keine gute Hausfrau war. Neben dem Sessel zum Fenster stand eine leere Weinflasche.

Draußen war es sommerlich hell. Noch konnte sie hinter den Scheiben der gegenüberliegenden Wohnungen nichts erkennen, aber im Laufe des Abends würden nach und nach die Lichter angehen. Menschen, die nach Hause kamen, die sich fürs Ausgehen schick machten oder vor dem Fernseher die Couch besetzten und mit der Arbeitswoche abschlossen. Letztere faszinierten Marike am meisten, weil sie so ein Leben niemals führen würde. Stillstand kam für sie nicht in Frage. Sie musste unter Leute gehen, Action und mindestens drei Dinge gleichzeitig in Bearbeitung haben.

Sie setzte sich auf die dunkelbraune Couch, die wie neu aussah, weil Jutta nicht oft Besuch bekam.

Sie erzählte zwar ständig von anderen Leuten, aber Marike hatte noch nie jemanden von ihnen kennengelernt. Es machte den Eindruck, dass Jutta im Moment am liebsten mit ihr zusammen war und andere auf Abstand hielt. An ihrer Stelle wäre sie wahrscheinlich auch froh gewesen, eine neue Bekanntschaft gemacht zu haben, denn Juttas Händchen für Freunde schien nicht das beste zu sein.

Im Bad klirrte es, Jutta fluchte.

»Alles okay?«

Es kam keine Antwort, nur das Wasser rauschte.

»Wird schon«, sagte Marike leise zu sich selbst und sah sich gelangweilt um.

Neben der Couch stapelten sich Zeitschriften, auf dem niedrigen Tisch lagen allerhand Papiere. Dazwischen drei leere Gläser und zwei Kaffeebecher. Sie widerstand dem Impuls, die Wartezeit zum Aufräumen zu nutzen.

Ein Blick durch die offene Küchentür zeigte ihr, dass die kurze Zeit bei weitem nicht ausreichen würde, um Platz in der Spüle zu schaffen, damit sie zumindest die Gläser abwaschen konnte.

Jutta war sonst wesentlich reinlicher, wahrscheinlich machte sie gerade einfach eine schlechte Phase durch. Das hatte ja jeder mal, zumindest was man so hörte. In ihrem eigenen Leben war bislang einfach nie Platz gewesen für so was.

Sie stellte gewiss nicht die Selbstsicherheit in Person dar, aber alles in allem konnte sie sehr zufrieden mit ihrem Leben sein. Frank verglich sie gern mit Julia Roberts, weil das Etikett »Everybody's Darling« auch auf sie zutraf. Und sie hatte die gleiche schlanke, hochgewachsene Figur und lange, rotbraune Locken. Sie mochte es sehr, wenn er diesen Vergleich immer mal wieder anbrachte, aber sie selbst hätte sich niemals mit einer so begnadeten Schauspielerin in einem Atemzug genannt. Er hingegen durfte es, weil er sie liebte und deshalb ruhig übertreiben konnte.

Unter den Zetteln auf dem Tisch lugte ein Zeitungsartikel hervor, den Marike sofort erkannte.

Vorsichtig zog sie den akkurat ausgeschnittenen Artikel heraus. Der Bericht stammte aus einer Zeit, als sie sich noch gar nicht gekannt hatten – als sie das Engagement im Schauspielhaus gehabt hatte. Die Kritiken waren gut gewesen, auch wenn sie nur in einer einzigen namentlich erwähnt wurde. Die interessanteste Rolle hatte Hera Thalius gehabt, die genauso falsch war wie ihr Künstlername, aber das Publikum hatte sie am meisten gemocht.

Marike musste lächeln. *Das waren noch Zeiten.* Es kam ihr wie eine Ewigkeit vor, obwohl es erst anderthalb Jahre her war. *Und nun komme ich ins Kino!* Sie schob den Artikel wieder an seinen Platz zurück.

Die Badezimmertür öffnete sich endlich, und Jutta stellte sich mit einem breiten Strahlen vor sie hin. »Ta-daa, was sagst du?« Sie drehte sich einmal um die eigene Achse und präsentierte sich in einem offensichtlich neuen Kleid. Es passte zu ihr, weil es durch den taillierten Schnitt die weibliche Figur sehr betonte und ungewohnt offenherzig war. Nur das dunkle Grün wäre besser ein Blau gewesen, aber das behielt Marike für sich.

»Du siehst großartig aus!«, lobte sie und stand auf. »Gegen dich bin ich richtig underdressed.« Sie trug nur eine Bluejeans und eine weiße, lockere Bluse.

»Na, wir wollen doch feiern gehen.«

Marike nickte. Ihr war allerdings mehr nach Reden als nach Feiern zumute.

Die Eindrücke der letzten Tage und von der Vorbesprechung wollten erzählt und verarbeitet werden.

»Dann mal los«, sagte sie unverbindlich, und gemeinsam verließen sie das Haus.

Als hätte sie sich den Unmut weggeschminkt, setzte sich Jutta fröhlich lächelnd auf den Beifahrersitz. So war es wesentlich angenehmer in ihrer Gesellschaft, aber der plötzliche Stimmungswechsel irritierte Marike doch.

Die Fahrt würde nur wenige Minuten dauern. Sie konnte es kaum erwarten, etwas Richtiges zu essen. Heute hatte sie nur Kaffee und Kekse gehabt.

»Ist das das Drehbuch?« Jutta deutete auf den Stoffbeutel im Fußraum, der, halb heruntergerutscht, den Blick auf das Deckblatt freigab: *Wege zu gehen.*

»Ja, du kannst gern mal reinschauen, wenn du willst.«

Marike wollte sich aufs Fahren konzentrieren, aber neben ihr blätterte Jutta, las und machte kommentierende Laute, die irgendwo zwischen *Aha* und Abneigung lagen.

»Du wirst die Michaela spielen?«, vergewisserte sie sich.

»Jepp, das ist meine Rolle.«

»Hmm.« Mehr nicht. Nur dieses eine *Hmm*, das so viel Wertung beinhaltete, dass es Marike Unbehagen verursachte.

»Was, hmm?«, fragte sie nach einer Weile, als Jutta keine Anstalten machte, eine Erklärung zu liefern.

»Ich sehe dich gar nicht als Michaela, du bist so nett, und sie ist so ...«, sie hielt inne und suchte nach dem richtigen Wort, »... tough.«

Marike sah sie von der Seite an. »Und das alles liest du aus der ersten Seite heraus?«

Mit einer entschlossenen Bewegung klappte Jutta das Drehbuch zu und steckte es in die Tasche zurück. »Habe ich dir jemals erzählt, dass ich selbst mal Drehbücher geschrieben habe? Um das zu beurteilen, muss ich gar nicht viel lesen.«

»Du hast Drehbücher geschrieben? Wirklich? Warum hast du mir das nie erzählt?«

»Das hat sich bislang nicht ergeben, aber ich kann dir beim Einstudieren der Rolle helfen. Wenn ich ein paar Sachen schiebe, kann ich dich auch zum Dreh begleiten und dich unterstützen. Noch bist du nicht so weit, aber das kriegen wir gemeinsam sicher hin.«

Marike hätte am liebsten angehalten und den Menschen rausgeworfen, der gerade neben ihr saß, um zu Juttas Wohnung zurückzufahren und ihre richtige Freundin zu suchen.

»Wann war denn das mit den Drehbüchern?« Sie versuchte, den Plauderton beizubehalten, damit die Stimmung nicht wieder kippte.

»Das ist lange her«, sagte Jutta unverbindlich. Mühsam verdrehte sie sich auf dem Sitz, um die Tasche mit dem Drehbuch auf den Rücksitz zu legen. »Es gibt vieles, das du nicht von mir weißt. Es geht ja immer nur um dich.«

»Warum erzählst du es mir dann nicht einfach?« Juttas Vorwurf ärgerte sie. Immerhin vermittelte sie ständig den Eindruck, nichts Spannendes zu erzählen zu haben und sich brennend für Marikes Leben zu interessieren.

Jutta dachte nach. Schließlich legte sie die Hände in den Schoß und sah aus dem Fenster. »Ich denke nicht gern an diese Zeit zurück«, gestand sie ruhig. »Die Filmbranche ist brutal. Meine Ideen wurden geklaut, und andere wurden mit dem reich, was aus meiner Feder stammte. Eigentlich wäre ich heute ganz oben, aber ich hatte keine Kraft, mich zu wehren. Deshalb will ich auch auf dich aufpassen.«

»Aber konntest du das nicht beweisen?«

»Ich hätte viel Geld gebraucht, um einen Anwalt zu bezahlen. Für meine Arbeit bekam ich keinen Cent, woher hätte ich es nehmen sollen?« Sie verschränkte die Arme. »Außerdem haben sie meinen Ruf mit fiesen Verleumdungen ruiniert. Ich wurde richtig krank davon.«

»Das tut mir leid.« Mehr fiel ihr dazu nicht ein.

»Und mir tut es leid, dass ich es dir manchmal nicht leichtmache. Seit dieser Sache fällt es mir nun mal sehr schwer, anderen zu vertrauen. Tanja war damals wie eine Schwester für mich, niemals hätte ich mir träumen lassen, dass ausgerechnet sie mir in den Rücken fallen würde. Erfolg verändert Menschen, und ich habe große Angst, dass das mit dir auch passiert.«

Marike hielt sich selbst nicht für eine Person, die Gefahr lief, die Bodenhaftung zu verlieren. Und niemals würde sie sich mit fremden Federn schmücken. Wenn das also Juttas einzige Sorge war, müsste sich ihr Misstrauen bald legen.

»Tanja«, wiederholte Marike den Namen. »Du meinst doch nicht etwa Tanja Finkenau?«

Jutta seufzte. »Ich habe sie entdeckt und gefördert. An *Herzstücke* haben wir gemeinsam geschrieben, aber als sie es an ihren Agenten weitergab, vergaß sie, meinen Namen mit draufzuschreiben.« Sie machte eine wegwerfende Handbewegung. »Trotzdem war ich bei den Dreharbeiten dabei. Ich kümmerte mich um die Darstellerinnen und sollte dafür ein gutes Honorar bekommen, aber Tekla Meyer hielt sich für so begnadet, dass sie für meine Anregungen gar nicht offen war.«

Tekla Meyer spielte inzwischen nur noch in Fernseh-Soaps mit. Was andere als Sprungbrett benutzten, war für sie die Endstation.

»Deswegen bin ich mit dir auch so streng«, ergänzte sie. »Du bist gut, ich bin sehr stolz auf dich, aber es ist etwas anderes, vor der Kamera zu stehen als auf der Bühne. Jede Bewegung, jeder Tonfall und die Mimik müssen sitzen. Damit du das hinbekommst, werden wir ganz schön arbeiten müssen. Ich habe mir geschworen, nie wieder ins Filmgeschäft zurückzukehren, aber für dich mache ich eine Ausnahme.«

Marike war hin- und hergerissen. Es gab keinen Grund, an Juttas Geschichte zu zweifeln. Was noch viel schlimmer war: Innerlich fing sie an, sich zu fragen, ob Jutta vielleicht recht hatte.

Was, wenn sie tatsächlich nicht gut genug für die Rolle war?

Und während die Gedanken eine Art Eigenleben entwickelten, wechselte Jutta das Thema und plauderte über ihren Tag in der Schneiderei.

Marikes Laune sank zunehmend. Vor dem Lokal gab es keine Parkplätze mehr, und die Strecke, die sie laufen mussten, nachdem sie ein paar Straßen weiter endlich fündig geworden waren, machte es nicht besser. Jutta hingegen war geradezu beschwingt.

Als sie schließlich am Tisch saßen und auf den Kellner warteten, zauberte sie ein kleines Päckchen aus ihrer Handtasche.

»Das ist für dich. Herzlichen Glückwunsch zu deinem großartigen Erfolg!«

Es kostete Marike etwas Mühe, angemessen darauf zu reagieren, aber sie war schließlich Schauspielerin. Sie würde so lange auf ihre Fähigkeiten zurückgreifen, bis der bittere Beigeschmack vergangen war.

Schon das Päckchen sah besonders aus. Dickes, braun-goldenes Geschenkpapier und eine goldene, kunstvoll gebundene Schleife. Keine zerknickten Ecken, alles sauber gefalzt und passend zurechtgeschnitten. Es hatte sicher lange gedauert, das Geschenk derartig einzupacken.

»Nun mach es schon auf«, forderte Jutta.

Marike bekam gern Geschenke, aber sie hoffte inständig, dass Jutta nicht übertrieben hatte. Sie atmete tief ein, versuchte, alle negativen Gedanken abzuschütteln und den Abend endlich zu genießen. Dann zog sie an dem Schleifenband und packte den Inhalt bedächtig aus. Jutta sollte sehen, dass sie die Mühe wertschätzte, und gleichzeitig wollte sie sich auf eine angemessene Reaktion vorbereiten.

Unter dem Papier kam eine kleine Box zum Vorschein. Der Deckel ließ sich leicht abziehen, und darunter entdeckte sie ein kunstvolles Lesezeichen. Es war eine von diesen versilberten Klammern, die man von oben über eine Seite schieben konnte. Bei dieser krönten stilisierte Engelsflügel die Spitze.

»Dieser kleine Schutzengel soll dich durch die Dreharbeiten begleiten. Dann weißt du, dass ich immer bei dir bin.«

Bevor Marike etwas Passendes erwidern konnte, kam der Kellner an den Tisch, begrüßte sie freundlich und zählte routiniert die Tagesspezialitäten auf. Er überreichte die Karten und ging wieder.

Das genügte Marike, um sich etwas zu sammeln. Sie wusste nicht mal genau, was sie an diesem eigentlich liebevollen Geschenk störte. Vielleicht war es die Tatsache, dass sie Jutta eben *nicht* ständig dabeihaben wollte.

Vorsichtig legte sie es in die Box zurück und sah die Freundin mit einem Lächeln an. »Vielen Dank, das ist ein tolles Geschenk.«

»Ja, magst du es wirklich?«

Wieder dieser prüfende Blick. Und er überdauerte Marikes Bemühungen um weitere Dankesbekundungen. So lange, bis ihre Glaubwürdigkeit anscheinend nicht mehr in Frage stand. Dann konnten sie endlich die Speisekarten aufschlagen.

Um das Thema zu wechseln, sprach Marike über die Gerichte. Was gut klang, was sie garantiert nicht mögen würde und dass man beim Argentinier eigentlich zwingend Steak essen müsse. Als der Kellner zurückkam, bestellten sie das dann auch, dazu einen passenden Rotwein.

»Ich kann kaum erwarten, dass es losgeht. Es ist so aufregend. Der Regisseur meinte, dass ich später viele Interviews geben müsste. Er ist überzeugt, dass der Film ein Riesenerfolg wird.«

Jutta nickte bedächtig. »Ja, das wird er wohl. Du hast es verdient.« Ihre Stimme klang kühl, als läge ganz viel Enttäuschung darin. Es war Marike unbegreiflich, wie man so chaotisch zwischen den Stimmungen hin- und herwechseln konnte. Lag es daran, dass sie sich nicht genug über das Geschenk gefreut hatte?

Eine Pause entstand. Jutta ließ mit leichtem Druck die Zinken der Gabel auf dem Tisch kreisen.

Nun reichte es Marike. Sie fühlte sich unausgesprochen unter Druck gesetzt. »Habe ich dich irgendwie beleidigt? Es wäre nett, wenn du mir das sagst, weil ich mir absolut keiner Schuld bewusst bin.« Sie hatte keine Lust, den ganzen Abend einem Rätsel gegenüberzusitzen. Wenn Jutta etwas störte, sollte sie es jetzt sagen oder allein damit klarkommen.

»Magst du mich?«, war ihre Antwort.

Eine Bedienung huschte vorbei und stellte einen Brotkorb auf den Tisch.

»Natürlich, deswegen sitzen wir doch hier. Was soll diese Frage?«

Die grünen Augen nahmen einen unerbittlichen Ausdruck an. »Ich habe bei Facebook die Fotos von eurer Feier gesehen. Das hat mich sehr verletzt.«

Nun mischte sich auch noch Fassungslosigkeit in den Gefühlscocktail dieses Abends. Sie hatte ganz bewusst keine Fotos der Feier auf ihrer Pinnwand gepostet, aber Jutta war mit fast allen anderen ebenfalls befreundet – zumindest virtuell.

»Das war eine Überraschungsfeier. Ich wusste nicht, dass Frank so viele eingeladen hatte.«

Die Gabel klirrte gegen das Messer. »Schon gut«, sagte Jutta mit einem Lächeln, das ihre Augen nicht erreichte. »Du hast recht, lass uns feiern.« Sie drehte sich zum Kellner um. »Zwei Gläser Sekt, bitte!«

Selbst wenn jetzt alles wieder so freundschaftlich war wie immer, das verstörende Gefühl, ein Gesicht von Jutta gesehen zu haben, das ihr sehr unangenehm war, blieb.

Jutta erzählte irgendwas über eine Bekannte, die sie gerade bei Facebook geblockt hätte, weil diese sie nur ausnutzte. Dabei holte sie ganz weit aus und streute Details über deren Privatleben und persönliche Defizite ein.

Doch Marike hörte gar nicht richtig zu. Sie nickte nur und versuchte, die eigene Enttäuschung zu unterdrücken, weil ihr größter Freudenmoment gerade durch egoistische Animositäten ruiniert wurde.

In diesem Augenblick entschloss sie sich, Jutta nicht immer alles sofort zu erzählen und ihre Meinung einzuholen.

Solange sie nur eine unbedeutende Theaterschauspielerin gewesen war, schien alles okay zu sein, aber jetzt, da etwas Großes passierte, änderten sich die Dinge offenbar gewaltig.

»Ich kann mich nicht immer nur ausnutzen lassen«, schloss Jutta ihren Bericht und wartete auf eine Bestätigung.

»Da hast du recht. Man sollte einen Schlussstrich ziehen, wenn es nicht mehr passt«, sagte Marike unverbindlich und war froh, als der Sekt gebracht wurde.

»Auf dich, mein Herz«, sagte Jutta und prostete ihr zu.

»Auf *Wege zu gehen!*«

»Wähnst dich in Sicherheit.
Ich kann förmlich hören, wie du wider besseres Wissen aufatmest.
Aber ich weiß was, was du nicht weißt.
Zähle die Tage, mein Schatz, zähle die Tage.
Ich fühle, dass du an mich denkst.
Ich gehe dir unter die Haut – deine warme, sanfte Haut.«

Kapitel 4

18. Juni 2011

Marike hatte gar nicht vorgehabt, so viel zu trinken, schon gar nicht, ihr Auto in der Innenstadt stehenzulassen und das teure Taxi zu bezahlen, das sie nach Hause brachte. Wenn die Gage käme, würde sie alles locker berappen können, aber nun fehlte ihr das Geld für die letzten zwei Wochen des Monats.

Frank würde das ausgleichen, aber trotzdem mochte sie nicht, wenn ein Ungleichgewicht entstand. Bis sie ihn kennengelernt hatte, war sie immer gut allein zurechtgekommen. Kleine Nebenjobs als Bedienung oder Messehostess hatten sie über Wasser gehalten. Jetzt wohnten sie zusammen, aber Konten und Kassen blieben getrennt.

So wie sie es sah, war er der Mann fürs Leben, andererseits musste sich noch herausstellen, ob er auch mit ihrem Lebenswandel klarkam, denn verbindliche Regelmäßigkeiten konnte sie nicht bieten. Marike war spontan und kommunikativ und fühlte sich mit anderen Menschen schnell sehr wohl. Bis zu einem gewissen Grad lebte sie eine bewusste Naivität aus, ließ sich viel zu oft mitreißen und erzählte Dinge, die ihr, falsch verwendet, schaden konnten.

So wie an diesem Abend – der aber letzten Endes doch noch ganz schön geworden war.

Die Missstimmung hatte sich irgendwann verloren, und dann hatten sie über Gott und die Welt geredet. Marike hatte von ihren Ängsten, sich in den Filmpartner zu verlieben, erzählt, weil sie davon gehört hatte, dass sich viele derartig in ihre Rolle hineinsteigerten, dass es sie vollkommen durcheinanderbrachte.

Jutta hatte gesagt, ihr sei aufgefallen, dass es zwischen ihr und Frank seit dem Umzug nicht mehr ganz so innig lief.

Und sie hatte recht.

Es war normal, dass man einen gewissen Alltag entwickelte, aber es fehlte ihr schon, dass Frank nicht mehr jede Gelegenheit nutzte, ihr seine Aufmerksamkeit zu schenken. Aber wenn es darauf ankam, war er großartig – so wie vergangenen Mittwoch.

Jetzt war sie wieder zu Hause – und zu betrunken, um sich alles richtig in Erinnerung zu rufen. »Habe ich das wirklich alles gesagt?«

So leise wie möglich zog sie die Schuhe aus und warf ihre Jacke in die Garderobe. Sie wollte nur noch ins Bett. Der Schlüsselbund landete auf dem Telefontischchen, die Handtasche auf dem Fußboden im Flur.

Im Schlafzimmer ging das Licht an.

»Da bist du ja endlich«, erklang Franks Stimme, dann kam er ihr in Shorts und T-Shirt entgegen. »Ich habe mir schon Sorgen gemacht. Ihr wolltet doch nur essen gehen.«

»Es ist etwas später geworden«, brachte sie mit schwerer Zunge hervor.

Frank musste lachen. »Aber sag mir bitte, dass du nicht mehr gefahren bist.«

Mit groben Bewegungen zog sie sich die Bluse über den Kopf, Frank half ihr, als ihr Ohrring daran hängenblieb. »Bringst du mich morgen zu meinem Auto?«

»Ich bringe dich jetzt erst mal ins Bett«, sagte er lachend und hob sie hoch. »Wie war's denn mit Jutta?«

Marike war zu betrunken, um ihre Worte abzuwägen. »Anfänglich echt anstrengend«, sagte sie. »Sie war sauer, weil sie nicht eingeladen war und die Fotos bei Facebook gesehen hat.«

Er legte sie auf ihre Seite des Betts und half ihr aus der Bluejeans.

»Keiner mag sie. Weiß der Geier, was du an ihr findest. Sie ist echt komisch.«

Marike schloss die Augen. Der Rausch war wie Lärm in ihrem Kopf. »Sie ist eben speziell, aber sie hat ganz tolle Talente. Ich mag Menschen eben, wie sie sind.«

Sie hörte die Hose auf den Boden fallen, dann setzte sich Frank neben sie und gab ihr einen Kuss auf die Stirn. »Das ist mit Sicherheit eine deiner bestechendsten Eigenschaften. Immerhin magst du auch mich.«

Marike nickte müde. Gern hätte sie *Mögen* durch *Lieben* ersetzt, aber dafür war sie zu erschöpft.

Er zog die Decke über sie und ging auf seine Bettseite. Durch die geschlossenen Lider merkte sie, wie das Licht ausging, endlich wurde es dunkel, und der Rausch würde im Schlaf ertränkt werden.

Frank kuschelte sich an sie und strich ihr sanft über den Kopf. »Morgen erzählst du mir dann alles von der Vorbesprechung, ja?«

Die Vorbesprechung! Marike riss die Augen auf und wurde vor Schreck ganz starr. »Ich habe das Drehbuch im Auto liegenlassen.«

Frank zog sie fester an sich und küsste sie auf die Wange. »Das kommt schon nicht weg. Wir fahren morgen los, sobald du wieder nüchtern bist. Nun schlaf.«

Widerwillig schloss sie die Augen.

Irgendwie lief gerade nichts so, wie es sollte.

Sie wachte einige Male auf, aber Kopfschmerzen und Übelkeit ließen sie die Flucht in den Schlaf antreten. Frank war bereits vor Stunden aufgestanden. Sie hörte ihn im Nebenzimmer in der Zeitung blättern.

Jedes Mal, wenn sie erwachte, fragte sie sich, was sie gestern Abend alles gesagt hatte. Sie erinnerte sich nur noch an Bruchstücke.

Es war ein schöner Abend gewesen. Jutta hatte irgendwann das Miesepetrige abgelegt und war wieder ganz die Freundin gewesen, die Marike so mochte. In solchen Momenten teilten sie denselben Humor, Jutta zeigte Interesse an Marikes Leben, und es tat gut, ganz viel über die jüngsten Ereignisse reden zu können.

Und doch hatte etwas einen misstönigen Nachhall hinterlassen, etwas, das Marike das ungute Gefühl gab, zu vertrauensselig gewesen zu sein. Sie hatte gestern eine Seite ihrer Freundin kennengelernt, die sie lieber nicht gesehen hätte.

Es klingelte, und sie hörte Franks Schritte im Flur. Er drückte auf den Summer. Marike mochte die Vielzahl der Geräusche, die als akustische Kette mit Besuchern verbunden war: Schuhsohlen auf den Marmorstufen, der Hall im Treppenhaus, das Donnern, wenn die Eingangstür zurück ins Schloss fiel. Und wenn jemand in Sichtweite kam, erklangen die Stimmen von Frank und dem Besucher.

Marike lauschte, ob sie schon am Klang erkennen konnte, wer es war. Aber sie hörte nur Frank *Hallo* sagen.

Dann erklärte er, dass sie immer noch im Bett lag. Sie hätte sich am liebsten das Kissen über den schmerzenden Kopf gezogen. Die Tür zum Schlafzimmer wurde aufgedrückt, und Jutta kam ungefragt herein.

»Wow, du siehst für gestern aber echt fit aus«, sagte Marike und setzte sich ächzend auf.

Juttas Miene war verschlossen. Mit wachen Augen sah sie auf Marike hinab, schloss die Tür hinter sich und stellte eine große, braune Umhängetasche auf dem Boden ab. »Ich hatte mir schon Sorgen gemacht«, sagte sie und setzte sich auf die Bettkante. »Du warst ganz schön betrunken.«

Marike lachte und boxte sie sanft gegen den Oberarm. »Wir *beide* waren es, aber was für ein schöner Abend.«

Jutta nickte und senkte den Blick. »Ja, das war es wohl.«

Der Tonfall klang eher nach Verlust und Trauer und stand so gar nicht im Verhältnis zu dem Spaß, den sie gehabt hatten.

»Ist irgendwas?« Marike wäre gern aufgestanden, aber unter der Decke hatte sie nicht besonders viel an.

»Ich weiß nicht, wie ich es dir sagen soll. Du warst gestern so stolz auf deinen Erfolg, ich will dir das nicht kaputt machen.« Ein Bild von Katastrophe und Elend zersetzte in Sekundenschnelle jeden positiven Gedanken.

»Was meinst du?«

Jutta sah sie nun direkt an und wirkte dabei sehr mitfühlend – nur dass Marike keinen Schimmer hatte, wovon sie sprach.

»Ich habe dir gestern den Autoschlüssel abgenommen, damit du in deinem Zustand nicht mehr fährst.«

»Ich würde niemals …«

Ohne auf den Einwand einzugehen, redete Jutta weiter. »Und ich dachte, du würdest dich freuen, wenn ich dir heute Morgen dein Auto bringe. Ich wusste, dass es dir schlechtgehen würde.«

Marike zog die Decke enger um sich.

»Eigentlich wäre ich schon vor zwei Stunden hier gewesen, aber dann sah ich das Drehbuch auf dem Rücksitz und fing an zu lesen.«

Sie legte eine Hand auf die Decke, dort, wo der Oberschenkel war. »Die Rolle ist sehr anspruchsvoll, und Lars Behring ist ein unglaublich charismatischer Schauspieler. Das ist ein ganz anderes Niveau als die Theaterrollen, die du bislang gespielt hast.«

Es klang anders als am Abend zuvor – konkreter.

»Gemeinsam schaffen wir das«, ergänzte sie aufmunternd. »Ich werde dir helfen. Wie wäre es, wenn ich dir einen Kaffee koche und wir dann an die Arbeit gehen?« Nun lächelte sie offen.

Marike rieb sich übers Gesicht und versuchte, die widersprüchlichen Gefühle zu ordnen. Es war ihr wichtig, kritikfähig zu sein und professionell zu agieren.

»Normalerweise nehme ich richtig viel Geld fürs Coaching, aber ich will dir helfen, weil ich an dich glaube.«

Als die Gesprächspause zu lange anhielt, bedankte sich Marike, auch wenn sie gar keine Dankbarkeit empfand. Bislang hatte sie sich mit ihrer Rolle noch gar nicht auseinandersetzen können, und sie hatte Jutta nicht darum gebeten, das Drehbuch zu analysieren.

Sie wusste nicht, was sie dazu sagen sollte. Eigentlich klang das Angebot sehr großzügig und hilfsbereit, aber sie wurde nicht gefragt, ob sie es überhaupt annehmen wollte. Jutta kam herein und übernahm mal eben das Ruder. *Entmündigend* war das erste Wort, das Marike dazu einfiel.

»Lass mich eben duschen gehen, dann reden wir weiter, okay?«

Marike ließ sich Zeit. Die Dusche tat gut, und die Ruhe im einsamen Bad war eine Wohltat. Sie betrachtete sich lange im Spiegel und fragte sich, ob sie den Anforderungen gerecht werden konnte.

Die Euphorie vom Vortag hatte ihr besser gefallen als diese aufkommenden Zweifel, aber sie wollte nicht zu denen gehören, die wegen ausgeprägter Selbstüberschätzung peinlich auffielen. Dazu gehörte zwingend, sich selbst kritisch zu betrachten.

Es würde nicht schaden, mit Jutta zu üben, sicher würde es Spaß machen, die Szenen nicht allein einzustudieren. Ob sie nun wirklich Coaching-Erfahrungen besaß oder nicht, ein Blick von außen war immer gut. Sie konnte den Gedanken nicht verdrängen, dass Jutta sich diese Dinge nur ausdachte, um sich wichtigzumachen. *Das wäre so albern, denn noch wichtiger kann sie für mich ja gar nicht sein – sie ist meine Freundin.*

Mit einem schwarzen Jogginganzug bekleidet verließ sie das Bad und ging zu Jutta in die Küche. Es duftete nach frischem Kaffee, und sie hatte sogar den Frühstückstisch für Marike gedeckt.

Sie setzte sich an den Tisch und ließ sich einschenken. »Das ist lieb von dir.«

Das Drehbuch lag auf der anderen Seite, kleine gelbe Post-it-Zettel lugten zwischen den Seiten hervor.

Sosehr ihr Verstand dem etwas Gutes abgewinnen wollte, es dominierte der Drang, Jutta rauszuwerfen. Die Aufgabe einer Freundin wäre zunächst Anteilnahme gewesen. Sie hätte Hilfe anbieten können, aber gleich zur Tat zu schreiten, war ein Schritt zu viel.

»Ich habe Frank gesagt, dass wir arbeiten wollen. Er ist irgendwohin gefahren.«

Marike nahm den Kaffeebecher in beide Hände und ließ die Hitze einen Moment auf ihre Haut wirken. Es ärgerte sie, dass er nicht wenigstens geblieben war, bis sie aus dem Bad kam.

»Also, welche Szene wird denn als erste gedreht? Oder sollen wir mit grundsätzlichen Übungen anfangen? Bevor du den Text lernst, musst du auf jeden Fall die Figur ausarbeiten, damit du sie konsequent spielen kannst.«

Marike seufzte hörbar.

Jutta stellte die Kaffeekanne auf die Arbeitsplatte, setzte sich ihr gegenüber und verschränkte die Arme vor der Brust. »Ich habe mir deinetwegen ganz viel Arbeit gemacht. Sag mir, wenn du das nicht willst.«

Ertappt wich Marike ihrem Blick aus. »Doch«, sagte sie leise. »Ich bin gerade aufgestanden, lass mich erst mal richtig wach werden.«

Sie wollte Juttas Gefühle nicht verletzen. Eigentlich war es ja sehr nett, was sie alles wegen ihr auf sich nahm. Marike war hin- und hergerissen. Ab wann befand man sich mit seinem Unmut im Recht, und ab wann war man undankbar?

Nachdenklich stellte sie den Becher ab und rieb ihre aufgeheizten Finger. Jutta fixierte sie, das spürte sie, dafür musste sie nicht mal hinsehen. Als würde sie einer Prüfung unterzogen, einer Art ultimativem Freundschaftstest – sie musste sich nur entscheiden, wie viel Wert sie auf diese Freundschaft legte. Ohne Kater wäre ihr das Denken leichter gefallen, denn rein nach Tagesform sah es gerade nicht gut für die Freundschaft aus. Wie konnte ein Mensch so plötzlich von »normal« auf »unglaublich anstrengend« switchen? An dem Mittwoch war alles losgegangen, und nun saß ihr eine Fremde gegenüber, die sie definitiv nicht eingeladen hatte. Wo war die anteilnehmende, rücksichtsvolle Freundin hin, die immer so viel Verständnis für alles zeigte und ihr so viel Talent zusprach? Diese Jutta erschien fordernd, übertölpelnd und passiv aggressiv.

»Können wir bitte ein andermal damit anfangen? Ich habe das Drehbuch selbst noch gar nicht gelesen, und mir brummt der Schädel.«

Jutta legte eine Hand auf die gebundenen Seiten und schob sie in die Tischmitte. »Bist du sauer, dass ich dir einen Teil der Arbeit schon abgenommen habe? Das ist doch nur zu deinem Besten.« Die Tonlage bewegte sich irgendwo zwischen Theatralik und Enttäuschung, als würde sie taktieren, worauf Marike besser ansprang.

Vielleicht war so ein Dreh das Aufregendste, was Jutta in ihrem Alltag miterleben durfte. Sich derartig aufzudrängen, war fragwürdig, aber es erklärte, warum alles plötzlich so anders lief.

Sie lächelte Jutta offen an und lehnte sich gegen die Stuhllehne. »Ich freue mich wirklich, dass du mich so toll unterstützen willst. Nachher lese ich das Drehbuch, und dann reden wir darüber, okay?«

Diesmal hielt sie dem prüfenden Blick stand und fühlte sich erleichtert, als Jutta nickte und sich entspannte.

Sie zog ihre Tasche vom Nebenstuhl und kramte den Autoschlüssel heraus. »Ich habe ein Tagesparkticket gekauft, morgen Abend solltest du deinen Wagen woanders abstellen. Frühstücke in Ruhe zu Ende, ich gehe zu Fuß nach Hause.«

Wenn es ihr bessergegangen wäre, hätte sie widersprochen und ihre Freundin nach Hause gefahren, aber sie fühlte sich nicht fahrtüchtig. Der Fußweg von gut 40 Minuten führte direkt vom Schulterblatt durch die Hamburger Innenstadt. Marike war ihn auch schon oft zu Fuß gegangen. Der kleine Marsch tat Jutta sicher gut.

Sie brachte sie zur Tür.

»Ist alles gut zwischen uns?«

Jutta öffnete die Tür und wandte sich um. »Ehrlich gesagt, dreht sich immer alles nur um dich. Du likest meine Sachen bei Facebook nicht und reagierst auch nicht auf meine Postings. Ich habe Angst, dass du durch diese Rolle abheben könntest.«

Damit hatte sie nicht gerechnet. »Ich habe so viele Freunde bei Facebook, ich bekomme nicht immer alles mit, leider auch das nicht, was mir wichtig wäre.«

Jutta presste die Lippen so fest aufeinander, dass sie für einen kurzen Augenblick fast weiß wurden. »Das erklärt einiges.«

Dann nahm sie Marike herzlich in den Arm und drückte sie zum Abschied. »Lass uns später telefonieren, wenn du alles gelesen hast.«

Marike erwiderte die Umarmung, so gut sie konnte, und schloss anschließend die Tür.

»Das wird schon«, flüsterte sie sich selbst zu. Neben dem Telefontischchen sah sie ihre Handtasche. »Dann wollen wir doch mal nachschauen.«

Sie zog das Smartphone heraus und schaltete es ein. Über die Facebook-App rief sie Juttas Pinnwand auf und las sich die Einträge durch.

Kryptische Andeutungen, dass sie mal wieder enttäuscht wurde, am Montag. Links zu interessanten Schnittmusterpages am Dienstag, und am Mittwoch der Eintrag über einen Treppensturz und ihren schmerzenden Rücken. »Das hätte sie mir auch erzählen können.«

Etwas nachträglich mit *Gefällt mir* oder Kommentaren zu bedenken, erschien ihr albern. Wenn überhaupt, dann wollte sie auf ihre Weise auf die Dinge eingehen, ohne Vorgaben dafür auferlegt zu bekommen. Sie schaltete das Handy aus und ließ es in die Tasche fallen. »Später.«

Auch wenn das gelb gespickte Drehbuch seine Jungfräulichkeit verloren hatte, zauberte der Anblick des Titels ein Lächeln auf ihr Gesicht. »Hallo, Michaela, dann wollen wir doch mal sehen, wer wir sind«, sagte sie freudig, nahm das Drehbuch und ihren Kaffee vom Tisch und machte es sich im Wohnzimmer auf dem beigen Ledersofa gemütlich.

Das Wohnzimmer stellte eine perfekte Kombination aus Franks Ordnungssinn und Marikes Stilsicherheit dar. Helle Möbel, fast schwarzes Laminat in Holzoptik und Fotos von den gemeinsamen Urlauben an den Wänden. Die Pflanzen überlebten dank Franks gewissenhafter Pflege, auch wenn Marike jede einzelne der zehn Arten angeschleppt hatte.

Schon auf der ersten Seite sah sie, dass Jutta nicht nur beschriebene Post-its hineingeklebt, sondern Anmerkungen neben den Text geschrieben hatte. Bevor sie auch nur einen Satz las, blätterte sie alles einmal durch.

»Das hat sie niemals in zwei Stunden geschafft.«

Realistischer war, dass sie die ganze Nacht durchgearbeitet hatte. »Aber das würde bedeuten, dass ...« Erneut ging sie in Gedanken den letzten Abend durch. Sie konnte sich beim besten Willen nicht mehr daran erinnern, ob Jutta genauso viel getrunken hatte wie sie. Sie wechselte zur ersten Seite und las die Notizen.

Immerhin schien Jutta tatsächlich Ahnung zu haben. Es ergab durchaus Sinn, was sie da anmerkte. »Vielleicht sollte ich mein Ego einfach mal hintenan stellen und sehen, was die Arbeit mit ihr bringt.«

Sie trank vom Kaffee und begann zu lesen. Dies war die wichtigste Rolle ihres Lebens, weil ihr die Macht innewohnte, alles zu verändern.

*»Neuer Film, neue Hure.
Mein Countdown ist schon bei sieben.«*

Kapitel 5

5. August 2011, anderthalb Monate später

Dem Drehtag waren viele Telefonate mit dem Regisseur, seiner Assistentin und Schauspielkollegen vorausgegangen. Während der Kostümproben waren Fotos von ihr gemacht und alles bestens vorbereitet worden, damit der Dreh so reibungslos wie möglich verlaufen konnte.

Zu den meisten Proben mit den Schauspielern der Nebenrollen hatte sie Jutta mitgenommen. Sie beeindruckte mit ihrem Fachwissen, und das Feedback war äußerst hilfreich. Jutta war wieder ganz die Alte, und sie hatten unglaublich viel Spaß, was wiederum zu einigen Diskussionen mit Frank führte, dem sie zu häufig bei ihnen in der Wohnung auftauchte. Marike meisterte den Drahtseilakt größtenteils, und es war irgendwie schade, dass Jutta nicht schon früher gezeigt hatte, wie sehr sie sich mit der Schauspielerei auskannte. Die eine oder andere Übung hätte Marike sicher auch im Theater zum Aufwärmen angewendet. Und eines stimmte: Filmaufnahmen waren nicht mit Theaterauftritten zu vergleichen. Es verstrich so viel Zeit, bis es endlich konkret zur Sache ging. Marike hatte mitbekommen, dass die Verantwortlichen schon seit letztem Jahr an den Vorbereitungen saßen. Storyboards waren erstellt worden, unterschiedliche Drehorte besichtigt, die Suche nach den richtigen Schauspielern war wesentlich umfangreicher gewesen, als es Marike beim Vorsprechen bewusst gewesen war. Sie wurde frisiert, geschminkt, fotografiert, umgeschminkt, wieder fotografiert, wobei die Maskenbildnerin eine andere war als die am Set. Einige Leute kümmerten sich nur um die Vorbereitungen, weil die eigentliche Crew erst jetzt vollzählig war. Paul Kreuzer, der Regisseur, hatte den Ruf, sehr wählerisch bei seinen Mitarbeitern zu sein. Jutta hatte einiges über ihn, Lars Behring und die Produktionsfirma herausgefunden und streute immer wieder ein paar Fakten ein. Marike ließ ihr die Freude, wollte sich jedoch ein eigenes Bild von jedem machen.

An diesem Tag standen die ersten Aufnahmen in einer Bergedorfer Villa an, die Marike nur über Umwege fand. Jutta wollte nach der Arbeit mit dem Auto nachkommen, weswegen Marike mit der SBahn anreiste, aber als sie nach Durchfragen und einem anständigen Fußmarsch endlich vor dem richtigen Haus stand, verfluchte sie ihre Entscheidung. Schweiß lief aus jeder Pore, Aufregung und Anstrengung setzten ihr zu. Es wäre besser gewesen, Frank um Geld zu bitten, damit sie ein Taxi hätte bezahlen können.

Es hupte in einiger Entfernung hinter ihr. Als sie sich umdrehte, sah sie einen dunkelblauen Golf IV mit einer winkenden Jutta hinterm Steuer heranfahren.

Auch wenn das gemeinsame Üben sie gut auf die Rolle vorbereitet hatte, hatte sich eine gewisse Erleichterung breitgemacht, als es hieß, Jutta könne wegen ihrer Arbeit am ersten Tag nicht mit dabei sein.

Nun parkte sie den Wagen und stieg aus. Für diesen Anlass trug sie ein schwarzes Kostüm mit einer blutroten Bluse unter dem Jackett. Sie war stark geschminkt und hatte leichte Wellen in den blonden, teils hochgesteckten Haaren.

»Überraschung!«, sagte sie freudig und umarmte Marike.

»Du siehst eher wie meine Managerin aus«, sagte Marike zur Begrüßung. Sie wusste nicht recht, was sie davon halten sollte.

»Wie wäre es, wenn wir das allen erzählen? Bin ich ja auch irgendwie, oder?«

Nein, war sie nicht. Marike wollte widersprechen und diese Idee sofort im Keim ersticken, damit keine Missverständnisse aufkamen, aber die Sache entwickelte eine unerwartete Eigendynamik, als sich die Haustür öffnete und Anastasia, die Regieassistentin, sie hereinwinkte.

Jutta ging freudig voran, schüttelte Anastasias Hand und sagte: »Hallo, ich bin Jutta Dangert, Marikes Managerin.«

Über die Schulter zwinkerte sie Marike zu, die nur lakonisch nickte.

Und so setzte es sich im Haus fort, als sie auf die anderen Mitglieder der Crew trafen.

»Ich wusste nicht, dass du eine Managerin hast«, sagte Anastasia und stellte sich neben Marike. Sie betrachteten Jutta, die Hände schüttelte und Sympathiepunkte sammelte – lachend, scherzend und übers ganze Gesicht strahlend.

Nun, wenn es ihr so viel Freude bereitete, wollte Marike das nicht kaputt machen.

»Ist noch nicht ganz offiziell. Jutta ist eine sehr gute Freundin und hat mir in den letzten Monaten bei den Vorbereitungen geholfen.«

Anastasia umfasste ihr Klemmbrett mit beiden Händen und schüttelte den Kopf. »Darf ich ehrlich sein?«

»Natürlich, immer.«

Die Assistentin sah sie beinahe streng an. »Du solltest aufpassen. Guck dir das an: Du stehst hier in der Tür und sie im Mittelpunkt. Ich kenne solche Menschen. Sie wird nur Ärger machen.«

Na, das fing ja gut an.

»Komm, ich stelle dir alle vor, die du noch nicht kennst«, wechselte Anastasia das Thema und legte ihr eine Hand auf die Schulter.

Techniker, Kameraleute, die Maskenbildnerin und zwei Komparsen. Marike merkte sich nur die wichtigsten Namen.

Paul Kreuzer zählte zu den erfolgreichsten Regisseuren, und der Ruf des pedantischen Perfektionisten eilte ihm weit voraus. Wenn sie ihn beeindruckte, stünden ihr einige Türen offen.

Mit ihm redete Jutta am längsten, was die beiden auch fortführten, als Marike schon neben ihnen stand und Paul begrüßen wollte.

»… aber wir arbeiten daran«, sagte Jutta gerade. »Es ist noch kein Meister vom Himmel gefallen, und Marike ist so unfassbar talentiert.«

Paul sah sie an und begrüßte sie nicht ganz so herzlich, wie Marike es erwartet hätte. Sein Blick war eher abschätzend, weil er offensichtlich über etwas nachdachte, was Jutta ihm eben mitgeteilt hatte.

»Schön, dann wollen wir gleich loslegen«, sagte er und ließ ihre Hand wieder los. »Kommt mal alle her.«

Anastasia stellte sich neben ihn und reichte ihm das Klemmbrett.

Es war ein seltsames Gefühl, als Jutta einen Arm um Marikes Rücken legte. So als haftete eine fette Spinne an ihrer Kleidung, die ihr eine Gänsehaut verursachte. Marike konnte es gar nicht richtig benennen, weil Jutta so gutgelaunt war und wieder zu der alten Freundschaft zurückgefunden hatte. Wahrscheinlich war es die unterschwellige Angst, sie könnte wieder dieses Gesicht zeigen, das Marike nie wiedersehen wollte. Außer dass sie sich etwas in den Vordergrund spielte, passierte im Moment nichts Schlimmes.

»Heute drehen wir die markierten Szenen im Wohnzimmer. Ich möchte, dass ihr euch etwas mit dem Fenster einfallen lasst, das Licht gefällt mir nicht. Anni ist Ansprechpartnerin für alle Fragen. Sie wird mir schon Bescheid sagen, wenn meine Meinung gefragt ist. Ansonsten erwarte ich, dass jeder seinen Part schnell und gewissenhaft erledigt, dann bleiben wir auch im Zeitplan.«

Anastasia nickte zustimmend. Mit dem schwarzen, glatten Pferdeschwanz und der dunkel gerahmten Brille sah sie aus wie die perfekte Assistentin. Fleißig, unscheinbar und kompetent. Marike war sich sicher, dass diese zierliche Frau aber auch Durchsetzungskraft und, wenn nötig, Härte zeigen konnte. Wenn sie die Menschen in diesem Raum richtig einschätzte, war jeder von ihnen ein Profi. In den letzten Jahren hatte sie alle möglichen Arten kreativer Menschen kennengelernt, aber nur jene mit Disziplin, Zielen und Ausdauer interessierten sie. Die Traumtänzer kamen und gingen. Meist begleitete Jammern ihren Abgang, weil die Welt ihren Genius nicht erkannte.

Von den Menschen hier würde keiner jammern, wenn etwas schiefging. Sie würden eine Lösung finden und weitermachen. Ganz nach ihrem Geschmack.

»Marike, ab in die Maske«, sagte Paul, und sofort setzte sich auch die Maskenbildnerin in Bewegung.

Mirijam, rief sich Marike den Namen in Erinnerung.

»Wir gehen in das Gästezimmer hier unten. Die Hausbesitzer müssen noch etwas freiräumen, dann können wir deine Garderobe richtig beziehen. Morgen oder übermorgen, denke ich.«

Jutta wollte gerade den Mund aufmachen, aber Marike bedankte sich schnell für die Info und ließ sie vorausgehen.

»Das ist eine Frechheit«, raunte Jutta im Gehen. »Die wussten doch, dass es heute losgeht.«

Im Hintergrund gab der Regisseur weitere Anweisungen.

»Lass gut sein, mir würde auch eine Besenkammer reichen.«

***

Anfangs setzte die Aufregung ihr gehörig zu. Sie schwitzte, ihre Stimme klang teils dünn, oder sie vergaß ihren Text. Inmitten der Crew stand Jutta und hielt die meiste Zeit beide Hände vor den gespitzten Lippen gefaltet und starrte sie an. Wenn die Kamera nicht lief, kam sie jedes Mal zu ihr und gab ihr Tipps, wie sie es besser machen konnte. Gleichzeitig gab der Regisseur Anweisungen und sah sich Mitschnitte auf seinem Pad an.

Noch wirkte er nachsichtig, sicherlich waren alle Schauspieler am Anfang aufgeregt und durch die vielen Beobachter verunsichert. Mit der Arbeit auf der Bühne konnte man das Wirken vor der Kamera tatsächlich nicht vergleichen. Hier lebte die Darstellung nicht von den Reaktionen des Publikums, sondern wurde konserviert. Kein Überspielen von Fehlern, alles unterlag so lange der Wiederholung, bis es saß und Paul zufrieden war.

In dieser Szene sollte sie sich auf das Sofa setzen und begreifen, dass ihr Mann sie in einen goldenen Käfig gesperrt hatte. Sie wusste, dass im fertigen Film eine Ablehnung und eine Liebesnacht dieser Erkenntnis vorausgingen. Enttäuschung und Verzweiflung mussten in die Leere ihres Herzens fließen und ihr Tränen aus den Augen quellen lassen.

Der letzte Take war ganz gut geworden, aber Paul fehlte noch etwas, weswegen Mirijam die Tränenspuren beseitigte und Marikes Erscheinungsbild kritisch beäugte.

Auf dem Koffer mit den Utensilien stand ihr Name. Marike fiel das »j« auf.

»Schreibt man Mirijam normalerweise nicht nur mit i?« Etwas Smalltalk würde sie nach der gespielten Verzweiflung wieder runterbringen.

»Meine Eltern schreiben alles, wie man es spricht. Im Gegensatz zu meiner Schwester habe ich es richtig gut getroffen.«

Marike musste lachen. »Wie heißt sie denn?«

»Kloei. Mit k und i.« Sie zwinkerte, packte ihren Koffer ein und zog sich wieder zurück.

Aus dem Augenwinkel bemerkte Marike Jutta, die Anstalten machte, zu ihr zu kommen. Langsam wurde es lästig, auch wenn sie es nur gut meinte.

»Das war doch schon ganz okay«, sagte sie und stellte sich vor Marike. »Aber ich sehe das genauso wie Paul. Stell dir doch das Schlimmste vor, was dir passieren könnte. Vielleicht, dass dein Frank eine Geliebte hat? Ihr geht doch oft getrennt aus, stell dir vor, er lernt eine kennen und macht gewaltig mit ihr rum.«

»Jutta!« Das war der grauenhafteste Einfall, den sie je gehört hatte. »Lass das bitte, das hilft mir kein Stück!«

Jutta verzog den Mund. »Bitte, dann mach so weiter, wenn du meinst, das reicht.«

Mit verschränkten Armen drehte sie sich um und gab Marike das Gefühl, undankbar und launisch zu sein.

Alle gingen wieder auf ihre Positionen, und Marike schloss die Augen, um sich zu sammeln. Jutta hatte es geschafft, dass sich ihre Gedanken nun zu Frank hinbewegten, wo sie zu diesem Zeitpunkt gar nicht sein sollten. Sie war kein eifersüchtiger Mensch, und selbst das Trugbild eines möglichen Fremdgehens erzeugte nicht den gewünschten Effekt.

Und doch erwuchs eine andere Idee aus diesem Vorschlag. Marike öffnete die Augen, sah kurz zu Jutta, die mit finsterer Miene zuschaute, und drehte sich dann, ganz in ihrer Rolle, zum Sofa. Die Kamera lief, alle Geräusche wurden durch gespannte Stille ersetzt.

Innerlich ließ sie den Frust sich ausbreiten, den ihre Freundin in ihr verursachte. Sie bauschte ihn auf, ließ die Enttäuschung zu einer erfahrbaren Wahrheit werden, die keine Erklärungen mehr zuließ. *Sie wird mich erdrücken*, dachte sie, während ihre Sicht tränenschwer verschwamm. *Wenn ich ihr sage, dass sie gehen soll, wird sie ausflippen und mich niedermachen. Sie schält mir das Herz aus der Brust, um ihre kalten Finger draufzupressen, und dabei wirft sie mir vor, egoistisch zu sein.*

Diesem Gedanken folgte eine schmerzhafte Angst, die sich von der Körpermitte her ausbreitete. *Was ich auch tue, sie wird toben, sie wird dieses Gesicht wieder zeigen. Was ist es? Eifersucht? Neid? Sie klebt an mir wie eine Zecke und saugt mich aus. Ich bin vollkommen leer.* Marike malte sich Juttas Reaktionen aus, wenn sie zurückgewiesen wurde. Sie fühlte eine erdrückende Machtlosigkeit, weil sie nicht wusste, wie sie damit umgehen sollte. Ihr Bauchgefühl sagte: *Schmeiß sie aus deinem Leben.* Die Angst schlug vor: *Warte, bis sie von allein geht.* Es schien keine Rolle mehr zu spielen, was sie selbst wollte, weil Jutta alles verdrehte. In Gedanken übertrieb sie und spitzte Juttas Handlungen dramatisch zu.

Ein Zittern schüttelte ihren Körper, gequält sog sie die Luft ein und weinte ihren Schmerz heraus. Diesmal verlor sie alle Scheu und erlebte jene durchdringende Verzweiflung, die ihr im realen Leben bislang erspart geblieben war.

»CUT!«, rief der Aufnahmeleiter, was Marike aber nicht sofort in die Realität zurückholte.

Stimmen wurden laut, ein paar klatschten zur Bestätigung, Paul rief ein knappes Lob.

Marike holte tief Luft und versuchte, das Gefühl wegzuatmen. Wieder sah sie aus dem Augenwinkel Jutta herannahen, aber Anni schob sich dazwischen, erreichte sie zuerst und setzte sich neben sie.

»Das war phantastisch, genau so, wie Paul es wollte.«

»Dann hat mein Rat geholfen!«, mischte Jutta sich ein. Es war deutlich zu sehen, dass sie erst zufrieden sein würde, wenn Marike diese Annahme bestätigte. Aber das brachte sie nicht über die Lippen.

Mit ihrem schwarzen Kostüm, der roten Bluse und der Pose der ewig Missverstandenen zog sie alle Aufmerksamkeit auf sich. Sie gab ein skurriles Bild ab zwischen all den Menschen in Jeans und legeren Shirts. Marike selbst trug einen seidenen Morgenmantel und sah nach dem Weinen alles andere als schick aus.

Anscheinend gehört zu jedem Set auch eine Diva, dachte sie und musste schmunzeln.

»Belächelst du mich?«

Schnell schüttelte Marike den Kopf. »Nein«, sagte sie, ohne den belustigten Unterton gänzlich vermeiden zu können. Die Situation entwickelte eine ungewollte Komik, die sich wahrscheinlich nur ihr erschloss.

»Ich denke, ich brauche eine kurze Pause.«

»Zehn Minuten Pause, Leute«, rief Anni und stand wieder auf. »Wir sollten den nächsten Take schnell noch durchgehen, ja?«

»Vorher sollten wir allein reden«, forderte Jutta. In ihren Augen blitzte Streitlust. Wahrscheinlich legte sie sich innerlich wieder eine Rede zurecht, wie aufopfernd sie sich einsetzte, ohne etwas zurückzubekommen. Solange es nur Proben gewesen waren, machte es Spaß mit ihr, aber jetzt, wo es ernst wurde, zeigte sie sich wieder von ihrer anstrengenden Seite.

»Ganz ehrlich, mir reicht's jetzt«, mischte sich Anastasia ein. »Ich habe mir das lange genug angeschaut, und wenn Marike nichts sagt, dann muss ich das eben tun.« Sie verschränkte ebenfalls die Arme vor der Brust und machte den Rücken gerade, was die zierliche Frau auf Augenhöhe mit Jutta brachte. »Du bringst Marike mit deinen ständigen Kommentaren ganz durcheinander. Und wenn ihr privat irgendwelchen Trouble miteinander habt, dann klärt das auch privat. Das ist hier keine Hobbyveranstaltung, zu der jeder kommen und sich einmischen kann. Und jetzt gehst du bitte sofort.«

Jutta hörte zu und sah dabei nur Marike an. In ihrem Blick lag die unausgesprochene Aufforderung, sich auf ihre Seite zu stellen. Aber Marike war froh und dankbar, dass Anni genau das aussprach, was sie selbst sich nicht traute.

»Hast du dazu nichts zu sagen?«, sagte Jutta dünn.

»Wir reden später, es ist wohl besser, wenn du jetzt gehst.«

Der Abgang einer Diva wäre der treffende Titel gewesen für die Art, wie sie nun wütend das Haus verließ. Die Türen ließ sie offen stehen. Sie nahm ihre Sachen und ging hocherhobenen Hauptes von dannen. Marike konnte endlich wieder atmen.

»Und das ist deine Managerin?«, fragte Paul und legte das Pad beiseite. Mit seinen 53 Jahren war er ein sehr attraktiver Mann, der zu seinem leichten Bauchansatz stand und faszinierend wache, braune Augen hatte. Marike verspürte das Verlangen, von ihm gemocht zu werden und ihn nicht zu enttäuschen.

»Nein, das wäre sie gern. Tut mir sehr leid, ich wusste nicht, dass es so laufen würde. Seit ich diese Rolle bekommen habe, ist sie ganz merkwürdig.«

»Wie dem auch sei, ich will sie hier nicht mehr sehen.«

Das wollte Marike auch nicht. Sie hoffte nur, dass Jutta keine zu große Szene machen würde, wenn sie später mit ihr darüber sprach.

Nach Juttas Weggang lief alles besser. Marike kam nun auch emotional am Set an. Sie lernte die Crew besser kennen, der Produzent kam später hinzu, und alle gaben ihr das Gefühl, der Star dieses Films zu sein. Diese Menschen glaubten an sie und mäkelten nicht an ihr herum. Paul versprach ihr, sie als Schauspielerin aufzubauen, weil sie das gewisse Etwas hätte. Niemand vermittelte ihr den Eindruck, eine unbedeutende Anfängerin zu sein, und sie fühlte sich endlich wieder selbstbewusst und sicher.

Bis sie alles im Kasten hatten, wurde es richtig spät. Marike war angenehm erschöpft vom ersten, turbulenten Drehtag und konnte es kaum erwarten, Frank davon zu erzählen.

»Wie kommst du nach Hause?«, fragte Paul, als sie das Haus verließen.

»Nun, da meine Mitfahrgelegenheit wütend das Set verlassen hat, werde ich wohl die Bahn nehmen müssen.« Über dem linken Arm trug sie das Kostüm, das sie für die Außendreharbeiten am Jungfernstieg am nächsten Tag benötigte.

Paul drückte auf den Knopf auf seinem Autoschlüssel, und die Warnblinker an einem schwarzen Mercedes SLK flammten zweimal auf. »Ich setze dich zu Hause ab. Für morgen musst du ausgeschlafen sein, wir haben ein sehr enges Zeitfenster.«

Dankbar stieg sie ein, froh, den Weg zum Bahnhof nicht noch mal gehen zu müssen. Sie hoffte nur, dass Paul nicht zu schnell fahren würde. Der sportliche Zweisitzer verführte sicher zum Rasen – obwohl sie sich im Innern angenehm sicher fühlte.

Als er wendete, glaubte sie, Juttas Golf in einer Auffahrt parken zu sehen. Andererseits gab es nicht gerade wenige blaue Golf IV in Hamburg.

»Wohnst du nicht hier in der Nähe in einem Hotel?«

Paul grinste. »Ich könnte sogar zu Fuß gehen, aber um diese Zeit lasse ich dich nicht mehr allein durch Bergedorf ziehen.«

Darüber war Marike sehr froh. Die Erschöpfung wurde immer stärker, jetzt, da die Anspannung von ihr abfiel.

»Wir haben am Ende sogar mehr geschafft als geplant. Gute Arbeit, Marike. Du bist genau die Michaela, die ich haben wollte.«

»Tut mir leid, dass ich solche Startschwierigkeiten hatte. Ich denke, meine größte Angst war, dass du die Falsche für diese Rolle ausgesucht haben könntest.«

Paul tätschelte ihr die Schulter und lenkte den Wagen am Schwimmbad vorbei nach links. »Ich kann mir gut vorstellen, woher deine Zweifel kamen. Aber eines musst du lernen, Mädchen, sonst bringst du es nicht weit.« Er machte eine kurze Pause, um sich an der Kreuzung zu orientieren. Er entschied sich für rechts und folgte dem Straßenverlauf unter einer Brücke hindurch. »Wenn man dir eine Rolle gibt, dann weil man sie dir zutraut. Du solltest Fachleute wie mich nicht in Frage stellen, indem du anfängst, dir Zweifel einreden zu lassen. Die glaubwürdigste Stimme sollte immer jene sein, die dich weiterbringt!«

Den letzten Satz hätte sie sich gern aufgeschrieben. Sie wusste gar nicht, was sie darauf erwidern sollte, weil er es im Grunde auf den Punkt gebracht hatte.

Während der Fahrt erzählte er ihr ein paar Geschichten vom Dreh seines letzten Films, bei dem so viele dumme Zufälle aufeinandergetroffen waren, dass es an ein Wunder grenzte, dass er nun in den Kinos lief. Marike lachte sehr viel und steuerte ein paar Erzählungen aus ihrer Theaterzeit bei.

Auf der Bundesstraße Richtung Innenstadt unterstrich er seine Worte erstmals mit einer Hand auf ihrem Oberschenkel. Eine zu vertraute Geste für jemanden, den sie kaum kannte. Marike versteifte sich und schlug unauffällig die Beine übereinander.

Als es wieder passierte, zuckte sie sogar zusammen.

»Oh, tut mir leid, Mädchen, das ist eine alte Gewohnheit von mir.« Er sah sie von der Seite an. »Ich bin nicht so schlimm, wie mein Ruf behauptet.«

Sein diesbezüglicher Ruf war bislang an ihr vorbeigegangen. Schweigend wartete sie ab und hoffte inständig, dass er ihren Respekt nicht zerstörte, indem er ihr zu nahekam.

»Die Schürzenjägerzeiten sind lange vorbei. In dieser Branche hat so ziemlich jeder seine Phasen, in denen er das eine oder andere auslebt. Wenn ich dir einen guten Tipp geben darf: Lass es. Ich hatte eine Menge Spaß, aber auch eine Menge Ärger deswegen. Heute trenne ich beruflich und privat erfolgreich. Wenn ich dir also mal aufs Bein klopfe oder andere Kleinigkeiten mache, dann ist es nur ein achtloser Automatismus.«

Er musste lachen, als Marike versuchte, locker darauf zu reagieren, aber wenig überzeugend wirkte.

»Du bist zu nett für diese Welt. Ist mir gleich aufgefallen. Lass die Leute doch denken, du seist arrogant, wenn es dich davor bewahrt, ausgenutzt zu werden.«

Marike seufzte. »Wenn das mal so einfach wäre. Aber vielleicht kann ich mir ja was von Michaela abgucken.«

Sie schaute in den Rückspiegel, weil sie den Gedanken an den blauen Golf nicht ganz abschütteln konnte. Aber sie sah nur die Scheinwerfer der hinter ihnen fahrenden Autos. Bislang hatte sie es vermieden, aufs Handy zu schauen, aber nun holte sie es aus ihrer Tasche und schaltete es ein.

»Wo muss ich jetzt lang?«

»Immer geradeaus Richtung Reeperbahn, dann davor rechtsrum am Heiligengeistfeld vorbei.«

Das Smartphone summte, und zwei Nachrichten von Frank erschienen auf dem Display. Er wünschte ihr viel Erfolg, und später fragte er, wann sie nach Hause käme. Von Jutta war da nichts.

»Alles gut?«

Das Display wurde wieder schwarz, und Marike steckte das Telefon weg. »Ja, ich denke schon. Das mit Jutta ist etwas schwierig, weil ich ihre Gefühle nicht verletzen möchte.«

»Hat sie dich gefragt, ob sie sich so aufführen darf?«

Marike schüttelte den Kopf.

»Oder ob es dir recht ist, dass sie dich wie eine Anfängerin dastehen lässt?«

Mit einer Hand rieb sie sich übers Gesicht. »Nein, aber sie meint es ja nicht böse.«

Mit einer schwungvollen Bewegung legte er wieder die Hand auf ihren Oberschenkel und streichelte ihn sanft. Sie drückte sich vor Schreck in den Sitz.

»Was denn?«, sagte er betont provokant. »Ich meine das doch gar nicht sexuell. Ist doch nur meine Hand auf deinem Bein.«

An einer Ampel musste er anhalten. »Du bist noch sehr jung, also gebe ich dir noch zwei Sachen mit auf den Weg. Erstens: Wenn mein Film darunter leidet, dass diese Person dir das Leben schwermacht, werde ich richtig sauer. Und zweitens: Achte auf deine Grenzen. Egal, was andere sich dabei denken, wenn sie eine überschreiten, du musst sie aufhalten.«

Marike verstand, was er meinte. Sie nahm seine Hand und schob sie von ihrem Bein. »Danke, ich glaube, so deutliche Worte habe ich gebraucht. Ich verspreche, dass ich meine privaten Probleme nicht mehr mit zum Set bringe.«

Es wurde grün, und er fuhr weiter. »Versteh mich nicht falsch: Wir sind eine große Familie, das wirst du sehr bald merken. Du kannst mit uns über alles reden, aber konzentriere dich auf die Arbeit, okay?«

»Nichts lieber als das«, sagte sie erleichtert und ließ sich dazu hinreißen, ihm auf den Oberschenkel zu klopfen.

Es war schön, wenn Paul lachte, weil er dann mit allem zufrieden war.

Außerdem hatte er recht. Jutta tat all das ungefragt und ignorierte Marikes Bedürfnisse komplett. Das anstehende Gespräch würde nicht einfach werden, aber sie würde die Grenze abstecken, über die Jutta keinen Fuß mehr setzen sollte.

*Die Abendsymphonie der Psychiatrie ist längst
der Stille gewichen.
Niemand redet mehr durcheinander, schreit oder beschimpft
seine Mitmenschen.
Und in Zimmer neun ruht Schwester Eva im Bett
einer Patientin, an Händen und Füßen gefesselt,
und erstickt qualvoll an dem dicken Knebel, der sich
mit Speichel vollgesogen hat und fest an ihrem Gaumen klebt.
Wenn sie weniger hartnäckig gewesen wäre, hätte sie nicht
niedergeschlagen werden müssen, dann wäre ihre Nase auch
nicht gebrochen und zugeschwollen, und das hätte ihr sicher
das Leben gerettet.
Ihre Hände verfärben sich hinter dem Rücken blau;
sie sterben schneller als der Rest.
Noch 30 Minuten bis zum Schichtwechsel.*

Kapitel 6

6. August 2011

Marike stand extra früh auf, um mit Frank zu frühstücken, bevor er zur Arbeit ging. Sie hatten bis spät in die Nacht über die Dreharbeiten geredet. Sogar Juttas Rausschmiss hatte sie erwähnt, auch wenn das nur Wasser auf seine Mühlen war. Er brachte kein Verständnis für ihre Bemühungen auf, ständig das Gute in Jutta zu sehen. Ihm war egal, was sie schon alles durchgemacht oder was sie für gute Seiten hatte. Und er fand auch, dass die Dankbarkeit für die Vermittlung der Wohnung und ihre Hilfe beim Umzug langsam ein Ende haben müsste. Und wenn Marike ehrlich zu sich selbst war, kamen ihr immer öfter ähnliche Gedanken.

Müde zog sie den Bademantel über und ging in die Küche, während Frank im Bad die Zähne putzte. Sie liebte diesen Mann mit all seiner Bodenständigkeit und der pedantischen Vorliebe für Planung und Ordnung. Gleichzeitig genoss sie es, ein ganz anderes Leben zu führen als er. Wenn sie darüber redeten, waren sie sich einig, dass genau das der Schlüssel für ihre erfolgreiche Beziehung war.

Sie befüllte die Kaffeemaschine und schaltete sie ein, dann holte sie das Geschirr aus dem Schrank und deckte den Tisch.

Unter der Woche saßen sie selten morgens zusammen, aber durch die Vorbereitungen und die Drehtage wurde die gemeinsame Zeit sehr rar. Sie musste sich zusammenreißen, dass sie, wenn er von seinem Tag erzählte, nicht anfing zu gähnen oder gedanklich abzuschweifen. Sie schaltete das kleine Küchenradio ein und hörte mit einem Ohr den Nachrichten zu.

Kurz darauf kam Frank in die Küche. »Daran könnte ich mich gewöhnen. Frühstücken wir jetzt jeden Morgen zusammen?«

Marike lachte. »Sicher nicht. Ich könnte im Stehen wieder einschlafen.«

Als der Kaffee durchgelaufen war, nahm sie die Thermoskanne aus dem Gerät, und sie setzten sich.

»Auf der Autobahn hat es heute Morgen schon einen schweren Unfall gegeben«, berichtete sie von den Radionachrichten. »Ich bin echt froh, dass du mit der U-Bahn zur Arbeit fährst.«

Frank zuckte mit den Schultern. Er war wie der berühmte Fels in der Brandung. Undenkbar, dass er eines Tages nicht mehr nach Hause kommen könnte.

»Wann geht es bei dir heute weiter?«

»Erst am frühen Nachmittag. Die Drehgenehmigung für die Szene am Jungfernstieg gilt nur für heute. Zum Glück spielt das Wetter mit. Vorher gehe ich noch zu Jutta und kläre das mit ihr.«

Sie reichte Frank das Brot und legte sich selbst eine Scheibe auf den Teller.

Auch wenn ihr ganz schlecht wurde, wenn sie an das bevorstehende Gespräch dachte, musste sie es schnell hinter sich bringen. Sie war entschlossen, endlich klare Grenzen zu setzen.

»Dass du dir überhaupt noch so viel Mühe gibst.«

Er ging mit solchen Situationen anders um. Einerseits beneidenswert, wenn man so klar und konsequent sein konnte, andererseits war Marike gern, wie sie war. Sie wollte ihre Offenheit nicht über Bord werfen, nur weil es manchmal schwierig wurde.

»Bei euch stimmt die Chemie einfach nicht. Ihre guten Seiten hast du noch gar nicht kennengelernt. Sie steht sich nur manchmal selbst im Weg, das ist alles.«

»So kann man das auch ausdrücken«, sagte er mit einem Grinsen. »Oder man nennt es einfach beim Namen: Sie ist durchgeknallt.«

»Das bin ich auch, und trotzdem liebst du mich.«

Frank sah sie mit diesem bestimmten Blick an, der ihr immer noch ein Kribbeln durch den Körper jagte. »Du bist liebenswert chaotisch, aber keine Psychopathin.«

»Oh«, sagte Marike und lachte. »Daran erinnere ich dich das nächste Mal, wenn du dich mal wieder über mein Chaos aufregst.«

Im Flur klingelte ihr Handy.

»Wer ruft mich denn so früh an?« In Erwartung von Anastasia oder Paul stand sie schnell auf und nahm das Telefon vom Ladekabel. Die Nummer war unterdrückt. Schnell tippte sie auf die Annahmetaste und ging mit dem Telefon am Ohr in die Küche zurück.

»Hallo?«

»Marike Lessing?« Die weibliche Stimme klang sehr hell.

»Ja. Wer ist denn da, bitte?«

»Hast du schon mit Lars gedreht?«

Vor ihrem Stuhl blieb sie stehen und sah mit zusammengezogenen Brauen zu Frank. »Wie bitte?«

»Du hast mich schon verstanden. Wie weit seid ihr?«

Frank legte das Messer beiseite und wartete anscheinend auf ein Zeichen von ihr, das erklärte, was los war.

»Wer ist denn da?«

»Ich sehe schon, du hast alles noch vor dir«, kam es abfällig aus dem Hörer, dann legte die fremde Frau auf.

»Das war ja seltsam.« Marike setzte sich und legte das Handy auf den Tisch. »Wahrscheinlich einer von Lars' verrückten Fans.«

»War doch klar, dass die Spinner bei dir anrufen. Die ziehst du irgendwie an.« Frank sah auf die Uhr. »Lass dich nicht ärgern heute, okay? Ich muss jetzt los.«

Er stand auf, umrundete den Tisch und gab ihr einen Kuss. Wenn er für seine Arbeit einen Anzug trug, sah er immer aus wie der jüngere, nicht ganz so durchtrainierte Bruder von Hugh Jackman. Marike begleitete ihn noch zur Tür.

»Denk dran, dass wir morgen mit den anderen verabredet sind«, sagte er und zog sich die Schuhe an. »Ich habe wirklich keine Lust, schon wieder für dich absagen zu müssen.«

In den letzten Wochen hatte sie sich privat aus vielem rausziehen müssen, und wenn sie es richtig einschätzte, würde es in den kommenden Wochen noch schlimmer werden. Es wäre bestimmt für alle nachvollziehbarer, wenn die Dreharbeiten in einer anderen Stadt stattfinden würden und sie so lange komplett weg wäre. Manchmal sah es so aus, als würde sie den ganzen Tag nur herumsitzen, aber in ihrem Kopf arbeitete es unentwegt. Sie ging die Texte durch, überlegte sich, wie sie die Szenen besser zum Ausdruck bringen könnte, und erholte sich, so gut es ging, in der Zeit des Leerlaufs.

»Ja, geht klar.« Sie öffnete ihm die Tür und verabschiedete ihn.

Die Stille in der Wohnung war angenehm. Nur das Radio spielte leise Musik in der Küche, und Marike schloss für einige Herzschläge die Augen. Allen gerecht zu werden war anstrengend, aber wer sonst sollte das schaffen, wenn nicht sie?

Den Vormittag verbrachte sie mit dem Üben des Texts für den Nachmittag. Heute durfte sie die toughe Michaela sein, nicht die, die von ihrem Mann unterdrückt wurde.

Darauf freute sie sich schon, seit sie das Drehbuch zum ersten Mal gelesen hatte. Zwischendurch sah sie immer wieder auf ihr Handy, aber Jutta schwieg beharrlich.

Um elf Uhr zog sie das Kostüm für die Szene an: ein enger schwarzer Rock mit passendem Jackett und eine weiße Bluse. Frisur und Make-up würde Mirijam übernehmen, aber sie sah auch so schon aus wie eine Geschäftsfrau. Die Ambivalenz dieser Figur erinnerte sie an ihr Privatleben. Eine so abhängige Liebe war ihr zwar fremd, aber auch sie handelte selten konsequent nach den eigenen Bedürfnissen.

Sie machte sich auf den Weg zur U-Bahn und schwankte gedanklich zwischen ihrem Text und dem bevorstehenden Gespräch mit Jutta.

Den Weg zur Schneiderei legte sie automatisch zurück, eine ganze Elefantenherde hätte an ihr vorbeiziehen können, ohne dass sie sie bemerkt hätte. Angst wallte in ihr auf, und sie entschied sich für die Flucht nach vorn und ging schneller.

Juttas Blick, als sie die Schneiderei betrat, sagte schon alles. Wenn sie wütend war, verstärkte sich das Grün ihrer Augen und leuchtete regelrecht.

Freundlich bediente sie eine Kundin zu Ende und zeigte Marike die kalte Schulter.

Während sie wartete, sah sie aufs Handy. Einige Mails, die angesichts der Betreffzeilen als Spam einzustufen waren, deuteten anzügliche

Inhalte an oder sagten unheilvolle Ereignisse voraus. Bei Facebook häuften sich die Freundschaftsanfragen, und ständig wurde sie von irgendwelchen Leuten auf Fotos markiert, mit denen sie nichts zu tun hatte. Frank hatte ihr bei den Sicherheitseinstellungen helfen wollen, aber irgendwie fanden sie nie Zeit dafür.

»Wird das jetzt der Standardanblick?«, fragte Jutta provokant. »Du und dein Handy?«

Schnell steckte sie es weg und schüttelte den Kopf. »Nein, sicher nicht. Können wir reden?«

»Dafür ist es reichlich spät, findest du nicht?«

Marike hatte gewusst, dass sie das sagen würde. »Ich wollte eine Nacht drüber schlafen, aber jetzt bin ich hier.«

Jutta nahm ihren Schlüssel vom Arbeitstisch und deutete auf die Tür. »Ohne Kaffee läuft bei mir gar nichts.«

Erleichtert ging Marike aus dem Laden, Jutta folgte. Der Einstieg war gar nicht so schwierig gewesen.

Marike kaufte für Jutta und sich je einen Becher Kaffee an der Eisdiele, und sie setzten sich in der Mitte des Centers auf eine Bank. Das gedämpfte Stimmengewirr des Konsumtempels wurde von leichter Musik untermalt, die als instrumentale Verunglimpfung bekannter Songs vor sich hin dudelte.

»Es tut mir leid«, sagte Jutta, bevor Marike mit ihrer zurechtgelegten Rede anfangen konnte. »Ich hätte wissen müssen, dass ich den Egos am Set auf den Schlips trete, wenn ich mich einmische.« Sie nippte an ihrem Kaffee und strich sich mit der anderen Hand die aschblonden Strähnen aus dem Gesicht. »Allerdings hätte ich mehr Unterstützung von dir erwartet.«

Ein Vorwurf, mit dem Marike gut leben konnte. »Ich war, ehrlich gesagt, total überfordert. Es tut mir leid.« Es war gar nicht nötig, Juttas Verhalten auszudiskutieren, wenn sie sich weiter so versöhnlich zeigte.

»Ich glaube an dich«, setzte Jutta nach. »Du bist die talentierteste Person, die ich kenne. Ich will dir nur helfen.«

Es tat gut, das zu hören, besonders weil sie privat in letzter Zeit eher kritisiert wurde. Die Neuigkeit, dass sie die Hauptrolle in einem Film bekam, hatte anfänglich für Begeisterung gesorgt, aber dass sich die Arbeit über Monate erstreckte und viele Einschränkungen bedeutete, stieß nicht gerade auf viel Verständnis. Allgemein herrschte der Glaube vor, man stünde ein paar Tage vor der Kamera, und dann wäre der Film – schwups – fertig. Und Marike war ja auch nicht der Star des Streifens, alle sahen nur Lars Behring. Für sie bedeutete die Rolle jedoch die Chance ihres Lebens. Jetzt musste sie sich beweisen, viele Hände schütteln und überall da präsent sein, wo die richtigen Personen sie wahrnehmen konnten. Es war schwer zu verstehen, warum ihre Freunde und Frank die Notwendigkeit solcher zeitweiligen Einschränkungen nicht erkannten.

Das Interesse an ihrer Laufbahn erlahmte, ihre Absagen wurden nicht mehr ganz so verständnisvoll aufgenommen. Dabei hätte sie gern ab und an gehört, dass sie talentiert sei und alles gutgehen würde – schon um ihr schlechtes Gewissen zu beruhigen und aufkommende Zweifel gleich wieder zu vertreiben. Trotz Freunde und Partner fühlte sie sich zunehmend einsam und erst dann wieder richtig wohl, wenn sie auf die Crew traf, die sie ganz anders betrachtete. Dass Jutta sie in den vergangenen Monaten zu vielen Terminen begleitet hatte, war gut gewesen. Mit ihr konnte sie über alles reden, weil ihr diese Menschen und Situationen nicht fremd waren. Am liebsten hätte sie auch Frank mal mitgenommen, aber sie wäre zu gehemmt, wenn er zusah. Immerhin musste sie in ihrer Rolle hingebungsvoll die Liebe zu einem anderen Mann darstellen.

»Hilfst du mir weiterhin?« Eigentlich hatte sie das nicht fragen wollen, aber jetzt fühlte es sich richtig an.

Mit einem prüfenden Blick schien Jutta zu ergründen, ob sie es ernst meinte.

»Ich meine ...«, Marike wusste nicht, wie sie es richtig ausdrücken konnte, also sagte sie es geradeheraus, »... du kannst zwar nicht mehr bei den Dreharbeiten dabei sein, aber unsere Zusammenarbeit ist sehr wertvoll für mich.«

Auf Juttas Gesicht erstrahlte ein Lächeln. »Nichts lieber als das!«

In gewisser Weise verspürte Marike eine Art Genugtuung, weil sie von Frank und den anderen wegen ihrer Freundschaft zu Jutta kritisiert wurde und sie selbst schon anfing, an ihrer Menschenkenntnis zu zweifeln. Sie war stolz auf sich, weil sie nicht zu denjenigen gehörte, die andere leichtfertig abschrieben. Ihre Weltordnung war wiederhergestellt.

Das Gespräch, das sich nun entspann, machte ihr unglaublich viel Spaß. Als hätten sie alle schweren Themen vorerst aus ihrer Freundschaft herausgeklopft. Jutta lachte viel, fragte nach dem Fortschritt der Dreharbeiten und wie es nun weitergehen würde. Gemeinsam besprachen sie die anstehende Szene am Jungfernstieg, und es gefiel Marike, wie selbstsicher und zufrieden sie sich fühlte. Genau so sollte es bleiben.

Schließlich neigte sich die Mittagspause dem Ende zu, und Marike musste ihren Weg zum Drehort fortsetzen. Fröhlich legte sie einen Arm um Jutta, und sie gingen Richtung Ausgang.

»Du siehst super aus in diesen Klamotten«, sagte Jutta mit dem gewissen Blitzen in den Augen. Marike bemerkte ihre tiefe Zuneigung, verspürte jedoch nicht den Drang, ihre Absichten zu hinterfragen. Wenn sie tatsächlich Gefühle für sie hegte, dann wollte Marike es nicht wissen. Und da sie selbst eindeutig weder lesbisch noch Single war, machte sie sich keine Sorgen, dass Jutta irgendwelche Grenzen überschreiten könnte.

Vor dem Ausgang umarmten sie einander, da versteifte sich Jutta plötzlich. Es tat fast weh, wie grob sie sie auf einmal an den Schultern packte.

»Was ist?« Sie wollte sich gerade losreißen, als Jutta sie heftig zur Seite stieß.

Marike stolperte und musste einige Schritte machen, um nicht zu stürzen. Hinter sich hörte sie einen Schrei. Als sie sich umdrehte, sah sie Jutta, um die die Passanten einen großen Bogen machten. Dickflüssige rote Farbe lief über ihren Körper. Mit ausgebreiteten Armen stand sie da und sah entsetzt an sich herab.

»Oh mein Gott, Jutta.« Marike fehlten die Worte. Die Leute glotzten, ohne stehen zu bleiben.

»Hört auf zu gaffen«, schnauzte Jutta die Passanten an.

»Wer hat das getan?« Marike sah sich hektisch um.

Jutta zuckte mit den Schultern. »Keine Ahnung, es ging alles so schnell.« Mit einer schlagenden Bewegung schleuderte sie ein paar Farbtropfen von ihrer Hand. »Hauptsache, du hast nichts abbekommen«, sagte sie und drehte sich zu ihr. »Die hatte es auf dich abgesehen. Ich bin mir ganz sicher.«

Marike schaute in die Richtung, aus der der Farbbeutel gekommen sein musste. Autos fuhren vorbei, Menschen gingen die Treppe zur U-Bahn runter. Die Angreiferin war erstaunlich schnell gewesen. »Jemand muss doch was gesehen haben.«

Sie hatte nicht mal jemanden weglaufen gehört. So verständnislos, wie die anderen Besucher des Centers dreinschauten, sah auch sie aus. Sie schüttelte den Kopf. »Das verstehe ich nicht, warum sollte jemand …« Der Anruf von heute Morgen fiel ihr ein. »Wir sollten die Polizei rufen.«

Mit einer Hand wischte sich Jutta Farbspritzer vom Kinn. Hinter ihrem Fuß entdeckte Marike den aufgeplatzten Beutel, der offensichtlich auf Jutta geschleudert worden war. Das Kostüm wäre ruiniert gewesen. Nicht auszudenken, was Paul dazu gesagt hätte. Paul – die Tragweite wurde ihr jetzt erst bewusst. Bis die Polizei käme und ihre Aussage aufgenommen hätte, würde viel zu viel Zeit vergehen.

Als könnte Jutta ihre Gedanken lesen, wedelte sie mit der rot verschmierten Hand. »Ich mach das schon. Geh nur, ich komme zurecht.«

»Aber sollte ich nicht dabei sein, wenn diese Irre es auf mich abgesehen hatte?«

Mit einer Hand verwischte Jutta die zähe Farbe auf der Kleidung, damit nicht noch mehr auf den Boden tropfte. Sie sah aus, als wäre sie die einzige Überlebende eines Blutbads.

»Du hast mich gerettet.« Marike schlug eine Hand vor den Mund. »Du hast gesehen, was kommt, und mich aus dem Weg gestoßen.«

Verlegen neigte Jutta den Kopf. »Das habe ich wohl«, sagte sie und lächelte. »Du hättest das auch für mich getan.«

Marike wollte sofort zustimmen, aber ihre Gedanken waren noch zu sehr mit dem Geschehen beschäftigt. »Ich weiß gar nicht, wie ich dir danken soll.«

»Na, indem es nicht umsonst war. Nun sieh zu, dass du nicht zu spät kommst, und hau sie alle um!« Jutta schien sie in Richtung Drehort schubsen zu wollen, sah dann die Farbe an ihren Händen und machte nur eine scheuchende Bewegung. »Die kommt bestimmt nicht wieder. Zu meiner Zeit tauchten am Set auch immer mal wieder verrückte Fans auf. Nach so einer Aktion verlässt die meisten der Mut. Wir sollten wachsam bleiben, aber keine große Sache daraus machen.«

So ganz überzeugend klangen ihre Worte nicht.

»Keine große Sache? Egal, wem der Farbbeutel gegolten hat, du wurdest angegriffen, das müssen wir zur Anzeige bringen.«

Mit einem Nicken trat Jutta von den Farbklecksen zurück. »Das mache ich, und ich gebe dich einfach als Zeugin an. Dann kann die Polizei sich bei dir melden, sollte das überhaupt notwendig sein.«

»Na gut.« Marike war nicht ganz zufrieden mit der Lösung, aber ihr lief die Zeit davon. »Aber ich bezahle die Reinigung, okay?«

Sie ging mit dem unguten Gefühl, nicht genug getan zu haben. Jutta hatte nicht nur den Schaden, sondern auch den ganzen Ärger. Sie konnte es noch immer nicht fassen, dass sich Jutta so selbstlos vor sie gestellt hatte. Statt Farbe hätte sich alles Mögliche in dem Beutel befinden können. Während der Bahnfahrt beruhigten sich ihre Gedanken. Sie war mehr und mehr überzeugt, dass es die seltsame Anruferin von heute Morgen gewesen war, denn das Zusammentreffen von Telefonat und Angriff war sicher kein Zufall. Die Telefongesellschaft müsste den Verbindungsnachweis erbringen, wenn die Polizei sich darum kümmerte. Sie schaute sich in der Bahn und während des kurzen Fußwegs öfter um, sah aber niemanden, der ihr auffällig vorkam.

Frank wird irgendwas Mieses über Jutta sagen, wenn ich ihm davon erzähle, dachte sie. *Sicher sagt er so was wie: Den Farbbeutel hat sie doch gern kassiert, damit du in ihrer Schuld stehst.*

Dann dachte sie an Paul und Anni, die darin wahrscheinlich nur eine Gefährdung des Terminplans sahen. Sie schüttelte den Kopf. *Erst der Dreh, dann der Bericht über den Vorfall,* beschloss sie innerlich. Niemand sollte denken, dass sie sich von einer Verrückten aus dem Konzept bringen ließ.

Kapitel 7

7. August 2011

»Was soll das heißen, du kannst nicht mitkommen?« Franks Tonfall hatte diesen gewissen Triumph der Enttäuschung. Offensichtlich hatte er schon mit ihrer Absage gerechnet, und nun erfüllte sie diese Erwartung. Die Dreharbeiten am Vortag waren großartig gelaufen. Paul war sogar mit Anni und ihr noch essen gegangen, wobei er hauptsächlich über Marikes Karrierechancen gesprochen hatte und wen er ihr alles vorstellen wollte. So viel Anerkennung und Lob zu bekommen, war sie nicht gewohnt. Es fühlte sich an wie der Lohn für ihre Disziplin und ihr professionelles Auftreten. Da gab es keinen Platz für Erzählungen von verrückten Stalkern, die Farbbeutel auf sie warfen. Und als sie nach Hause kam, hatte sie nur vom Dreh und von Pauls Begeisterung erzählt.

Da wusste sie noch nicht, dass Paul sie heute Abend anrufen und spontan zu einer Party einladen würde. Was ihr wie ein Lottogewinn vorkam, war für Frank eine Zumutung.

»Paul möchte mich dabeihaben, und ich denke, dass mir dieser Abend viele Türen öffnen wird. Sogar Benedikt Zitzow wird dort sein. Ich würde alles dafür geben, einen Agenturvertrag bei ihm zu bekommen. Weißt du, mit wem der alles zusammenarbeitet?«

»Nur die Besten, möchte ich wetten«, sagte Frank sarkastisch und ging in den Flur. »Alles dreht sich nur noch um diesen Film, die Crew und irgendwelche Partys. Aber du und ich haben auch noch ein gemeinsames Leben.«

Marike sah ihm dabei zu, wie er Jacke und Schuhe anzog. »Das weiß ich doch, und ich will dich auch nicht enttäuschen. Kannst du nicht verstehen, dass das eine einmalige Chance für mich ist?«

»Ich habe eine Menge Verständnis«, sagte er lauter als angemessen. »Jeden Tag, an dem ich dich kaum sehe oder du ständig müde bist oder

Texte zu lernen hast.« Er strich sich die Haare zurück und griff nach seinem Schlüssel. »Vielleicht sollte ich dir auch eine Szene machen wie Jutta, damit dir unsere gemeinsame Zeit wichtiger ist. So dicke, wie ihr jetzt wieder miteinander seid, stehst du ja offensichtlich drauf.«

»Das tust du doch gerade«, rutschte es ihr heraus, bevor sie darüber nachdenken konnte. Dieser Drahtseilakt, um alle zufriedenzustellen, misslang an allen Ecken und Enden.

Es hatte keinen Sinn, ihm ausgerechnet jetzt zu erzählen, was am Vortag passiert war und wie großartig Jutta reagiert hatte. Er bekam nur mit, wie sie am Telefon Pläne mit Jutta schmiedete und ihn mal wieder allein losziehen ließ.

Nach ihrem Empfinden ging es nur noch darum, Erwartungshaltungen zu erfüllen. Niemand fragte, wie es ihr ging, alle stellten nur Forderungen. Das machte sie zunehmend mürbe.

Frank steckte Schlüssel und Geldbörse in die Jackentasche und sah sie wütend an. »Schmeiß mich nie wieder in einen Topf mit dieser Geistesgestörten«, sagte er drohend. »Du hättest sie ziehen lassen sollen, als du die Gelegenheit dazu hattest, aber nein, du willst ja nie die Böse sein.« Er baute sich vor ihr auf und verschränkte die Arme vor der Brust. »Aber mir gibst du einen Korb nach dem anderen, das kotzt mich an.«

Marike kämpfte mit den Tränen. Da musste sie ihm zwangsläufig recht geben. An seiner Stelle wäre sie ebenso enttäuscht. Sie nahm ihn nicht mal mit an den Drehort, wenn es möglich war, weil sie sich ganz auf die Gespräche mit den Kollegen konzentrieren wollte. Sicher, sie hatte eine Menge Spaß dabei, dennoch gehörte es zur Arbeit dazu. Aber sie war nicht minder wütend. Sie verlangte nur, dass er ihr ein paar Monate lang den Rücken frei hielt, eine überschaubare Zeitspanne, in der sie mal keine Zeit für Freunde, Kinobesuche oder Abendessen in Restaurants hatte. War das tatsächlich zu viel verlangt?

»Es tut mir leid«, sagte sie ehrlich. »Ich dachte, ich kriege das alles unter einen Hut, doch es funktioniert leider nicht. Aber es ist doch kein Dauerzustand.«

Frank seufzte und änderte seine Haltung. Sie sah ihm an, dass er ebenso bemüht war wie sie.

»Wie wäre es, wenn wir morgen essen gehen? Nur du und ich?«, schlug sie vor.

Etwas versöhnlicher sah er ihr in die Augen. »Und du willst Jutta dafür absagen?«

Das hatte sie vollkommen vergessen, aber in diesem Moment ging es um Wichtigeres. »Ja, wenn sie wütend reagiert, ist das ihr Problem.«

Mit einer Hand öffnete er die Wohnungstür und gab ihr zum Abschied einen Kuss auf die Wange. »Dann bis morgen.«

Sie ging ihm nach, schloss die Tür hinter ihm und lauschte seinen Schritten, bis die Haustür krachend ins Schloss fallen müsste – aber das tat sie nicht.

In ihr keimte die Hoffnung, dass er umgekehrt war, um sie noch mal richtig in den Arm zu nehmen. Vielleicht überlegte er noch. Es waren zumindest keine Schritte zu hören. Mit einem lauten Klackgeräusch erlosch das Licht im Treppenhaus, und niemand schaltete es wieder ein. Durch die schmalen, geriffelten Fenster fiel nur sehr wenig Tageslicht. Und doch kam es ihr so vor, als wäre da jemand. Leise änderte sie ihre Position und löschte das Flurlicht, bevor sie durch den Spion sah. Selbst wenn dort jemand gestanden wäre, hätte sie ihn nicht erkannt, weil es stockfinster war. Je länger sie die Schwärze da draußen betrachtete, desto stärker wurde ihr Unwohlsein.

Ein Klingeln an der Haustür ließ sie erschrocken zusammenfahren. Als sie den Hörer der Gegensprechanlage abnahm, glaubte sie, auch im Treppenhaus etwas gehört zu haben.

»Hallo?«

»Hier ist Paul, ich bin etwas früh dran.«

Etwas war leicht untertrieben. Von seinem Anruf bis jetzt war gerade mal eine halbe Stunde vergangen.

Marike drückte auf den Summer, um die Haustür zu öffnen. Normalerweise hätte sie die Wohnungstür einen Spalt offen gelassen, damit sie schnell im Bad verschwinden konnte, um sich zu beeilen, aber das seltsame Gefühl, dass jemand vor ihrer Tür gewesen war, verging einfach nicht. Das Licht im Treppenhaus sprang an. Marike schaute erneut durch den Spion, aber niemand war zu sehen.

»Jetzt geht's echt mit mir zu Ende«, schimpfte sie mit sich selbst und legte die Hand auf die Klinke. Die Schritte kamen näher, und dann sah sie Paul die letzten Stufen hochsteigen. Mit einem Lächeln öffnete sie die Tür und bat ihn in die Wohnung.

»Ich weiß, dass ich früh dran bin, aber du scheinst etwas in Verzug zu sein«, kommentierte er ihren legeren Jogginganzug-Look.

Sie begrüßte ihn mit angedeuteten Küssen links und rechts. »Gib mir zehn Minuten, und du wirst staunen.«

Als sie die Tür hinter ihm schloss, vergewisserte sie sich, dass sie auch fest zu war.

»Alles gut bei dir?« Seinem prüfenden Blick schien nichts zu entgehen.

»Privat ist gerade alles etwas schwierig«, sagte sie ehrlich. »Aber das ist halb so wild.«

Mit einer Handbewegung gab sie ihm zu verstehen, dass er sich ganz zu Hause fühlen sollte, und verschwand schnell im Bad.

»Und? Bist du schon aufgeregt?«, fragte er laut, damit sie ihn durch die Tür hören konnte.

»Warum?«

»Die Szenen mit dir allein oder den Komparsen haben wir bis Ende der Woche durch. Dann werden endlich die Szenen mit Lars gedreht.«

Lars Behring. Natürlich war sie aufgeregt. Sie konnte es kaum erwarten, mit ihm gemeinsam vor der Kamera zu stehen. »Ich freu mich drauf«, sagte sie unverbindlich, obwohl Paul sicher genau wusste, wie nervös sie deswegen war.

»Er sich auch«, setzte er amüsiert nach.

Marike schminkte sich routiniert und steckte die Locken mit Klammern an den Seiten etwas hoch, damit ihre neuen Ohrringe besser zur Geltung kamen. Es waren linsengroße Rubine, die sie von ihren stolzen Eltern für derartige Anlässe geschenkt bekommen hatte. Für sie war sie bereits ein Star, immer schon gewesen. Sie stieg in das enge schwarze Kleid, das nicht zu glamourös und doch elegant wirkte. Es war schon etwas älter, aber das sah man dem Stoff nicht an.

»Nimmst du mich so mit?«, fragte sie, als sie aus dem Bad trat.

Paul sah sie an und grinste. »Wenn ich etwas jünger wäre und weniger respektvoll Beziehungen gegenüber, würde ich mit dir hierbleiben.«

Sie stieg in ihre Highheels, nahm den schwarzen Mantel vom Haken und ihre Schlüssel vom Brett. »Dann lass uns lieber schnell gehen.«

Im Treppenhaus hallte der Klang ihrer Absätze von den Wänden wider. Sie fühlte sich gut in dem Outfit und selbstsicher, weil Paul sie zu dieser Party mitnahm und angekündigt hatte, sie als den Star seines Films vorzustellen. Während sie in der anderen Welt Marike die Drahtseiltänzerin sein musste.

***

Die Feier fand in der Stadtrandvilla von Theo Götz statt. Ihm gehörten die Fingerprint Productions, die in den vergangenen Jahren für die sechs erfolgreichsten deutschen Komödien verantwortlich gezeichnet hatten. Das Who is Who der Hamburger Filmemacher war zu diesem privat anmutenden Event eingeladen worden. Dennoch fehlte der rote Teppich vor dem Eingang nicht. Die Presse schoss ein paar Fotos, und Marike tauchte in eine vollkommen andere Welt ab, eine, in der sie sich zugehörig und verstanden fühlte.

Theo Götz empfing sie mit einem Handkuss. »Endlich lerne ich Sie persönlich kennen«, sagte er und musterte sie unverhohlen. »Ich werde Sie aufmerksam im Auge behalten.«

Paul ging dazwischen und schüttelte ihm die Hand. »Aber jetzt gehört sie erst mal zu mir, alter Freund.«

Marike sah zu den Fotografen zurück und lächelte. Weiter hinten auf der anderen Straßenseite stand sogar eine Fotografin, die Aufnahmen mit dem Teleobjektiv machte. Gutgelaunt winkte Marike ihr zu.

»Die Presse liebt dich jetzt schon«, sagte Paul und schob sie sanft weiter.

»Bis später, Frau Lessing«, versprach Theo Götz.

Genau hierfür war sie geboren worden. Am Theater hatte sie sich schon sehr wohl gefühlt, aber nun tauchte sie in Kreise ein, die ihr das

Gefühl gaben, nach Hause zu kommen. Sie sah sich unter den Gästen um, während Paul ihr ein Glas Sekt besorgte.

Kreative Energie, ausdrucksstarke Menschen, Macher und Familie. Es ging nicht darum, welche berühmten Namen hier versammelt waren, sondern was alle miteinander verband.

»Darf ich Ihnen den Mantel abnehmen?« Die blonde Frau in der Serviceuniform streckte ihre Hand aus.

»Gern.«

Paul legte seinen einfach obendrauf, ohne die Frau überhaupt zu beachten. So wollte Marike niemals werden, egal, wie ihre Karriere weiter verlief. Sie würde allen immer ins Gesicht schauen.

Die Blondine lächelte geschäftig und ging mit den Mänteln davon.

»Ich habe dir ja von Benedikt Zitzow erzählt.« Paul nickte unauffällig in die Richtung einer kleinen Gruppe, die um einen Stehtisch stand. »Der mit dem hellblauen Jackett und dem dunklen Bärtchen ist es. Aber den wirst du als Letztes kennenlernen. Er gehört mehr zu den Anglern.«

»Anglern?« Marike warf ihm einen unauffälligen Blick zu.

»Er zieht seine Fische gern selbst an Land. Also lass ihn dich entdecken. Und kleiner Tipp: Was bei anderen eine Besetzungscouch ist, ist bei ihm ein Ablehnungssofa. So charmant er auch sein wird, je deutlicher du ihn abweist, umso größer ist sein berufliches Interesse.«

Marike sah Paul fassungslos an. »Ernsthaft? Willst du mir erzählen, dass es immer mehr um Sex geht als um Talent?«

Paul legte ihr einen Arm um die Taille und kam ganz dicht an ihr Ohr. »Ganz unverblümt ausgedrückt: Du bist Frischfleisch. Wir sind Männer, natürlich springen wir auf schöne Frauen an. Aber wenn wir sie gevögelt haben, ist der Reiz weg.« Er ließ seinen Daumen über den Stoff ihres Kleides streichen. »Statt es abstoßend zu finden, solltest du lernen, mit dem Feuer zu spielen, ohne dich zu verbrennen. Ich verspreche dir, dass du sehr viel Spaß haben wirst, wenn du erst begreifst, welche Macht du besitzt.«

Marike glaubte zu verstehen, was er ihr sagen wollte. Wenn man von den ganzen sexistischen Aspekten absah, war die Herausforderung die, sich über Äußerlichkeiten hinweg- und als talentierte Schauspielerin in den Köpfen festzusetzen.

Mit einem Lächeln nahm sie Pauls Hand von ihrer Hüfte und trat einen Schritt zur Seite. »Ich denke, ich habe verstanden.«

Paul zwinkerte. »Dann stelle ich dir jetzt ein paar Leute vor.«

Der Abend verlief nicht ansatzweise so raubtierhaft, wie Paul sie hatte glauben machen wollen. Schauspieler, Drehbuchautoren und Produzenten flirteten zwar mit ihr, aber die Gespräche kamen sehr schnell auf die Dreharbeiten und ihren Werdegang. Allein dass sie mit Paul Kreuzer zusammenarbeitete, machte die Leute neugierig. Marike redete an diesem Abend so viel wie in ihrem ganzen Leben noch nicht. Rotwein und Sekt ließen ihre Wangen leicht glühen, aber sie fühlte sich rundum wohl und gelöst.

»Wenn ich es richtig beobachtet habe, trinken Sie den spanischen Rotwein?«

Marike sah von dem vollen Glas in der fremden Hand direkt in Benedikt Zitzows Gesicht.

»Das ist korrekt«, sagte sie mit einem Zwinkern und nahm das Glas entgegen. Er hatte genau den Moment abgepasst, in dem sie auf Mineralwasser umsteigen wollte, um nicht zu betrunken zu werden.

»Erzählen Sie mir etwas von sich, das ich noch nicht weiß.«

Sie nippte am Wein und lächelte. »Ich bin wahrscheinlich die einzige Person in diesem Raum, die nicht weiß, wer Sie sind.«

Mit einer Hand auf der Brust gab er sich gespielt betroffen. »Ich fürchte, wir müssen sofort die Sicherheitskräfte rufen und Sie von dieser Party entfernen lassen.«

»Oder«, sie sah ihn über das Glas hinweg an, »Sie helfen mir, diesen Missstand unauffällig zu beseitigen.«

Er nahm ihre Hand und strich sanft mit seinen Fingern über den Handrücken. »Mein Name ist Benedikt Zitzow.«

Marike sah von den Händen zu seinen Augen. »Dann weiß ich doch, wer Sie sind, aber ehrlich gesagt, nahm ich an, Sie seien wesentlich älter.«

Wie erhofft musste er lachen.

Mit einem charmanten Lächeln entwand sie ihm die Finger und brachte den Stehtisch zwischen sich und ihn.

»Was halten Sie davon, wenn wir uns später in einen ruhigeren Winkel zurückziehen und über Ihre Zukunft sprechen?«

Marike stützte sich auf dem Tisch ab, um ihm etwas entgegenzukommen. Und Paul hatte recht, das Spiel gefiel ihr außerordentlich gut.

»Ich spreche niemals in Séparées über meine Zukunft. Dafür bevorzuge ich offizielle Bürotermine. Aber warum erzählen Sie mir nicht noch ein paar Dinge über sich, die ich noch nicht weiß?«

Er zwirbelte seinen Spitzbart zwischen den Fingern und dachte nach. »Sie gefallen mir«, sagte er schließlich. »Meine Assistentin wird sich mit Ihnen zwecks eines Termins in Verbindung setzen.« Dann reichte er ihr die Hand und mischte sich wieder unter die anderen Partygäste.

Die blonde Bedienung kam zu ihr und lächelte. »Herzlichen Glückwunsch.«

»Wie bitte?«

Die Frau stellte das Tablett auf den Tisch und sammelte die leeren Gläser ein. »Na, das sah doch ganz nach Agenturvertrag aus.«

Verwundert sah Marike die Bedienstete an.

»Ich mache das hier schon seit Jahren. Inzwischen kenne ich sie alle. Wenn Sie was wissen wollen, dann fragen Sie mich.«

Marike ließ den Blick schweifen. »Okay, dann sagen Sie mir, warum man den Gastgeber so wenig sieht.«

Die Blondine zuckte mit den Schultern, als sei die Frage zu einfach. »Der hat oben seine Gentlemen-Runde. Sie rauchen Zigarren, trinken Whiskey und schließen per Handschlag die nächsten Verträge ab.«

Paul schien Teil dieser Runde zu sein, denn sie konnte auch ihn unter den Gästen nicht mehr entdecken.

»Wenn ich Ihnen einen Rat geben darf«, ergänzte die Servicekraft flüsternd.

Marike beugte sich zu ihr vor. Ein blumiger Duft ging von der Frau aus.

»Sie sollten bald fahren. Langsam sehen Sie vom Wein müde aus, und diese Party sollten Sie verlassen, bevor Sie zu viel getrunken haben und morgen vielleicht etwas bereuen.«

Im ersten Moment wollte Marike wütend reagieren, aber die Blondine sah so aus, als hätte sie hier vieles mit angesehen. Dabei wirkte es gar nicht wie eine ausschweifende Party. Ohne eine Antwort abzuwarten, nahm die Frau das Tablett vom Tisch und brachte die Gläser weg.

Marike sah ihr nach, und die Stimme der Vernunft zählte bereits die Möglichkeiten auf, die Feier zu verlassen. Paul bitten, sie nach Hause zu fahren, ein Taxi rufen oder bis zur Haltestelle des Nachtbusses zu Fuß gehen. Ein Blick auf ihre Schuhe schloss die letzte Option sofort wieder aus. Dank der ersten Gage befand sich zwar wieder Geld auf ihrem Konto, aber sie wollte es zusammenhalten. Eine halbe Stunde hielt sie es noch aus, dann machte sie sich auf die Suche nach Paul.

Im Flur sah sie eine andere Bedienung. »Wo finde ich Paul Kreuzer?«

»Die Herren sind oben im Gespräch.«

»Würden Sie ihm eine Nachricht von mir geben?« Marike suchte in ihrer Handtasche nach einem Zettel und Stift.

»Hier.« Die Frau reichte ihr eine weiße Serviette.

»Danke.« Ja, es wurde dringend Zeit, nach Hause zu fahren. Es war etwas mühselig, die Nachricht auf das dünne Papier zu schreiben, und in ihrem Kopf setzte leichter Schwindel ein.

»Soll ich Ihnen ein Taxi rufen?«

Marike nickte. Es war ein schöner und erfolgreicher Abend gewesen. Sie war gesehen, wahrgenommen und freundlich empfangen worden. Und nicht mehr lange, und sie würde ein fester Bestandteil dieser Feiern werden. Heute war sie noch die Fremde gewesen. *Aber nicht mehr lange,* versprach sie sich selbst.

Die Bedienung telefonierte, dann ging sie in den Nebenraum und kam mit Marikes Mantel zurück.

»Woher wussten Sie, dass das meiner ist?«

Die Frau zwinkerte verschmitzt. »Berufsgeheimnis.«

Sie half Marike in den Mantel und wünschte ihr eine gute Heimreise.

Das Haus wieder zu verlassen, war nicht ganz so spektakulär wie die Ankunft, weil keine Fotografen mehr vor dem Eingang standen. Nur ein Türsteher verrichtete dort seinen Dienst.

Marike zog den Mantel enger um den Körper und ging los. Hinter sich hörte sie die Musik und die Stimmen leiser werden. Ein leichter Nieselregen hatte eingesetzt und benetzte ihre Haut. Die Frische tat gut nach den Stunden in weinlastiger Atmosphäre.

Während sie wartete, steckte sie die Hände in die Manteltaschen und ertastete zu ihrer Überraschung rechts einen Zettel. Sie zog ihn hervor und entfaltete das Papier.

Darauf stand in schwarzer Druckschrift: *Ich sehe dich.*

Instinktiv schaute sie sich nach allen Seiten um, aber da war nur der Türsteher, der sie lustlos beobachtete. Marike nickte ihm zu und steckte den Zettel weg. Sie war sich sicher, dass der Hausherr ihn in ihre Tasche gesteckt hatte.

Ich sehe dich. »Na, das hoffe ich doch«, flüsterte sie gutgelaunt. Offensichtlich hatte sie an diesem Abend alles richtig gemacht.

***

Das nächtliche Hamburg zog an ihr vorüber, ohne dass sie ihm besondere Aufmerksamkeit schenkte. Ihre Gedanken nahmen alle Sinne in Beschlag. Sie konnte dieses aufregende Kribbeln im Bauch spüren, als sie sich vor Augen führte, dass Benedikt Zitzow ihr womöglich einen Agenturvertrag anbieten würde.

Sie sah auf das Taxameter, auf dem der Betrag unaufhaltsam stieg. 30 Euro wurden gerade überschritten. Darüber wollte sie sich keine Gedanken machen – am besten nie wieder.

Ich muss nur professionell meine Filmrolle zu Ende spielen, dann kann ich einfach durch offene Türen spazieren, sagte sie sich selbst.

Endlich angekommen, gab sie dem Fahrer ein kleines Trinkgeld und stieg mit unsicheren Schritten aus. Die frische Luft verstärkte die Wirkung des Alkohols.

Auf dem Weg zur Tür suchte sie in der Handtasche nach dem Haustürschlüssel. Sie musste an Benedikt Zitzows verdutztes Gesicht denken, als sie ihm einen Korb gegeben hatte. Kichernd klimperte sie mit den Schlüsseln.

Sie hoffte, dass Frank noch wach und für ihren Bericht empfänglich war. Vielleicht war er ja nicht mehr sauer.

Beschwingt ging sie auf den Eingang zu und steckte umständlich den Schlüssel ins Schloss. Als das Aufschließen nicht gleich gelang, musste sie wieder kichern. Sie drehte den Schlüssel und rüttelte an der Tür, korrigierte die Position und versuchte es noch mal.

Da ging das Licht im Treppenhaus an.

Nach einer Weile sah sie durch die Glastür eine schlanke Frau mit kurzen, schwarzen, zotteligen Haaren die Treppe herunterkommen. Das punkige Schottenmuster ihrer Hose ließ Marike vermuten, dass sie zur WG im fünften Stock gehörte. Sie blieb drinnen stehen, kaute Kaugummi mit offenem Mund und grinste abfällig, während sie Marike bei ihren Bemühungen beobachtete.

Ergeben zog Marike den Schlüssel wieder ab und deutete auf die Tür.

Die Fremde machte eine auffordernde Handbewegung, als würde sie Geld für ihre Leistung verlangen. Dann lachte sie dreckig und öffnete von innen.

»Nur 'n Scherz, Schwester. Ick nehm och 'ne Kippe.«

Marike zog bedauernd die Schultern hoch. »Sorry, ich rauche nicht.«

Sie wurde einmal abschätzend gemustert, dann nuschelte die Punkerin irgendwas und ging.

»Wie auch immer«, flüsterte Marike und erklomm die Stufen. Mit schmerzenden Füßen und Schwindel im Kopf war die Treppe eine Qual, aber ihre gute Laune konnte das nicht beeinträchtigen.

Vor der Wohnungstür suchte sie nach dem richtigen Schlüssel. Klackend ging das Licht aus. »Scheiße.«

Die Diode des Lichtschalters in der Nähe war defekt. Marike hatte die Wahl, nach dem Schalter zu tasten oder die Tür blind aufzuschließen.

Ihre Fröhlichkeit erstarb und wurde durch das Gefühl ersetzt, das sie bereits zuvor am Abend gespürt hatte. Da war jemand in der Dunkelheit.

Das bildest du dir nur ein.

Sie versuchte ganz ruhig, den Schlüssel ins Schloss zu stecken. Ihr war nicht ganz klar, ob sie ihren eigenen Atem hörte oder den einer anderen Person. Ein leises Schaben erklang, Angst legte sich wie eine kalte Hand in ihren Nacken.

Endlich saß der Schlüssel, sie drehte ihn dreimal und stolperte hektisch in die Wohnung.

Lauter als gewollt knallte sie die Tür zu und starrte durch den Spion in die Dunkelheit.

Dreimal. Das bedeutete, Frank war noch nicht zu Hause.

»Freiheit ist nur ein anderes Wort für den Übergang in deine Welt.
Wo auch immer du bist, ich bin schon da.
In deinem Kopf.
In deinen Lenden.
Ich bin das Kribbeln auf deiner Haut.
Das Zucken, wenn du kommst.
Ich bin deine dunkelste Seite.
Die Schande deiner Lust.
Das Verlangen, das du mit Angst zu zähmen wünschst.
Fürchte mich, wenn du zum Tier wirst.
Dann bin ich direkt
hinter
dir.«

Kapitel 8

8. August 2011

Marike hatte eine unruhige Nacht hinter sich. Eigentlich war sie kein ängstlicher oder paranoider Mensch, aber aus irgendeinem Grund hatte sie sich erst wieder sicher gefühlt, als Frank endlich nach Hause gekommen war und sich wortlos neben sie ins Bett gelegt hatte.

Als er am Morgen zur Arbeit gegangen war, kehrte das ungute Gefühl zurück. Sie saß mit einem Kaffee auf dem Sofa und konnte sich nicht auf den Text konzentrieren. Ihre eigene Stimme hörte sich zu laut an im Wohnzimmer, die Einrichtung vermittelte ihr den Eindruck, verändert worden zu sein, ohne dass etwas offensichtlich anders stand.

Aber irgendwas war anders.

Sie bemerkte es aus dem Augenwinkel, immer wenn sie auf den Text starrte.

Sie legte die Unterlagen zur Seite und versuchte endlich, den Fehler im Bild zu finden, damit die Störung ein Ende hatte. Die Gegenstände standen wie immer in den Regalen, die Gardine vor der Balkontür war nicht ordentlich in Form gezogen, aber das gehörte zum normalen Erscheinungsbild, das konnte es nicht sein.

Oder ist es gar nicht im Raum? Sie richtete sich auf und versuchte, durch die weiße Gardine auf den Balkon zu schauen.

Sie glaubte, draußen eine Bewegung auszumachen, was ihrem Herzen einen schmerzhaften Extraschlag abverlangte. Mit dem Telefon in der Hand ging sie auf die Balkontür zu und wählte die Nummer der Polizei, die sie sofort anrufen würde, wenn die Phantasie ihr hier keinen Streich spielte.

Bei jedem Schritt achtete sie auf weitere Bewegungen. Nun hörte sie ein Geräusch: ein Rascheln oder leises Schlagen von draußen.

Erschrocken wählte sie die Nummer und riss mutig den Vorhang zur Seite, bereit, einem Perversen ins Gesicht zu blicken. Aber es war nur eine Taube, die sich anscheinend einen Flügel gebrochen hatte und zwischen kurzen Pausen erschöpfte Flugversuche unternahm. Der Wählton endete, und eine Stimme meldete sich.

»Entschuldigung, es war falscher Alarm«, sagte Marike benommen und legte wieder auf. Nicht, dass es ihr lieber gewesen wäre, dort einen Spanner zu entdecken, aber der Vogel war eindeutig harmlos.

»Das muss an der Rolle liegen«, erklärte sie sich selbst. »Wer ein Opfer spielt, muss sich wohl auch wie eines fühlen.«

Sie sah die Taube mitleidig an, deren Flügel unbrauchbar zur Seite abstand. Das arme Tier litt wahrscheinlich unter starken Schmerzen, aber Marike wusste nicht, was sie mit ihm machen sollte. Ein Tierarzt würde sie wahrscheinlich auslachen, wenn sie mit einer Stadttaube in der Praxis auflief. Vom Balkon werfen war ebenso wenig eine Option, wie dem armen Tier den Hals umzudrehen. Wahrscheinlich war der Vogel gegen das Fenster geflogen, obwohl die Gardinen eigentlich als Hindernis erkennbar sein sollten.

Sie legte das Telefon weg und ging in die Küche. In eine Schüssel füllte sie Wasser und in eine andere Müsli. Wenn Frank käme, würden sie gemeinsam entscheiden, was zu tun war.

Am Kühlschrank fehlten zwei Fotos, die sonst immer ganz oben unter den Magneten klemmten. Marike sah sich in der Küche nach ihnen um. Es waren im Grunde belanglose Schnappschüsse, die aus einer Laune heraus einen Platz am Kühlschrank gefunden hatten, aber nun, da sie fehlten, wirkte der Platz verwaist. Warum hatte Frank sie abgenommen? Es gab schönere Paarbilder von ihnen beiden, warum sollte er ausgerechnet die irgendwohin mitnehmen?

Er wird doch wohl nicht so sauer auf mich sein, dass er sie nicht mehr sehen wollte?

Sie würde ihn fragen, am besten noch bevor sie ausgingen, damit diese Sache keinen Schatten auf den gemeinsamen Abend warf.

Mit den Schüsseln in den Händen ging sie zum Balkon zurück und stellte eine auf die Fensterbank, um mit der freien Hand die Tür zu öffnen.

Zu spät.

Die Taube lag regungslos mit verdrehtem Kopf direkt vor der Scheibe. Auch wenn es nur ein Vogel war, tat es ihr leid, ihm nicht geholfen zu haben. Sie schaute zu dem dünnen Sichtschutz, der ihren Balkon von dem der Nachbarwohnung trennte. »Hättest du nicht dort gegen die Scheibe fliegen können?«, flüsterte sie. »Dann würde ich jetzt weiter am Text sitzen und meine Zeit nicht mit anderen Dingen vertrödeln.«

Das gelbe, von der Sonneneinstrahlung poröse Plastik zeigte einen neuen Riss. Es war nur eine Frage der Zeit, bis ein Stück herausbrechen würde. Marike zog die Gardine wieder zu und brachte die Schüsseln in die Küche zurück. So wie es gerade lief, konnte sie genauso gut Jutta anrufen und die Verabredung für den Abend absagen. Schlechter konnte ihre Stimmung ohnehin nicht mehr werden. Es blieb nur zu hoffen, dass Jutta nichts von ihrer guten Laune eingebüßt hatte.

Tags zuvor war sie auf einen Abend mit Frank und den Freunden eingestellt gewesen, den sie hatte absagen müssen, nun war Jutta dran. Sie hoffte, dass es nicht so weitergehen würde, weil sie sonst ihr Privatleben ganz abschreiben konnte. Dieses Essen sollte ein Dankeschön für Juttas Einsatz sein, aber jetzt war es viel wichtiger, mit Frank zusammen zu sein.

Egal, was sie tat, am Ende müsste sie immer jemanden enttäuschen.

Sie nahm das Telefon zur Hand und wählte Juttas Nummer. Es dauerte, bis sie sich am anderen Ende meldete. Sie klang gehetzt und doch fröhlich.

»Passt es gerade?«, fragte Marike und suchte nach den richtigen Worten.

»Ja, alles gut, ich gehe hier nur kurz raus. Meine Chefin ist heute da.«

Schritte hallten, wahrscheinlich ging sie ins Treppenhaus des Einkaufszentrums. Fast alle benutzten die Fahrstühle, und wenn man seine Ruhe haben wollte, ging man zu den Treppen.

»Es tut mir leid, aber ich muss für heute Abend absagen«, sagte sie geradeheraus. »Frank und ich hatten gestern einen ziemlich heftigen Streit, und deshalb müssen wir in Ruhe reden, wenn er von der Arbeit kommt.«

Das Schweigen verhieß nichts Gutes. Doch dann sagte Jutta ruhig: »Meinst du, ihr kriegt das wieder hin?«

»Ja, es ist nur im Moment alles etwas viel.« Marikes Blick wanderte wieder zur Gardine und der Stelle, wo sich der tote Vogel verbarg. »Ich sage dir wirklich nicht gern ab, das weißt du. Vor allem nicht, weil ich mich mit dieser Einladung bei dir bedanken will.«

Die Hintergrundgeräusche veränderten sich, anscheinend hatte Jutta das Gebäude verlassen und stand nun auf dem Gehweg vor dem Center. »Bring deine Beziehung in Ordnung, wir holen unser Treffen einfach nach, okay?«

»Danke, das ist lieb von dir.« Sie war erleichtert, dass sie es ihr nicht noch schwerer machte.

»Ich bin immer für dich da, das weißt du doch, oder?«

Irgendwie schon, aber manchmal eben mehr, als du solltest. Durch die Außenwand übertrug sich ein knirschendes Geräusch, das in einem lauten Knacken endete. Leises Scheppern folgte, und Marike konnte einen kleinen Schrei nicht unterdrücken.

»Was ist?« Jutta klang nicht minder alarmiert.

»Auf dem Balkon war irgendwas. Vorhin ist ein Vogel gegen die Scheibe geflogen, aber der ist tot.«

Mit dem Telefon am Ohr ging sie zum Fenster und spähte vorsichtig zwischen den Gardinen hindurch. Gelbe Plastikscherben lagen auf dem grauen Beton, und durch das Loch im Sichtschutz konnte sie ein Stück des Nachbarbalkons sehen. Da stand niemand, aber Marike wusste, dass da einer sein musste.

»Ich glaube, jemand beobachtet mich.«

»Wie bitte?« Jutta hielt inne. »Was meinst du damit? Wer sollte so was tun?«

»Keine Ahnung. Ein Perverser? Oder die Farbbeutelwerferin von vorgestern? Ich hatte dir noch gar nicht erzählt, dass ich vor diesem Angriff einen seltsamen Anruf hatte.« Unschlüssig starrte sie auf das Loch. Sie traute sich nicht, auf den Balkon hinauszugehen und nachzusehen.

»Ich komme zu dir«, sagte Jutta entschlossen und schien sich wieder in Bewegung zu setzen.

»Nein, warte, das musst du nicht. Ich rufe Frank an, es ist auch seine Wohnung. Es ist besser, wenn er herkommt.« Ihr war bewusst, dass sie damit den Frieden mit Jutta erneut in Gefahr brachte, aber es war ihre Entscheidung, und Jutta hatte sie zu akzeptieren.

»Gut«, sagte die verschnupft, die Schritte stoppten. »Dann schau, ob dein Retter dir schnell zu Hilfe eilt. Du weißt ja, wo du mich findest.«

Ohne ein weiteres Wort legte sie auf. Marike nickte nur stumm und sah auf die leere Stelle, wo zuvor noch die Taube gelegen hatte.

Ihr wurde ganz schlecht. Sie drückte die Kurzwahl für Franks Nummer, aber er ging nicht ran. Auch unter der geschäftlichen Nummer erreichte sie nur den Anrufbeantworter. Zudem hatte sie vergessen, sich von Jutta die Telefonnummer der zuständigen Beamten für die Farbbeutelattacke geben zu lassen. Jutta hatte gesagt, sie würden sich im Bedarfsfall bei ihr melden. Während sie erneut Franks Nummer wählte, überlegte sie, ob sie noch mal Jutta anrufen und um die Polizeidurchwahl bitten sollte.

Die Vorstellung, dass jeden Moment jemand auf dem Balkon auftauchen könnte, war grauenhaft. Wie war derjenige überhaupt hier hoch gelangt? Sie wohnten im dritten Stock!

Die Balkone eines Stockwerks waren alle miteinander verbunden; die dünnen Plastikwände sorgten für etwas Privatsphäre. Wer auch immer dort war, konnte nur durch eine der Nachbarwohnungen gekommen sein, nicht von ganz unten.

Hastig legte sie auf, packte ihre Sachen und versuchte, nicht zum Fenster zu schauen. Sie würde keine Minute länger allein in dieser Wohnung bleiben.

Durch den Spion sah sie ins unbeleuchtete, leere Treppenhaus.

»Augen zu und durch«, wies sie sich selbst an. Sie zog die Turnschuhe an, damit sie im Zweifelsfall schneller laufen konnte, und hielt Haustür- und Autoschlüssel bereit.

Als sie gerade durch die Wohnungstür treten wollte, klopfte es hinten im Wohnzimmer an der Scheibe.

Es war ein mehrmaliges, bedächtiges Klopfen, das sie wie Faustschläge in den Nacken traf. Die Schlüssel fielen ihr aus der Hand und schepperten auf den Boden. Marike war kurz davor, alles von sich zu werfen und schreiend aus dem Haus zu laufen.

Es kostete sie einigen Mut, sich nach den Schlüsseln zu bücken, die Tür vorsichtig zu öffnen und hinter sich zuzuziehen. Die vor Angst verkrampften Muskeln machten ihre Bewegungen ungenau und abgehackt. Sie fürchtete sich davor, dass im nächsten Moment das Fenster splitterte und jemand durchs Wohnzimmer in den Flur gerannt kam. Mit viel Mühe bekam sie den Schlüssel ins Schloss und sperrte ab, dann lief sie, so schnell sie konnte, zur Treppe. Sie sah nicht nach links und rechts, ob sich etwa die Tür eines Nachbarn öffnete. Sie wollte nur noch raus.

Frank reagierte großartig, als sie plötzlich in seinem Büro auftauchte und aufgelöst von den Geschehnissen berichtete. Gemeinsam gingen sie zur Polizei, die zwar die Wohnung inspizierte und den Schaden auf dem Balkon zu Protokoll nahm, aber keinen Anlass sah, der Sache weiter nachzugehen. Auch der Bericht über den Vorfall mit Jutta änderte nichts daran, weil Marike selbst nicht die Geschädigte war. Sie sollte sich melden, sobald sie tatsächlich eine Person auf ihrem Balkon sah. Bis dahin seien ihnen die Hände gebunden.

Frank verabschiedete die Beamten und nahm Marike anschließend in den Arm.

»Warum hast du mir das mit dem Farbbeutel nicht erzählt?« Behutsam strich er ihr über den Kopf und drückte sie fest an sich.

»Ich weiß auch nicht. Ich bin ganz durcheinander, weil ich nie weiß, wann ich wieder jemandem auf die Füße trete.«

Frank küsste sie auf die Stirn und ließ sie wieder los. »Jedenfalls glaube ich nicht, dass du dir Sorgen machen musst.«

Das klang für sie nicht sehr überzeugend.

»Du wirst durch den Film erst richtig bekannt werden«, setzte er nach. »Wir sollten deinen Namen aus dem Telefonbuch löschen lassen, und den Vermieter fragen wir, ob wir außen eine feste Jalousie anbringen dürfen, ja?«

Marike nickte und sah unentwegt zur Gardine. Es fühlte sich erniedrigend an, heimlich beobachtet zu werden.

»Frau Kleiber wird es jedenfalls nicht gewesen sein«, sagte er mit amüsiertem Tonfall. »Hast du ihr Gesicht gesehen, als die Polizei auf ihren Balkon wollte?«

»Ach, die bekommt doch eh nichts mehr mit. Ich glaube, du könntest eine Party in ihrer Wohnung feiern, und sie würde nichts merken.« Sie umfasste sich selbst mit beiden Armen. »Ich bin so froh, dass ich dich habe«, sagte sie leise.

»Und ich gehe auch nicht weg«, versprach er.

Marike beobachtete ihn, als er die Balkontür öffnete. Es behagte ihr gar nicht, dass er einfach hinaustrat und übers Geländer und zu den Nachbarn rübersah. Es war, als könnte jeden Moment ein Arm hinter dem Sichtschutz hervorschnellen, ihn packen und in die Tiefe stürzen.

Aber Frank war ganz entspannt. Sie hoffte inständig, dass sich seine Gelassenheit auf sie übertragen würde.

Vorsichtig trat sie an die Balkontür und wagte einen Blick hinaus.

»Was hast du eigentlich mit den Fotos vom Kühlschrank gemacht?«

Er drehte dem Sichtschutz den Rücken zu und schaute sie an. »Du meinst die von Katies Feier?«

Marike nickte. Am liebsten hätte sie ihn dort weggezogen.

»Die sind in der Sammelschublade. In der Firma habe ich unsere gemeinsamen Termine der nächsten Monate ausgedruckt, ich dachte, es wäre hilfreich für dich, wenn ich die Übersicht an den Kühlschrank hänge.«

Marike zuckte mit den Schultern. Es kam ihr vor, als wollte er sie ermahnen, nicht noch einmal die Arbeit einer gesellschaftlichen Verpflichtung vorzuziehen. Trotzdem bedankte sie sich und sah zu den umliegenden Häusern.

Die schmale Straße war von Autos zugeparkt und machte für Lkw das Durchkommen schwer. Wenn die Krawalle ein paarmal im Jahr nicht wären, wäre der Charme der Schanze ungetrübt, und wenn es nach ihr ginge, würden sie hier wohnen bleiben – solange sie sich sicher fühlte.

Frank kam an ihr vorbei in die Wohnung zurück. Sie verschloss die Tür fest.

»Kannst du das mit der Jalousie schnell klären?«

Frank holte einen Zettel aus seiner Aktentasche und ging in die Küche. »Ich rufe gleich beim Vermieter an.«

Marike folgte ihm, um nicht allein zu sein. Sie konnte immer noch das Klopfen an der Scheibe hören, und es versetzte ihr eine Gänsehaut.

*»Da geht es, das erste Täubchen.
Viel zu früh, schnelle Schritte, der Gang einer Hure.
Hat er dir die Flügel gestutzt?
Flieg, mein Täubchen!
Flieg, entkomme deinem Schicksal, das meinen Namen trägt.
Oh, wie schade – dafür ist es schon zu spät.«*

Kapitel 9

12. August 2011

»Nein, nein, nein, verdammt!«, brüllte Paul und stoppte die Aufnahme.

Marike trat von ihrem Filmpartner zurück. Sie wusste, dass es an ihr lag. Jutta hatte tags zuvor gesagt, dass genau das passieren würde, wenn die Liebesszene anstand. Sie hatte auch unentwegt gefragt, ob der Spanner oder die vermeintliche Stalkerin noch mal da gewesen war, so dass ihre Gedanken sowieso nicht zur Ruhe kamen.

Jutta hatte gestern versucht, sich in Marike hineinzuversetzen, zu analysieren, wie diese Szene verlaufen würde und was sie auf keinen Fall falsch machen durfte.

Und genau das ging ihr in diesem Moment immer wieder durch den Kopf.

Diesen Kuss versuchten sie nun schon zum zehnten Mal, und immer wieder verzog sie ungewollt das Gesicht. Sie merkte es selbst, aber es ließ sich irgendwie nicht abstellen. Dabei harmonierte es ganz gut zwischen Lars Behring und ihr.

Sie standen in der Schlafzimmerkulisse, und jeder, der nicht unbedingt für die Szene gebraucht wurde, hatte bereits Feierabend gemacht. Dieser filmische Moment sollte verdeutlichen, dass die Protagonistin dem Mann komplett verfallen war. Das Zucken auf ihrem Gesicht machte das jedoch unglaubwürdig.

»Lasst ihr uns kurz mal allein?«, bat Lars und legte vertraut eine Hand auf ihren Arm. Sie trug ein dünnes Trägerkleid, so dass er direkt ihre Haut berührte. Ihre Haare waren hochgesteckt. Beim Blick in den Spiegel der Maske hatte sie gelächelt; es gefiel ihr sehr, wie man sie zurechtgemacht hatte.

Im Alltag eine toughe Frau, privat diesem Mann verfallen, das konnte doch nicht so schwer sein!

In den vergangenen sieben Tagen hatte die Crew konzentriert von morgens bis abends gearbeitet, um alle Szenen ohne Lars abzudrehen. Sie mussten sich wegen der Lichtverhältnisse und Drehorte nach Tageszeiten richten. Marike war selbst schon ganz gespannt, wie das Werk als Ganzes aussehen würde. Vom Theater war sie es gewohnt, eine Geschichte von vorne bis hinten komplett aufzuführen. Hier musste sie sich bei jeder Szene neu auf die Emotionen einstellen, die sie transportieren sollte.

Bis zum Dreh mit Lars hatte sie gedacht, sie sei die geborene Schauspielerin. Es fiel ihr leicht, Änderungen sofort umzusetzen oder augenblicklich in die Rolle zu schlüpfen, sobald der Aufnahmeleiter das Zeichen gab.

Aber schon als Lars Behring den Raum betreten hatte, hatte sie sich plötzlich wie eine blutige Anfängerin gefühlt. Er war charismatisch, charmant und unerwartet nahbar. Einschüchternd war vor allem der Ruf, der ihm vorauseilte. Marike sah ihn gern, am liebsten in Komödien. Aber dass er nun leibhaftig vor ihr stand und sie dann auch gleich so vertraut anfassen und küssen sollte, brachte sie ganz durcheinander. Wie sollte das erst werden, wenn sie ihn später schlagen und anschreien musste?

»Setz dich«, bat er sie, als sie allein waren, und deutete auf das Bett. Marike fühlte sich elend. Alles hing an ihr, aber sie war nicht gut genug.

Er schloss die Tür und öffnete das schwarze Jackett. Die Mitarbeiterin der Maske hatte einen perfekten Managertypen aus ihm gemacht, der Erfolg und Macht ausstrahlte. Glattrasierte, maskuline Gesichtszüge mit markanten Wangenknochen, die sie gern berührt hätte. Dieser Impuls war einfach da. Kein romantisches oder sexuelles Verlangen, eher Neugier, weil er so perfekt aussah, gekoppelt mit einer gewissen Aufregung, die schwer zu definieren war.

Er setzte sich vor sie und nahm ihre Hände in seine. Marike versuchte, nicht zu weinen. Paul würde ausflippen, wenn sie auch noch das Make-up ruinierte. »Es tut mir so leid«, sagte sie unglücklich. »Ich weiß auch nicht, was mit mir los ist.«

»Hast du einen Partner?«, fragte er geradeheraus.

Sie sah ihm in die dunkelblauen Augen, um zu ergründen, wie diese Frage gemeint war. »Ja, sein Name ist Frank.«

»Meine Frau heißt Hanna.« Seine Daumen strichen sanft über ihren Handrücken, was sich sehr beruhigend anfühlte. »Sie weiß, dass diese Szenen zum Job gehören. Und dein Frank weiß das auch. Du musst lernen, sämtliche Gedanken loszulassen, wenn die Kameras an sind.« Seine Finger strichen jetzt sanft über ihren Unterarm. »Ebenso die Gedanken, wer ich bin, wer zuschaut und was andere darüber denken könnten.« Seine Hand wanderte ihren Arm hinauf, und Marikes Herz schlug schneller.

»Wenn die Kameras an sind, dann sind wir ein Ehepaar, und dein Ehemann wird dich hier berühren.« Er strich über ihre Schulter. »Und hier«, er fuhr mit den Fingerkuppen über die feinen Haare in ihrem Nacken. »Und auch hier.« Sie merkte, dass sie anfing, es zu genießen, als er streichelnd den Weg bis zu ihrem Dekolleté fortsetzte. Unwillkürlich schloss sie die Augen. Sie hatte etwas Angst, wie weit er gehen würde.

Aber oberhalb ihrer Brüste endete die Berührung. »Du liebst mich abgöttisch, meine Berührungen bereiten dir Lust, und ich liebe es, mit dir zu spielen, dich als meinen Besitz zu betrachten.«

Unwillkürlich wollte sie widersprechen, weil sie das im realen Leben komplett ablehnte. Aber genau das war der Punkt: Sie spielte eine Rolle, und die Frau, die sie verkörperte, lebte diese Abhängigkeit.

»Ich werde dich an der Hüfte packen«, fuhr er fort und griff mit beiden Händen zu. Marike atmete erschrocken ein. »Ich werde auch dein Kleid hochschieben und deine Schenkel berühren.« Er deutete die Bewegung nur an, trotzdem kam er ihr ganz nahe. »Und ich werde dich küssen.«

Erst spürte sie seinen Atem auf dem Gesicht, dann die Wärme seiner Haut, und als seine Lippen ihre berührten, gab sie den Widerwillen auf. Er war so zärtlich, so überaus behutsam, dass sie den Kuss erwiderte. Sie wollte sich darauf einlassen, wollte die Schwierigkeiten schnell überwinden und zeigen, dass sie auch solche Szenen überzeugend spielen konnte.

Wäre er früher verfügbar gewesen, hätten sie gemeinsame Proben gehabt, dann wäre sie auf diese Aufnahmen besser vorbereitet gewesen. Nun verwandelte diese spontane kleine Probe die Aufregung in neuen Mut. Der Kuss wurde intensiver, forscher, bis sie diesen fremden Mann küsste, als wäre er Frank – nein, sogar intensiver als Frank.

Als er sich von ihr löste, war sie ganz außer Atem und erschrocken über sich selbst.

»Das war großartig«, sagte er und lächelte sie an. »Es ist okay, wenn es etwas mit uns macht, weil wir genau das auf die Leinwand bringen wollen. Das bedeutet nicht, dass es über die Dreharbeiten hinausgeht. Du musst keine Angst vor Intimitäten haben.«

»War das so offensichtlich?« Es war ihr so peinlich, dass sie sich fühlte wie eine Anfängerin.

»Ich kenne kaum jemanden, der am Anfang seiner Karriere keine Hemmungen hatte. Was ich bislang von dir gesehen habe, gefällt mir richtig gut. Du bist talentiert und hast dieses gewisse Etwas. Du kriegst das alles hin, ich helfe dir, wenn du möchtest.«

Ein tonnenschweres Gewicht fiel von ihr ab. »Ist das dein Ernst? Natürlich möchte ich das!«

Lachend tätschelte er ihre Hände. »Nach den Dreharbeiten gehen wir essen, dann erzählst du mir ein wenig was von Frank, okay?«

Marike lächelte verlegen. »Sehr gern.«

Er stand auf und rief in den Flur, dass es nun weitergehen könne. Vorsichtig strich sie sich übers Gesicht und hoffte, dass sie nicht zu rot geworden war. Die Maskenbildnerin huschte als Erste in den Raum und besah sie sich. Es lag nichts Wertendes in ihrem Gesichtsausdruck, alle waren Profis, und Marike bewunderte die Konzentration, mit der jeder seinen Part in Angriff nahm.

Ein warmes Gefühl dehnte sich in ihrem Brustkorb aus, als würde ihr erst in diesem Moment richtig bewusst, dass sie ebenfalls ein Profi war. Sie gehörte fest zu diesem Team, diese Menschen glaubten an sie und ihre Leistung, sonst hätte man ihr die Rolle nicht gegeben. Die Konkurrenz war gewaltig gewesen, aber Paul hatte sie ausgewählt. Und das wollte sie nun bestätigen.

Sie ging wieder auf Position, Lars zwinkerte ihr zu und versteinerte dann, wie es seine Rolle erforderte.

Bis der Aufnahmeleiter das Startzeichen gab, ließ Marike das reale Leben ganz aus ihrem Kopf verschwinden, sogar Juttas Ratschläge.

In diesem Moment war sie nur noch Michaela, die Ehefrau von Georg, den sie abgöttisch liebte und den sie schon bald hassen lernen würde, um den schweren Weg aus der Abhängigkeit zu schaffen.

Sie fühlte noch immer seine Lippen auf ihren, die Berührungen seiner forschen Zunge und seine Hände auf dem Körper. Und die leise Stimme der Vernunft teilte ihr mit, dass all das nur am Set stattfand.

»Auf geht's«, sagte der Aufnahmeleiter, die Klappe wurde ins Bild gehalten, dann war Marike dran.

»Aber du hast gesagt, du würdest mich mitnehmen«, sagte sie enttäuscht.

Lars kam auf sie zu und drehte sie mit einer Hand an der Schulter zu sich. Die Berührung verursachte ihr Gänsehaut.

»Nun schmoll nicht. Ich bin doch jetzt hier bei dir.«

Sie sah ihn an, ganz ohne verräterisches Zucken, sondern offen und verliebt. Seine Hand strich über ihre Haut bis in den Nacken, und er beugte sich zu ihr herab für den Kuss. Alles geschah ganz automatisch. Sie öffnete leicht die Lippen, sah ihm in die Augen, bis seine Lippen ihre berührten und die Leidenschaft die Führung übernahm. Es störte sie nicht mehr, dass viele Menschen beobachteten, wie er seine Hände unter ihr Kleid führte, über Schenkel und Po strich und sie seine Erregung spüren konnte, als er sie an sich presste.

Mit bestimmendem Druck drängte er sie zum Bett und legte sie, ohne den Kuss zu lösen, auf die Decke. Vollkommen in ihrer Rolle, öffnete sie die Knöpfe seines Oberhemds, ließ die Hände über seine Haut gleiten und zeichnete mit gespreizten Fingern die festen Bauchmuskeln nach. Er löste sich, und sie öffnete die Augen. Das Verlangen in seinem Blick war aufregend. Leidenschaftlich küsste er ihr Kinn, ihren Hals, zog einen Träger des Kleids an ihrem Arm herab, so dass die rechte Brust entblößt wurde. Sie drückte sich, so gut sie konnte, ins Hohlkreuz und forderte, dass er sie berührte. Und als er ihren Hals küsste, rief Paul: »Cut!«

Auf einmal wurde es unruhig und laut im Zimmer. Die Atmosphäre war aufgeheizt; nun begannen alle zu reden. Marike hörte viel Lob.

Lars lächelte sie an, er lag noch immer auf ihr, und sie merkte, wie er sich, nur durch den Stoff der Kleidung getrennt, an sie drückte. Behutsam schob er das Kleid wieder in Position und rollte sich von ihr herunter.

»Genau das meinte ich. Du warst phantastisch.«

Marike lachte verlegen und richtete sich auf. Niemand störte sich daran, dass die Grenze zwischen Schauspiel und echten Empfindungen stark verwischt worden war. Sie fragte sich, wie sie es geschafft hatte, all die Scheinwerfer und Menschen auszublenden. Egal, welche Szenen nun noch vor ihr lagen, sie wusste, dass sie alles spielen konnte.

Paul kam mit seinem Pad in der Hand auf sie zu. Er tippte darauf herum und drehte es dann zu ihnen.

»Schaut euch die Standbilder an. Genau das wollte ich sehen. Tut mir leid, dass ich eben so aufbrausend war.«

Marike wollte abwinken, aber die Fotos lenkten sie ab. Es war befremdlich, sich selbst beim Liebesspiel zu sehen. Es sah so echt aus. Nun kehrten die Gedanken an Frank zurück. Sie hoffte inständig, dass auch er damit umgehen konnte.

»Diese Hingabe ist perfekt, schau dir deinen Gesichtsausdruck an. Das drückt genau dieses Devote aus, von dem ich gesprochen habe. Lars, was auch immer du Marike eben gesagt hast, du bist ein Genie.«

Glücklich ging er mit dem Pad wieder weg. Marike war hin- und hergerissen. Sie würde wohl kaum jemandem erzählen können, dass sie für ihre devote Hingabe gelobt worden war. Ihre Eltern hatten eh schon Probleme damit, dass in diesem Film Liebesszenen zu sehen waren. Sie hatte zu ihnen gesagt: »Man kann kein halber Schauspieler sein, wenn man Karriere machen will. Liebesszenen gehören nun mal dazu.«

»Duschen, umziehen, und dann gehen wir was essen, okay?« Lars stand auf und streckte ihr eine Hand entgegen. Als er ihr Zögern bemerkte, musste er lachen. »Getrennte Duschen.«

Marike schüttelte den Kopf. »Das weiß ich doch. Mir fiel nur gerade ein, dass ich meiner Freundin für heute absagen muss.«

Sie nahm seine Hand und ließ sich auf die Füße ziehen.

»Dafür wird sie sicher Verständnis haben.«

Da war sich Marike nicht so sicher. Die wenigen Übungsstunden waren ganz gut verlaufen, aber Jutta stellte immer wieder seltsame Fragen, die ihre Alarmglocken schrillen ließen. Sie musste ihr ständig versichern, dass sie sie auch wirklich als Coach und Freundin schätzte. Wenn sie genervt reagierte, streute Jutta geschickt ein, dass sie in ihrer Schuld stand, ohne es so auszudrücken. Mal erwähnte sie, dass die Farbe der Farbbeutelattacke nicht mehr rauszuwaschen war, dann, dass sie eine ähnliche Bluse wie die ruinierte gefunden hatte. Oder sie mahnte, Marike solle gut auf sich aufpassen. Dabei war alles ruhig geblieben: keine seltsamen Anrufe, keine Verfolger mehr, keine weiteren Angriffe. Jutta schürte künstlich die Angst, und das erstickte zunehmend ihre Dankbarkeit.

Sie nutzte inzwischen ein großes Zimmer mit eigenem Bad als Garderobe. Als sie die Tür hinter sich schloss, atmete sie ruhig ein und aus. Mit Lars an ihrer Seite würde sie über sich hinauswachsen.

Trotz seiner Worte konnte sie Juttas Vermutung nicht abschütteln, dass Lars zu jenen Schauspielern gehörte, auf die Liebesszenen in einem Raum voller Zuschauer einen gewissen Reiz ausübten. Wo bei anderen tote Hose war und alles eher mechanisch ablief, schien für ihn das Vergnügen erst richtig loszugehen. Und Marike musste sich schamvoll eingestehen, dass das auch auf sie selbst zutraf. Nachdem die Scheu erst mal überwunden war, hatte etwas anderes in ihr die Führung übernommen. So kannte sie sich gar nicht.

Entschlossen nahm sie ihre Handtasche, dann rang sie innerlich das schlechte Gewissen nieder, weil sie Jutta absagen musste. Um es sich einfach zu machen, schrieb sie eine SMS, dass das Team beim Essen noch eine Besprechung abhalte und deshalb die Verabredung leider verschoben werden müsse. Mit Juttas Reaktion würde sie sich erst morgen beschäftigen.

Sie schaltete das Handy aus, um gar nicht erst in Versuchung zu kommen, später eine Nachricht zu lesen, die ihr die Stimmung vermieste.

Die alten Möbel in diesem Zimmer trafen nicht ganz ihren Geschmack. So stellte sie sich eine Klosterkammer vor. Dunkles Holz, spartanisch und bieder. Die Dielen im ganzen Haus knarrten bei jedem Schritt, was die Tontechniker bei den Aufnahmen stark forderte.

Aber das Bad war schön. Verschnörkelte Keramik, silberne Wasserhähne, wie sie Marike noch aus dem alten Haus ihrer Urgroßmutter kannte, und eine freistehende Badewanne in der Raummitte. An einer ovalen Stange konnte man den Duschvorhang komplett um den Wannenumfang ziehen. Der große Duschkopf war eine sogenannte Regendusche, die eine unglaublich entspannende Wirkung hatte.

Sie zog das verschwitzte Kleid aus und legte es ordentlich auf das Bett. Den Slip warf sie lieber in den Müll. Es war ihr unangenehm, dass der Stoff so deutlich verriet, wie erregt sie gewesen war. Sie würde Frank schonend auf diese Szene vorbereiten. Er kannte jedes ihrer Gesichter, und dieses sollte eigentlich nur er zu sehen bekommen. Die Vorstellung, dass ihre engsten Freunde mit zur Premiere kommen und darüber urteilen würden, gefiel ihr überhaupt nicht.

Als sie einen letzten Blick in den Spiegel warf, musste sie lächeln. Sie war jung, gutaussehend, talentiert und jetzt gerade genau zur rechten Zeit am rechten Ort.

»Ich habe den großartigsten Job der Welt«, sagte sie laut. Ihr Leben würde immer aufregend sein, wenn sie nur weiter schauspielern durfte. Es klang nach einem Hauptgewinn.

Nach dem Duschen zog sie eine Bluejeans und ein dünnes dunkelbraunes Oberteil an. Auf Schminke verzichtete sie. Es war irritierend, nach alldem mit Lars essen zu gehen. Dafür wollte sie sich nicht extra hübsch machen.

Sie bändigte die langen Locken zu einem Pferdeschwanz; der trocknete mit der Zeit von allein. Für heute reichte es ihr mit dem Blick in den Spiegel.

Schnell schlüpfte sie in ihre Turnschuhe, warf sich den Mantel über den Arm und ging mit der Handtasche über der Schulter Richtung Ausgang. Es war ein gutes Gefühl, wieder vertraute Kleidung zu tragen.

Frank wusste, dass sie heute später kam, auch wenn Jutta nun durch Lars ersetzt wurde. Sie hatte keine Angst, dass er deswegen komisch reagierte. Jutta war da erheblich eifersüchtiger.

Die Luft draußen war herrlich. Techniker standen bei den geparkten Autos und rauchten. Marike kannte inzwischen alle Namen. Sie wusste, dass Karl gerade in Scheidung lebte, aber so viel Zeit wie möglich mit seiner Vierjährigen verbrachte. Mirijam hatte bei ihrem ersten Job Iris Berben geschminkt und wurde seitdem immer wieder gebucht. Jens litt unter Nierensteinen, und Petra wäre gern Regieassistentin, aber ihre Schüchternheit stand dem Absprung aus der Kostümabteilung im Weg.

»Und? Wo wollen wir hingehen?« Lars stellte sich neben Marike und blinzelte ins Sonnenlicht. »Das abgedunkelte Schlafzimmer hat mir irgendwie besser gefallen.«

Marike lachte verlegen. »Wir können dort über die Bille gehen, gleich hinter der Brücke fängt die Innenstadt an.«

»Du kennst dich hier aus?«

Marike schüttelte den Kopf. »Nicht wirklich. Aber als ich das erste Mal herkam, musste ich mich durchfragen. So lernt man auch die Gegend kennen.« Sie schmunzelte. »Ein hilfsbereiter Herr gab mir gleich eine kleine Führung. Ich weiß nun alles, angefangen bei der Ermordung eines Minigolfbesitzers in den Neunzigern bis zu den Spukgeschichten der alten Villen am Billtalstadion. Frank würde jetzt sagen, dass mein Spinnermagnet mal wieder voll ausgeschlagen hat.«

Sie setzten sich in Bewegung, gingen die Straße hinunter, bis der Fluss in Sicht kam. »Du hast also einen Spinnermagneten?«

Marike lachte befreit. »Ich könnte dir Geschichten erzählen, die dir kein Filmzuschauer je abkaufen würde.«

Sein Lachen war erfrischend. »Der Trick ist, ›nach einer wahren Begebenheit‹ in den Vorspann zu schreiben, dann stört sich keiner an den größten Zufällen.« Er legte einen Arm um sie, was sich vertraut und freundschaftlich anfühlte. »Ich will dir ja keine Angst machen, aber wenn der Film erst in den Kinos läuft, wirst du noch viel mehr Spinnern begegnen.«

Eine Weile gingen sie so zusammen die Straße entlang, über die Brücke und vorbei am Schwimmbad.

»Ist es dir schon mal passiert, dass du die rollenbedingten Gefühle nicht am Set lassen konntest?«

Lars lächelte und senkte den Kopf. »Einige Male. Das ist auch gar nicht so lange her. Ich denke, die Ausrede, die sexuelle Spannung sei nicht mehr so stark, wenn man es einmal getan hat, ist die dämlichste Lüge von allen.«

Marike ertappte sich dabei, diesen Gedanken genauer unter die Lupe zu nehmen.

»Hanna wusste es jedes Mal. Ich hatte nicht mal den Ansatz einer Chance, mit einer Lüge durchzukommen.«

Er nahm seinen Arm weg und holte ein Smartphone aus der Tasche. »Bei der letzten war sie so richtig wütend und hat mich vor die Wahl gestellt: zukünftig lieber *zu Hause essen* oder mich als Single voll austoben.«

Er schaltete das Gerät ein, und auf dem Display erschien das Bild einer relativ durchschnittlichen Frau. Marike hatte eine besonders attraktive Person erwartet, aber Hanna hatte glatte braune Haare, erste Mimikfältchen zeichneten ihr Gesicht, und sie hatte wohl auch ein paar Pfunde mehr auf den Rippen.

»Ich wäre ein Idiot gewesen, wenn ich mich anders entschieden hätte. Das Schönste nach den Dreharbeiten ist für mich das Nachhausekommen. Wir Künstler brauchen ein gewisses Maß an Bewunderung und Anteilnahme. Wer das zu Hause nicht bekommt, holt es sich woanders. Hanna kennt mich durch und durch. Sie weiß, was mir wichtig ist, fragt mich nach meinem Tag und liest meine Drehbücher, um mit mir über die Rollen zu sprechen und mich zu unterstützen. Ich wäre aufgeschmissen ohne sie.« Er ließ das Handy zurück in die Tasche gleiten. »Ich weiß, das klingt sehr einseitig, aber das ist es nicht. Es muss passen, das ist der ganze Trick. Wie ist das bei dir und Frank?«

In der Stadt war viel los. Die Straße, die ruhig anfing, mündete in eine belebte Kreuzung. Direkt im Eckhaus an der Fußgängerzone entdeckte Marike ein Lokal und deutete darauf.

Das gab ihr etwas Zeit, über die Antwort nachzudenken. War Frank tatsächlich dieser eine Mensch, den sie brauchte? Die Ampel wurde grün, und sie wechselten die Straßenseite.

»Ich glaube, das weiß ich nicht so genau.«

Lars lachte wieder. »Dein Leben wird sich mit diesem Film ändern. Wenn eure Beziehung das aushält, dann seid ihr auf dem richtigen Weg.«

Gern hätte sie ebenfalls ihr Handy aus der Tasche geholt, um ihm ein Foto von Frank zu zeigen, aber sie hatte Angst vor dem, was sie lesen müsste, wenn sie es einschaltete, also verschob sie es auf später. So praktisch diese Geräte auch waren, sie konnten ein Fluch sein. Sie spielte immer öfter mit dem Gedanken, das Handy zu Hause zu lassen, wenn sie morgens die Wohnung verließ, aber das hätte bedeutet, nicht mit Frank in Verbindung treten zu können.

Balkanspezialitäten stand auf dem Schild neben dem Eingang des Lokals. Lars hielt ihr die Tür auf und folgte ihr dann hinein. Die Optik erinnerte an eine Schankstube: Nischen mit Bänken und grobgemusterte Stühle um vier Tische in der Raummitte. Die Flecken auf den weißen Tischdecken gaben Auskunft über die Speisen, aber Lars lächelte nur und überließ Marike die Platzwahl. Immerhin war es leer. Für heute hatte sie genügend Leute um sich gehabt.

Sie wählte einen Tisch weit weg vom Eingang und den Fenstern. Lieber die Küche in der Nähe, als durch die Fenster Blicke auf sich zu ziehen. Sie kannte man noch nicht, aber Lars war prominent. An manchen Tagen standen Teenager, manchmal sogar erwachsene Frauen vor der Villa und warteten auf ein Autogramm oder darauf, ein Foto von ihm machen zu können. Heute Abend wollte sie keine Störungen. Marike grinste ihn neckisch über den Tisch hinweg an. »Habe ich das also richtig verstanden? Vor gar nicht allzu langer Zeit hättest du noch mit mir schlafen wollen?«

Er erwiderte ihren Blick. »Wie du sicher gemerkt hast, würde ich das heute auch noch wollen. Ich tue es aber nicht.«

Bei der Ernsthaftigkeit seines Tonfalls zog sich etwas in Marikes Körpermitte zusammen, und sie schaute verlegen weg. Wenn sie ehrlich war, besaß diese Vorstellung einen sehr gefährlichen Reiz, selbst wenn nur die Rolle daran schuld war.

Ein Südländer, wahrscheinlich der Besitzer des Lokals, brachte die Karten und entzündete die Kerze auf dem Tisch.

Sie bestellten zügig. Marike hoffte inständig, dass sie mit Lamm und Tomatenreis die richtige Wahl getroffen hatte.

»Du bedankst dich sehr oft für alles Mögliche. Jetzt weiß ich, was Paul meint, wenn er sagt, dass du noch viel zu nett bist«, stellte Lars fest.

Marike strich die Tischdecke vor sich glatt. Es war ihr unangenehm, dass er so offen sprach. »Ich bin gern nett. Bei den meisten Menschen kann man froh sein, wenn sie überhaupt mal danke sagen.«

»Ich denke, das ist dein Spinnermagnet.«

Mit verschränkten Armen lehnte sie sich zurück. »Du meinst, weil ich mich zu oft bedanke, locke ich die Spinner an?«

Lars lehnte sich ebenfalls zurück und sah sie amüsiert an. »Ich kenne dich erst ein paar Stunden, aber ich wette, ich weiß schon jetzt, wie ich dich beeinflussen könnte. Weil du so süß und nett bist.«

Marike zog die Augenbrauen zusammen. Attribute wie *nett, süß* und *niedlich* waren bereits in ihrer Kindheit derartig verbrannt, dass sie augenblicklich Ärger empfand, wenn sie damit bedacht wurde.

Er hob abwehrend die Hände. »Ich finde das bezaubernd, ehrlich, aber viele Menschen nutzen diese Gutmütigkeit aus. Ich wette, man kann dir richtig schnell ein schlechtes Gewissen machen. Du wirst lernen müssen, dass du es nicht jedem recht machen kannst.«

Würde ihr jetzt jeder am Set die gleiche Rede halten? Dann konnte sie auch ebenso gut wieder Jutta hinzuholen. Die Worte *naiv* und *dumm* schwangen unausgesprochen mit. Als er bemerkte, dass ihr die Situation unangenehm wurde, beugte er sich vor. »Umgib dich einfach mit Menschen, die auch mal unhöflich werden können, wenn es sein muss. Ich stelle mich da gern zur Verfügung.«

Marike lachte erleichtert auf. »Wow, und wie viele Frauen würden mir auf den Keks gehen, wenn du mein Bodyguard wärst?«

»Auch wieder wahr. Na, uns fällt da schon noch was ein.«

»Was macht deine Frau beruflich? Ist sie auch im Showbiz?« Der Themenwechsel war dringend nötig.

»Nein, sie ist Lehrerin.« Lars grinste schief. »Mich erzieht sie auch ganz gut.«

Je mehr sie redeten, umso schneller verging die Zeit. Sie aßen, sprachen über Gott und die Welt, es kam ihr vor, als würde sie diesen Mann schon ewig kennen. Sie konnte sich nicht vorstellen, dass er je wieder aus ihrem Leben verschwinden würde. Genau dieses Gefühl liebte sie so sehr: wenn Gespräche eine Verbundenheit schufen, die über jedes Schubladendenken erhaben war. Aber so war es am Anfang auch mit Jutta gewesen, und jetzt war sie jeden Tag darauf bedacht, die Stimmung nicht kippen zu lassen, damit Jutta nicht wieder dieses Gesicht zeigte, das ihr so wenig behagte.

Nun bekam sie Frank gegenüber doch langsam ein schlechtes Gewissen, und sie musste ihn zumindest anrufen. Auch Lars zog das Handy aus der Tasche, um seine Frau anzurufen. »Ich geh eben raus.«

Mit einem mulmigen Gefühl nahm sie das Smartphone aus der Handtasche und schaltete es ein. Es dauerte, bis das System bereit war und sie die SIM-Karte entsperren konnte. Kurz darauf vibrierte es mehrmals, Nachrichten waren angekommen.

Ein paar waren von Jutta, zwei von Frank.

Sie tippte auf den Messenger und las erst Franks Nachrichten. Er schrieb nur, dass er zu Hause sei und sie sich Zeit lassen könne, weil er noch arbeiten müsse. Juttas Nachrichten waren ganz anderer Natur. Die erste von insgesamt fünf brachte ihre Enttäuschung zum Ausdruck. In der zweiten ging sie zum Angriff über und beschuldigte Marike, sie nach all den Mühen einfach fallenzulassen. In der dritten entschuldigte sie sich für die vorangegangene Nachricht und bat um Rückruf, während in der vierten die Stimmung wieder ins Bodenlose kippte: Marike sei egoistisch, nutze sie nur aus und missbrauche sie zu ihrem eigenen Vorteil. Schließlich kündigte sie ihr in der letzten theatralisch die Freundschaft auf.

Marike konnte ein Zittern nicht unterdrücken. Es fiel ihr schwer, mit diesen Angriffen umzugehen. Sie war es gewohnt, dass sich Menschen ihretwegen wohl fühlten, nicht dass eine Freundin sie für egoistisch und vorteilsorientiert hielt. Diese kurzen Nachrichten machten etwas mit ihr, das sie nicht benennen konnte. Als ströme alle positive Energie direkt aus ihr heraus. Eine leckgeschlagene Seele.

Sie schrieb eine kurze Nachricht an Frank, damit er wusste, dass sie bald nach Hause käme, und legte das Handy auf den Tisch.

Jutta würde sie jetzt nicht antworten. Sie wusste nicht mal, was sie schreiben sollte. Im ersten Impuls hätte sie ihr gesagt, dass dieses Hin und Her zwischen Freundin und eifersüchtiger Furie unerträglich sei und sie deshalb den Kontakt abbrechen müsse. Egal, wie viele Entschuldigungen sie für Juttas Verhalten fand oder wie sehr sie in ihrer Schuld stand, ihre Freundin ging zu weit, und das musste ein Ende haben.

»Alles gut mit dir? Du siehst aus, als hätte dir jemand in den Magen geboxt, als ich nicht da war.« Lars legte eine Hand auf ihre Schulter und sah sie prüfend an. Und Marike schossen Tränen in die Augen. Sie wusste nicht mal genau, warum, sie war nicht der Typ, der vorschnell in Tränen ausbrach. Und schon gar nicht vor anderen – noch dazu berühmten anderen.

Er setzte sich neben sie und zog sie tröstend an sich. »Ist dein Mann sauer, weil wir hier noch sitzen?«

Marike schüttelte den Kopf und hielt das Handy hoch. Im selben Moment summte es. Die sechste Nachricht. *Vor exakt sechs Minuten hast du meine Nachrichten gelesen und hast nicht mal so viel Anstand, mir zu antworten!*

Sie rief die gesamten Nachrichten auf und reichte es Lars. Während er las, sammelte sie sich und wischte die Tränen fort.

»Okay«, sagte er nachdenklich und gab ihr das Handy zurück. »Und diese Jutta ist wer?«

»Eine Freundin.« Sie dachte an Nachricht Nummer fünf. »Oder auch nicht mehr. Ich weiß es nicht. Es war immer wie eine kleine Seelenverwandtschaft, aber seit ich diese Rolle bekommen habe, macht sie mich nur noch fertig.« Die Erschöpfung fuhr ihr in die Glieder und den Kopf. »Sie hat echt viel für mich getan. Vieles davon hatte Hand und Fuß, und ich habe es gern angenommen. Wann lernt man schon mal jemanden kennen, der mit so einer Begeisterung helfen will? Aber jetzt ...«

»Das gehört leider zu diesem Beruf dazu. Ich habe zu vielen Leuten keinen Kontakt mehr, die mir früher sehr wichtig waren. Und auf der anderen Seite stellen sich Wildfremde vor, dass eine Freundschaft mit mir so erstrebenswert sei, dass sie bei mir privat auftauchen. Wenn man am Anfang noch kein Egoist ist, wird man es spätestens mit wachsendem Erfolg. Du wirst lernen, damit umzugehen. Paul sagt, wir passen auf dich auf. Klingt das gut?«

Marike nickte. Es war ihr peinlich, dass sie so verletzlich wirkte.

»Und dass du auch ganz anders sein kannst, sehen wir ja vor der Kamera. Ich glaube, ich kriege jetzt schon Angst, wenn ich an die Szenen denke, in denen du auf mich losgehst.«

Marike lächelte. »Ja, du kannst dich schon mal warm anziehen.«

Lars orderte die Rechnung. »Ich lade dich ein, okay?«

»Danke, das ist sehr nett von dir.«

»Morgen geht's früh los, wir sollten für heute Schluss machen. Ich freue mich über unsere Zusammenarbeit.«

Das alles passierte wirklich. Marike sah ihm beim Bezahlen zu und konnte kaum fassen, dass sie das Glück hatte, all das zu erleben.

Vor dem Lokal verabschiedeten sie sich. Inzwischen war es dunkel geworden. Marikes Auto stand noch vor der Villa, und Lars' Hotel lag in entgegengesetzter Richtung.

»Bis morgen«, sagte sie und umarmte ihn zum Abschied. Er hielt sie etwas länger fest, als es normal gewesen wäre. Es gefiel ihr sehr.

Und mit diesem Gefühl machte sie sich auf den Weg. Die angenehme Wärme ließ sie gemächlich gehen. Mit jedem Schritt wurde sie langsamer. In der Dunkelheit konnte sie die Bille unter der Brücke fließen hören.

Dass Paul mit Lars über ihr »nettes Wesen« sprach, gefiel ihr nicht, aber vielleicht wurde es nun Zeit, dass sie sich änderte. Es stimmte, ihre Grenzen waren ständig überschritten worden, ohne dass sie auch nur ein Wort des Widerstands geäußert hätte. Vielmehr hatte sie sich größte Mühe gegeben, Erklärungen und Entschuldigungen für andere zu finden.

Je weiter sie in die Wohngegend kam, desto einsamer wurde es. Sie hätte nicht gedacht, dass sie mit Lars so lange reden würde. Zum Glück ließ Frank ihr Freiräume, auch wenn es ihm nicht immer gefiel.

Im Gehen schrieb sie ihm eine Nachricht, dass sie auf dem Heimweg war.

Vor der Villa stand keine Straßenlaterne, und in den umliegenden Häusern war alles dunkel.

Was sie bislang von Bergedorf gesehen hatte, ließ keine feste Meinung über diesen Stadtteil von Hamburg zu. Einerseits war da die Gegend in Bahnhofsnähe, die den Stempel Ghetto verdient hatte, und andererseits diese Prachtbauten auf der anderen Seite des kleinen Flusses. Marike ging auf ihr Auto zu und sah noch mal zur Villa zurück. Sie würde sich immer an diese Zeit erinnern, egal, was im Anschluss passierte, denn das, was gerade vor sich ging, war etwas Besonderes.

Ihr Blick fiel auf die Eingangstür, die sich in der weißen Fassade abzeichnete. Der Türknauf hob sich auf dem Schwarz leicht ab und sah merkwürdig versetzt aus. *Steht die Tür etwa offen?*

Marike ging dichter heran und leuchtete mit der Taschenlampenfunktion ihres Handys in die Richtung. »Shit«, fluchte sie leise. Jemand hatte die Tür gewaltsam aufgebrochen, und derjenige konnte noch immer im Haus sein. Splitter am Rahmen und der Tür deuteten darauf hin, dass wahrscheinlich ein Stemmeisen als Hebel eingesetzt worden war. Sie wollte weder mit dem Einbrecher noch mit seinem Werkzeug Bekanntschaft machen.

Schnell setzte sie sich ins Auto, verriegelte die Türen und rief dann nacheinander die Polizei und Paul an. Wie es aussah, war ihr Abend doch noch nicht vorbei.

Mit pochendem Herzen sah sie immer wieder zum Haus hinüber, bereit, sofort loszufahren, wenn jemand herauskam und sie angreifen wollte.

Die Kameras und all das andere Equipment kosteten einen Haufen Geld, und es wunderte sie nicht, dass Einbrecher auf die Dreharbeiten aufmerksam geworden waren. War es nicht üblich, für derartige Drehorte einen Wachmann einzustellen?

Die Polizei kam mit Blaulicht, aber ohne Sirene. Die Straßen waren leer, es gab keinen Grund, die Anwohner aus den Betten zu scheuchen.

Marike stieg aus und winkte die Beamten heran. Aus dem Augenwinkel meinte sie, eine Bewegung wahrzunehmen – irgendwo neben dem Haus. In ihrem Nacken kribbelte es. Auch wenn sie niemanden entdecken konnte, da beobachtete sie einer.

Zwei Uniformierte stiegen aus und kamen auf sie zu.

Sie stellte sich vor und erzählte, wie die Villa zurzeit genutzt wurde und was sie beobachtet hatte.

Mit Taschenlampen in den Händen und bereit, auch die Waffen zu ziehen, gingen die Polizisten zum Haus.

Sie kündigten sich beim Betreten laut an und schalteten die Lichter ein. Marike fühlte sich nicht wohl, so allein auf der Straße.

Kurz darauf kam ein Taxi mit erhöhter Geschwindigkeit angebraust, und heraus sprang ein aufgeregter Paul.

»Warten Sie hier«, hörte sie ihn zum Fahrer sagen.

»Das muss er nicht, ich kann dich anschließend zum Hotel fahren«, meinte Marike.

Paul nickte ergeben und gab dem Fahrer Geld. »Der Rest ist für Sie.«

Er kam auf Marike zu, und die Lichter des Taxis bestrahlten ihn einen Moment wie Suchscheinwerfer. Marike fiel auf, dass er getrunken hatte. Seine Bewegungen wirkten fahrig, und er schien schon fest geschlafen zu haben. Wiederholt rieb er sich übers Gesicht, wahrscheinlich, um klarer denken zu können. »Was ist passiert?«

»Ich wollte nach Hause fahren, da habe ich die aufgebrochene Tür bemerkt. Die Polizei durchsucht gerade das Haus. Ich denke, anschließend können wir nachschauen, ob was fehlt.«

Paul fluchte, dass es von den Hauswänden widerhallte.

»Soll ich einen Sicherheitsdienst anrufen, ob sie notfallmäßig jemanden herschicken können?«

Er nickte nur und ging auf den Eingang zu.

»Paul, ich glaube, du musst warten, bis die Polizei –«

Er winkte ab. »Da ist sicher kein Verbrecher mehr drin.«

Ein Freund arbeitete bei G4S in der Leitzentrale, sie hoffte, dass er gerade Dienst hatte. Als er ans Handy ging, registrierte sie erleichtert seine wache Stimme und den ruhigen Hintergrund. Das bedeutete schon mal, dass er nicht auf einer Party war und auch noch nicht geschlafen hatte.

»Hey, Leif, sag mal, arbeitest du gerade?«

Er räusperte sich und senkte die Stimme. »Nicht wirklich«, sagte er unbestimmt. »Und es wäre nett, wenn du es kurz machst.«

Sie wollte lieber nicht genauer nachfragen. Mit wenigen Worten erzählte sie, was passiert war und dass sie dringend einen Nachtwächter brauchten, und Leif versprach ihr, sich sofort darum zu kümmern. Es würde ihn nur einen Anruf kosten, bevor er sich wieder angenehmeren Dingen widmen konnte.

Sie legte auf und lauschte in die Stille. Ab und an hörte sie die Polizisten und Paul im Haus, ansonsten war alles ruhig.

Mit jeder Minute wuchs das Unbehagen. Jemand war da, das spürte sie genau. Es war dasselbe Unbehagen, das sie bei sich zu Hause verspürt hatte, als die Sache mit der Taube passiert war.

Als sie es nicht mehr aushielt, ging sie auf die Villa zu. Da knackte es weiter hinten im Garten.

»Wer ist da?«, rief sie so laut, dass auch die Polizisten sie hören mussten.

Der erste erschien im Durchgang und sah sie fragend an. Marike deutete auf den Garten, wo nun deutlich Schritte zu hören waren. Der Polizist lief hinterher und brüllte Anweisungen, die von dem Flüchtenden aber ignoriert wurden. Der zweite Beamte nahm ebenfalls die Verfolgung auf.

Marike ging lieber ins Haus.

»Paul?«

Der Regisseur saß auf der Treppe, die in den ersten Stock führte, und hatte vor Wut die Hände zu Fäusten geballt.

»Jemand hat im Schlafzimmer rote Farbe aufs Bett gekippt und *Du gehörst mir* auf die Wand gekritzelt. Das Pad ist weg, ansonsten fehlt nichts.«

Marike lief die Treppe hoch und sah sich den Schaden an. Das Bett, auf dem sie vor ein paar Stunden die Liebesszene mit Lars gespielt hatte, sah nun aus, als wäre darauf jemand abgeschlachtet worden.

Der Anblick der roten Schrift an der Wand ließ sie erschaudern.

»Toll, nicht wahr?«, sagte Paul und stellte sich hinter sie. »Vor ein paar Jahren musste Lars eine Unterlassungsverfügung gegen eine Frau erwirken, die ihm massiv nachstellte und jeden Drehort verwüstete, an dem er Liebesszenen darstellte. Sie wurde meines Wissens eingewiesen.«

Marike legte die Arme um sich. Ihr schauderte. »Meinst du, sie ist wieder frei?«

»Das hoffe ich nicht. Am Ende griff sie sogar seine Filmpartnerinnen an. Hast du das nicht in der Presse gelesen?«

Sie schüttelte den Kopf und überlegte, was das für sie bedeuten könnte. Es kam ihr vor, als gäbe es nur die Wahl zwischen einer friedlichen Welt ohne Erfüllung ihres Lebenstraums und dieser Welt, die sie so sehr liebte, in der aber Monster umgingen.

»Ich glaube, sie verfolgt mich«, gestand Marike. »Letzte Woche wollte mich eine Fremde mit einem Farbbeutel bewerfen. Jutta stieß mich im letzten Moment zur Seite und bekam alles ab.«

»Ach«, sagte er wütend. »Und wann wolltest du mir das erzählen?«

»Ich wusste doch nicht, wie ernst die Lage ist.« Sie wurde ganz ruhig und spürte eher Enttäuschung als Angst. Anscheinend scheute niemand davor zurück, ihr gegenüber ständig seinem Ärger Luft zu machen. Es kam ihr vor, als würde ausnahmslos jeder nach Lust und Laune an ihren inneren Stellschrauben drehen, bis ihr Weltbild vollkommen verstellt war.

»Mach dir keine Sorgen, Mädchen, wir passen auf dich auf.« Paul beruhigte sich, kaute auf der Unterlippe herum und dachte nach. »Wir sollten die nächsten Termine ändern. Wenn wir das nicht tun, kennt diese Person unseren gesamten Kalender.« Er dachte weiter nach und verdrehte die Augen. »Ebenso unsere Privatadressen, Telefonnummern, das ganze Storyboard, meine wichtigsten Kontakte und weiß Gott noch alles.« Wieder fluchte er so laut, dass man es sicher auch draußen hören konnte. »Wieso habe ich mein Pad auch hier liegengelassen? Ich bin so ein Vollidiot!«

»Aber du kannst es sperren und orten lassen, nicht wahr?«

Paul nickte müde. »Aber dafür muss ich an meinen Laptop, und der ist noch im Hotel.«

Er ging mit schweren Schritten runter ins Wohnzimmer, Marike folgte ihm. Sie sah ihm zu, wie er sich an der Hausbar der Villa-Eigentümer bediente und sich großzügig Whiskey einschenkte.

»Das kostet uns mindestens einen Drehtag. Ich muss für morgen allen absagen und erst mal den Raum wieder herrichten lassen. Vorher muss die Polizei alle Spuren sichern. Das darf doch alles nicht wahr sein.« Er setzte an und trank das Glas in einem Zug leer. Schon vom Zuschauen wurde Marike schlecht.

»Können wir morgen nicht eine andere Szene vorziehen?«, sagte sie. »Ich könnte mich gleich dranmachen und die Szenen vor dem Haus einstudieren. Oder den Wutausbruch im Wohnzimmer?«

Paul winkte genervt ab. »Vor dem Wutausbruch kommt noch eine andere Szene, dafür brauchen wir den Raum so, wie er ist. Und so läuft das auch nicht, Mädchen.«

Sein Tonfall erschien ihr unangemessen. Sie wollte nur helfen, es gab keinen Grund, sie gleich derartig abzubügeln.

Also schwieg sie und schrieb sein Verhalten den Umständen und dem Alkohol zu.

»Was machst du eigentlich so spät noch hier?«, wollte er plötzlich wissen.

»Ich war mit Lars noch was essen und hab mein Auto hier stehengelassen.«

Mit einem Schnaufen schenkte er sich nach. »Wolltet ihr die Liebesszene mal ganz ausspielen?«, fragte er sarkastisch.

»Was? Nein!« Nun nahm das Gespräch erst recht eine Wendung, die sie wütend machte.

»Wenn diese Irre wirklich aus der Anstalt ausgebrochen ist, wird es sie richtig anpissen, was du hier mit Lars anfängst. Es ist ein offenes Geheimnis, was er mit seinen Filmpartnerinnen treibt. Früher wären wir uns sicher das eine oder andere Mal ins Gehege gekommen.« Erneut trank er einen großen Schluck, ließ aber noch etwas im Glas. »Ich habe ihm gesagt, er soll die Finger von dir lassen.«

»Das hat er auch«, hielt Marike dagegen. »Wir waren etwas essen und haben geredet, mehr nicht.«

Paul ließ sich in den Sessel nahe dem Kamin fallen und schwenkte den Whiskey im Glas.

»Du bist etwas Besonderes«, sagte er mit schwerer Zunge. »Jeder wird dich haben wollen. Ich habe fast schon ein schlechtes Gewissen, dich zum Star zu machen, weil ich nicht glaube, dass du der Aufmerksamkeit gewachsen bist. Tolle Schauspielerin, ein großes Talent, aber so verdammt nett.« Mit einem Nicken Richtung Treppe lachte er freudlos auf. »Was würdest du tun, wenn dir jemand auf diese Weise nachstellt?«

»Ich weiß nicht. Zur Polizei gehen?« Ernüchtert ließ sie sich ebenfalls in einen Sessel fallen und hoffte, dass der Wachmann bald käme und die Polizei die flüchtige Person fasste.

»Ich bin glücklich mit meinem Freund. Wie kommst du darauf, dass ich einer Affäre zustimmen würde?«

Paul sah sie über das Glas hinweg an und schüttelte den Kopf. »Bist du das? Was macht er beruflich?«

Eigentlich sollte sie das Gespräch beenden. Paul war betrunken und das Thema unangebracht, aber trotzdem antwortete sie. »Er ist Marketingleiter bei einem Hersteller für Autoteile.«

Das brachte Paul zum Lachen.

»Aber er ist nicht der typische Schreibtischtäter.«

»Natürlich ist er das nicht. Würde er hier reinpassen? Wie macht er sich wohl neben dir auf dem roten Teppich? Oder meinst du, es wäre besser, das alles als Job zu sehen, wo er nichts zu suchen hat?« Wieder lachte er freudlos. »Siehst du, du bist beeinflussbar. Du lässt dich verunsichern, in die Ecke drängen, und ich weiß auch, warum.«

Nun war Marike gespannt. Sie verschränkte die Arme und reckte das Kinn in abwartender Haltung.

»Du bist ein Opfer.« Er trank den Rest und stellte das Glas auf den Beistelltisch. »Du willst niemandem auf die Füße treten und siehst in jedem immer das Gute – selbst dort, wo nichts Gutes ist. Besser, du lernst, nicht nur Entschuldigungen für andere zu finden, sondern einen Schritt weiter zu denken als sie, und rechtzeitig zu erkennen, was sie von dir wollen.« Er zeigte auf sich selbst. »Du könntest mich als wohlwollenden Mentor betrachten und ignorieren, dass ich ein Schlawiner bin. Oder du könntest dich gerade machen und mir jedes Mal auf die Finger hauen, wenn ich dich zufällig mal anfasse. Das habe ich dir im Auto schon gesagt, aber hast du es seitdem auch nur einmal gemacht?«

Marike wollte nichts mehr hören. Das mit dem Mentor kam hin, und wahrscheinlich sagte er deshalb gerade so abscheuliche Dinge. Er wollte ihr helfen, das wusste sie zu schätzen, über den Rest müssten sie nie wieder ein Wort verlieren.

Die Polizisten kamen nach erfolgloser Verfolgung zurück, immer noch ganz außer Atem.

»Es wird gleich ein Wachmann von einem privaten Sicherheitsdienst kommen«, sagte Marike, die froh war, endlich über ein anderes Thema reden zu können. »Wie geht es jetzt weiter?«

»Wir versiegeln den Tatort, damit morgen die Spurensicherung vorgenommen werden kann. Herr Kreuzer sagte, es gäbe eine Verdächtige, wir nehmen also die Fingerabdrücke und gehen der Sache nach. Anschließend können Sie wieder ins Haus.«

Es stimmte also, der Drehplan konnte nicht mehr eingehalten werden. Für einen Perfektionisten musste das die Hölle sein. Sie sah zu Paul, der kaum noch in der Lage war, nachzuschenken, ohne die Hälfte zu verschütten.

»Ist gut, wir warten nur noch auf den Wachmann. Darf er ins Haus, oder muss er vor der Tür sitzen bleiben?«

Dem Polizisten schien es egal zu sein. »Wir kleben oben die Tür ab, sollte reichen. Hier ist ja kein Mord verübt worden.«

Sie sah den Beamten nach und hörte kurz darauf von oben die Geräusche beim Abrollen des Klebebands und ein leises Gespräch. Dann klopfte es an der Tür, und ein junger Mann in G4S-Uniform erschien im Durchgang. Marike war erleichtert, dass diesmal alles reibungslos klappte. Sie begrüßte ihn und erklärte ihm die Situation, anschließend half sie Paul auf die Füße und ging gemeinsam mit den Beamten zu den Fahrzeugen.

»Wird's gehen?«, fragte der rechte und deutete auf den schwankenden Regisseur.

»Ja, danke«, sagte Marike, obwohl sie sich nicht ganz sicher war. Sie hievte ihn ins Auto und schloss die Tür. »Das hat ihn hart getroffen, bitte entschuldigen Sie sein Auftreten.«

Der Polizist winkte ab. »Wir haben schon Schlimmeres gesehen. Gute Nacht.«

Marike ließ sich von Paul das Hotel nennen und fuhr ihn dorthin. In seiner Jacketttasche fand sie die Schlüsselkarte und öffnete die Tür zur Lobby, die zu dieser Zeit unbesetzt war, schaltete den Fahrstuhl frei und suchte das Zimmer. Paul trottete schwer auf ihre Schulter gestützt neben ihr her.

Das Zimmer war ganz hübsch eingerichtet. Frische Blumen in einer Vase, helle Möbel und ein beigefarbener Teppich.

Sie half ihm auf das Doppelbett und zog ihm die Schuhe aus. Seinen Witzen hörte sie nicht zu; wenn er versorgt war, wollte sie nur noch nach Hause.

Beim Ausziehen des Jacketts half sie ihm noch, den Rest fasste sie nicht an.

»Wir telefonieren morgen«, sagte sie und wollte gehen, da ergriff er ihr Handgelenk und hielt sie auf.

»Bleib doch noch einen Moment.« Sein Daumen strich über ihre Haut.

Marike schob den Finger weg und sah in seine halb geöffneten Augen. »Ich beherzige jetzt deinen Ratschlag, sehe dich in diesem Moment einfach nur als Schlawiner und sage NEIN.«

Als er grinste, drehte sie sich um und ging. *Doch, ich werde es lernen*, dachte sie bei sich. *Und ich kann froh sein, dass er im Suff so ehrlich war.*

Auf dem Rückweg durch den Flur fiel ihr ein Zettel an einer Zimmertür auf. Es war eine Liebesbotschaft an Lars, der hier wahrscheinlich für die Dauer der Drehzeit wohnte.

Lars! Ich liebe dich!, stand darauf. *Und ich werde dich immer lieben.*

Marike klopfte gegen die weiße Holztür. Alles blieb still. Also klopfte sie erneut und rief: »Ich bin's, Marike.«

Erst ein leises Poltern, dann Schritte. Die Tür öffnete sich einen kleinen Spalt, und Lars' Gesicht erschien dahinter.

»Marike?«

»Hast du mal ein Taschentuch oder eine Serviette?«

Er zog die Tür weiter auf und sah sie fragend an. Er war nur mit Boxershorts bekleidet – ein sehr attraktiver Mann. Marike wandte den Blick ab.

»Du klopfst hier nachts, weil du ein Taschentuch von mir haben willst?«

Sie schüttelte den Kopf. »Gib mir ein Taschentuch, und ich erkläre dir gleich in deinem Zimmer, was es damit auf sich hat.«

Er verschwand kurz und reichte ihr dann eine Serviette. Damit nahm sie den Zettel von seiner Tür und hüllte ihn vorsichtig darin ein.

Als sie an ihm vorbeiging, streifte sie ihn mit dem Oberarm. Der Reiz verlor sich nicht. Auch wenn ihr Verstand sie permanent ermahnte, fühlte sie etwas, wenn sie in seiner Nähe war. Sie ertappte sich bei dem Gedanken, froh zu sein über die Ereignisse, weil sie sich nun stark und selbstsicher zeigen konnte.

»Am Set wurde eingebrochen«, sagte sie ohne Umschweife. »Jemand hat rote Farbe auf das Bett gekippt und *Du gehörst mir* an die Wand geschmiert.« Sie hielt die Serviette hoch. »Gut möglich, dass dieser Zettel auch von dieser Person stammt.«

Aus seinem Gesicht wich mit einem Mal alle Farbe. So etwas hatte sie noch nie bei einem Menschen gesehen. Das pure Entsetzen beraubte ihn für einige Herzschläge seiner beeindruckenden Ausstrahlung. Wie gelähmt starrte er in eine Zimmerecke und suchte anscheinend nach dem erstbesten sinnvollen Gedanken.

»Ich muss jemanden anrufen«, sagte er dünn. Er bestätigte das für sich selbst mit einem Nicken. »Setz dich, ich bin gleich wieder da.«

Er nahm das Handy vom Tisch und ging so, wie er war, auf den Flur. Kurz darauf konnte sie ihn leise vor der Tür sprechen hören.

Nach einigen Minuten kam er etwas gefasster zurück. Sie sah, wie er sich wiederholt übers Kinn strich und in den Nacken fasste, ihr kurze Blicke zuwarf und unentschlossen den Mund auf- und zuklappte.

»Ich weiß es schon«, sagte sie. »Ich meine das von deiner verrückten Stalkerin.«

Nun fuhr er sich mit der Hand durch die Haare. »Sie ist aus der Anstalt ausgebrochen. Eine Pflegerin ist dabei umgekommen. Man fand sie geknebelt auf dem Bett dieser Irren.« Seine Stimme klang ganz dünn und kraftlos.

»Umgekommen?«, wiederholte Marike schockiert. »Sie werden sie doch finden, oder?« Sie musste an die Vorkommnisse in ihrer Wohnung und vorm Center denken. »O Gott, sie war es. Die Verrückte war bei mir zu Hause!«

»Das ist gut«, sagte er abwesend.

»Lars?«

Wieder fuhr er sich durchs Haar. »Ich muss Hanna anrufen.«

Fassungslos sah sie zu, wie er sich wieder seinem Handy widmete.

Hat er nicht gehört, was ich gerade gesagt habe?

Sie trat ans Fenster, damit er in Ruhe sprechen konnte, und versuchte, den Cocktail aus Wut und Fassungslosigkeit unter Kontrolle zu bringen. Diesmal blieb er im Zimmer, was den vorherigen Anruf auf seltsame Weise noch persönlicher erscheinen ließ. Wahrscheinlich hatte er mit der Polizei gesprochen. Sie hoffte, dass er redseliger war, wenn sich der erste Schreck gelegt hatte. Denn nach dem, was sie bislang mitbekommen hatte, musste sie sich größere Sorgen machen als er. Was war jetzt mit seinem Versprechen, dass er auf sie aufpassen würde?

Als sie ihn in der Spiegelung des Fensters telefonieren sah, verlor sich ein Stück der Ehrfurcht, die sie bis vorhin noch empfunden hatte.

Wie ging man damit um, im Visier einer Verrückten zu sein? Diese Person hatte auf ihrem Balkon gestanden! Und diese besessene Stalkerin tat offenbar weitaus mehr, als nur an Fensterscheiben zu klopfen.

Als seine Frau das Gespräch entgegennahm, war ihm die Erleichterung anzumerken. Die beiden schienen wegen dieser Sache in der Vergangenheit einiges durchgemacht zu haben. Immer wieder fragte er nach, ob es ihr gutging und sie in Sicherheit sei. Sie bekam ganz genaue Anweisungen, bei welchem befreundeten Pärchen sie für ein paar Tage einziehen sollte, bis Fabienne – so nannte er die Verrückte – wieder hinter Gittern saß.

Marike sah, wie sehr er sich sorgte. Er liebte diese Frau, daran bestand kein Zweifel.

Nachdem er aufgelegt hatte, sah er sie mit einem Ausdruck an, den sie nicht gänzlich einordnen konnte. Die Schattenseiten holten den attraktiven Star gerade ein.

»Auch wenn meine Frau in München ist und wir hier in Hamburg sind, bedeutet es nicht, dass sie dort sicher ist.« Er setzte sich aufs Bett und lehnte sich gegen das Kopfende. »Ihr Name ist Fabienne Loss, wir lernten uns damals in einer Bar kennen. Ich war noch ganz geflasht von dem Drehtag gewesen und in Feierlaune. Wir hatten richtig heißen Sex im Hinterhof. Das war so eine spontane Sache, fern jeglichen klaren Denkens. Für mich war es damit erledigt, aber Fabienne sah das anders.« Seufzend zuckte er mit den Achseln. »Sie flippte immer dann so richtig aus, wenn ich eine Liebesszene drehte. Aber da wusste ich noch nicht, dass sie es war. Anfangs operierte sie nur mit Farbe, später überwältigte sie meine Filmpartnerinnen und zapfte ihnen genug Blut ab, um Wörter an die Wand zu schreiben.« Die Erinnerungen schmerzten. Seine Stimme wurde brüchig, und er räusperte sich. »Besonders schlimm war es, wenn ich mit den Kolleginnen auch privat etwas anfing. Ich konnte es einfach nicht lassen. Conny wurde von Fabienne so sehr verängstigt, dass sie komplett aus dem Filmgeschäft ausstieg.«

Er wagte einen kurzen Blick zu Marike, den sie mit gemischten Gefühlen erwiderte. Sie wollte ihm beweisen, dass sie sich nicht so schnell unterkriegen ließ und er keine Angst haben musste, aber der Gedanke, selbst in Gefahr zu sein, ließ sich nicht wegdrücken.

»Was muss ich tun, damit mir das nicht passiert?«, fragte sie, so gefasst sie konnte.

Lars schüttelte den Kopf und schlug mit einer Faust gegen das Bett. »Ich weiß es nicht. Du solltest am besten nirgends mehr allein hingehen, solange sie noch auf freiem Fuß ist. Wir haben kein Verhältnis miteinander, wenn überhaupt, wird sie dich nur erschrecken wollen.«

Marike konnte kaum fassen, was er da sagte. »Mich nur erschrecken?«, sagte sie aufbrausend. »Und das soll mich beruhigen?«

Lars stand auf und kam auf sie zu. »Tut mir leid. Ich weiß, dass das alles schrecklich ist, und ich wünschte wirklich, ich wäre dieser Frau nie begegnet. Wir beschützen dich, das verspreche ich.«

Marike hasste sich dafür, aber die Tränen ließen sich wieder nicht zurückhalten. Das war alles eine Nummer zu groß.

»Kann denn nicht einmal etwas glatt laufen?«, sagte sie weinend. »Jeder zieht und zerrt an mir, und jetzt hat es auch noch eine Verrückte auf mich abgesehen. Womit habe ich diese Scheiße verdient?«

Lars nahm sie in den Arm und strich ihr behutsam über den Rücken. Ihr Gesicht ruhte an seiner bloßen Brust, und sie hielt sich an ihm fest und ließ für diesen kurzen Moment alle Emotionen heraus. Es tat gut, gehalten zu werden. Ihr gesamter Körper reagierte auf ihn und seine Berührungen. Sie fühlte sich von ihren Gefühlen verraten. Vor allem in dieser unmöglichen Situation.

»Ich muss jetzt gehen«, sagte sie bestimmt, wandte sich von ihm ab und wischte sich verschämt die Tränen fort. »Wir reden morgen weiter.«

Aber Lars ergriff ihre Hand und hielt sie fest. »Du musst mir glauben, dass ich dich gewarnt hätte, wenn ich geahnt hätte, dass sie ausbricht.«

Marike nickte und sah auf seine Finger hinab. »Es muss schwer für dich sein, mit so drastischen Folgen zu leben, oder?«

Stumm nickte er.

»Lässt du deshalb die Finger von anderen Frauen?«

Er strich mit dem Daumen über ihren Handrücken, was sich angenehm vertraut anfühlte. »Ich wollte niemals jemanden in Gefahr bringen«, sagte er ausweichend.

Marike zog ihre Hand zurück und sah ihm in die Augen. »Paul hat dir gesagt, du sollst mich in Ruhe lassen?«

Lars lachte freudlos. »Ja, das hat er.«

Kopfschüttelnd ging sie zur Tür. »Ich habe keine Angst vor dir, weil ich ganz genau weiß, dass ich niemals mit dir ins Bett gehen würde. Ich bin keine Fremdgeherin«, sagte sie wütend. »Wie kommt ihr nur darauf, über meinen Kopf hinweg solche Entscheidungen zu treffen? Ihr seid nicht besser als diese Irre, wenn ihr über mich redet, als wäre ich ein Objekt.«

Lars winkte ab. »So war das nicht.« Er suchte nach den passenden Worten, was ihm nicht leichtzufallen schien. Ihr war egal, wie es gewesen war, sie sollten damit aufhören.

»Mag sein, dass ich als Neuling im Filmgeschäft etwas eingeschüchtert war, aber ich denke, ich habe es jetzt kapiert. Behandelt mich nie wieder wie so ein naives Ding, das man hin- und herschubsen kann.«

Erschrocken über sich selbst, wandte sie sich zur Tür. So hatte sie noch nie mit jemandem geredet.

Bevor sie sein Zimmer verlassen konnte, war er bei ihr und legte eine Hand auf die Tür.

»Bitte pass auf dich auf, Marike«, sagte er nahe an ihrem Ohr. »Fabienne ist nicht nur verrückt, sie ist auch hochintelligent, und sie kennt mich.«

Sie drehte den Kopf, bis sie ihm in die Augen schauen konnte. Sie wusste nicht, ob es die aufwühlende Situation war, die Dreharbeiten oder einfach seine Nähe, aber sie bekam ganz weiche Knie, als sie ihn ansah.

»Sie wird wissen, dass du mir nicht gleichgültig bist.«

Bevor sie diese grauenhaften Ereignisse noch mit einer Dummheit krönte, tauchte sie unter seinem Arm ab und verließ das Zimmer.

»Bis morgen«, sagte sie knapp und zog die Tür hinter sich zu.

»Wie bescheuert kann man sein?«, schimpfte sie auf dem Weg zum Fahrstuhl leise mit sich selbst. »Was war denn das gerade? Da läuft eine irre Stalkerin rum, und du stehst wie ein verknallter Teenie vor dem Ursprung des Übels.« Am liebsten hätte sie sich selbst angebrüllt ob dieser schrecklichen Dummheit. Aber eine Stimme in ihr sagte, dass er ja auch nur ein Opfer war.

Sie sah sich um, aber in den Fluren war niemand zu sehen. Marike atmete tief durch und war stolz auf sich, weil sie sich gegen das Gefühlschaos durchgesetzt und definitiv das Richtige getan hatte. Ja, es knisterte, aber dabei würde es auch bleiben.

Mit einem mulmigen Gefühl verließ sie das Hotel und sah sich auf der nächtlichen Straße um. Ihr Wagen parkte auf der anderen Straßenseite – alles war ruhig.

Sie rief Frank an, denn sie wollte eine vertraute Stimme hören und einen festen Deckel auf die verwirrenden Bilder drücken. Er war der Mann, den sie liebte. Er klang verschlafen, wurde aber schnell wach. Sie erzählte ihm grob, was am Set passiert war.

»Die Polizei hat jetzt alles versiegelt, ich komme nach Hause.«

»Fahr vorsichtig«, sagte er und versuchte offensichtlich, ganz wach zu werden. »Ich kann ja am Laptop schon mal gucken, ob ich was über diese Fabienne herausfinden kann.«

Marike stieg ins Auto und verriegelte die Türen. »Ja, das wäre gut.« Sie musste schlucken. »Frank, ich habe echt kein gutes Gefühl bei dieser Sache. Sie war doch schon bei uns zu Hause. Was, wenn sie wiederkommt?«

»Mach dir keinen Kopf«, sagte Frank beruhigend. »Du hast doch selbst gesagt, dass sie nur denjenigen Frauen was angetan hat, die mit diesem Lars was hatten, oder?«

»Aber was, wenn sie glaubt, dass da was läuft?«

Frank wurde leise am anderen Ende. »Wie sollte sie darauf kommen?«

»Na ja, sie ist verrückt«, antwortete Marike dünn. »Ich fahre jetzt los.«

Zum Fahren musste sie das Gespräch beenden. Statt ihr mehr Sicherheit zu geben, hatte sie der Anruf eher verstört. Es stand mehr auf dem Spiel, als möglicherweise von einer Verrückten angegriffen zu werden. Es war etwas in Franks Stimme gewesen, das ihr sagte, dass diese Sache schon jetzt Schaden verursachte. Vielleicht war es auch nur ihr schlechtes Gewissen, weil sie den Abend mit Lars nicht erwähnt hatte – oder dass sie gerade aus seinem Hotelzimmer kam.

Im Rückspiegel sah sie eine Gestalt über die Straße gehen. Schwer zu erkennen, aber sie machte keinen bedrohlichen Eindruck. Marike startete den Wagen und fuhr schnell, aber nicht kopflos los.

»Ich werde sicher nicht bei jeder kleinen Bewegung zusammenzucken«, versprach sie sich. »Diese Sache kriegt mich nicht klein!«

Mit zitternder Hand legte sie den nächsten Gang ein und sah immer wieder in den Spiegel.

»Soll das deine Schule sein?«, fragte sie ihr Schicksal. »Willst du mir auferlegen, die ganze Härte des Lebens auf einmal zu erfahren, damit ich daran wachsen kann? Na, vielen Dank auch!« Sie blinzelte die aufkommenden Tränen fort und fuhr schneller. »Weißt du, für den Anfang wäre es auch genug gewesen, mich nur diesen Film drehen zu lassen.« Alle Gedanken gerieten durcheinander, spuckten eine Kette unterschiedlichster Assoziationen aus. Es fiel ihr schwer, bei einer Sache zu bleiben, also setzte sie ihren Monolog ans Schicksal fort. Den ganzen Weg von Bergedorf bis in die Hamburger Innenstadt.

Als sie zu Hause ankam, hatte das Artikulieren der Wut geholfen. Das Zittern war vorbei, und sie konnte ganz ruhig das Wohnhaus betreten, wo Frank sie hoffentlich fest in den Arm nehmen würde. So wie Lars es getan hatte.

Als sie die Wohnung betrat und die Tür schnell hinter sich ins Schloss drückte, sah sie, dass schwaches Licht aus dem Schlafzimmer fiel.

»Frank?«

»Komm her, ich habe was gefunden.«

Sie ging zum Schlafzimmer und sah durch den Türspalt.

Frank lag im Bett und tippte auf dem Laptop herum. »Ich habe ein paar alte Artikel gefunden, aber viel steht da nicht drin. Nur eine Stalkerin, die Chaos an den Drehorten verursachte.«

Marike setzte sich neben ihn und sah auf das Display.

Aber bevor sie sich irgendetwas näher anschauen konnte, gab das eMail-Programm einen Signalton von sich, und Frank klickte auf die neue Nachricht mit der Betreffzeile *Ich habe Marike heute gesehen*. Absender war eine Person, die sich *Schattenlicht* nannte.

Marike erfasste schneller als Frank, was ihm da geschickt worden war. Das erste Foto zeigte sie von draußen durchs Hotelfenster fotografiert und Lars, der sie mit freiem Oberkörper umarmte.

Ihr wurde ganz schlecht.

Frank wurde ruhig und scrollte weiter nach unten, wo ein weiteres Foto zu sehen war. Auf diesem hielt Lars sie vom Gehen ab, und es sah aus, als würde er sie küssen.

Und als Letztes ein Foto vom Pad des Regisseurs, auf dem sie hingebungsvollen gespielten Sex mit ihrem Filmpartner hatte. Marike schnürte es die Kehle zu. Ihr wurde so schlecht, dass sie glaubte, sich auf der Stelle übergeben zu müssen. Tränen lösten sich aus ihren Augen; Frank könnte sie auch als Bestätigung deuten.

»Er hat mich umarmt, weil ich ganz geschockt war«, sagte sie leise. »Und das letzte Foto ist vom Dreh heute.«

Frank stellte den Laptop zur Seite und setzte sich auf die Bettkante. »Sorry, aber geschockt siehst du auf diesen Bildern nicht aus, eher sehr innig mit einem anderen Mann im Hotelzimmer.« Er stand auf und ging durch den Raum. »Ich habe mir wirklich Sorgen gemacht.« Sein Tonfall drückte Enttäuschung aus. »Ich dachte, du wärst mit deinem Team unterwegs, aber stattdessen treibst du dich bei dem Kerl im Hotelzimmer rum?«

Wieder ertönte ein Signal, und eine weitere Mail von Schattenlicht erschien. Marike wollte ihn bitten, sie nicht zu öffnen, aber er schnitt ihr das Wort ab und klickte die Nachricht an.

Ein Foto aus dem Lokal. Sie saßen eng nebeneinander, und Lars hatte den Arm um ihre Schultern gelegt. Eines vor dem Lokal, wo sie sich zum Abschied umarmten, und ein weiteres vom Set, auf dem sich Lars mit geöffneten Lippen ihrer nackten Brust näherte.

Jegliche Chance, ihn auf diese Bilder vorzubereiten, war ihr genommen worden. Sie hätte ihm heute Abend alles erzählt, von den Gesprächen mit Lars, Juttas Nachrichten und wie fertig sie das machte. Dass Lars sie getröstet hätte und ihr helfen wollte. Aber egal, was sie jetzt noch sagen konnte, alles würde nur wie eine billige Lüge klingen.

Wütend klappte er den Laptop zu und sah Marike nicht mehr an. Eiseskälte breitete sich um ihn herum aus, die in Marike alles zum Verkrampfen brachte und ihr die Stimme raubte.

»Ich erkenne dich nicht mehr wieder«, presste er zwischen zusammengebissenen Zähnen hervor. »Seit Monaten dreht sich alles nur um diesen Film. Wir haben kaum Zeit füreinander, und dann amüsierst du dich mit diesem Superstar?«

»Wir haben uns nur unterhalten«, sagte sie flehend.

»So sieht das aber nicht aus!«, brüllte Frank.

Marike wich vor ihm zurück und stieß mit dem Rücken gegen die Wand. »Es ist nichts passiert«, sagte sie weinend. »Bitte glaub mir, es ist nichts passiert.«

»Du bist noch nicht mal auf der Leinwand, und schon steigt dir alles zu Kopf.« Der Blick, mit dem er sie nun ansah, ließ sie erschaudern. Sie hatte nichts getan, aber er war zutiefst enttäuscht und sah mit Abscheu auf sie herab.

Ohne ein weiteres Wort griff er sich seine Decke und verließ mit einem Türknallen das Schlafzimmer.

Fassungslos starrte Marike die geschlossene Tür an und glaubte, an ihrem Kummer zu ersticken. In ihrem Brustkorb schmerzte jeder Muskel, als wollte der Schock ihr Herz zerquetschen.

Nein, dachte sie verzweifelt. *Lass mich jetzt nicht im Stich, ich brauche dich!*

Mit abgehackten Bewegungen löschte sie das Licht. »Ich weiß, du bist irgendwo da draußen und freust dich«, flüsterte sie wie paralysiert. »Hast extra gewartet, bis ich nach Hause komme. Ist es nicht so?«

Vorsichtig sah sie durch einen Spalt zwischen Fenster und Vorhang auf die Straße hinunter. Alles war ruhig. Nach zehn Minuten drehte sie sich weg und ließ sich an der Wand hinabsinken. Sie fühlte sich zu leer zum Weinen, zu wütend, um Frank um Vergebung zu bitten, und zu entsetzt, um richtig zu erfassen, was gerade geschehen war. Warum kam Frank nicht zurück?

Er glaubte diesen Fotos mehr als ihr, strafte sie mit Kälte und Verachtung, weil er wohl bestätigt sah, was er ohnehin erwartet hatte.

»Du willst doch, dass ich dich enttäusche«, sagte sie tonlos. »Ist es nicht so? Damit du mich verlassen kannst, ohne der Böse zu sein. Habe ich recht?«

All der Ärger, weil sein geregeltes Leben nicht mehr funktionierte.

»Zählt denn gar nicht, wie es mir geht?« Ein Krampf schüttelte sie, Marike musste würgen, aber es kam nichts raus. »Ich kann nicht mehr.«

Sie versuchte, Ruhe in ihre Gedanken zu bringen, aber etwas veränderte sich in ihr – als zöge sich ein Panzer über die verwundbaren Stellen, begleitet von der inneren Stimme, die ihr unaufhörlich sagte, dass netten Menschen keine netten Sachen passierten.

Marike wollte genau eines: konzentriert ihren Job machen, weil es das war, was sie sich schon als kleines Mädchen gewünscht hatte. Es ging nicht um Ruhm und Ehre, sondern um die Leidenschaft, mit der sie in andere Rollen schlüpfen und sie ausfüllen konnte. Sie begeisterte gern, stieß Emotionen an oder brachte durch ihre Darbietungen andere Menschen zum Nachdenken. Dafür hatte Paul sie engagiert, und diesen Part erfüllte sie zu seiner Zufriedenheit. Frank hatte sie kennengelernt, als sie bereits auf der Bühne stand. So hatte er sich in sie verliebt, und er hatte sie immer unterstützen wollen.

»Das hast du mir versprochen«, flüsterte sie matt.

Jutta war ihr größter Fan gewesen. Aber jetzt, wo es drauf ankam, zählte es nicht mehr, wer sie war oder wie sie sich anderen gegenüber verhielt. Aus »nett« wurde »egoistisch«. Die Männer behandelten sie wie Ware, als stünde es vollkommen außer Frage, dass sie »Nein« sagen könnte. Sogar Frank hörte sich nicht an, was sie zu den Fotos zu sagen hatte. Er lag wahrscheinlich gerade auf dem Sofa und wog ab, ob er noch länger mit einer Fremdgeherin zusammen sein wollte. Ganz so, also hätte er diese Nachricht erwartet.

Jeder benutzt mich, um seinen eigenen Ego-Trip auszuleben ...

Marike konnte die Gedanken nicht aufhalten, die sich durch jede Windung ihres Gehirns fraßen und die Erinnerung an die vergangenen Wochen mit Verdachtsmomenten infizierten. Immerhin war anfangs alles okay gewesen. Die Zeiten, die sie mit Proben, Besprechungen und Coachings verbracht hatte, alle abendlichen Termine, die von seiner Zeit abgingen – nichts davon hatte ihn aufgeregt. Bis vor kurzem.

Ihr war aufgefallen, dass er in letzter Zeit viel später nach Hause kam, wenn er mit Freunden unterwegs war. »Ich habe nichts falsch gemacht«, sagte sie laut. Ihre Gefühle regten sich verräterisch. Zwischen »nichts falsch gemacht« und einer Affäre lag diese unbestimmte Grauzone, in der das Unterbewusstsein federführend war. Ein Teil von ihr wollte die Sicherheit der festen Beziehung und Franks Bodenständigkeit. Sie waren schon länger zusammen, natürlich war die Verliebtheit einer gewissen Routine gewichen, aber diese Liebe würde sie nicht leichtfertig aufs Spiel setzen. Der andere Teil in ihr aber fand den Gedanken, wieder frei zu sein, äußerst reizvoll. Keine Rechtfertigungen mehr, keine Terminpläne am Kühlschrank, kein Unverständnis für diese andere Welt, in der sie sich bewegte. Ständig ein beherrschter, umsichtiger Mensch zu sein, hatte sie hierhergebracht – auf den Fußboden im Schlafzimmer. Allein.

Frank war wütend.

Jutta war wütend.

Sogar der betrunkene Paul war wütend.

Die Tränen versiegten, und es blieb eine Leere zurück, die sie unmöglich hätte beschreiben können. Jeder glaubte, ein Recht auf seine Wut zu haben. Aber wie sollte sie zum Ausdruck bringen, wie sehr es sie enttäuschte, als Person nur dann geschätzt zu werden, wenn sie es jedem recht machte?

»Ich lasse mir meine Träume nicht nehmen«, flüsterte sie. »Und wer damit nicht klarkommt, muss gehen.«

Kapitel 10

13. August 2011

»Hast du die ganze Nacht hier auf dem Boden gesessen?« Franks Worte holten Marike aus weiter Ferne zurück. Schlaf hatte sie bis jetzt nicht gefunden. Er sah nicht gut aus, seine Augen waren gerötet und müde. Schlimmer noch war die Enttäuschung, die darin zu lesen stand.

»Ich mach was zu essen«, sagte er und ging wieder.

Marike stemmte sich umständlich hoch. Ihr tat die Hüfte weh, weil sie ihre Position in der Nacht kaum verändert hatte. Taubheit lag in ihren Gliedern, und sie kam sich schrecklich zittrig und kraftlos vor. Diese Irre nahm ihr die Dinge aus der Hand, und Marike musste den Scherbenhaufen nun wieder zusammensetzen. Ihre Wut der letzten Nacht hatte sich in Furcht gewandelt. Frank musste ihr glauben – weil der Gedanke, in das Klischee einer freizügigen Schauspielerin gedrückt zu werden, unerträglich war. Wenn er sie verließ, dann sollte er es aus den richtigen Gründen tun und nicht wegen einer Lüge.

Es duftete nach Kaffee. Brot und Aufschnitt, Teller und Besteck standen wie zufällig auf dem Tisch verteilt.

Frank schenkte Kaffee ein und setzte sich dann auf seine Seite. Es machte Marike Angst, wie er auf seinen Becher starrte. Er erweckte nicht den Eindruck, ihr inzwischen mehr Glauben zu schenken als dem, was so offensichtlich zur Schau gestellt worden war.

»Ich wollte dich darauf vorbereiten. Wir haben diese Szene gestern gedreht, und ich wollte dir alles genau beschreiben …«

Er schlug mit der Faust auf den Tisch und sah an ihr vorbei. »Du hättest mich auf die anderen Bilder vorbereiten sollen. Ich dachte, du seist mit den Leuten losgezogen, aber stattdessen warst du mit diesem halbnackten Kerl im Hotel. Auch ohne eine manipulative Irre sind die Bilder sehr eindeutig.«

Stille Tränen liefen ihr übers Gesicht. Einerseits fühlte sie sich schuldig, weil sie wusste, wie verräterisch das aussehen musste, aber andererseits war nichts passiert, was ihre Treue zu ihm in Frage stellte.

»Wenn du mir zuhören würdest, könnte ich dir alles erklären.«

»Was willst du mir sagen, was ich nicht schon weiß?« Seine Finger trommelten auf der Tischplatte herum. »Ihr wart zusammen essen, dann bist du zum Auto und hast den Einbruch bemerkt, was dich dann offensichtlich direkt in seine Arme zurückgetrieben hat.« Mit einer energischen Handbewegung schob er den Teller von sich und nahm den Becher in beide Hände. »Seit du bei diesem Film mitmachst, erkenne ich dich kaum wieder. Wenn wir mal einen Abend für uns haben, redest du nur über die Crew und wer was gesagt hat. Unser Leben hier findet doch gar nicht mehr statt. Und so was kommt dabei heraus, ist es nicht so?«

Was nun über sie kam, schraubte sich aus der emotionalen und körperlichen Erschöpfung empor und brach wie ein Schrei aus ihr heraus, auch wenn sie kaum die Stimme erhob.

»Ich bin kein Sexspielzeug, über dessen Kopf hinweg die stolzen Hähne zanken, wer es benutzen darf. Wie war das mit deinem Gerede, dass du stolz auf mich bist und mich immer unterstützen würdest?« Sie sah ihn direkt an, und er wandte den Blick ab. »Was hast du gedacht? Dass ich zwei-, dreimal die Woche meinem Hobby nachgehe und ansonsten brav zu Hause sitze?«

Wieder schlug er mit der Faust auf den Tisch, was einen unangenehmen Schmerz durch ihre Körpermitte jagte. »Das ist wieder so typisch. *Du* machst keine Fehler, reagierst lieber mit Gegenangriff, weil du dir um nichts in der Welt deine kostbare Freiheit mit Beziehungsbelangen einschränken lassen willst. Aber *ich* bin nicht auf irgendwelchen Fotos mit anderen Frauen zu sehen.«

»Stimmt, du machst mir lieber das Leben schwer, wo du mir Halt geben solltest. Erst macht mich Jutta fertig und jetzt du. Ich habe nichts getan, für das ich mich schämen müsste!«

So wütend wie in diesem Moment hatte sie ihn noch nie gesehen. Er stand auf, ballte die Hände zu Fäusten und sah sie mit so viel Zorn an, dass ihre Gedanken jeglichen Zusammenhang verloren.

»Ich muss hier raus«, sagte er. »Ich dachte, ich komme damit klar, aber ich habe mich geirrt.«

Dennoch blieb er einen Moment unschlüssig stehen. Marike wollte aufspringen, ihn in den Arm nehmen und anflehen zu bleiben. Das lief alles ganz falsch, ein erstickendes Chaos, das alles Vertraute in Fetzen riss und durch etwas Verstörendes ersetzte.

Als sie glaubte, dem Impuls endlich folgen zu können, klingelte es an der Tür. Frank funkelte sie ein letztes Mal wütend an und ging hin.

»O Gott, ich verliere ihn«, flüsterte sie verzweifelt. »Wie kann das sein?«

Sie hörte, wie er die Jacke vom Haken nahm.

»Bitte geh nicht!« Sie sprang auf und lief in den Flur. »Frank, bitte.«

An der Tür drehte er sich zu ihr um. »Ich muss erst mal nachdenken. Aber deine Busenfreundin kommt ja genau richtig.«

Marike sah ihn verständnislos an. Schritte hallten vor der Tür im Treppenhaus. »Schau dir dein neues Leben nur gut an, denn irgendwann ist es alles, was du noch hast.«

Er öffnete die Tür und ging, während Jutta die Treppe heraufkam und mit sorgenvollem Blick an ihm vorbeiging.

Die Luft war so zäh, dass Marike sie nicht mehr in die Lunge ziehen konnte. Ihr wurde schwarz vor Augen, und sie ging in die Knie. Jutta sagte etwas, warf hinter sich die Tür ins Schloss und zog sie fest in die Arme. Und Marike weinte all die Tränen, die sie zu ersticken drohten, froh, dass endlich jemand bei ihr war, der sie festhielt und ihr Trost schenkte.

»Es wird alles wieder gut«, sagte Jutta sanft. »Mach dir keine Sorgen, wir kriegen das wieder hin. Ich bin bei dir.«

Sie roch Juttas typisches Parfum, von dem im Laufe des Tages meist nur die Patschulinote übrig blieb. Sie fühlte die streichelnden Hände auf ihrem Rücken, die Schulter, an die sie ihr Gesicht presste.

»Es tut mir leid, ich habe gestern überreagiert, aber jetzt bin ich hier, und ich gehe auch nicht weg.« Jutta wiegte sie leicht. »Er kommt sicher bald zurück.«

Marike befürchtete, jeden Moment kraftlos in ihren Armen zu hängen. Schwäche und Taubheit lähmten sie, während sich im Magen etwas zusammenzog und Übelkeit verursachte. Wäre sie stärker gewesen, hätte sie Jutta rausgeworfen. Sie war doch einer der Gründe, warum alles so schwierig geworden war.

»Ich muss ihm nachgehen«, sagte sie schwach.

Aber Jutta schob sie sanft von sich und legte ihr eine Hand unters Kinn, um sich ihre Aufmerksamkeit zu sichern. »Du gehst nirgendwohin. Außer zum Sofa, bevor du mir hier im Flur zusammenbrichst.«

Im Wohnzimmer stand auf dem kleinen Esstisch noch immer das unangetastete Frühstück. Ein Schauer durchlief ihren Körper, als sie auf Franks Seite sah.

Sie setzten sich auf das weiche Polster, und Jutta fischte eine Packung Taschentücher aus der Handtasche. »Und nun erzählst du mir ganz in Ruhe, was passiert ist, okay?«

Ein leichter Mentholgeruch stieg von dem Taschentuch auf. Marike schneuzte sich und wischte sich mit dem Ärmel über die Augen.

»Ich weiß gar nicht, wo ich anfangen soll.« Die Bilder der Ereignisse überschlugen sich in ihrem Kopf. Juttas sanftes Streicheln sollte sie beruhigen, aber Marike knüllte das Taschentuch zwischen den Fingern zusammen und blendete die Berührungen, so gut sie konnte, aus.

»Es war ein schwieriger Drehtag, weil die Liebesszene anstand. Anfangs lief es sogar richtig mies, aber dann haben Lars und ich alle begeistert.« Ihre rechte Hand wanderte wie von selbst zum Gesicht, und sie legte Zeige- und Mittelfinger an die Lippen. »Lars lud mich danach zum Essen ein. Wir haben viel geredet.« Gedanklich ging sie das Essen im Lokal noch mal durch. Die Verrückte hatte ein Foto durchs Fenster gemacht, aber Marike erinnerte sich nicht daran, jemanden gesehen zu haben. »Ich bekam deine SMS, und …« Sie ließ den Satz unvollendet und sah Jutta an. Die Frau, die ihr tags zuvor die Freundschaft aufgekündigt hatte und nun auf ihrem Sofa saß.

»Das hat dich aufgewühlt, richtig?« Mit schuldbewusster Miene rieb sich Jutta die Hände. »Ich war wütend auf dich. Du hast mich einfach abserviert, weil der große Lars Behring dazwischenkam. Nachdem ich die Nachrichten getippt hatte, habe ich sie bereut. Deswegen bin ich auch lieber persönlich hergekommen.«

Marike starrte auf ihre Hände. »Ich weiß, per SMS abzusagen war feige, das tut mir auch leid, aber ständig sitze ich zwischen den Stühlen. Ich wollte mich in diesem Moment nicht rechtfertigen müssen oder hören, wie enttäuscht du bist.«

Erneut wischte sie sich mit dem Ärmel über die Augen. In diesem Augenblick führte sie mit Jutta das Gespräch, das sie eigentlich mit Frank führen sollte.

»Was ist dann passiert?«

Marike schluckte trocken und ließ sich gegen die Sofalehne fallen, so dass Jutta ihre Hand wegnehmen musste. Müde zuckte sie mit den Schultern. »Unsere Wege trennten sich, nachdem wir das Lokal verließen. Er ging ins Hotel, ich zu meinem Auto.« Starr schaute sie auf den Teppich und ließ den Abend Revue passieren. »Jemand brach am Set ein, verunstaltete die Schlafzimmerkulisse und klaute Pauls Pad.« Tränen liefen ihr über die Wangen. »Jedenfalls habe ich alles geregelt, Paul musste kommen, und anschließend brachte ich ihn ins Hotel zurück. Vielleicht hätte ich an Lars' Zimmer einfach vorbeigehen sollen, aber er musste doch wissen, dass seine verrückte Stalkerin wieder da ist.«

Jutta lehnte sich ebenfalls zurück. »Verrückte Stalkerin?«

Mit knappen Worten erzählte Marike, was sie über diese Frau wusste. »Warum jetzt? Die ganze Zeit war sie eingesperrt, muss sie ausgerechnet jetzt wieder auftauchen?«

Jutta nahm ihr das Taschentuch aus den Fingern, warf es zur Seite und ergriff ihre Hand. »Du sagst doch immer, dass im Leben genau das passiert, was man als Lehre braucht. Sei einfach stark für diese Prüfung.«

»Sie hat Fotos von Lars und mir gemacht und sie zusammen mit Bildern vom geklauten Pad an Frank geschickt.« Vorsichtig entwand sie Jutta ihre Finger und rieb sich die Tränen fort.

»Das war bösartig, mehr nicht.« Jutta verschränkte die Arme vor der Brust, und ihr Tonfall wurde kühl. »Na ja, wenn du nichts Schlimmes gemacht hast, sollte Frank sich nicht so aufregen.«

Die Übelkeit verschlimmerte sich, Marike wurde heiß und kalt. »Ich habe nichts Schlimmes gemacht, aber die Fotos erwecken den Eindruck.« Unentschlossen sprang sie auf und durchschritt den Raum. »Weißt du, was mich richtig anfrisst?«

Als Jutta den Kopf schüttelte, sagte sie: »Alles geschieht über meinen Kopf hinweg, und jetzt soll ich daran schuld sein.«

Ein schlimmer Krampf drückte ihr die Magensäure hoch. Schnell lief sie in die Küche und spuckte ins Spülbecken. Verschwitzt und keuchend lehnte sie sich auf den Rand und hatte schon wieder Juttas Hände auf dem Rücken.

»Ich bin bei dir«, sagte Jutta leise. »Und alles, was ich von dir will, ist deine Freundschaft. Du bist der talentierteste, liebenswerteste und interessanteste Mensch, den ich kenne. Und es tut mir in der Seele weh, wenn ich dich leiden sehe.«

Zitternd ließ sich Marike an der Unterschranktür herabsinken und lehnte sich mit dem Rücken dagegen. Jutta setzte sich so dicht neben sie, dass sich ihre Arme berührten.

»Wie ist er denn so?«, wechselte sie das Thema. »Lars Behring? Küsst er so gut, wie es in den Filmen immer aussieht?«

Marike ließ die Arme über die Knie hängen und seufzte erschöpft. »Ich denke schon, aber es schauen so viele Menschen dabei zu, dass man gar nicht den Kopf frei hat, um sich über seine Kussqualitäten eine Meinung zu bilden.«

Das stimmte nicht ganz, aber sie wollte es dabei belassen. »Wir verstehen uns echt gut, das könnte eine schöne Freundschaft werden – aber mehr nicht.«

Mit einem zweifelnden Laut stieß Jutta sie an. »Selbst ich würde ihn nicht von der Bettkante stoßen.«

Bei diesen Worten wurde Marike ganz ruhig. Sie mochte Lars, vielleicht sogar mehr, als sie sollte. Aber sie war doch keine triebgesteuerte Nymphomanin. Und doch wäre es ihr lieber gewesen, *er* würde sie jetzt trösten statt der Freundin, die im nächsten Moment wieder unverhältnismäßig theatralisch werden konnte.

Das Schicksal hat mich verraten, ist es nicht so?, dachte sie und musste wieder weinen. *Es findet wohl, dass mir Glück nicht zusteht, also nimmt es mir für alles, was ich bekomme, etwas anderes weg.*

»Ist schon gut«, sagte Jutta und zog sie an sich. »Wein dich ruhig aus. Mein Shirt ist eh schon ganz nass.« Der Witz kam gar nicht mehr bei Marike an.

Ich bin schlauer als du, versprach sie ihrer Peinigerin stumm. *Mich kriegst du nicht klein.*

Kapitel 11

13. August 2011

Kommissar Dabels sah den altbekannten Passat schon von weitem, der vor dem Revier parkte und ein sicheres Zeichen dafür war, dass Eberhard Rieckers ihm wieder mal das Leben schwermachen würde. Obwohl der alte Kauz längst pensioniert war, kam er regelmäßig zu Besuch und steckte seine Nase in Dinge, die ihn nichts mehr angingen. Aber Dabels stand in seiner Schuld, nachdem Rieckers sich äußerst kollegial gezeigt hatte und auch im Nachhinein nicht auf den Fehlern der Vergangenheit herumgeritten war. Trotzdem empfand Dabels keine Dankbarkeit.

Er war aufstrebend und ehrgeizig gewesen, nun musste er sich mit dem Posten in diesem unbedeutenden Revier zufriedengeben. Keine Sonderkommissionen mehr, keine Aussicht, in nächster Zeit die Karriereleiter hochzuklettern. Und solange Rieckers immer wieder im Revier auftauchte, würde er sich mit diesem Missstand erst recht nicht zufriedengeben. Der Alte war die Eiterbeule auf seiner entzündeten Eitelkeit.

Die Wut spannte sich über seine Eingeweide, noch bevor er die Tür öffnete und das Revier betrat.

Schon als er die Treppe hinaufging und den Empfangstresen sah, hörte er Rieckers und Moll lachen. So reserviert sie sich auch untereinander gaben, Dabels wusste, dass da mehr dahintersteckte. Obermeisterin Katja Moll – gewissenhaft, fleißig und undurchschaubar – vermittelte stets den Eindruck, nur ihren Job zu machen, aber ihre kleinen Nebensätze und Denkanstöße klangen nach Rieckers Schule. Für Dabels war es ein ständiger Drahtseilakt, seine Vorbehalte zu pflegen und gleichzeitig manche Anregungen zuzulassen. Er wollte niemanden, der ihm sagte, wie er seinen Job zu machen hatte, aber die Vergangenheit zeigte schmerzhaft, wohin es führte, wenn er zu stur war.

Als er über den Tresen hinwegsehen konnte, erblickte er Rieckers auf dem Stuhl neben Molls Tisch, wo sonst Verdächtige, Zeugen oder Opfer saßen. Frau Moll reichte ihm einen Kaffee. Entweder war er gerade erst gekommen oder trank bereits den zweiten.

»Guten Morgen«, grüßte Dabels knapp und möglichst gleichgültig.

»Guten Morgen«, sagte Rieckers und prostete ihm mit dem Becher zu. »Hier gibt es einfach den besten Kaffee.« Ein Witz, den er immer wieder anbrachte, wenn sie sich hier begegneten.

Frau Moll befüllte den Wasserkocher. »Möchten Sie sich zu uns setzen, oder soll ich Ihnen den Tee ins Büro bringen?«

Dabels bemerkte, wie Rieckers das Gesicht verzog.

Ja, ich trinke Tee, na und?

»In mein Büro.«

Es war besser, wenn er ins Büro ging. Egal worüber er mit Rieckers redete, es klang immer wie ein Verhör durch einen notorischen Besserwisser, der es genoss, wenn er, Dabels, über seine eigenen Denkfehler stolperte.

Dennoch ließ er die Tür offen, um hören zu können, worüber Moll mit ihrem ehemaligen Vorgesetzten sprach. In den ganzen sechs Monaten hatte er sie nicht ein einziges Mal beim Tuscheln erwischt oder dass sie vertrauliche Informationen ausplauderte. Immer erweckte es den Anschein, Rieckers sei nur zum Kaffeetrinken hier.

Dabels schaltete den Computer ein und hängte seine Jacke über den Stuhl. Auf dem Tisch lag eine neue Akte, auf der ein gelber Zettel klebte mit der Aufschrift: *Ein alter Fall?*

Mit einer Hand schlug er den Deckel auf und las die ersten Zeilen. Er legte die Finger der anderen Hand über den Mund und musste sich setzen.

Ja, dies knüpfte in der Tat an einen alten Fall an. Lars Behrings Verfolgung durch eine psychisch kranke Stalkerin. Er hatte damals die Soko geleitet und Fabienne Loss eigenhändig festgenommen. Konzentriert las er sich alle Aussagen und Untersuchungsberichte vom Tatort durch.

»Sie ist wieder da«, flüsterte er und unterdrückte ein Grinsen. Die Kollegen würden ihn als Experten für diesen Fall brauchen. Er hatte das

Profil der Gestörten erstellt und mit all seinen Vermutungen bis hin zu ihrem Versteck richtiggelegen.

»Der Tee muss noch etwas ziehen«, sagte Moll, als sie sein Büro betrat. »Soll ich Ihnen noch eine Tasse für den Beutel bringen?« Sie stellte den Tee neben der Akte ab.

»Nein, aber schließen Sie doch bitte einen Moment die Tür.«

Gleichmütig kam sie seiner Bitte nach und blieb dann vor dem Schreibtisch stehen. Dabels überlegte sich gut, was er nun sagen würde, damit nichts davon zu Rieckers durchdrang. Moll richtete ihren blonden Zopf und strich sich anschließend das Uniformhemd glatt. Der Tee dampfte leicht, und das Summen des Computers wurde leiser, als der Bildschirm in den Ruhemodus wechselte.

Dabels betrachtete nachdenklich die Wände, an denen noch immer Überbleibsel von Rieckers hingen. Kleine Zeitungsartikel an den Pinnwänden, ein paar Notizzettel mit Telefonnummern und Bestellkarten von Lieferdiensten. Das Büro roch sogar noch nach ihm. Es war sinnlos, irgendetwas zu verändern, denn Dabels wollte hier so schnell wie möglich raus und zurück ins Hauptpräsidium.

»Wieso liegt diese Akte auf meinem Tisch?«, fragte er leise.

»Nun, als ich heute Morgen davon hörte, forderte ich für Sie eine Kopie der Unterlagen an. Das war doch damals Ihr Fall.«

Dabels nickte und lehnte sich zurück. »Das ist wahr, aber dieser Tatort befindet sich in Bergedorf, warum –«

Katja Moll lächelte freundlich und tippte auf das Deckblatt. »Ich habe den Fall damals aus Interesse mitverfolgt und fand es beeindruckend, wie Sie der Täterin auf die Schliche gekommen sind. Es wäre doch ein Jammer, wenn die Kollegen bei null anfangen müssten.« Sie verschränkte die Arme vor der Brust und setzte nach kurzem Zögern hinzu: »Rieckers würde sagen: Man muss das Rad nicht neu erfinden.«

»Nur dass er sich immer in Fälle eingemischt hat, die ihn absolut nichts angingen.« Dabels konnte sich diese Erwiderung nicht verkneifen.

Die junge Kollegin quittierte es mit einem gleichgültigen Schulterzucken. »Das war seine Sache. Aber hier denke ich, dass Sie die Ermittlungen leiten sollten, mit Ihrem Wissen und dem damaligen Erfolg im Rücken.«

In ihrem Gesichtsausdruck lag nichts Abschätziges, sie schien es genau so zu meinen, wie sie es sagte.

»Kein Wort zu Rieckers!«, befahl er in drohendem Tonfall. »Ich muss Sie sicherlich nicht daran erinnern, dass –«

Moll schnitt ihm freundlich das Wort ab. »Meine Beförderung steht bald an, denken Sie wirklich, ich würde das aufs Spiel setzen? Sie schreiben meine Beurteilung, nicht Rieckers.«

Woher wusste sie nur immer, was er sagen wollte? Ertappt griff er nach dem Becher und ließ den Beutel einige Male eintunken, bevor er ihn in den Papierkorb beförderte. »Gut, dann vielen Dank für Ihr Mitdenken in dieser Sache. Bitte schließen Sie die Tür hinter sich, ich muss telefonieren.«

Sie nickte zur Bestätigung und folgte seinen Anweisungen. Wenn Rieckers nicht gewesen wäre, hätte er ihre Art sehr geschätzt, aber da irgendetwas zwischen diesen beiden vor der Tür vorging, traute er dem Frieden nicht.

Er hörte die Stimme seines alten Rivalen, wie er Moll mit einem Scherz empfing, und war unschlüssig, ob er es tatsächlich wagen konnte, die Tür geschlossen zu halten. Was, wenn sie doch miteinander tuschelten?

Seine Nachforschungen hatten keinerlei private Verbindungen zwischen dem Pensionär und der jungen Obermeisterin ergeben, selbst als er während der Pensionierungsfeier unauffällig Rieckers' Ehefrau Marianne aushorchte, hatte er kein Indiz für engere Kontakte gefunden.

»Aber ich weiß, da ist was«, sagte er halblaut und legte die Finger auf den Telefonhörer.

Die innere Stimme schlug ihm vor, Zucker für den Tee zu holen, zur Toilette zu gehen oder noch irgendeinen Auftrag zu verteilen, damit er die beiden auf frischer Tat ertappen konnte. Andererseits mahnte die Akte, nicht zu viel Zeit zu vergeuden. Also entschloss er sich, die Nummer zu wählen. Je früher er versetzt wurde, umso besser.

Die Kollegen standen vor der Villa und rauchten, als Dabels vorfuhr und den Wagen parkte. Tatsächlich war der zuständige Kommissar froh über die Unterstützung in diesem Fall. Dabels profitierte davon, dass die Situation dem Kollegen eine Nummer zu brisant war. Nicht jeder war für den Umgang mit der Presse geschaffen – er schon.

Die Journalisten belagerten das Anwesen und warteten auf brauchbare Ereignisse, die sie in die Zeitung bringen konnten. Dabels ging an ihnen vorbei und wies sich bei dem Beamten aus, der ihn sofort passieren ließ. Es fühlte sich so viel besser an, sich nicht mit Kleinkriminellen und Schlägern beschäftigen zu müssen. Fabienne Loss war ein kriminelles Kunstwerk. Brillant, intelligent und wahnsinnig. Und da sie tatsächlich aus der Anstalt entflohen war, ging er fest davon aus, an diesem Tatort ihre Handschrift vorzufinden. Wo Lars Behring war, da war auch sie.

Er grüßte die Beamten, die unten im Haus nach Spuren suchten, und ging die Treppe hoch zum Schlafzimmer, vor dessen Tür er Kommissar Gabriel reden hörte.

Der Mann sah aus wie ein kauziger Lehrer. Weißer, bauschiger Schnurrbart, dicker Bauch und unfrisierte Haare, die wahrscheinlich von ihm selbst oder seiner Frau geschnitten wurden. Durch seine dicke Brille sah er Dabels kommen – und machte einen sehr dankbaren Eindruck.

Kinderspiel. Dies wäre das ersehnte Ticket, auf das er wartete. Und diesmal käme ihm kein Rieckers dazwischen.

»Guten Tag«, grüßte er gutgelaunt. »Dann wollen wir doch mal sehen, was wir hier haben.«

Die Kollegen der Spurensicherung packten gerade ihre Utensilien zusammen. Das Bild entsprach exakt der Vorgehensweise von Fabienne Loss. Die Farbe auf dem Bett hatte ihr kräftiges Rot behalten, während die Schrift an der Wand einen eher bräunlichen Ton angenommen hatte.

»Ich nehme an, die Schrift wurde mit Blut an die Wand geschrieben?«, fragte er rhetorisch, die Antwort kannte er ja.

»Richtig«, bestätigte Kommissar Gabriel. »Wir wissen noch nicht, wessen Blut. Aber wir können schon so viel sagen, dass es sich nicht um das von Marike Lessing handelt.«

Dabels sah ihn fragend an.

»Die Co-Darstellerin von Lars Behring.«

»Aha.« Dabels nickte. Diesen Namen hatte er noch nie gehört, aber wenn sie mit Behring in diesem Zimmer eine Liebesszene gedreht hatte, würde sie zu einer zentralen Figur in diesem Drama werden.

»Wurde sie schon verhört?«

Kommissar Gabriel schüttelte den Kopf. »Wir haben mit einer Freundin von ihr gesprochen, die sagte, sie habe einen Nervenzusammenbruch erlitten. Sobald sie vernehmungsfähig ist ...«

»Ich würde gerne mit ihr sprechen, wenn Ihnen das recht ist«, unterbrach Dabels.

Erleichtert nickte Gabriel. »Das wird das Beste sein. Wir sind sehr froh über Ihre Unterstützung.« Er beugte sich zu Dabels vor und sagte vertraulich leise: »Der Regisseur, Paul Kreuzer, bittet um Ausschluss der Öffentlichkeit. Was sollen wir denn der Presse erzählen? Und er setzt uns ganz schön unter Druck. Anscheinend hat er einflussreiche Freunde, jedenfalls wurde von oberster Stelle deutlich gemacht, dass wir uns in dieser Sache keinen Fehler erlauben dürfen.«

Dabels legte dem Mann eine Hand auf die Schulter. »Sie stellen den Antrag, mich zum Leiter dieser Soko zu berufen, und ich sorge dafür, dass Fabienne Loss schneller hinter Gittern sitzt, als die Öffentlichkeit *Huch* sagen kann, okay?«

Dieses Mal meinte es das Schicksal tatsächlich gut mit ihm. Sein bester Fall erfuhr eine Wiederholung, und der zuständige Beamte fühlte sich mit Prominenz, Druck und Presse überfordert. Früher oder später wären sie auch ohne Frau Molls Zutun auf ihn zugekommen, denn er war genau der Experte, den sie brauchten. Er versuchte, nicht zu glücklich über diese Fügung auszusehen.

»Sobald der Antrag durch ist, übernehme ich. Bis dahin sollten Sie der Presse sagen, dass Vandalen den Drehort verwüstet haben. Und norden Sie Ihre Männer ein, dass nichts von diesen Details«, er deutete auf den Tatort, »nach draußen dringen darf.«

Kommissar Gabriel nickte erleichtert. Offensichtlich nahm dieser Tag für sie beide eine gute Wendung.

Kapitel 12

15. August 2011

Paul hatte einen kleinen Saal in einem Tagungshotel gemietet, wo sie die Zeit mit Besprechungen des neuen Drehplans und Proben der anstehenden Szenen verbrachten.

Niemand sollte wissen, was in jener Nacht vor zwei Tagen noch geschehen war. Marike leitete die Mails an die Polizei weiter, aber sie verlor bei der Crew kein Wort darüber, auch Lars gegenüber nicht. Ihr wurde angekündigt, dass ein Kommissar sie zu den Vorfällen befragen würde. Bislang war dies jedoch noch nicht geschehen. Frank war nicht zurückgekommen. Wahrscheinlich schlief er bei Tim auf der Couch und erzählte seinem besten Freund, dass sie fremdging. Marike kämpfte seit zwei Tagen mit Angst und Wut. Seit Jutta sie wieder allein gelassen hatte, sprach sie mit sich selbst, damit der Klang ihrer Stimme die Stille in der Wohnung vertrieb. Sie ließ alles raus, schrie Frank an, weil er gegangen war und ihr nicht zuhören wollte. Brachte ihre Wut zum Ausdruck, weil jeder über sie bestimmen wollte oder über sie urteilte. Sie hatte sogar Bilder von der Wand gerissen und durchs Wohnzimmer geworfen. Als sie die Scherben gesehen hatte, war sie über sich selbst erschrocken.

So bin ich nicht.

Sie fühlte sich heimlich von allen beobachtet, und es war ihr nicht entgangen, dass manche über sie tuschelten.

Alle denken so, nicht wahr? Sehen in mir die Fremdgeherin.

»Alles gut bei dir?« Anastasia lehnte sich neben ihr an die Wand und betrachtete das Treiben im Raum. »Du wirkst sehr mitgenommen.«

Mit einer routinierten Bewegung richtete Marike ihren Zopf. »Da ist eine Verrückte hinter mir her. Wie würdest du aussehen, wenn sie dir etwas antun wollen würde?«

Mitfühlend nickte Anni. Sie war nicht der Typ, der andere zum Trost in den Arm nahm, was Marike in diesem Moment sehr gut fand.

»Die Polizei ist dran. Soweit ich gehört habe, wird derselbe Kommissar ermitteln, der sie schon einmal gefasst hat. Mit etwas Glück ist der Alptraum schnell vorbei.«

»Das hoffe ich«, sagte Marike und straffte sich.

»Wie kommt dein Freund damit klar? Passt er auf dich auf?«

Ein stechender Schmerz zog durch ihre Brust. »Ja, klar. Frank ist mein persönlicher Bodyguard.« Sie musste aufpassen, dass ihr keine Tränen in die Augen schossen. »Es ist alles gut. So eine Geschichte haut mich nicht um.«

Sie merkte, dass Anastasia ihr Lächeln nicht sehr überzeugend fand.

»Wenn was ist, dann kannst du immer zu mir kommen, okay?«

Ja, sicher, damit ihr anschließend alle über mich redet und sagt, dass ich zu nett und zu wenig belastbar sei.

»Das ist nett, aber es geht mir gut, wirklich.« Zur Ablenkung deutete sie auf Paul. »Warum ist er heute so mürrisch?«

Schon seit einer Stunde ging er mit allen übertrieben streng um und zog auffällig oft einen kleinen Flachmann aus der Tasche, um einen Schluck daraus zu nehmen.

»Dass wir jetzt im Verzug sind, ärgert ihn maßlos. Und Petra hat durch die Vorfälle Angst bekommen und gekündigt. Jetzt muss sich Mirijam zusätzlich um die Kostüme kümmern, was aber nicht so gut läuft. Bis morgen muss ich einen Ersatz finden. Und da ist noch was.« Anastasia suchte anscheinend nach den richtigen Worten.

Bevor sie weitersprechen konnte, traf Lars ein. Er wirkte ebenfalls sehr angespannt. Er grüßte verhalten in die Runde und stellte seine Tasche an der Wand ab.

Du bist schuld an allem. Wenn du mich nicht umarmt hättest ...

Die Wut war einfach da. Marike gab sich größte Mühe, sie zu unterdrücken, aber dann poppten diese Gedanken in ihrem Kopf auf und ließen sich nur schwer wieder einfangen.

»Wenn jemand Angst haben müsste, dann doch wohl ich und nicht die *Kostümfachfrau*, oder?«, sagte sie abfälliger als beabsichtigt.

Anni hob eine Augenbraue und sah sie von der Seite an. »Was ich so gesehen habe, definitiv.«

»Was soll das heißen?« Marike musste aufpassen, dass die anderen sie nicht hörten.

»Bleib locker«, sagte Anni beschwichtigend. »Ich wollte nur sagen, dass bei euch die Chemie stimmt. Ich will dir nichts unterstellen, aber ...« Sie machte eine Pause.

Doch, genau das willst du. Alle tun das, das sehe ich doch.

Lars sah zu ihnen rüber und nickte zur Begrüßung, was Marike mit einer knappen Handbewegung beantwortete. Es sah fast so aus, als schämte er sich, sie zu sehen.

»Marike, ich habe letzte Nacht eine Mail mit Fotos bekommen, die euch beide ziemlich innig im Hotel zeigen. Und nach dem, was ich so mitbekommen habe, ging diese Mail an alle Adressen, die im Pad gespeichert waren. Es ist nur eine Frage der Zeit, wann die ersten Zeitungen darüber berichten. Für den Film ist das eine phantastische PR, aber unter diesen Umständen tatsächlich gefährlich für dich.« Anastasia schloss für einen Moment die Augen und atmete tief durch. »Ich sollte dir das nicht sagen, aber Paul ist ausgeflippt, als er die Fotos gesehen hat. Das ist so ein Platzhirschding, nimm dir das nicht zu Herzen.«

Marike merkte, wie sie blass und kraftlos wurde. »Wir haben nicht –«

»Mir ist das, ehrlich gesagt, vollkommen egal. Mein Job ist es, hier alles am Laufen zu halten. Du musst einen wirklich miesen Start für deine Filmkarriere hinnehmen, aber wenn du jetzt stark und professionell weitermachst, wird dich zukünftig nichts so leicht aus der Bahn werfen. Also sag mir, wenn ich dir helfen kann, okay?«

Marike nickte nur. Dann sah sie Lars auf sich zukommen.

»Kommst du bitte mal mit, ich möchte die Gerüchte zumindest hier im Team ein für alle Mal ausräumen.«

Er hielt ihr die Hand entgegen, die Marike mit einem seltsamen Gefühl im Bauch ergriff. In seinen Augen sah sie, dass sein Leben gerade aus den Fugen geriet, genau wie ihres.

Frank blockierte ihre Gesprächsversuche. Er nahm nicht mal ab, wenn sie anrief. Und der Freundeskreis hielt zu ihm – was sie keinem verdenken konnte. Für sie alle musste es so aussehen, als ob das Sternchen mal eben im Größenwahn das rauschende Leben feierte.

»Lass es uns hinter uns bringen.«

Gemeinsam stellten sie sich in die Mitte des Raums und riefen alle zusammen. Pauls finsterer Blick verhieß nichts Gutes.

Lars hielt ihre Hand hoch und sah einen nach dem anderen an. »Ihr alle wart vor zwei Tagen dabei, als wir die Liebesszene gedreht haben. Ihr habt dabei zugeschaut, wie wir vor der Kamera äußerst intim wurden, und niemand hat sich daran gestört, weil es zum Film gehört.« Er ließ Marikes Hand los. »Ihr kennt mich. Ich hatte viele Affären und genau wie andere vornehmlich mit Kolleginnen. Das ist kein Geheimnis, und zu jeder Einzelnen stehe ich. Und wenn ich euch jetzt sage, dass Marike und ich keine Affäre haben, dann erwarte ich, dass ihr mir glaubt.«

Paul zog seinen Flachmann hervor und nahm einen Schluck. In den Gesichtern der Umstehenden sah Marike Zweifel, aber auch Gleichgültigkeit. Den Technikern war es vollkommen egal, sie wollten nur ihren Job machen.

»Ihr alle habt inzwischen von Fabienne gehört. Meine Stalkerin ist eine hochintelligente und besessene Frau. Ihre Sabotage ist wesentlich ausgetüftelter als die Verwüstung am Set. Sie will mich fertigmachen, und dafür ist ihr jedes Mittel recht. Auch wenn sie dadurch andere in Misskredit bringen muss. Was gerade passiert, tut mir sehr leid.«

Paul nahm noch einen Schluck, drehte den Flachmann wieder zu und steckte ihn weg. »Das musste ja so kommen, nicht wahr, Lars?« Er glaubte ihm kein Wort. »Ich sage dir, lass es, und du tust es doch.«

»Du liegst falsch«, sagte Lars ruhig. »Ich schwöre, es ist nichts passiert.«

Aber Paul ging unversöhnlich auf ihn zu. »Doch, ist es. Diese Bilder reichen aus, der Öffentlichkeit weiszumachen, dass ihr sogar eine sehr innige Affäre habt. Und du weißt, was das bedeutet.«

Mit einer Hand strich sich Lars über den Nacken und nickte ergeben. »Aber das kann ich nicht mehr ändern.«

»Hört auf«, ging Anni dazwischen. »Es bringt nichts, wenn wir uns jetzt gegenseitig auch noch fertigmachen. Wir machen das Beste draus, okay?«

Marike sah mit Tränen in den Augen zu ihr. »Und was wäre das?«

»Lasst die Leute glauben, dass es keine Affäre, sondern die große Liebe ist.«

»Was?« Marikes Stimme war nur noch ein Flüstern.

»Nein, das geht nicht!«, sagte Lars entschieden. »Das würde meiner Ehe den Todesstoß versetzen. Und Marike ist auch in einer festen Beziehung, das geht nicht!«

Aber Paul winkte ab. »Das hättest du dir vorher überlegen müssen. Die Presse wird daraus jetzt ohnehin machen, was sie will. Macht euren Partnern begreiflich, dass es für den Film besser ist, wenn wir den Medien was zum Schreiben liefern, bevor sie sich was ausdenken.«

»Nach der Drehpause, okay? Lass mich erst mit ihr reden.«

Fassungslos sah Marike zwischen den Männern hin und her. »Spinnt ihr?«

Paul nahm eine Haltung an, die ihn größer erscheinen ließ.

»Da mache ich nicht mit.« Sie wollte noch einiges hinzufügen, aber ihr fehlten die Worte.

»Um dich geht es im Moment aber nicht. Du bist bislang eine von vielen Filmpartnerinnen von Lars Behring. Erst dieser Film entscheidet, wie es mit deiner Karriere weitergeht. Und glaub mir, Mädchen, eine Affäre beim ersten Dreh haftet dir viel länger an als eine Romanze, die von tiefen Gefühlen zeugt. Und wenn der große Lars Behring sich in der Öffentlichkeit zu eurer Liebe bekennt, werden die Leute ganz anders auf dich reagieren. Deine Entscheidung.«

Mit diesen Worten ließ er sie stehen.

Lars fluchte leise.

»Willst du da mitmachen?« Marike war nach Schreien zumute.

»Nein, aber er hat recht. Die Affäre ist offiziell da. Niemand wird uns glauben, dass da nichts gelaufen ist. Schau dich doch mal um, selbst unsere Kollegen glauben uns nicht. Und bei meinem Ruf würde ich mir wahrscheinlich auch kein Wort glauben.«

Wütend ballte sie die Hände zu Fäusten. »Und dass es mein Privatleben ruiniert, ist euch egal?«

»Scht, nicht so laut. Du darfst nicht die Nerven verlieren.« Lars griff sie am Arm und zog sie von den anderen fort.

»Alles, was ich mache, steht im öffentlichen Interesse. Wenn ich betrunken aus einem Club torkle, wird das genauso bewertet wie meine aufmunternden Auftritte in der Kinderkrebsstation. Das hier ist keine kleine Fernsehproduktion, auch wenn es recht familiär rüberkommt. Und wir beide sind die Hauptdarsteller, alle Augen sind auf uns gerichtet.«

Marike dachte angestrengt nach. Ihre Beziehung mit Frank wäre dann endgültig vorbei, aber war sie überhaupt noch zu retten? Wie sollte sie privat um ihn kämpfen und gleichzeitig 100 Prozent am Set geben? Und war es diese Beziehung überhaupt wert, wenn er immer gleich aus dem Haus rannte, statt mit ihr zu reden?

»Was ist mit Fabienne?«

Lars sah sie fragend an.

»Sie hat uns beobachtet und diese Fotos gemacht. Sie weiß, dass zwischen uns nichts gelaufen ist. Was wird sie tun, wenn wir der Öffentlichkeit unsere Romanze präsentieren? Geht sie dann auf mich los?«

Darauf wusste er offensichtlich keine Antwort.

»Ich bin gleich wieder da.« Schnellen Schritts verließ sie den Saal und sah sich im Flur nach den Toiletten um. Sie musste nachdenken und brauchte ein paar Minuten Ruhe. In etwa fünf Metern Entfernung entdeckte sie rechts ein paar Türen und ging darauf zu. Eine Hotelangestellte kam ihr entgegen und lächelte unverbindlich. Hinter ihr standen vereinzelt weitere Gäste, eine Frau betrat die Toilette.

Als Marike die Tür erreichte, kam ein Mann auf sie zu, griff mit einer Hand in seine Jackentasche und erhob die andere zum Gruß. »Einen Moment, bitte«, rief er und beschleunigte seine Schritte. Er trug einen dunkelblauen Anzug, ein weißes Hemd und eine schwarze Krawatte. Marike fiel die akkurate Frisur auf, die das puterrote Gesicht mit dem kleinen Schnauzer umrahmte. Der stattliche Bauch verhinderte, dass er das Jackett geschlossen trug.

»Kommissar Dabels, Hamburger Polizei. Sie sind doch Marike Lessing, oder?«

Marike wurde schlecht. Sie brauchte eine Pause, keinen Polizisten, der ihr Fragen stellte. Mit einem knappen Nicken bestätigte sie.

»Die Untersuchungsergebnisse vom Tatort liegen mir nun vor, und ich würde gerne Sie«, er schaute kurz auf den Zettel, den er aus seiner Tasche gezogen hatte, »Herrn Kreuzer und Herrn Behring befragen. Natürlich nacheinander.«

Mit einem ergebenen Seufzer rieb sie sich übers Gesicht. Sie musste tief durchatmen, um angemessen antworten zu können. »Natürlich, ich würde nur vorher gerne zur Toilette gehen.«

Der Kommissar trat einen Schritt zurück und deutete zur Tür. »Sicher, ich warte hier, lassen Sie sich Zeit.«

Hastig öffnete sie die Tür, ging geradewegs zu einer freien Kabine und schloss ab. In der Nebenkabine hörte sie eine Frau mit der Kleidung rascheln. Ihr fiel der Moment ein, in dem sie Jutta kennengelernt hatte. Diesmal würde sie die Kabine nicht verlassen, und alle Probleme würden sich in Luft auflösen.

Marike atmete in tiefen Zügen, versuchte, keine lauten Geräusche zu machen, obwohl sie am liebsten alles zusammengeschrien hätte.

Die große Liebe. Sie schüttelte den Kopf. *Alles für den Film. Ich will das nicht.*

Als nebenan die Spülung rauschte, wusste sie, dass die angemessene Zeit für einen Toilettenbesuch vorüber war. Sie rieb sich nochmals das Gesicht, was die Anspannung jedoch nicht vertrieb, dann drückte sie ebenfalls auf die Spülung und verließ die Kabine.

Die schlanke Blondine wusch sich gerade die Hände und sah Marike nur kurz im Spiegel an. Die nickte ihr freundlich zu und stellte sich neben sie ans andere Waschbecken. Der Geruch der Hotelseife lag schwer und rosenlastig in der Luft. Marike verzichtete auf den Gebrauch, weil sie diesen Duft an den Händen nicht ertragen würde. Ihr Spiegelbild sah grauenhaft aus. Augenringe, blasse Haut, gerötete Augen. Sie wünschte sich Mirijam herbei, die das meiste davon hätte überschminken können.

»Harter Tag?« Die Blondine lächelte ihr aufmunternd zu.

»Harte Nacht«, sagte Marike und drehte das Wasser wieder ab. Die Papierhandtücher auf ihrer Seite waren leer. »Würden Sie mir bitte welche rüberreichen?«

Mit einer eleganten Handbewegung zog die Fremde zwei aus dem anderen Spender und reichte sie ihr. »Ich empfehle Ihnen den Kaffee im Restaurant gegenüber. Der ist phantastisch.« Dann nahm sie ihre Handtasche und ließ Marike allein zurück.

»Ein Kaffee wird nicht reichen«, sagte sie zu sich selbst.

Der Kommissar stand zwei Meter vor der Tür und tippte auf seinem Smartphone herum. Er machte nicht den Eindruck, als sei er von der einfühlsamen Sorte, also bereitete sich Marike innerlich darauf vor, alles noch einmal zu erzählen.

»Dauert es länger? Dann würde ich gerne einen Kaffee dabei trinken. Der im Lokal gegenüber soll gut sein.«

Er sah von seinem Gerät auf. »In Ordnung.«

»Ich sage nur kurz Paul Bescheid.«

Der Kommissar winkte ab. »Das mache ich, dann kann ich Herrn Behring und Herrn Kreuzer auch gleich mitteilen, dass sie danach dran sind.«

Als er zum Saal ging, machte sich Marike schon mal auf den Weg Richtung Hotelausgang. Die Blondine von eben stand vor dem Aufzug und wartete. Sie war ebenfalls mit einem Handy beschäftigt. Marike verspürte keinerlei Verlangen mehr, nach Nachrichten oder Anrufen zu schauen. Von Jutta kamen ständig aufmunternde SMS, ein paar Freunde fühlten sich animiert, Beziehungshilfe zu leisten und ihr ins Gewissen zu reden, und Frank schwieg beharrlich. An diesem Morgen hatte sie das Handy nicht einmal mehr eingeschaltet. Es lag wie tot in ihrer Handtasche im Saal.

Der Fahrstuhl öffnete sich, und die Blondine stieg ein. Müde sah Marike zu, wie die Anzeige bis zum fünften Stock zählte.

Hinter ihr fiel die Saaltür ins Schloss, und sie hörte die schweren Schritte von Kommissar Dabels auf sich zukommen. »Gut, Frau Lessing.« Er rieb sich die Hände. »Dann wollen wir mal.«

Ein einzelner Fotograf stand auf der anderen Straßenseite und machte Fotos, als sie ins Freie trat. Marike wandte sich ab und suchte nach dem Restaurant. »Das wird es sein.«

Sie ging schnell auf das Lokal zu und trat vor dem Kommissar durch die Tür. Vereinzelt saßen Gäste an den Tischen, und über Lautsprecher tönte der Radio-Hamburg-Jingle, dann erzählte der Moderator etwas über die Elbphilharmonie. Marike hörte nicht hin, sie war nur froh, dass es genügend Hintergrundgeräusche gab, die das Gespräch mit dem Polizisten dämpfen würden.

Sie steuerte einen Tisch ganz hinten im Lokal an, nicht unmittelbar am Fenster und ohne direkte Sitznachbarn.

»Zwei Kaffee«, rief der Kommissar dem Kellner zu und folgte ihr.

Marike sah auf ihre Finger, klopfte leicht auf die Tischplatte und wippte nervös mit dem rechten Fuß. Die Geschehnisse machten sie unruhig. Nichts lief, wie es sollte, selbst die Szenenprobe wurde durch dieses Verhör unterbrochen. Auch wenn sie ein übertrieben höflicher Mensch war, gab es eine Sache, die in ihr alles zum Kippen brachte: wenn man sie zum Opfer machte.

Sie war immer beherrscht gewesen, aber jetzt merkte sie, wie ihr allmählich der Respekt für andere entglitt. Als Kind hatte sie Wutausbrüche gehabt, die von ihren Eltern mit Enttäuschung und tränenreichen Maßregelungen beantwortet worden waren. Das Gefühl, ungerecht behandelt zu werden, war nie richtig vergangen, aber solange sie bei anderen keine negativen Emotionen auslöste, regulierte sich alles irgendwie. Das, was nun in ihr kochte, hatte sie seit ihrem siebten Lebensjahr nicht mehr empfunden. Eine Art blinde Wut, die jeden Moment die Kontrolle übernehmen konnte.

»Geht es Ihnen gut?«, fragte der Kommissar und setzte sich.

Sie schob die Gedanken an ihre Kindheit beiseite und lachte freudlos. »Nein, ganz und gar nicht.« Sie klang harscher als beabsichtigt, wofür sie sich gerne entschuldigt hätte, aber Kommissar Dabels machte nicht den Eindruck, sich daran zu stören.

In stoischer Gelassenheit zog er sein Notizbuch hervor und schrieb etwas hinein.

»Dann halten wir es kurz, Frau Lessing«, sagte er und versuchte ein Lächeln. Marike unterdrückte ein Augenrollen. Offensichtlich war er kein Mensch, der sich mit Einfühlsamkeit aufhielt. Das war ihr nur recht.

»Sind Sie oder jemand der Crew verletzt worden?«

Sie schüttelte den Kopf. »Nein, niemand. Sonst wüsste ich das.«

»Die Schrift über dem Bett wurde mit Blut geschrieben. So wie Fabienne Loss es früher schon tat. Wird vielleicht irgendwer vermisst?«

Mit einem Frösteln rieb sich Marike über die Oberarme. »Nein, niemand wird vermisst.«

In diesem Moment fehlten ihr die Zigaretten. Vor zwei Jahren hatte sie die letzte geraucht, und sie hatte diese lästige Angewohnheit seitdem nicht ein einziges Mal vermisst, aber nun fing sie an, sich nach einem Automaten umzusehen.

Die Bedienung brachte den Kaffee. Bei jedem Schritt schwappte der Inhalt, aber kein Tropfen lief über. »Darf es noch etwas sein?« Der Akzent der älteren Frau klang niederländisch.

»Ja, eine Packung Marlboro und Streichhölzer, bitte.«

Marike sah ihr nach und hoffte, dass sie ihre Schritte beschleunigen würde. Selbst wenn sie im Lokal nicht rauchen durfte, konnte sie ihre Finger mit der Packung beschäftigt halten.

»Sie wissen, dass Sie hier drinnen nicht rauchen dürfen?«

Marike antwortete nicht darauf. »Was möchten Sie noch von mir wissen?«, fragte sie stattdessen. »Ich meine, Sie wissen doch, wie diese Frau aussieht und dass sie sich höchstwahrscheinlich immer in unserer Nähe aufhält. Wie lange wird es dauern, bis Sie diese Verrückte wieder wegsperren?«

Kommissar Dabels nahm seine Tasse zur Hand und pustete über den Kaffee. Dabei sträubte sich der kleine Schnauzer etwas. Sogar seine Hände sahen sehr gepflegt aus. Marike vermutete, dass er regelmäßig ein Kosmetikstudio besuchte, um die Ohren enthaaren und Fingernägel pflegen zu lassen. Auch wenn er nicht feminin aussah, ertappte Marike sich dabei, ihn in die Kategorie »schrecklich unattraktiv« einzuordnen. Typ Gebrauchtwagenhändler.

»Lassen Sie mich etwas weiter ausholen, damit Sie verstehen, mit was für einer Person wir es zu tun haben.«

Die Bedienung kam endlich zurück und überreichte Marike Zigaretten und Streichhölzer.

»Vielen Dank.« Nervös trommelte sie mit den Fingern auf die Packung.

»Also, Fabienne Loss hat einen IQ von ungefähr 140. Seit der Hinterhofnummer mit Ihrem Filmpartner verwendet diese Frau ihr gesamtes Potential ausschließlich für Rachegedanken. Die Ärzte sagen, dass Fabienne insgesamt sechs Fluchtversuche gelungen sind. Wollen Sie wissen, was sie jedes Mal gemacht hat?«

Marike zuckte mit den Schultern.

»Sie lauerte seiner Frau auf und fragte sie wiederholt, was sie davon halten würde, dass ihr Mann sie ...«, er druckste herum, »na, Sie wissen schon.«

Das Foto von Hanna kam ihr in den Sinn.

»Das Paar zog viermal um in dieser Zeit. Zuletzt von Hamburg nach München. Ich war damals an Fabiennes Verhaftung beteiligt, weswegen ich jetzt die Ermittlungen leite. Aber ich kann Ihnen beim besten Willen nicht sagen, wie lange es dauert, bis wir sie wieder in die Anstalt bringen können.«

Marike war sich nicht sicher, ob er der Richtige für diesen Job war. Er machte einfach nicht den richtigen Eindruck.

»Haben Sie ein Foto von dieser Frau? Ich muss schließlich wissen, wie sie aussieht, sollte sie mich anzugreifen gedenken.«

Kurzzeitig entglitten ihm die Gesichtszüge. Er griff in seine Taschen, aber Marike wusste, dass er das Foto vergessen hatte.

»Nun, sie ist sehr schlank und durchtrainiert. Auffallend hübsch, trägt meist blonde Perücken, circa 1,80, helle Haut.« Mit leerem Blick sah er auf die Tischplatte. »Wenn sie lächelt, ist es ansteckend. Sie ist sehr manipulativ.«

Die Frau aus der Hoteltoilette kam ihr in den Sinn. Blond, hübsch, freundlich. »Ich will ein Foto von ihr sehen, schicken Sie es mir per Mail?« Marike tippte mit der freien Hand auf seinen Block. »Schreiben Sie: Marike.Lessing@web.de.«

Sie kam sich vor, als würde sie das Verhör führen, nicht er. »Was glauben Sie, von wem das Blut stammt, mit dem sie geschrieben hat?«

Der Kommissar fasste sich ans rechte Ohr und rieb am Ohrläppchen. Er wusste es offensichtlich nicht.

»Wir gehen zu diesem Zeitpunkt davon aus, dass sie Herrn Behring damit Angst machen wollte. Würde es von einer Person stammen, die ihm nahesteht, wüssten wir es bereits.« Mit einem Seufzer ließ er den Stift auf die Tischplatte fallen. »Fabienne Loss' Blut ist es jedenfalls nicht, das konnten wir ausschließen. Gut möglich, dass sie einen Obdachlosen bezahlt hat.«

»Und? Wollen Sie mir nicht noch irgendwelche Sicherheitshinweise oder so was geben? Wie kann ich mich davor schützen, dieser Psychopathin in die Hände zu fallen?«

Am liebsten hätte sie diesen Kerl angebrüllt, der auf dem Stuhl hin und her rutschte und ihr nichts zu bieten hatte. Um sich abzulenken, öffnete sie die Schachtel und roch an den Zigaretten. Der Kaffee war gut, aber sie konnte es kaum erwarten, die erste Kippe anzuzünden.

»Am besten gehen Sie nirgends allein hin. Können Sie bei Freunden wohnen, bis Fabienne festgenommen wurde?«

Marike nickte, auch wenn sie nicht vorhatte, bei irgendwem unterzukriechen. Die Einsamkeit am Ende eines Tages war besser als das ständige Gequatsche anderer Leute, die es alle nur gut meinten. Und auch wenn Jutta gerade wieder freundlich gestimmt war und sich rührend um sie kümmerte, ertrug sie ihre Gesellschaft nicht. Im Grunde freute sich Jutta über ihr Leid, weil sie sich wieder als beste Freundin aufspielen konnte.

Davon brauchte sie genauso Abstand wie von allem anderen. Sogar von Frank, wenn sie ehrlich war.

»Und wenn Ihnen irgendwas auffällt, dann rufen Sie mich bitte sofort an.« Mit einer wichtigen Geste zog Dabels eine Visitenkarte aus der Innentasche seiner Jacke und schob sie über den Tisch. Marike nahm sie und steckte sie zwischen Folie und Schachtel der Zigaretten. Früher hatte sie dorthin das Geld gesteckt, wenn sie abends mit Freunden um die Häuser zog.

Bei der Gelegenheit nahm sie schon mal eine Zigarette heraus und hielt sie zwischen den Fingern. Im Hintergrund öffnete sich die Tür, Lars trat ein und schaute sich um. Er war der Nächste in Dabels' Befragung.

»Gut, war's das?« Sie trank ihren Kaffee aus und setzte sich gerade hin.

»Ja, ich denke schon.« Dabels fuhr sich mit der Linken durch die Nackenhaare. »Wir tun, was wir können. Sicher ist schon bald alles vorbei.«

Marike stand auf und reichte ihm die Hand. »Das hoffe ich, Kommissar Dabels.«

Als sie Lars gegenüberstand, war sie randvoll mit den unterschiedlichsten Emotionen. Also hielt sie nur die Zigarette hoch. »Ich habe meine Handtasche drüben vergessen. Würdest du meine Rechnung mitbezahlen? Ich gebe es dir später wieder.«

Seinen irritierten Blick auf die Zigarette überging sie mit einem Lächeln und setzte ihren Weg nach draußen fort.

Endlich an der frischen Luft, entzündete sie den Glimmstengel, nahm einen tiefen Zug und winkte dem Paparazzo auf dem Bürgersteig freundlich zu. Sie versuchte, so entspannt wie möglich auszusehen. Die Augenringe konnte sie zwar nicht verbergen, aber alles war besser, als auszusehen wie ein schuldbewusstes Opfer.

Beiläufig schaute sie sich um, betrachtete die Fenster der Häuser, die geparkten Autos, Fußgänger und Angestellten, die in der Hotellobby arbeiteten.

»Fünfter Stock«, sagte sie leise zu sich selbst. »Was, wenn sie es war?«

Sie rauchte so lange, wie sie es in der Öffentlichkeit aushalten konnte. Mit einer geübten Handbewegung drückte sie die Zigarette in einem Aschenbecher vor dem Hotel aus und ging hinein. Das Gefühl, beobachtet zu werden, verging nicht, aber wenn sie sich umsah, war da niemand. Vor dem Saal atmete sie tief durch und setzte ein fröhliches Gesicht auf. Sie wollte Paul keinen Anlass bieten für noch mehr Verärgerung. Schlimm genug, dass er den PR-Wahnsinn überhaupt durchziehen wollte. Marike musste eine Entscheidung treffen, die sich nicht mehr rückgängig machen ließ. Wenn sie zustimmte, die PR-Romanze für die Öffentlichkeit durchzuziehen, würde es zu einem Flächenbrand in ihrem Privatleben kommen. Sie hatte fast alle Freunde über Frank kennengelernt, denn sie war ein zwar geselliger, aber wenig beständiger Mensch, wenn niemand die Planung für sie übernahm. Es fiel ihr leichter, ein, zwei Freunde zu haben, mit denen sie sich regelmäßig austauschte, statt 20, die man irgendwie unter einen Hut bringen musste. Frank war jedoch ein Meister in solchen Dingen. Sie nahm die Hand von der Klinke.

»Frank.«

Ihr Handy befand sich in der Tasche im Saal. Unschlüssig stand sie vor der Tür. *Ich brauche dich,* dachte sie unglücklich. *Siehst du nicht, wie ich mich verändere?*

Nein, das konnte er nicht. Er sah nicht, wie ihre positive Seite und ihr Optimismus verwahrlosten.

In der Hand hielt sie noch die Zigarettenschachtel. Sie schaute zum Hinterausgang, der von den Rauchern genutzt wurde. Er führte zum Parkplatz, einem Innenhof, der von der Straße nicht einsehbar war. Wenn Lars zurückkam, würde Paul mit dem Kommissar reden. Die paar Minuten Ruhe wollte sie sich noch gönnen. Entschlossen ging sie nach draußen und nahm eine Zigarette aus der Schachtel. Das Streichholz ließ sich nicht gleich entzünden. Marike fluchte laut.

»Hier, nehmen Sie das«, hörte sie eine Frauenstimme neben sich.

Sie erschrak, als sie die Blondine auf einem Fenstersims hinter dem Windschutz des Eingangs entdeckte. Arglos hielt die ihr ein goldenes Feuerzeug entgegen. »Das funktioniert bei Wind und Wetter.«

Mit zitternden Fingern nahm Marike es entgegen und entzündete mit einem Klicken die blaue, fast unsichtbare Flamme.

»Danke«, sagte sie und stieß den Rauch aus. »Ein wirklich schönes Feuerzeug.«

Die Fremde zwinkerte ihr zu. »Nun, ich finde, schöne Frauen sollten schöne Dinge besitzen, meinen Sie nicht auch?«

Marike nickte nachdenklich und sah sie an. Sie erinnerte an Cameron Diaz in jungen Jahren. Hell und strahlend. Über ihrem rechten Mundwinkel saß ein kleines Muttermal, und sie besaß die grünsten Augen, die Marike je gesehen hatte. Grüner als Juttas.

»Sind Sie Fabienne?«, fragte sie direkt und betrachtete genau ihren Ausdruck.

Aber die Fremde schüttelte lächelnd den Kopf und streckte ihr die Hand entgegen. »Natalie Schmitt mit Doppel-T.«

Marike konnte nichts Verdächtiges an ihr entdecken. »Marike Lessing ohne T«, sagte sie und schüttelte ihre Hand.

»Die Schauspielerin?«

Marike verzog den Mund.

»Ich habe gehört, dass die Filmcrew hier im Hotel ist. Meine Nichte ist zwölf und ein riesiger Fan von Lars Behring. Die ist halb ausgeflippt, als ich ihr das erzählt habe. Leider konnte ich kein Autogramm für sie ergattern.«

»Wenn Sie wollen, besorge ich Ihnen eines.« Marike entspannte sich zunehmend.

»Das würden Sie für mich tun?« Begeistert fischte die Frau einen Zettel und einen Kugelschreiber aus ihrer Handtasche. »Meine Nichte heißt Anni. Ich schreibe Ihnen ihre Adresse auf.«

»Wie nett, so nennen wir unsere Regieassistentin.«

Die Frau lachte freundlich. »Ein schöner Zufall.«

Marike sah ihr beim Schreiben zu. Sie besaß eine schöne Handschrift. Wie es wohl wäre, wenn sie bald selbst Autogramme geben musste?

Diese Begegnung erinnerte sie wieder an die schönen Aspekte ihrer Arbeit. Kontakte zu Fans und Presse, öffentliche Auftritte und die Vorstellung, sich selbst auf der Leinwand zu sehen. In ihrem Leben waren schon einige Beziehungen zu Bruch gegangen, was war da ein Ex-Freund mehr?

»Tun Sie mir noch einen Gefallen?« Natalie Schmitt hielt ihr die Adresse, einen weiteren Zettel und den Kugelschreiber entgegen. »Geben Sie mir auch ein Autogramm?«

Verlegen nahm Marike Papiere und Stift entgegen. Der Kugelschreiber fühlte sich schwer an, wahrscheinlich war er aus echtem Silber.

»Für Anni?«

Mit einem bezaubernden Lachen schüttelte die Blondine den Kopf. »Nein, für mich bitte.«

Marike beugte sich vor, um auf der Fensterbank besser schreiben zu können.

»Für Natalie Schmitt mit zwei T – mein erstes Autogramm. Marike Lessing.« Dann reichte sie beides zurück. »Ich muss jetzt wieder rein«, sagte sie. »Es hat mich sehr gefreut, Sie kennenzulernen.«

Natalie reichte ihr zum Abschied die Hand. »Mich auch.«

Als sie das Gebäude betrat, sah sie Lars zurückkommen und Paul zum Haupteingang hinausgehen. Lars wirkte sehr mitgenommen.

Hinter sich hörte sie einen Wagen starten und vom Hof fahren. *Schade,* dachte sie. *Sie hätte das Autogramm jetzt gleich bekommen können.*

Lars ging am Saal vorbei und kam auf sie zu. Ohne ein Wort nahm er sie in den Arm und hielt sie ganz fest. »Es tut mir so unendlich leid«, sagte er flüsternd. »Wir hatten noch keine Gelegenheit, in Ruhe über alles zu reden, aber ich möchte, dass du weißt, wie leid mir alles tut.«

Marike genoss die Umarmung. Es spielte auch keine Rolle mehr, dass durch die Glastür Fotos von ihnen gemacht werden konnten. Die Entscheidung war gefallen.

Ihre Stirn lag an seinem warmen Hals. Sie spürte seinen Puls unter der Haut, hörte sein Herz schlagen.

Sie erlaubte sich, für einige Atemzüge die Augen zu schließen. »Wir kriegen das alles hin«, sagte sie leise. »Mach dir keine Sorgen.«

Mit einer Hand strich er ihr übers Haar, und sie fühlte seine Lippen auf ihrem Scheitel. »Dann lass uns jetzt das Beste aus dieser Nummer machen.«

Mit einem spielerischen Ellbogenstoß in die Rippen löste sie sich von ihm und grinste tapfer. »Nun dann, alles im Arsch, aber eine PR-Romanze – yay.«

Lars strich ihr mitfühlend über die Wange. »Nun, wenigstens wird mir das mit dir sehr leichtfallen.«

Darauf fiel ihr keine Erwiderung ein. Aufregung ersetzte die Leere in ihr. Was, wenn das Schicksal doch einen Plan aufstellte und alles genauso sein musste, wie es jetzt war?

Er wird sich anstrengen müssen. Plötzlich verwandelte sich die Unterlegenheit einer Anfängerin in unerwartete Selbstsicherheit. Paul und Lars brauchten sie, damit das alles funktionieren konnte. Für die beiden war es eine PR-Entscheidung, für Marike war es die Position, die sie brauchte, um aus ihrem eigenen Schatten aus Nettigkeit und Höflichkeit herauszutreten.

Sie sah ihm in die Augen und ließ das Gefühl zu, das langsam zurückkam. »Oh, ich habe eben eine Frau getroffen, die ein Autogramm für ihre Nichte haben möchte. Ich würde ihr gerne eines schicken. Hast du Autogrammkarten dabei?«

Sie spürte, wie er sie mit der Hand in ihrem Rücken zum Saal schob. »Ich finde es nicht gut, wenn du im Moment allein mit Fremden redest.«

Mit einer Drehung der Schultern schüttelte sie seine Hand ab. »Soll ich jetzt vor jedem weglaufen oder unhöfliche Antworten geben, wenn ich angesprochen werde, nur weil deine Verrückte hier ihr Unwesen treibt?«

Sie ging ihm voran durch die Tür und zeigte sich den anderen gutgelaunt und weitestgehend entspannt. Den Stress würde sie abbauen in den Szenen, in denen sie Lars so richtig anbrüllen durfte, ohne dass er es persönlich nahm.

*Es war dunkel und ruhig in der alten Stadtvilla; nur ein
gelegentliches Wimmern drang durch die offene Kellertür.
Vorausgegangen waren ihm Weinen, Flehen und Würgen.
Aber niemand hatte es gehört; niemand war da.
Jemand starb in diesem Keller.
Eine Frau, die entführt und eingesperrt worden war, der man
Blut abgenommen hatte, als sie noch betäubt gewesen war.
Kein Wort der Erklärung, keine Aussicht auf Entkommen.
Die Einsamkeit potenzierte die Panik, und die Gefangene
tat das, womit nicht zu rechnen gewesen war:
Als sie merkte, dass das Wasser in der Flasche mit einer
Substanz versetzt war, die ihr die Schmerzen und die Ängste
nahm, trank sie es in einem Zug aus.
Die Furcht drohte sie zu besiegen, und das war ihr
einziger Ausweg.
Und die Drogen schickten sie durch eine Hölle aus Wollust
und Glückseligkeit – und ließen ihr Herz kollabieren.
Den Tod erlebte die junge Frau als den berauschendsten und
schönsten Moment ihres Lebens, auch wenn im letzten Kampf
ihre Nägel am Beton brachen und sie mit dem Kopf gegen
die harten Gitterstäbe schlug.
Danach war es still im Haus.
Vollkommen still.
Als würde das Gemäuer gespannt die Luft anhalten.
Es tropfte nur vereinzelt, als der austretende Urin den Abfluss
in der Mitte der Zelle erreichte und seicht über den Rand floss.*

Kapitel 13

16. August 2011

Dabels saß in seinem Büro und ging die Notizen zu Fabienne Loss durch. Von den Gesprächen mit Marike Lessing, Paul Kreuzer und vor allem Lars Behring hatte er sich von vornherein nicht viel versprochen. Fabienne war schon damals wie ein Geist gewesen. Während er nachdachte, strich er sich mit einem Finger über den Schnauzer. Es war sehr wahrscheinlich, dass jeder der Beteiligten Fabienne bereits über den Weg gelaufen war, ohne es zu wissen. Falsche Zähne, falsche Haare, falsche Augenfarben – diese Frau war ein Chamäleon. Es hatte keinen Sinn, Frau Lessings Bitte nachzukommen, ihr ein Foto zu schicken, weil sie die irre Stalkerin nicht mal erkennen würde, wenn sie direkt vor ihr stand.

Aber war sie es auch wirklich? Nur weil sie aus der geschlossenen Anstalt ausgebrochen war? Es hatte Nachahmerinnen gegeben, die ähnliche Anschläge auf Drehorte verübt hatten, aber keine von denen hatte ein Schäferstündchen mit dem großen Lars Behring gehabt. In Dabels' Augen war Kreuzer selber schuld an dem Debakel, weil er den Drehort nicht hatte überwachen lassen.

»Das nenne ich am falschen Ende gespart«, sagte er nachdenklich und blätterte in dem kleinen Notizbuch.

»Wie bitte?« Katja Moll hörte immer mit, wenn er bei offener Tür Selbstgespräche führte. Aber er wollte die Tür nicht schließen, weil er die Vorstellung hasste, er könnte sie wieder öffnen, und Rieckers säße bei Moll und tränke Kaffee.

Die letzte Diskussion über Rieckers' ständiges Erscheinen hatte damit geendet, dass Dabels die Argumente ausgingen. Er hätte zugeben müssen, dass der pensionierte Kollege ihm das Gefühl vermittelte, ein Versager zu sein, weil Rieckers die letzten wichtigen Fälle gelöst hatte und nicht mal die Lorbeeren dafür einstreichen wollte.

»Überheblicher Sausack«, schob Dabels flüsternd nach und winkte durch die offene Tür ab. »Ich habe nur laut nachgedacht«, sagte er laut und schob die Notizen zur Seite.

Frau Moll zuckte mit den Schultern und arbeitete weiter.

Ihre perfekte Art störte ihn. Sie war zu gut in allem, was sie tat. Immer wertungsfrei und analytisch. Von ihrem Privatleben wusste er nichts, lediglich die Fakten aus ihrer Personalakte waren ihm bekannt – die leider gar nichts aussagten.

»Konzentriere dich auf den Fall«, sagte er einen Tick leiser als zuvor. Er musste seine Stimme hören, um fokussiert zu bleiben.

»Wenn es stimmt und keine Frau aus Behrings Umfeld entführt wurde, dann liegt es im Bereich des Möglichen, dass wir es hier mit einer Nachahmerin zu tun haben.« Er lehnte sich zurück und sah gedankenverloren zu Frau Moll. »Fabienne entführt erst und verwüstet dann und schmiert das Blut von Behrings Geliebten an die Wand.«

Nun stand Moll auf und kam doch zu ihm herüber. »Was, wenn es eine Frau ist, die Behring schon wieder vergessen hat? Ich meine, er ist ein ziemlicher Schlawiner, da merkt er sich sicher nicht jede, oder?«

»Sagen Sie mal, haben Sie besonders gute Ohren? So laut habe ich doch gar nicht ...«

Frau Moll lehnte sich gegen den Türrahmen und verschränkte die Arme vor der Brust. »So wird es wohl sein.«

Sicher dachte sie, dass er gar nicht mitbekam, wenn er zu laut redete. Dabels biss die Zähne zusammen, um das Thema ruhen zu lassen.

»Und? Was glauben Sie?«

Ständig mischte sie sich ein. Vieles von dem, was sie anregte, war gut, aber er dachte lieber allein im Stillen nach, statt alles mit anderen durchzukauen. »Sie entführt nicht irgendwelche Frauen. Sie konzentriert sich auf die, denen Lars Behring zu viel Aufmerksamkeit schenkt.«

»Also ist zwischen ihm und Marike Lessing doch nichts gelaufen?« Ihr Blick fiel auf den leeren Becher auf dem Tisch. Wie selbstverständlich trat sie in den Raum und nahm ihn zur Hand. Als sie ihn fragend hochhielt, nickte er nur. Dank ihr kam er auf mindestens einen Liter Tee am Tag.

»Sie meinen, weil Frau Lessing nicht entführt wurde?«

Moll machte einen bestätigenden Laut, ging zur Teeküche und erhob die Stimme. »Wahrscheinlich hat sie die Wahrheit gesagt, als sie behauptete, es wäre nichts gelaufen.«

Aus einer Schublade holte Dabels die Akte mit den Ausdrucken der eMails hervor. Die Fotos waren recht eindeutig, er zweifelte nicht daran, dass Lessing und Behring mehr als nur Kollegen waren. »Dieser Mann ist ein Frauenmagnet. Ich glaube nicht, dass ihm auch nur eine widerstehen kann.«

Mit dem typischen Ich-schon-Ausdruck auf dem Gesicht kam Moll zurück und stellte ihm den dampfenden Becher vor die Akte. Sie sah auf die Ausdrucke und schüttelte den Kopf. »Ich bleibe dabei: Ich glaube, sie hat die Wahrheit gesagt.«

Dabels wollte lachen, aber da Moll stets die Ruhe bewahrte, durfte er sich nicht die Blöße geben, zu menschlich zu reagieren. Mit ihren Mitte 20 erzog sie ihn, obwohl er fast ihr Vater hätte sein können – und das nur mit ihrer ruhigen und bedachten Art. Wenn Rieckers nicht gewesen wäre, hätte er sie sicher sehr geschätzt, aber er traute ihr einfach nicht.

»Haben Sie alle weiblichen Mitglieder der Crew überprüft?«, fragte sie.

Langsam wurde sie lästig, weil sie ihn wie einen Anfänger behandelte. »Natürlich«, sagte er aufbrausender als beabsichtigt.

Frau Moll hob abwehrend die Hände. »Tut mir leid, ich bin es von Kommissar Rieckers gewohnt, auch Offensichtliches noch mal abzufragen. Nur für den Fall, dass man es im Eifer des Gefechts doch mal vergessen hat.«

Dabels ging darauf nicht ein. Dann musste sie eben lernen, davon auszugehen, dass er niemals die naheliegenden Dinge vergaß.

»Es fehlt keine, und keine ist auffällig. Paul Kreuzer legt für jede Frau seiner Crew die Hand ins Feuer. Er hat mit jeder schon zuvor gearbeitet, bis auf Petra Kollberg, die Kostümfrau, aber sie wurde ihm von einem Kollegen empfohlen und kann demnach auch nicht Fabienne sein.«

»Sie hätte sicher auch nicht gekündigt, wenn sie Fabienne wäre, oder?«

Dabels nickte. So sollte nach seinem Dafürhalten ein Gespräch verlaufen. Er sagte etwas, und sie stimmte zu und lernte von ihm.

»Und welcher Spur werden Sie jetzt nachgehen?«

Sein Blick wanderte zu dem Notizbuch. Diese Frau war die Pest. Es gab nicht die geringste Spur.

Kapitel 14

17. August 2011

»Wie war dein Tag?« Jutta packte das chinesische Essen aus der Tüte. »War Ente mit Erdnusssoße richtig?«

Marike saß im Wohnzimmer und drehte den Zettel mit der Adresse der jungen Autogrammjägerin in ihrer Hand. »Ja, Ente ist super.« Sie war froh, an diesem Tag nicht zu viel Zeit allein in der Wohnung verbringen zu müssen. Es war, als würde sie diese seltsame Wut kultivieren, wenn sie mit ihren Gedanken allein war.

Tagsüber war es gut. Der Stress nahm ab, und sie genoss es sogar, Lars ganz unverhohlen nahe zu sein. In der Presse waren einige Fotos aufgetaucht. Daneben standen Artikel, wie tapfer das junge Liebesglück den Widrigkeiten trotze. Fabienne selbst hatte dafür gesorgt, dass die Wahrheit über die Verwüstung des Drehorts ans Licht kam. Sie spielte mit Lars.

Auch wenn er es sich anders gewünscht hatte, er hatte seiner Frau am Telefon alles erklären müssen. Ihm wurde wenigstens zugehört. Frank beschränkte seine Kommunikation auf einen nackten Link zu einem der Presseartikel, den er ihr zukommen ließ. Sie beantwortete die Mail nicht. Ebenso wie die ihrer vermeintlichen Freunde.

An diesem Tag waren die Aufnahmen wieder gestartet worden, und es war gut gelaufen. Paul zeigte sich wesentlich versöhnlicher, und wenn er über die PR-Romanze redete, wurde er fast schon väterlich. Ein seltsames Wechselbad der Gefühle.

Als Jutta mit den Tellern aus der Küche kam, steckte Marike den Zettel in die Handtasche zurück und drückte die Zigarette aus.

»Warum hast du denn mit dem Rauchen angefangen? Ist es für deine Rolle?«

Der Rauch verteilte sich im Raum und veränderte den Duft ihres Zuhauses.

»Der Stress ist einfach zu viel, Rauchen hilft mir.«

Jutta stellte die Teller ab und nahm eine der leeren Zigarettenschachteln vom Tisch. »Spannend. Stecken sie zur Abschreckung schon Visitenkarten von Polizisten in die Packungen?«

Marike hatte sie ganz vergessen und hätte sie beinahe weggeworfen. »Wenn das helfen würde ... Nein, letztens war der Kommissar bei den Proben und hat uns noch ein paar Fragen gestellt.«

»Na«, sagte Jutta gutgelaunt, »heute bringe ich dich auf jeden Fall auf andere Gedanken.«

Sie nahm die Stäbchen aus der Essensverpackung und brach sie an der vorgesehenen Stelle auseinander. »Eine Freundin kann uns für heute Abend Plätze im Varieté besorgen. Ich war ewig nicht im Hansatheater.«

Das klang gut. Unterhaltung auf der Bühne und kaum reden müssen. »Eine gute Idee, danke.«

»Annika würde dann allerdings mitkommen. Ist das okay?«

Marike merkte, wie Widerwille in ihr hochkam. Das wäre die erste Person aus Juttas Freundeskreis, die sie kennenlernte. Es würde sicher neugierige Fragen geben. Trotzdem stimmte sie zu. »Ist das die Annika, mit der du mal in Spanien warst?«

Klappernd legte Jutta die Stäbchen auf den Tellerrand und klatschte in die Hände. »Und ich dachte immer, du würdest mir gar nicht zuhören.«

Mit einem halbherzigen Grinsen stocherte Marike in ihrem Essen. Der Appetit war ihr längst vergangen. Zigaretten, Vitamintabletten und Kaffee hielten sie seit dem Morgen auf den Beinen, aber der Duft des Essens bereitete ihr eher Übelkeit.

»Nun iss was, wir haben eine lange Nacht vor uns.«

Mehr zum Schein steckte sie sich einen Bissen in den Mund und kaute übertrieben lange darauf herum.

»Was hat denn der Kommissar gesagt?«

Genervt schob sie den Teller von sich und lehnte sich auf dem Sofa zurück. »Die Irre hat die Worte mit Blut an die Wand geschrieben, aber sie wissen nicht, wessen Blut das ist.« Sie langte nach der vorderen der vier Zigarettenschachteln und schaute hinein. Nur noch eine. »Fuck.«

Sie nahm sie heraus und warf die Schachtel auf den Boden. Jutta aß noch, also begnügte sie sich damit, die Kippe nur zwischen den Fingern zu halten und beim Reden damit zu gestikulieren. »Am Theater geht es ja schon schräg zu, aber bei so einer Produktion hätte ich nicht damit gerechnet, in ein Schmierenkabinett zu geraten.« Je länger sie über Paul, Lars und die Stalkerin nachdachte, umso absurder wurde es. »Ich meine, man muss doch schon eine ziemlich dumme Kuh sein, wenn man von jedem nur als ein Stück Fleisch betrachtet wird, oder? Und Frank ist der Schlachter, ja, das ist er. Hat mir nicht einen Moment zugehört. Peng! Gnadenschuss und Lebewohl.«

Tränen lösten sich aus ihren Augen. Sie konnte sie nicht mehr so gekonnt wie früher unterdrücken. Der Damm war zerbombt worden, und sie brauchte Zeit, ihn wieder aufzubauen.

»Und dabei bin ich richtig gut. Allein in den letzten Wochen bin ich an der Rolle so sehr gewachsen. Darüber redet keiner. Alle interessiert nur, wer den verfickten Jackpot kriegt.« Sie legte eine Hand über den Mund. Ausdrücke wie »verfickt« kamen ihr sonst nicht über die Lippen, aber inzwischen drängte sich die Vulgarität ihr förmlich auf.

»So schlimm ist es?«

Marike spürte Juttas mitfühlenden Blick, aber sie schaute ihre Freundin lieber nicht an.

»Nein«, sagte sie leise. »Aber genauso fühlt es sich für mich an.« Dann lachte sie. »Weißt du, was Paul jetzt von uns verlangt?« Mit dem Handrücken wischte sie die Tränen fort. »Lars und ich sollen offiziell die ganz große Romanze spielen. Er sagt, die Affäre sei sowieso in den Medien, und es wäre besser für den Film und meine Karriere, wenn wir der Presse eine Liebesgeschichte verkaufen.«

Wieder legte Jutta die Stäbchen fort. »Das steckt also dahinter. Ich habe den Artikel gesehen.« Sie fuhr sich mit einem Finger über die Lippen. »Aber, Marike, so wird sich das mit Frank sicher nicht mehr einrenken.«

Marike lachte noch lauter. »Und? Du kannst ihn nicht mal leiden. Davon mal ganz abgesehen, können wir ja einen Blick in die Zukunft wagen: Wenn meine Karriere tatsächlich mit diesem Film durchstartet, dann werde ich noch mit vielen Filmpartnern drehen, sie vor der Kamera küssen und andere Dinge mit ihnen machen. So oder so würde unsere Beziehung irgendwann daran zerbrechen, wenn er immer so reagiert. Was macht es also für einen Unterschied, wenn ich jetzt schon die Schlampe bin?« Bevor sie richtig losheulen musste, stand sie auf und ging ins Bad. »Ich mache mich fertig«, sagte sie auf dem Weg und ließ sich im Bad an der geschlossenen Tür hinabsinken.

Die Aufmerksamkeit der Öffentlichkeit wuchs mit jedem Tag, dafür hatte Fabienne gesorgt. Sie wusste, sie musste fortan eine gewisse Haltung bewahren, wenn sie das Haus verließ, auf Partys, in Bars oder Discos ging. Sie wollten den Medien eine Romanze verkaufen, also durfte sie nirgends mit verheulten Augen und Trauermiene gesichtet werden.

»Alles ist ein Schauspiel«, sagte sie flüsternd. »Wir spielen uns selbst etwas vor und all jenen, denen wir begegnen.«

Langsam richtete sie sich auf und sah in den Spiegel. Das Rot in den Augen würde bald vergehen, die Augenränder konnte sie überschminken. Einige Herzschläge lang sah sie in ihre braunen Augen. »Ich kann das. Irgendwann liegt diese Zeit hinter mir.«

Paul hatte ihr so viele Türen geöffnet, sie musste nur noch beweisen, dass man problemlos mit ihr einen Film abdrehen konnte. Mehr nicht. Er hatte ihr sogar eine Rolle in seinem nächsten Projekt in Aussicht gestellt, das in Kooperation mit internationalen Produktionsfirmen realisiert werden würde.

Jutta klopfte. »Alles okay?«

Die Fingerknöchel ihrer Hände traten weiß hervor, als sie den Beckenrand fester umfasste. »Kann ich nicht mal fünf Minuten meine Ruhe haben?«, rief sie und biss sich sofort auf die Zunge.

Jutta schwieg.

»Shit. Tut mir leid«, setzte sie nach. »Ich bin nur so schrecklich angespannt. Ich habe das nicht so gemeint.«

Durch die Tür hörte sie die leise Stimme ihrer Freundin. »Ich weiß. Ich meine es ja nur gut.«

»Gut gemeint«, flüsterte Marike ihrem Spiegelbild zu. »Viele grauenhafte Begebenheiten fangen damit an, dass jemand etwas *gut gemeint* hat.«

Dann schminkte sie sich. Zwischendurch klopfte es wieder, Jutta kam unaufgefordert mit zwei Gläsern Wein herein. »Hier, trink einen Schluck.« Sie reichte ihr ein Glas. »Auf einen schönen Abend.«

Marike ließ den Wein im Glas kreisen. Die rote Flüssigkeit zog feine Schlieren über die durchsichtigen Wände. »Auf einen schönen Abend«, wiederholte sie den Trinkspruch und nahm einen großen Schluck.

Der Wein fühlte sich im leeren Magen nicht gut an, aber das würde vergehen.

»Du siehst phantastisch aus«, sagte Jutta mit deutlicher Bewunderung in der Stimme.

»Na dann, auf geht's!«

Die Jeans und die weiße Bluse behielt sie an. In diesen Sachen fühlte sie sich wohl, sie gaben ihr etwas Sicherheit.

Jutta fuhr, und auf dem Weg zum Parkhaus am Hühnerposten hielt sie kurz am Hauptbahnhof an, um Annika einzusammeln. Eine recht plumpe, hochgewachsene Person, die ein Faible für Schlabberklamotten und langweilige Frisuren zu haben schien. Ihr Mund stand offen, wenn sie nicht redete, was zusammen mit dem in die Augen hängenden Pony einen etwas dümmlichen Ausdruck erzeugte.

»Freue mich, dich endlich mal kennenzulernen«, sagte sie zur Begrüßung. »Jutta, du musst da geradeaus fahren, du kannst dahinten nicht links abbiegen.«

Ein süßlicher Duft ging von ihr aus. Marike tippte auf Vanderbilt. Ihr wurde schlecht. Zwei Gläser Wein schnell wegzutrinken, war keine gute Idee gewesen.

»Jutta hat mir schon so viel von dir erzählt. Mann, ich wünschte, ich wäre auch beim Tom-Petty-Konzert gewesen, aber ich musste arbeiten.«

Das Konzert lag viele Monate zurück. Jutta war für Frank eingesprungen, der Überstunden machen musste.

Das war so lange vor all dem Scheiß ...

Die Hoffnung, dass diese Frau nicht den ganzen Abend so viel redete, war gering. Innerlich verdrehte Marike die Augen, während sie nur freundlich nickte.

»Oh, und sag mal ...«

Überzeugt, dass nun die Fragen über Lars und den Dreh kommen würden, machte sich Marike bereit, alles professionell und unverbindlich zu beantworten. Was ihr mit dem leichten Rausch gar nicht so leichtfiel ...

»... Jutta hat erzählt, dass du noch nie im Kaiserkeller warst, stimmt das?«

Verdutzt drehte sich Marike zu Annika um. Die plauderte einfach weiter, dass sie nach dem Varieté auf jeden Fall dort hingehen müssten, weil sie den DJ kennen würde und früher dort mal hinterm Tresen gearbeitet hätte.

Kein einziges Wort über Stars und Dreharbeiten.

»Sag mal, warum hast du mich eigentlich abgeholt?«, fragte sie nun Jutta und knuffte sie von hinten an die Schulter. »Jetzt muss ich den ganzen Umweg mitlatschen.«

Jutta lachte. »Siehste, da haste deine Antwort.«

Und so ging der Abend weiter. Marike entspannte sich, lachte viel und ließ sich von den Varieté-Künstlern unterhalten. Zum Cocktail bestellte sie eine Knabberschale, um dem Alkohol zumindest irgendwie entgegenzuwirken, aber die Vernunft war nur ein dünnes Stimmchen in ihrem erschöpften Verstand.

Annika war eine herzliche Person, die ihnen ständig auf die Schultern klopfte und angenehm einfach gestrickt war. Ihre Themengebiete hatten diese oberflächliche Leichtigkeit. Und ihr Lachen war ansteckend.

Als die Show vorbei war, zog Marike eine Packung Zigaretten aus dem Automaten und zündete sich vor der Tür eine an.

Vereinzelt entdeckte sie Prostituierte, die an den Sexshops vorbeigingen und die Männer ansprachen. Manche leicht schwankend, andere wie alte Hasen. »Mit 20 war ich mit einer Freundin da drüben in der Pornoabteilung des Shops, und wir fragten nach einer Beratung.« Marike musste lachen. »Der arme Kerl versuchte, fachkundig die Unterschiede der Filme zu erklären. Dabei kam er so sehr ins Schwitzen, dass wir erst lauthals lachten, als wir ganz weit weg waren.«

»Ich hab mal bei einem Porno mitgemacht«, sagte Annika, und abrupt herrschte Schweigen. »Ja, ehrlich«, betonte sie.

Sie betrachtete arglos, wie Marike und Jutta versuchten, angemessen darauf zu reagieren. Marike sah in ihre blauen Augen, die regelrecht zu funkeln schienen. Als keiner etwas sagte, ging Annika Richtung Hauptbahnhof los. »Der Film hieß *Ihr glaubt auch jeden Scheiß!*«

Lachend schlossen sie zu ihr auf. »Jutta, deine Annika ist echt der Knaller«, sagte Marike und legte einen Arm um ihre neue Freundin.

Doch Jutta schwieg und ging nur ruhig neben ihnen her. Marike wusste, dass sie es wieder mal geschafft hatte, einen dämlichen Satz zu viel zu sagen.

»Na komm«, sagte sie deshalb. »Wir wollen doch Spaß haben!«

Widerwillig kam Jutta näher und erlaubte Marike, den anderen Arm um sie zu legen.

»Heute will ich einfach nur ich sein!«

Jutta parkte bei sich zu Hause, da sie von dort zu Fuß zur Reeperbahn gehen konnten. Es war sehr belebt, weil der Dom mit seinen Buden und Attraktionen in der Stadt war. Die bunten Lichter der Fahrgeschäfte tanzten durch die Nacht. Manche Konstruktionen waren so hoch, dass Marike sich nicht vorstellen konnte, jemals freiwillig einen Fuß dort hineinzusetzen.

Am Hans-Albers-Platz gab es Live-Musik, Shantys, die Marike schon ewig nicht mehr gehört hatte. Dort verweilten sie und tranken Wein. Annika war absolut nichts peinlich. Zwischen all den Leuten fing sie an zu tanzen, sang mit und verbreitete ansteckend gute Laune. Genau das, was Marike brauchte, aber der Wein stieg ihr zunehmend zu Kopf. Wie ferngesteuert trank sie weiter.

»Uh, meine Liebe, wir sollten zum Kaiserkeller weiterziehen, sonst hast du es schon wieder nicht dorthin geschafft.«

Sie nahmen Marike in die Mitte und schlenderten mit ihr weiter bis zur Großen Freiheit. Junggesellenabschiede zogen in peinlichen Kostümen an ihnen vorbei. Türsteher priesen geile Mädchen und heiße Tänze an, alles war laut und bunt. Marike warf den Kopf zurück und grinste. So betrunken war sie schon lange nicht mehr gewesen, aber einen Abend in der Disco würde sie nicht mehr schaffen. Trotz der Drehpause von einer Woche würde sie es sicher bereuen, wenn sie jetzt nicht den Abflug machte.

Vor der Hausnummer 36 blieben sie stehen. Schwarzgekleidete Partywillige standen an der Kasse an.

»Heute ist schwarze Nacht. Ich hoffe, ihr mögt es etwas härter.« Annika und Jutta lachten über die Zweideutigkeit, aber Marike löste sich aus den Umarmungen und hob die Hände in die Luft. »Sorry, Leute, ich pack das nicht mehr. Ehrlich, ich habe megaviel Spaß, aber ich kann nicht mehr.«

»Ach komm, nur ein Stündchen!« Annika wollte sie in die Schlange zerren.

»Ernsthaft, wenn ich da jetzt reingehe, dann kippe ich in irgendeiner Ecke um und steh nicht mehr auf.«

Jutta legte ihre Hand auf Annikas. »Lass sie. Ich glaube, sie ist wirklich durch. Soll ich dich nach Hause bringen?«

Marike winkte ab. Allein den Weg nach Hause zu laufen, war genau das, was sie als Abschluss dieses schönen Abends brauchte.

Kapitel 15

18. August 2011

Sie war wach und war es gleichzeitig nicht. Es fühlte sich an, als würde eine Bleidecke auf ihrem Körper liegen und sie fest auf die gepolsterte Rückbank drücken, auf der sie lag. Ihre Erinnerung endete zwei Straßen nach der Großen Freiheit. Anfänglich war sie zügig losgegangen, aber ihrem Kreislauf schien die Mischung aus zu wenig Nahrung und zu viel Alkohol immer weniger gefallen zu haben.

Eine Fremde hatte ihr aufgeholfen und nach einem Taxi gerufen. Sie hatte mitbekommen, wie die Helferin das Portemonnaie aus ihrer Jacke zog und die Adresse vorlas, aber sie hatte nichts sagen können, nicht mal die Augen richtig öffnen.

Sie merkte, wie ihr Speichel auf den Sitz lief. Wie auch immer der Taxifahrer das schaffen würde, ein Bonus war auf jeden Fall angebracht, wenn er sie bis vor die Wohnungstür brachte.

Ihr Zeitgefühl schien vollkommen gestört zu sein. Der eigentlich kurze Weg dauerte ewig lang. Marike versuchte, die Augen zu öffnen, aber sie konnte nichts erkennen. Die Sicht verschwamm, und das Fokussieren klappte nicht. Nein, so besoffen war sie noch nie gewesen.

Also schloss sie die Augen und dämmerte ein.

Als sie das nächste Mal erwachte, umgab sie ein erbärmlicher Gestank. Sie musste würgen. Alkohol und Brezeln schossen ihr durch die Kehle und klatschten in vollkommener Dunkelheit auf einen harten Boden.

»Wo bin ich?«

Ihre Hände ertasteten Gitterstäbe, Erbrochenes und Beton. Eine völlig fremde Umgebung. Wo war das Taxi, wo ihre Wohnung?

Ihr erster Impuls war Schreien, aber wer käme dann zur Tür herein? Ein Frauenhändler? Ein Perverser? Die Irre?

Ihr Atem ging stockend. Sosehr sie sich auch bemühte, sich den Nachhauseweg in Erinnerung zu rufen, ihr Gedächtnis war völlig leer.

Schwindel und Übelkeit erschwerten das Denken. Ihr Körper fühlte sich zittrig an, aber unverletzt. »Ich hätte mich nach Hause bringen lassen sollen.«

Sie verfluchte sich selbst wegen ihres Leichtsinns.

Vorsichtig tastete sie mit zitternden Fingern den Käfig ab. Er war hoch genug, dass sie darin stehen konnte, und so breit, dass sie drei Schritte gehen musste, um das nächste Gitter zu ertasten. Langsam und unregelmäßig atmend ging sie herum. Sie hörte die Geräusche, die sie dabei verursachte, hohl von den Wänden widerhallen. Die Angst pumpte ihr so viel Adrenalin durch die Adern, dass jeder Herzschlag in ihren Ohren hämmerte.

»Bitte nicht«, sagte sie weinend. »Bitte, das darf nicht wahr sein.«

Die Quelle des Gestanks musste ganz in der Nähe sein. Unter ihren Schuhen klebte etwas; eine zähe Substanz bedeckte den Boden.

Marike trat gegen etwas, und ein schmatzendes Geräusch begleitete die Bewegung. Mit zitternden Fingern tastete sie danach und schrie entsetzt auf, als sie etwas Kaltes, Glitschiges berührte.

Schritte hallten von oben durch die Decke. Jemand hatte ihren Schrei gehört. Ängstlich schob sie sich, soweit sie konnte, von dem stinkenden Etwas weg. Sie hoffte, dass es keine Leiche war, aber der Geruch und das, was sie ertastet hatte, waren ziemlich eindeutig.

»Bitte nicht«, sagte sie wieder und drohte in Panik zu geraten.

Diese süßliche Note, die ihr Hund damals mit heimgebracht hatte, wenn er sich in einem Kadaver gewälzt hatte, war unverkennbar.

Wieder würgte sie, aber ihr Magen war leer.

Ein Schlüssel erklang im Schloss, im nächsten Moment flammte das Licht auf. Geblendet hob Marike beide Arme vors Gesicht. Alles erschien verzerrt, und das Licht schmerzte in ihren Augen.

»Na, warst du feiern?«, hörte sie eine Frau mit klarer, schneidender Stimme sagen. Blinzelnd versuchte sie, ihre Entführerin zu erkennen, aber sie sah nur eine verschwommene Gestalt. Sie trug eine Art roten

Bademantel mit Kapuze, was sie in dem hellen, grauweißen Raum wie einen Paradiesvogel aussehen ließ.

Sie ging zu einer Arbeitsplatte und hantierte dort mit Fläschchen herum. »Trink das, dann geht es dir gleich besser.«

Marike blinzelte, und die Sicht wurde schärfer. Sie sah die schneeweiße Hand, die eine Plastikflasche vor das Gitter stellte, die roten Blumen auf dem roten Stoff des Bademantels, die sich dunkel davon abhoben, und den Mund mit den blassen Lippen, der unter der Kapuze zum Vorschein kam.

»Sei ein braves Mädchen, oder willst du enden wie die gute Petra?«

Marike folgte mit dem Blick der Kopfbewegung und schrie aus Leibeskräften, als sie zu ihren Füßen die Leiche der schüchternen Kostümschneiderin sah. Flüssigkeiten waren aus dem Körper ausgetreten und hatten sich zu einer Pfütze gesammelt, dort, wo der Stoff der Kleidung die Feuchtigkeit nicht mehr hatte aufnehmen können. Kleine weiße Päckchen mit Fliegeneiern saßen in den Augenwinkeln und im halboffenen Mund; erste Maden schlüpften bereits und krochen in die feuchte Mundhöhle.

»Willst du wissen, warum sich ihre Haut grün verfärbt?«

Angewidert schüttelte Marike den Kopf. Das Würgen ließ sich nicht unterdrücken, aber in ihrer Kehle brannte nur noch Galle. Mit beiden Händen rüttelte sie an den Stäben. »Lass mich hier raus!«

»Schade. Es ist ein faszinierender Prozess, der jeden Menschen, jedes Leben zurück in die Erde holt.«

»Hör auf!« Marike sah ihre Peinigerin flehend an. »Bitte, ich habe dir nichts getan.«

»Dann trink das.«

Es fiel ihr schwer, nach der Flasche zu greifen. Ihre Motorik war noch immer gestört, und der wiederkehrende Schwindel setzte ihr stark zu. »Was ist da drin?«

»Morphium, das wird dir gefallen. Opiate sind ein Segen für die Menschheit und ihre gebeutelten Seelen.«

Marike setzte an und trank. Sie glaubte nicht, dass sie auch nur einen Schluck drinnen behalten würde.

Sie betrachtete die Frau, die sich an ihrer Furcht und Verzweiflung weidete, setzte die Flasche ab und schmatzte benommen. Ihre Gefühlswelt wurde plötzlich von etwas erobert, das weit mehr tat, als nur Schmerzen zu dämpfen. Sie fing auf einmal an, sich gut zu fühlen, konnte sogar ein Grinsen nicht unterdrücken. Sie atmete in langen, genussvollen Zügen. Was war das für ein Zeug, das sie gerade geschluckt hatte?

»Sie sind also die Irre«, sagte sie ruhig.

Es war offensichtlich, dass die Verzweiflung ihrer Opfer Fabienne Loss Freude bereitete, also setzte sich Marike gegen die Gitterstäbe, schwenkte das Wasser und brachte die Reste ihrer Angst unter Kontrolle wie sonst das Lampenfieber. Ein Lachen kam ihr über die Lippen. »Ich bin am Arsch«, kommentierte sie und lachte wieder.

Die Frau setzte sich im Schneidersitz hin und legte die Hände in den Schoß. »Das ist gut, nicht wahr? Niemand soll später behaupten, ich sei ein Monster.« Sie leckte sich über die Lippen und schien sich gar nicht sattsehen zu können an Marikes Reaktionen. »Ich bin nicht irre. *Ich* bin das Opfer«, sagte sie mit hoher Stimme.

Mit einer anmutigen Handbewegung griff sie nach der Kapuze und schob sie von ihrem kahlen Haupt. Der Anblick war befremdlich, besonders das Lächeln auf den farblosen Lippen. »Ich bin ein Albino«, sagte die Frau. »Und als wenn das nicht genug wäre, fielen mir mit 17 alle Haare aus. Die Kopfhaare …«, sie strich sich mit gespreizten Fingern über die glatte, weiße Haut dort oben, »… die Augenbrauen, die Wimpern, die kleinen Härchen …«, mit geschlossenen Augen ließ sie die Finger übers Gesicht gleiten, »… Achselhaare und natürlich auch die Schamhaare.«

Fabienne berührte sich zwischen den Beinen und lachte. Der Anblick erweckte eine sonderbare Faszination, die Marike noch mehr durcheinanderbrachte. Ihre Entführerin war wunderschön, die unnatürlich blauen Augen faszinierten, aber ihre Körpersprache zeugte von Unberechenbarkeit. Sie spielte mit Menschen und jetzt gerade mit ihr.

»Schau mich ruhig an. Ich bin ein Chamäleon, eine Laune der Natur und einzigartig. Okay, vielleicht auch eine Irre, wie du so schön festgestellt hast.«

»So jemand wie du könnte im Filmgeschäft ganz groß werden«, sagte Marike und biss sich auf die Unterlippe. Eine warme Welle zog durch ihren Körper, ließ sie stöhnend den Kopf in den Nacken legen und schneller atmen.

»Komisch, dass du das erwähnst«, sagte Fabienne kühl. »Das sagte dein Herzelein Lars auch, während er in dieser Bar seine Hand unter meinen Rock schob und sehr angetan war von meiner haarlosen Muschi.« Sie vollführte eine Handbewegung, als würde sie sich die Haare richten. »Natürlich trug ich an diesem Abend alles, was zu einer richtigen Frau gehört. Blond mag er besonders gern, aber für eine Brünette wie dich macht er auch mal eine Ausnahme.«

»So ist er nicht.«

Fabienne lachte hell auf und wedelte mit einer Hand durch die Luft. »Nein, natürlich nicht. Er hat ja seine Hanna, nicht wahr?«

Mit einer leichten Drehung stand sie auf und durchschritt den Raum. »Die hatte er damals auch, und sie fällt ihm immer dann ein, wenn er klarmachen will, dass man von ihm nicht mehr erwarten kann als eine Affäre.« Sie schlenderte zur nächsten Wand und strich mit den Fingerkuppen über den rauhen Putz. »Er sagte mir, er liebe seine Frau, aber ich sei so faszinierend, dass er nicht wüsste, ob er standhaft bleiben kann, wenn ich ihm zu nahe komme.«

Das Morphium dämpfte Marikes Empfindungen, aber wenn sie sich später an Fabiennes Worte erinnern würde, käme die Enttäuschung richtig hoch, das wusste sie. Die Frau dort beschrieb genau das, was Lars auch zu ihr gesagt hatte.

Fabienne fixierte sie. »Lars macht es zu einem Spiel. Anfüttern, Haken auswerfen und warten, bis du anbeißt.«

Lächelnd nahm sie die Tränen ihres Opfers zur Kenntnis und lehnte sich genussvoll an die Wand. »O ja, an jenem Abend wollte auch ich spielen. Erst war er vollkommen in meinem Kopf, bevor er seine Finger einführte und meine Lust so richtig weckte.« Ihre Hände wanderten tiefer. Die Finger legten sich auf den Stoff zwischen den Beinen, während sie den Kopf weit in den Nacken legte. »Wir wollten zu mir gehen und die ganze Nacht Spaß miteinander haben. Er gab mir das Gefühl, er hätte in mir die Traumfrau gefunden.« Dann drehte sie sich um und stützte sich an der Wand ab, den Po mit gespreizten Beinen nach hinten gestreckt. »Aber wir kamen nur bis zum Hinterhof.« Laut stöhnend spielte sie einige Stöße nach und atmete schwer. »Wieder und wieder, immer schön in mich rein. Gott, so wurde ich noch nie gefickt.« Sie wurde immer lauter, schrie, als sei sie tatsächlich in Ekstase, und presste sich dann Luft holend an die kalte Mauer. Sie riss die Augen auf und sah Marike wütend an. »Und was glaubst du? Ist er dann noch mit zu mir nach Hause gekommen?«

Marike senkte den Blick.

»Nein, ist er nicht!«, brüllte Fabienne und rannte auf den Käfig zu. Marike zog die Arme über den Kopf, als die haarlose Frau kreischend gegen die Stäbe hämmerte.

»Er hat sich bedankt, sich seiner Hanna besonnen, und vermeintlich reumütig zog er von dannen.« Mit dem Gesicht an den Stäben sank sie daran herab. »Es tut mir leid. Manchmal werde ich noch sehr emotional. Eigentlich weiß ich ja, dass wir alle nur seine Opfer sind.«

»Dann lass mich gehen.« Marike sah die schneeweiße Frau an. »Die Romanze mit ihm ist ein PR-Gag. Zwischen Lars und mir läuft nichts.«

Der prüfende Blick ging ihr durch Mark und Bein. Fabienne korrigierte ihre Position und umfasste die Stäbe, als wollte sie sich zu Marike in den Käfig quetschen.

»Zwischen euch läuft mehr, als du aufhalten könntest«, sagte sie bedrohlich leise. »Er ist in deinem Kopf. Hast du dir vorgestellt, wie es wäre, wenn ihr die Liebesszene mal so richtig bis zum Ende durchspielt? Wenn keine Augen auf euch gerichtet sind und kein Mensch ›Cut‹ ruft?«

Ertappt wich Marike ihrem Blick aus.

»Wenn du willst, dass ich die Leiche hier rausnehme, musst du erst erraten, warum sie gestorben ist.«

Den Leichnam anzuschauen, war nahezu unmöglich. Marike ertrug es nicht, Petra so zu sehen. Auch wenn sie nicht viel miteinander geredet hatten, hatte sie die schüchterne Frau gemocht. Benommen zuckte sie mit den Schultern. »Ich bin keine Ärztin.«

»Aber Schauspielerin. Tu einfach so, als wärst du eine.«

Marike versuchte, dieses Spielchen kurz zu halten. »Verdurstet?«

Fabienne klatschte in die Hände. »Da kann jemand zuhören.« Langsam ging sie um den Käfig, so dass sie Marike ganz nahe kam. »Es ist aber *falsch!*«, brüllte sie ihr ins Ohr.

Tränen der Angst schossen Marike in die Augen, aber der Rausch dämpfte sie im nächsten Moment wieder ab.

»Sie ist an gebrochenem Herzen gestorben. Wenn alles so gelaufen wäre wie immer, dann hätte sie ihm danach ins Gesicht gespuckt und anschließend das Weite gesucht. Als ich ihr sagte, dass man sie bald finden würde, weil ich dir diese Adresse gegeben habe, war sie noch ganz hoffnungsvoll.« Sie fischte eine von Marikes Locken zwischen den Stäben hervor und roch daran.

»Das warst du im ...« Marike versuchte, sich zu erinnern.

»Hast brav noch am selben Tag diese dämliche Autogrammkarte eingetütet und hierhergeschickt. Hast den Hinweis nicht verstanden.«

Mit einem Ruck zog sie an der Locke, so dass Marike gegen die Stäbe knallte. Der Schmerz verebbte sofort. »Ich habe ihr die Karte geschenkt und gesagt, dass nun wohl doch niemand käme, weil sie keiner vermissen würde. Dann hat sie die Hoffnung verloren und die Überdosis genommen.«

»Es hieß, Petra habe gekündigt.«

Fabienne zog erneut an ihren Haaren. »Dumm, dumm, dumm – Lars wusste doch, dass er sie gefickt hat.« Dann ließ sie los und ging zu dem Arbeitstisch. »Nun, dann sind auch sicher alle überzeugt, dass du die Drehpause an der Nordsee verbringst, oder?«

Mit einer geschmeidigen Bewegung nahm sie einen Gegenstand vom Tisch, und Marike erkannte ihr Smartphone. Fabienne schaltete es ein und berichtete: »Jutta ist froh, dass du gut zu Hause angekommen bist, und wünscht dir eine erholsame Zeit am Meer. Paul hat nur ›OK‹ geschrieben, dafür scheint Frank richtig wütend zu sein, weil er mit dir reden wollte.« Nachdenklich tippte sie sich auf die Lippen. »Ich habe einen guten Tag, also darfst du zwei Wünsche äußern. Mal sehen, wie realistisch sie sind.«

»Zigaretten, und nimm die Leiche hier raus«, kam es wie aus der Pistole geschossen – Marike musste nicht mal darüber nachdenken.

Es hatte wenig Sinn, Fabienne mit der Bitte um Freilassung oder Gnade zu erfreuen. Durch die chemisch erzeugte Leichtigkeit fiel es Marike nicht schwer, die Angst zu überwinden. Gleichzeitig kämpfte sich die Wut nach oben und bediente sich am Ausbleiben von Schmerz.

Fabienne stockte, dann lachte sie begeistert. »Doch, ehrlich, du gefällst mir. Und ich weiß auch, woran das liegt.« Sie drehte sich wieder zu den Fläschchen um und zog eine Flüssigkeit in eine Spritze. »Du hast eine ganz besondere Genetik.« Mit einem Klopfen ließ sie kleine Bläschen in der Spritze aufsteigen und kniete sich dann neben Marike. »Und das gleiche Potential wie ich, dem Wahnsinn den Vorzug zu geben.«

Sie drückte ein paar Tropfen aus der Spritze. Gleichgültig hielt Marike ihren Arm durch die Stäbe. »Du irrst dich, wir haben nichts gemeinsam.«

Liebevoll rieb Fabienne über die Venen in der Armbeuge. »Richtig, wir sehen vollkommen unterschiedlich aus, aber deswegen fährt Lars auch so auf dich ab: genetische Puzzleteile, die phantastisch ineinandergreifen, aber vollkommen unterschiedliche Motive aufweisen.«

Den Schmerz vom Einstich spürte sie nicht. Das Sedativum jagte durch ihre Adern und riss sie wie mit einer heftigen Drehung in Schwärze und absolute Stille. Regungslos blieb Marike liegen.

Kapitel 16

18. August 2011

Für Dabels würde es erst wieder so etwas wie freie Tage geben, wenn er den Fall abgeschlossen hatte. Er musste Engagement zeigen, um Eindruck zu machen. Und da Kommissar Gabriel alle Kompetenzen an ihn übertragen hatte, konnte er frei agieren.

Behring war zu seiner Frau nach München geflogen, Marike Lessing nutzte die Drehpause und erholte sich an einem geheimen Ort an der See. Ihre eigenmächtige Entscheidung missfiel ihm, aber immerhin hielt sie per SMS Kontakt, alles war so weit in Ordnung. Wäre es nach ihm gegangen, befände sie sich in Sicherheitsgewahrsam. Aber solange ihr Aufenthaltsort nicht bekannt wurde, verschaffte es ihm Zeit, Fabienne zu finden, bevor sie weiteren Schaden anrichten konnte.

Er saß in Bergedorf im Auto vor dem Hotel, in dem Paul Kreuzer für sich und die Crew Zimmer reserviert hatte. Außer dem Regisseur und seiner Assistentin nutzten alle die Drehpause, um sich zu erholen.

Dabels hatte nicht vor, mit ihm zu sprechen. Er brauchte nur etwas Zeit und Ruhe, um sich wieder in Fabienne hineinzuversetzen.

»Nein, sie reist Behring nicht hinterher«, sagte er. »Sie hat hier noch viel vor, das muss vorbereitet werden. Aber wo?«

Beim letzten Mal war es ein Lagerhaus in Othmarschen gewesen. Eine verlassene Bruchbude in einem Industriegebiet – niemand hatte sie kommen oder gehen sehen. Und doch hatte er sie gefunden, weil sie einen Schuhabdruck hinterlassen hatte.

»Das hätte Rieckers nicht vollbracht«, sagte er leichthin. »Die Analyse der Rückstände so gekonnt zu lesen, dass ihr Versteck aufflog.«

Eine Portion Glück war dabei gewesen, aber das musste ja keiner wissen. Die Beamtin, die ihm damals in der Kaffeeküche beiläufig von ihrem Stress erzählt hatte, weil ein Streusalztransporter mitten im

Sommer seine Ladung in jenem Industriegebiet verloren hatte, war sich sicher auch nicht bewusst gewesen, dass sie als seine Glücksfee fungiert hatte.

»Wo ist die Glücksfee jetzt?« Er sah sich um. Es war weniger Glück gewesen als vielmehr die Verknüpfung von Details, wenn er es genau bedachte. Und wenn er nur die Augen weit genug offen hielt, dann würde er die wichtigen Hinweise schon entdecken. Es hatte sicher keinen Sinn, leerstehende Lagerhallen zu durchsuchen. Er hatte die Kollegen aufgefordert, das im Auge zu behalten, aber er wusste, dass Fabienne es spannend machen würde. »Keine Routinen, nicht wahr?« Mit einer Hand fuhr er sich über den Schnauzer. »Was hast du diesmal vor?«

Die Presse schien zu wissen, dass die Schauspieler alle ausgeflogen waren. Keine Fotografen, keine Fans. Er betrachtete eine Frau etwas genauer, die den Gehweg entlang auf das Hotel zuging.

»Zu klein«, sagte er nachdenklich. »Aber …«

Nein, er schüttelte den Kopf und sah sich weiterhin die Umgebung an. »Wem hast du das Blut abgezapft? Hat Lars Behring tatsächlich eine Affäre verheimlicht? Die Moll glaubt nicht, dass es das Blut einer willkürlichen Person ist, aber niemand vom Team wurde als vermisst gemeldet.« Er nahm sein Notizbuch zur Hand und blätterte darin. »Diese Kostümfrau konnte bislang noch nicht befragt werden. Zumindest der Vollständigkeit halber sollte das noch erledigt werden.«

Wieder wechselte er zum Handy und schrieb Frau Moll eine entsprechende Anweisung per Mail.

»Sie kann überall sein«, stellte er müde fest. »Vielleicht hat sie jemanden überwältigt und dessen Blut genommen? Und die Wohnung gleich dazu. In einem Haus nahe dem Drehort. Oder weiter weg?« Er hatte das Gefühl, dass der Druck, diesen Fall schnell und möglichst bemerkenswert zum Abschluss zu bringen, ihm das Denken extrem schwermachte. »Ich habe ja auch keine Hobbykriminalistin als Unterstützung«, sagte er sarkastisch als Anspielung auf Eberhard Rieckers' Frau. Marianne sah aus wie ein Hausmütterchen, aber im Grunde war sie eine weibliche Ausgabe ihres nervtötenden Mannes.

Er schüttelte den Kopf, um die gedanklichen Umwege zu beenden. »Komm schon, was weißt du über Fabienne? Konzentriere dich!«

Aus dem Fußraum holte er eine Thermoskanne und schenkte Tee in den Deckel. Er nippte daran und stellte ihn auf das Armaturenbrett. »Humangenetikerin, 38 Jahre alt, rachsüchtig, manisch, aggressiv, manipulativ«, zählte er auf. »Sie setzt Drogen ein, die sie vorher verändert hat. Dafür braucht sie ein Labor, oder?«

Er erinnerte sich an das damalige Opfer, das vollkommen wesensverändert war. Seines Wissens lebte sie nun zurückgezogen im Randgebiet von Hamburg und war auf Hartz IV angewiesen. Verfolgungswahn und persistierende Entzugserscheinungen.

Aber in dem Lagerhaus hatten sie lediglich die Präparate gefunden, nicht das Labor, wo sie ihre Drogencocktails zusammenmischte.

»Vielleicht besitzt sie eines, das wir bis heute nicht gefunden haben.« Ihr Haus war damals durchsucht worden, aber ohne Erfolg.

Dabels war froh, dass sich derzeit keine Frau in ihrer Gewalt befand. Zu wissen, was sie ihren Opfern antat, erhöhte den Druck enorm. Und wenn er an Marike Lessing dachte, dann täte es ihm sehr leid, weil sie gewiss daran zerbrechen würde. Bei der Befragung hatte sie ängstlich gewirkt – erschöpft, obwohl ja bislang nur der Drehort verwüstet worden war.

Beruhigend war immerhin, dass Fabienne keine Mörderin war und ihre Opfer nicht umbrachte.

»Wobei …« Er nahm die Akte vom Beifahrersitz und sah sich die Fotos der toten Pflegerin an. »Nein, das war Totschlag, aber trotzdem ist es eine Nummer härter, als ich es von ihr kenne.«

Die Pflegerin hatte einen äußerst brutalen Schlag ins Gesicht erhalten. Die Nase war deformiert worden und hatte stark geblutet, während die Ärmste qualvoll am Knebel erstickt war. Ihre Hände waren abgeschnürt. Fabienne war es demnach egal gewesen, was aus der Frau wurde. Früher hatte sie alles so dosiert, dass ihre Opfer wenigstens lebend aus dem Alptraum herauskamen.

Ganz offensichtlich hatte sie die letzten Hemmungen verloren – was das Schlimmste befürchten ließ.

»Wenn sie sich wieder eine holt, könnte es diesmal auch mit Mord enden«, sagte er überzeugt. »Und es würde mich nicht wundern, wenn dann statt Blut eine Leiche am Drehort zu finden wäre.«

Es nützte nichts, er musste Personenschutz für Marike Lessing beantragen. Dazu musste er herausfinden, wo sie sich befand.

Wieder tippte er eine Mail mit Anweisungen an Frau Moll.

Er sah aus dem Fenster und tauschte das Handy gegen den Teebecher. Solange Lars Behring nicht hier war, würde Fabienne nicht auftauchen. Es wäre auch zu einfach gewesen. Und irgendwie auch zu unspektakulär für seine Rehabilitation.

Perfekt wäre, wenn er sie auf frischer Tat ertappte. Dann wäre dem Opfer noch nichts passiert, und er würde in genau dem Licht dastehen, das er für den Fortgang seiner Karriere benötigte.

Es ging ja nicht um eine Beförderung, das ging glücklicherweise nach Dienstalter und Werdegang – seine Versetzungsanträge sollten nur nicht länger blockiert werden.

Sein damaliger Kollege Müller war nach den Vorfällen nicht wegversetzt worden. Der saß noch schön im *Stern* und hielt die Füße still.

»Kollegenschwein«, raunte Dabels. Er trank den Tee in kleinen Schlucken aus und schraubte den Becher wieder auf die Thermoskanne. »Ich hätte mich für ihn eingesetzt.«

Er startete den Wagen und machte sich langsam auf den Rückweg. Das Nachdenken im Auto war zumindest etwas produktiv gewesen. Nun war es erst mal an Frau Moll, seine Anweisungen umzusetzen. Natürlich hätte er nicht Moll, sondern die Bergedorfer Kollegen beauftragen müssen. Wenn es deswegen Ärger geben sollte, würde er sich mit »Automatismus« rausreden. Tatsächlich war es so, dass er es sehr schätzte, wie schnell sie seine Arbeitsaufträge erledigte. Die anderen Kollegen waren sicher auch gewissenhaft, aber wie hieß es doch so schön: »Never change a running system.«

Kapitel 17

18. August 2011

Marike kam durch einen Schwall kalten Wassers zu Bewusstsein. Sie hörte ihren Schrei von den Wänden widerhallen und Fabiennes vergnügtes Lachen.

Diesmal trug die Entführerin eine Jeans und ein lockeres schwarzes Hemd. Rotbraune Locken umrahmten ihr Gesicht. Auf den ersten Blick sah sie Marike sehr ähnlich, aber ihre Augen waren unübersehbar blau und zogen die Aufmerksamkeit sofort auf sich. In der Linken hielt sie einen tropfenden Wasserschlauch.

»Hörst du das?«, fragte sie säuselnd.

Es rauschte irgendwo in einem Rohr. Fabiennes Schuhe knirschten.

»Was meinst du?«, fragte Marike benommen und richtete sich auf. Sie fühlte sich wie nach einer durchzechten Nacht, wobei ein seltsamer Missklang in ihrer Gefühlswelt alles durcheinanderbrachte. Sie hatte Angst, aber irgendwie auch nicht, als wäre diese Empfindung von ihr abgetrennt und doch präsent. Ihr Mund war vollkommen trocken, die Glieder ganz taub vom kraftlosen Liegen auf dem kalten Betonboden.

Fabienne ließ den Schlauch fallen, ging zu dem Arbeitstisch und riss Schubladen und Schränke auf.

Marike wagte einen Blick zur Seite. Petras Leiche lag nun zwei Meter entfernt an der Wand. Ein schlaffer Knochenhaufen mit verrottender Fleischmasse, auf dem sich Insekten bewegten. Mühsam schluckte sie gegen den Würgereflex an.

»Da haben wir es ja«, rief Fabienne triumphierend und hielt eine Gartenschere in die Höhe. »Nun pass gut auf.«

Mit schnellen Schritten ging sie zu der Leiche und schnitt ihr, ohne zu zögern, einen Finger ab. Bei dem Geräusch wandte sich Marike hastig ab und presste die Hände auf ihren rebellierenden Magen.

»Kotz ruhig, wenn du willst, wir machen hier eh gleich sauber.« Fabienne kam zu ihr und hielt den Finger hoch. »Aber jetzt musst du schon aufpassen, sonst verpasst du was.«

In der Mitte des Raumes befand sich ein kleiner Abfluss. »Du hast doch sicher die Kratzgeräusche gehört, oder?«

Wie eine Zauberin gestikulierte sie um den abgeschnittenen Finger herum, hielt ihn in die Höhe und plazierte ihn zu guter Letzt in der Mitte des Gitters. Dann setzte sie sich neben Marike an die Wand und starrte auf den Abfluss.

Marike konnte sich vorstellen, was nun passieren würde, und sah ängstlich hin. Es dauerte nicht lange, bis sich etwas darin bewegte. Eine kleine schnuppernde Schnauze streckte sich durch das Gitter und schnappte nach dem Finger. Eine weitere erschien, und es quiekte und fiepte aus dem Rohr.

»Bergedorf ist voll von Ratten, musst du wissen«, flüsterte Fabienne. »Unter den feinen Häusern gibt es Tausende fetter Ratten.«

Der Finger wurde zwischen die Stäbe gezogen und so lange ruckartig bewegt, bis er hindurchrutschte. »Oh, schon vorbei«, kommentierte Fabienne enttäuscht. Mit Augenbrauen, Haaren und Wimpern war sie eine sehr attraktive Frau, doch Marike sah nur auf ihre weißen Hände, in denen sie die Schere hielt.

»Keine Sorge, ich schneide dir nichts ab.« Mit einem Lachen stemmte sie sich wieder hoch und warf die Schere auf die Arbeitsplatte. »Aber vielleicht finde ich einen Schraubenzieher, um den Abfluss abzuschrauben und die kleinen Freunde hier mal aufräumen zu lassen. Dann hört auch dieser Gestank auf.« Aus einer Schublade zog sie das Werkzeug. »Du magst doch Haustiere, oder nicht?« Spielerisch fuhr sie mit dem Schraubenzieher über die Gitterstäbe.

Marike schloss die Augen. Erschöpfung machte ihre Glieder schwer und ließ sie willenlos niedersinken. Es kam ihr vor, als hätte sie alle Tränen aufgebraucht, und einzig die Wut stünde noch da und verlangte von ihr, dieser Behandlung endlich ein Ende zu setzen.

»Ich hab's geschnallt. Was willst du von mir?«, sagte sie zornig. Vielleicht sollte sie sich besser zurückhalten, aber diese Frau tat ohnehin, was sie wollte, ohne sich von Flehen oder zur Schau gestellter Verzweiflung beeindrucken zu lassen. Und sie wollte nicht mehr das verschreckte Opfer sein. Nie wieder.

»Fein!«, schrie Fabienne aggressiv. »Du hast es also *geschnallt!*«

Der Schraubenzieher flog gegen die Wand. Sie griff wieder zum Wasserschlauch.

Marike zuckte zusammen. Jetzt gewann die Angst die Oberhand.

»Dann zieh dich aus. Ich will, dass du deine Dreckskleidung durch das Gitter wirfst. Wenn deine Kotze und das Leichenzeug weg sind, gebe ich dir was Neues.«

Mit mühsamen Bewegungen führte Marike die Anweisungen aus. Sie musste sich an den Stäben festhalten, weil sie sonst das Gleichgewicht verloren hätte. Das Gefühl der Erniedrigung wuchs mit jedem abgelegten Kleidungsstück, weil Fabienne sie unerbittlich anstarrte.

Es rauschte, als sie das Wasser aufdrehte. Der Strahl traf zuerst auf den Fußboden und schwemmte geronnenes Blut, Kot und Erbrochenes um Marikes Füße.

»Du solltest den Eimer festhalten, den ich dir in die Zelle gestellt habe. Wir wollen doch nicht, dass er dir um die Beine poltert.«

Der rote Eimer stand dort, wo zuvor Petra gelegen hatte. Marike bemerkte ihn erst jetzt. Sie nahm ihn am Griff und drehte sich so, dass sie Fabiennes Blicken nicht in voller Blöße ausgeliefert war. Das Wasser spritzte eiskalt vom Boden und den Wänden. Fabienne machte sich einen Spaß daraus, sie immer wieder zu treffen und von Kopf bis Fuß abzuduschen. Marike sah starr auf den Boden, wo die Brühe Richtung Abfluss lief. Der Eimer in ihrer Hand wurde vom Wasser immer schwerer. Der Griff schnitt in ihre Handfläche, aber sie würde nicht loslassen. Maden wurden vom Wasser erfasst und davongeschwemmt. Marike klammerte sich an den Eimer und wurde ganz ruhig. Der Drang, vor Furcht zu schreien, wurde von einem neuen Gedanken erstickt, der sich damit beschäftigte, was für ein Geschenk ihr die Verrückte da gerade machte.

Ein letzter Schwall traf sie, dann wurde das Wasser abgedreht. »Das sollte reichen, meinst du nicht auch?«

Marike nickte schlotternd vor Kälte und stellte den Eimer, so vorsichtig sie konnte, an seinen Platz zurück.

»Diesen Krempel schmeiße ich weg. Den Gestank kriegt man eh nie wieder raus. Passt irgendwie zu dir: mittelmäßige Schauspielerin und mieser Stil.« Mit spitzen Fingern sammelte sie die Wäsche ein und stopfte sie in einen blauen Sack. »Was ich dir mitgebracht habe, wird dir gefallen«, sagte sie fröhlich und holte eine Tasche herein, die sie vor der Tür deponiert hatte.

»Wie wäre es mit diesem wunderschönen Jogginganzug?« Sie zog einen schwarzen Anzug mit weißen Streifen an den Nähten heraus und warf ihn oben auf den Käfig. »Kommt er dir bekannt vor?«

Behutsam griff Marike danach und zog Jacke und Hose durch die Stäbe. »Das ist meiner.«

Fabienne lachte. »Schöne Wohnung, übrigens. Nicht ganz mein Geschmack, aber doch ganz gemütlich.« Sie zog ein Ladekabel aus der Tasche und schloss beim Arbeitstisch Marikes Handy an. Es dauerte eine Weile, dann summte und piepte das Gerät.

Fabienne las eine Weile, schrieb Antworten und lachte. »Alle sind ja so froh, dass es dir gutgeht und du dir diese Auszeit gönnst.« Schmunzelnd las sie weiter. »Und Lars möchte dich sehen. Was er wohl will?«

Ihre Finger huschten über den Touchscreen, und während sie schrieb, lachte sie.

»Warum siehst du aus wie ich?«, fragte Marike. Der Trainingsanzug war beim Anziehen nass geworden und klebte auf der Haut. Es strengte sie an, die Hose hochzuziehen, kleine Sterne tanzten vor ihren Augen, und sie verlor das Gleichgewicht.

»Du hast deine Medizin lange nicht genommen, das sind sicherlich Entzugserscheinungen. Ich war nicht so ganz ehrlich, es war nicht nur Morphium in der Flasche. Du sollst ja hinterher nicht sagen, dass du keine gute Zeit hier bei mir hattest.« Sie hatte sich herumgedreht und werkelte wieder an ihrem Arbeitstisch. Es rauschte. Offenbar befüllte sie eine neue Flasche mit Wasser und Medikamenten.

»Dann gib mir was!«, forderte Marike und drückte sich gegen die Stäbe. »Das soll aufhören, ich halte das nicht aus!«

Fabienne lachte spitz auf und hielt die Flasche wie bei einem Trinkspruch in die Höhe. »Sollst du haben, Schätzchen. Aber vorher ...«

Mit der freien Hand zückte sie eine Zigarettenschachtel aus der offenen Tasche und warf sie Marike zu. Sie prallte gegen das Gitter und blieb in Reichweite liegen. Marikes Knie schmerzten, als sie in die Hocke ging und danach angelte. Mit den Fingerspitzen bekam sie sie zu fassen und zog die Schachtel zu sich.

»Das Feuerzeug steckt auf der anderen Seite in der Folie.«

Marike drehte die Packung um und entdeckte die Visitenkarte des Kommissars.

»Ich dachte«, Fabienne kam mit der Flasche und ein paar Fotos in der Hand auf sie zugeschlendert, »es würde dir helfen, wenn du die Telefonnummer schon mal auswendig lernst für den Tag, an dem du wieder frei bist. Kommissar Dabels – ich kann es kaum erwarten, wieder von ihm festgenommen zu werden. Er ist so stattlich und stolz, wenn er einen abführt.« Sie sah zu Marike. »Leider auch sehr dämlich. Man muss ihm die Hinweise schon auf einem Silbertablett präsentieren, damit er eins und eins zusammenzählt.«

Ungerührt nahm Marike eine Zigarette aus der Packung und entzündete sie. Ihr Zittern wurde durch die Kippe noch verstärkt. »Gib mir die Flasche!«

Fabienne setzte die Flasche auf dem Boden ab und ließ sich daneben nieder. Eine gute Armlänge entfernt, damit Marike sie nicht erreichen konnte.

»Vorher will ich dir noch was ganz anderes zeigen. Es wäre schade, wenn du dabei benebelt wärst.«

In Seelenruhe blätterte sie die Fotos in ihrer Hand durch und machte kommentierende Laute, als wüsste sie nicht, welches sie zuerst zeigen sollte.

»Männer sind alle gleich, wusstest du das?«, sagte sie leise. »Triebgesteuerte Schweine, die von der Lust gemästet werden.«

Marike lehnte sich ruhig an die Wand und pustete Rauch in den Raum. »Die einen mehr, die anderen weniger.«

Das Gefühl der Zigarette zwischen den Fingern schenkte ihr etwas Selbstsicherheit. Es war, als setze sich ihre Persönlichkeit ganz neu zusammen, wobei sich bisher unbekannte Aspekte unter die Puzzleteile mischten. Ab und an schlug ihr Herz in unerklärlicher Aufregung schneller, und sie schloss bei jedem Schwindelgefühl kurz die Augen.

Mit einem schleifenden Geräusch rutschte Fabienne näher. Ihre Jeans bekam feuchte Flecken vom Wasser auf dem Fußboden. »Ausnahmslos, mein Täubchen.«

Sie hielt ein Foto an einer Ecke und reichte es durch die Gitterstäbe.

»Frank.« Es war keines der Fotos von zu Hause, dieses war aktuell.

»Aufgewühlte Männer sind die leidenschaftlichsten Liebhaber, wusstest du das?«

Aus dem Augenwinkel sah sie schon das nächste Foto, aber sie nahm es nicht an. Egal, was darauf zu sehen war, es war eine Lüge.

»Gut, dann lege ich es einfach mal hierhin.«

Auch wenn sich alles in Marike sträubte, sie musste hinsehen. Es zeigte Frank mit Fabienne in einer Bar. Sie trug eine rotgelockte Perücke, und ihre weiße Haut war überschminkt, aber Marike konnte sie gut erkennen. Sie redeten, und Fabiennes Hand lag auf seinem Bein.

»Du hast dich also zu einer Kopie von mir gemacht und hast ihn verführt. Das halte ich unter diesen Umständen für keine große Kunst.« Möglichst gleichgültig nahm sie das Foto und zerriss es mehrmals.

»Seit damals habe ich eine unbestimmte Vorliebe für dreckige Hinterhöfe. Ich würde mal sagen, er ist jetzt über dich hinweg.« Mit diesen Worten warf sie die restlichen Fotos in die Zelle, stellte die Flasche neben das Gitter und ging zur Tür. In diesem Augenblick piepste das Handy.

Abrupt blieb sie stehen und sah zur Arbeitsfläche. Ein Lächeln verdrängte die Wut aus ihrem Gesicht. »Lars, Lars, Lars, was für ein ungeduldiger Junge du doch bist.«

Sie nahm das Handy zur Hand und las die Nachricht. Ihr Lachen bereitete Marike eine Gänsehaut. »Stell dir vor«, sagte sie mit Freudentränen. »Er kommt extra für dich einen Tag früher aus München zurück. Die Gespräche mit seiner Hanna seien gut verlaufen, nun möchte er

Zeit mit dir verbringen, um zu sehen, wie es dir geht.« Eine Melodie summend, tippte sie eine Antwort und legte das Gerät dann beiseite. »Sonntag also.«

Beschwingt ging sie zur Tür und drehte sich vor dem Hinausgehen noch mal um. »Ich lasse dir das Licht an, sonst siehst du ja nichts.«

Sonntag. Marike hatte jegliches Zeitgefühl verloren. Wie lange würde Fabienne sie festhalten? Bis zu diesem Sonntag? Länger? Wann, verdammt noch mal, war Sonntag? Morgen? In zwei Tagen?

»Ich werde hier noch verrückt«, flüsterte sie und barg ihr Gesicht in den Händen. »Bleib ruhig. Bleib verdammt noch mal ruhig!« Sie atmete tief durch. »Entsprich nicht ihren Erwartungen, Marike. Du bist stark. Niemand weiß das. Alle denken, du bist nur ein schwaches, nettes Weibchen, aber du weißt es besser, also reiß dich zusammen!«

Sie sah durch die gespreizten Finger auf die Fotos, die Frank mit Fabienne im Hinterhof zeigten. Wahrscheinlich hatte er sich nicht gegen die Anmache wehren können, trotzdem wünschte sie, dass er einfach gegangen wäre, statt in ihre Falle zu tappen. Sicher hatte sie Drogen in seinen Drink gemischt.

»Er war high, ganz bestimmt.« Sie nahm ein Foto zur Hand. »Nun weißt du, wie das ist, nicht wahr?« Mit der anderen wischte sie sich über die Augen. »Und? Ist das bei dir etwas ganz anderes? Oder verstehst du jetzt, dass sie mich ebenso reingelegt hat?« Sie betrachtete sein konzentriertes Gesicht, während er Fabienne an die Wand presste und sie hochhob. »Soll ich dir nun auch eine Szene machen? Dir nicht zuhören und dich mit all deiner Scham und den Verletzungen sitzenlassen?«

Ein Krampf fuhr durch ihren Leib. Sie beugte sich vor und rang um Atem. Tränen lösten sich aus den Augen und klatschten auf das Fotopapier.

Mit einem unterdrückten Schrei nahm sie Foto für Foto und zerriss sie in kleine Stücke – und mit ihnen jede Art von Verständnis und Vergebung.

Als nur noch eines übrig war, fühlten sich ihre Finger taub und kalt an. Mit viel Mühe nahm sie es vom Boden auf und sah darauf Frank an einem anderen Ort, an einem anderen Tag, zusammen mit Jessika, seiner Ex-Freundin. Sie kannte das Foto, es war vor ihrer Zeit geschossen worden, aber Fabienne hatte es sicher nicht zufällig zu den anderen gelegt.

»Das wirst du nicht tun«, sagte sie verzweifelt. »Du treibst ihn nicht wieder in ihre Arme!« Es war, als wüsste Fabienne alles über sie. Als die Beziehung mit Frank noch nicht vergiftet war, war Jessika das einzige Reizthema in ihrer Harmonie gewesen.

Vielleicht trifft er sie ja schon länger. Marike schüttelte den Kopf. *Das würde er mir nicht antun, oder?*

Angestrengt sah sie sich im Raum um, ob sie eine Kamera oder ein Guckloch entdecken konnte, aber augenscheinlich war da nichts.

Verpasst du wirklich die ganze Show?

Die Flasche stand verlockend dicht vor dem Gitter. Sie wusste, dass nur wenige Schlucke alles in berauschender Gleichgültigkeit ertränken würden. Das Verlangen war da. Es flüsterte ihr ein, dass sie nur ein-, zweimal dran nippen könnte, um sich etwas besser zu fühlen. Sie streckte die Hand aus und zog sie zu sich. Ein paar Herzschläge lang drehte sie sie unschlüssig zwischen den Fingern.

»Jetzt oder nie«, sagte sie schließlich, zerknüllte mit einer Hand das Foto und warf es weg, mit der anderen ließ sie den Inhalt der Flasche über den nassen Boden in den Abfluss laufen. Dann schöpfte sie mit der Hand aus dem roten Eimer und trank ausreichend Wasser, um das trockene Gefühl im Mund zu vertreiben und für einige Zeit versorgt zu sein.

Die Nacht verbrachte sie regungslos auf dem Boden.

»Was du auch vorhast, ich weiß, dass du noch mal hier reinschauen wirst.«

Kapitel 18

18. August 2011

»Dabels.« Er war fast schon zu Hause, als er das Gespräch im Wagen annahm.

»Obermeisterin Moll«, klang es aus dem Lautsprecher der Freisprecheinrichtung. Er hatte bereits an der Nummer gesehen, dass sie es war, also wartete er ungeduldig, dass sie weitersprach.

»Wir konnten Petra Kollberg nicht erreichen. Ihre Angehörigen sagen, dass sie in ihrer Mail sehr ängstlich gewirkt habe und sich verstecken wolle, bis Fabienne gefasst wird.«

Dabels rieb sich über den Schnauzer. »Wie sollen wir die Frauen beschützen, wenn sie kopflos irgendwo unterkriechen?«

Frau Moll machte einen nachdenklichen Laut, der Dabels so gar nicht gefiel.

»Was?«, fragte er unwirsch, rief aber bei ihr wie immer keine Reaktion hervor.

»Würde man nicht bei Menschen Schutz suchen, denen man vertraut? Die Eltern sagen, dass sie ein sehr enges Verhältnis zu ihrer Tochter haben, und sie machen sich große Sorgen.«

Dabels umfasste das Lenkrad fester, so dass die Knöchel weiß hervortraten. »Wie wäre es, wenn Sie mir alle Informationen mitteilen und sich nicht alles aus der Nase ziehen lassen?«

Frau Moll entschuldigte sich freundlich, was ihm ein Schnaufen entlockte.

»Ich frage mich nur die ganze Zeit, was, wenn Fabienne die Nachricht geschrieben hat und sich Frau Kollberg in ihrer Gewalt befindet?«

»Das würde ja bedeuten, dass Lars Behring gelogen hätte, als ich ihn nach aktuellen Affären fragte.«

Seine Untergebene schwieg, als wäre es wichtig, dass dieser Gedanke auf ihn wirken konnte.

»Und Marike Lessing? Wollen Sie mir sagen, dass sie auch in Fabiennes Gewalt sein könnte und die Nachrichten ebenfalls nicht von ihr stammen?«

»Na ja«, sagte Moll nachdenklich. »Das würde ja bedeuten, dass Fabienne von ihrem Muster abgewichen wäre, oder? Immerhin hatte die Lessing kein Verhältnis mit Lars Behring.«

Dabels fuhr bei nächster Gelegenheit rechts ran, stellte den Motor ab und nahm das Telefon in die Hand. »Frau Moll, wir haben die Fotos doch gesehen. Auch wenn Sie sich von den Aussagen täuschen lassen, ich bin hundertprozentig überzeugt, dass dieser Romanze eine heftige Affäre vorausging. Sie war in seinem Zimmer, sie hatten sicher viel Spaß, und nun müssen sie ihr Gesicht wahren. Wenn Sie also bei Ihrer These bleiben, dass Fabienne diese Nachrichten geschrieben hat, dann müssen wir davon ausgehen, dass auch Marike Lessing kein Unschuldslamm ist.«

Er zog die pikanten Fotos aus der Akte und bestätigte sich selbst seine Theorie. »Sie befragen alle Freunde und Angehörigen von Frau Lessing. Sollte sie sich an der Küste befinden, wird sie erreichbar sein und unter Personenschutz gestellt. Ich fühle derweil dem Casanova auf den Zahn.«

Frau Moll bestätigte die Anweisungen und verabschiedete sich. Immerhin bewegte sich in dem Fall etwas, auch wenn sein Gewissen ihm leise vorwarf, dass sie etwas spät in diese Richtung ermittelten.

Aus den Unterlagen suchte er Lars Behrings Nummer heraus und tippte sie ins Handy. Es war schade, dass sich der Schauspieler nicht in der Stadt befand, er hätte ihm zu gerne bei der Befragung in die Augen gesehen. Als er ihn in dem Lokal zu aktuellen Frauengeschichten befragt hatte, hatte er geschworen, die Finger von den Crewmitgliedern gelassen zu haben. Auf die Fotos hatte er mit überzeugender Abwehr reagiert, aber Dabels schüttelte nun den Kopf. »Er ist ein Schauspieler, du alter Narr.«

Nach drei Freizeichen meldete sich Behring, und Dabels konnte hören, dass er für das Gespräch einen belebten Raum verließ.

»Kommissar Dabels. Ich habe da noch ein paar Fragen, die leider keinen Aufschub dulden.« Er redete gerne in diesem strengen Tonfall, der Menschen dazu brachte, zu kooperieren.

»Was möchten Sie wissen?« Behrings Stimme klang angespannt. Wo auch immer er war, er wollte dort nicht sprechen.

»Je ehrlicher Sie antworten, desto kürzer wird dieses Gespräch.«

Lars Behring schwieg, das reichte Dabels als Bestätigung.

»Hatten Sie mit Petra Kollberg eine Affäre, ja oder nein?«

Weitere Schritte, die Hintergrundgeräusche änderten sich noch mal.

»Ist sie verschwunden? Ich dachte, sie hätte gekündigt.«

»Soll ich das als Bestätigung werten?« So leicht trickste der Schauspieler ihn nicht wieder aus.

»Es ist einfach so passiert, aber niemand hat es mitbekommen. Nur eine schnelle Nummer in der Garderobe, die im gegenseitigen Einverständnis unser Geheimnis bleiben sollte. Für Petra war das kein Problem, es war rein körperlich, wenn Sie verstehen, was ich meine.«

Dabels konnte ein Kopfschütteln nicht unterdrücken. »Und Sie dachten, Sie könnten das trotz der Umstände einfach für sich behalten?« Sein Tonfall wurde schärfer. »Damit haben Sie nicht nur die Ermittlungen behindert, Sie haben die arme Frau in Gefahr gebracht!«

Behring schwieg. Also setzte Dabels nach. »Frau Kollberg ist nicht erreichbar, selbst ihre Familie weiß nicht, wo sie sich aufhält. Wir müssen davon ausgehen, dass Fabienne Loss sie in ihrer Gewalt hat.«

Der Laut, der durch das Telefon drang, klang nach schuldbewusstem Bedauern. »Ich dachte, wir wären vorsichtig genug gewesen. Niemals wollte ich sie in Gefahr bringen, das schwöre ich!«

Ein gewisses Maß an Verachtung schlich sich in Dabels' ansonsten professionelle Objektivität. »Dann beichten Sie mal weiter, wenn Sie nicht noch eine Frau in Gefahr bringen wollen!«

»Ich weiß, was Sie denken«, sagte Behring stattdessen. »Sie glauben, ich würde meine Prominenz ausnutzen, um Frauen flachzulegen, aber so ist das nicht.«

Aber Dabels war nicht bereit, von seiner Meinung abzurücken.

»Ich bin ein Mann, und ja, auf gewisse Reize springe ich nun mal an. Vielleicht sogar mehr als andere, aber Tatsache ist, dass die Frauen mit mir schlafen wollen und ich ihnen einfach nicht widerstehen kann.«

Eine billige Ausrede. Dabels musste aufpassen, dass er nicht sarkastisch antwortete. »So auch Marike Lessing? Die Fotos waren ja sehr eindeutig.«

Er war sich sicher, nun endlich die ganze Wahrheit zu hören, weil es keinen Sinn mehr hatte, die Liebschaft zu leugnen.

»Nein«, sagte er zu Dabels' Überraschung. »Ich meine, wow, diese Frau ist eroberswert. Wenn ich in ihrer Nähe bin, dann will ich mit ihr zusammen sein. Keine schnelle Nummer. Und ich gebe zu, dass ich es getan hätte, wenn sie mich dazu eingeladen hätte, aber Marike hat einen Partner, und deswegen ist sie auch gegangen.«

»Und Sie sagen diesmal auch die Wahrheit?« Er hätte einiges dafür gegeben, Behring in die Augen zu schauen.

»Ja, das schwöre ich bei allem, was mir heilig ist!«

Es war schwer vorstellbar, dass diesem Mann überhaupt etwas heilig sein konnte.

»Sie wissen, dass ihr Partner die Fotos gesehen hat und die Beziehung wahrscheinlich am Ende ist?« Er sagte das so sachlich wie möglich. »Falls Sie also aus falscher Rücksicht irgendetwas verschweigen, sei Ihnen gesagt, dass Sie nicht noch mehr kaputt machen können.«

Behring schwieg am anderen Ende. Offensichtlich wusste er es nicht.

»Wie kommt denn Ihre Frau mit allem klar?« Er musste diese Frage einfach stellen.

»Es gab viel Streit, aber wir bekommen das hin. Sie weiß, wie ich bin.«

Ein elender Fremdgeher?

»Nun gut, ich rate Ihnen, noch mal in sich zu gehen und sich genau zu überlegen, ob Sie mir weitere Informationen mitteilen wollen – meine Nummer haben Sie ja.«

Lars Behring bestätigte knapp. Dabels sah in ihm nicht mehr den großartigen Star, sondern den triebgesteuerten Kerl, der es verdient hatte, selbst irgendwo von der Verrückten festgehalten zu werden.

»Wenn es stimmt, was Sie sagen, sollte Frau Lessing tatsächlich in Sicherheit sein. Was ich von Frau Kollberg leider nicht behaupten kann.«

Das Schweigen am anderen Ende reichte ihm. Dabels legte auf.

Kapitel 19

18. August 2011

Stunden vergingen. Wie viele, konnte Marike in dem konstant erhellten Keller nicht sagen. Die Ratten kratzten am Gitter, manchmal waren Schritte im oberen Stockwerk zu hören. Ihr Smartphone summte ein paarmal. Jemand schickte ihr Nachrichten und versuchte, sie zu erreichen.

»Ich bin hier«, flüsterte sie matt gegen den harten Fußboden. »Warum ortet ihr mich nicht?«

Sie dämmerte ein, wachte auf und schlief wieder ein – so lange, bis sie von einem Blitz aus dem Schlaf geschreckt wurde.

Fabienne stand in ihrer bizarren Schönheit und dem roten Bademantel bekleidet vor ihr und machte Fotos mit einer Sofortbildkamera.

»Für dein Date mit Lars muss ich perfekt aussehen«, sagte sie und schoss noch ein Foto. »Könntest du deinen Kopf etwas drehen?«

Mit schweren Bewegungen tastete Marike nach dem Gitter, aber ihre Finger rutschten ab.

»Sag mal, Schätzchen, hast du alles auf einmal getrunken? Machst du jetzt einen auf Petra, weil der beknackte Frank auch nur ein Wichser ist?« Sie legte die Kamera neben das Handy und tippte darauf herum. »Ich habe ein paar Fotos von deiner *Ferienwohnung* gemacht und an deine Leute geschickt. Sie sind ja alle so froh, dass es dir gutgeht. Und sie verstehen, dass du nicht reden willst – okay, Frank nicht, aber irgendeiner schießt ja immer quer.« Fabienne wedelte mit einer Hand durch die Luft. »Aber stell dir vor, der liebe Lars ist ganz betroffen, dass deine Beziehung vor dem Aus steht. Er will als Freund für dich da sein, ist das nicht reizend? Und er freut sich schon sehr auf das Treffen.«

»Mir geht's nicht gut«, presste Marike hervor und fasste sich ans Herz.

»Stell dich nicht so an. Du bist eine gesunde Frau, diese Medis hauen dich nicht um. Ich habe sie nach der Erfahrung mit Petra neu dosiert.«

Sich aufbäumend, rieb Marike mit dem Kopf über den Betonboden und gab erstickte Laute von sich. Spucke lief aus ihrem Mund und wurde durch die Atemstöße gegen das Gitter geschleudert.

»Ich brauche dich noch«, hörte sie Fabienne mit sich überschlagender Stimme sagen. Marike krampfte und schlug mit dem Kopf gegen die Stäbe.

Mit einem lauten Fluch zog Fabienne einen orangefarbenen Koffer unter dem Tisch hervor, öffnete ihn und kam mit einer langen Spritze in der Hand zurück. Sie versuchte, durch die Gitterstäbe Marikes Oberkörper zu erreichen, aber die zuckte und lag so verdreht, dass Fabienne nicht an sie herankommen konnte.

Ihr Gesicht fühlte sich an wie zum Platzen gespannt, dann strömte ihr letzter Atem aus den Lungen, und sie lag regungslos da.

»So eine verfickte Scheiße!«, schrie Fabienne und zog den Schlüssel aus ihrem Bademantel.

Marikes Augen schienen leblos ins Leere zu schauen, aber sie konnte genau sehen, wie sich die Tür öffnete und Fabienne mit der Spritze in der Hand hineinstürzte.

Mit einem kräftigen Tritt gegen das Sprunggelenk brachte sie ihre Entführerin zu Fall. Diesmal war Fabiennes Schrei nicht gespielt. Sie war geschockt. Marike brachte ihre gesamte Kraft auf, denn mehr als diesen einen Versuch würde sie nicht haben. Die Spritze traf sie wie ein Dolch in den Oberarm, sie aber schlug wütend auf den kahlen Kopf ihrer Kontrahentin ein.

»Du kannst nicht gewinnen!«, kreischte Fabienne. Sie wehrte einen Schlag ab, doch Marike ergriff sie an der Kapuze des Mantels und zerrte sie zum Gitter, wo sie sie am Kopf packte und mehrmals gegen die Stäbe schlug. »Na, bin ich jetzt auch noch nett?«, schrie sie zurück. »Oder höflich?«

Blut spritzte gegen die Wand.

Rasend vor Wut, trat sie nach, als der bleiche Körper schwer aus ihren Händen glitt. »Gefällt dir dein beschissenes Spiel nicht mehr?«

Sterne tanzten vor ihren Augen. Sie taumelte keuchend rückwärts und suchte mit den Händen Halt, bekam eine Gitterstange zu fassen und klammerte sich schwer atmend daran fest. »Ich bin kein Opfer!«, schrie sie. »Kein Opfer!«

Ihre Sicht wurde klarer, und sie sah das groteske Bild der entstellten Albinofrau. Die Blutspritzer malten dunkle Bahnen auf die weiße Haut. Ihr Hinterkopf war eine große Wunde.

Marike legte die zitternden Hände vor den Mund und versuchte, zur Ruhe zu kommen.

Fabienne regte sich und lachte. »So liebe ich es«, sagte sie mit viel zu hoher Stimme.

Marike nahm geistesgegenwärtig den Eimer und ging rückwärts aus der Zelle. Der Schlüssel steckte noch, also schloss sie ab und steckte ihn ein.

Fabienne richtete sich auf und lehnte sich gegen die Gitterstäbe. Sie saß da, als wäre sie eines dieser geschmacklosen modernen Kunstwerke mit polarisierender Wirkung. »Na los, dort liegt dein Handy. Ruf die Polizei. Du hast gewonnen.«

Marike sah sie lange an. Die unterschiedlichsten Gedanken gingen ihr durch den Kopf.

»Ich brauche einen Arzt. Du bist keine Mörderin. Los, ruf die Polizei.«

Als Marike sich nicht gleich in Bewegung setzte, fing Fabienne an zu weinen, sich vor Schmerzen an den Kopf zu fassen und um Hilfe zu flehen. Mit ruhigen Bewegungen hockte sich Marike neben sie und lächelte sie an. »Wer ist hier jetzt die mittelmäßige Schauspielerin?«

In der Zelle lag noch immer die Zigarettenschachtel mit Kommissar Dabels' Visitenkarte.

»Gib schon her«, forderte sie und deutete auf die Schachtel.

»Hol sie dir. Ich werde dich schon nicht beißen«, höhnte Fabienne. Die Fröhlichkeit war gespielt. Ihr standen Tränen in den Augen.

»Dann nicht«, sagte Marike kalt und richtete sich auf. »Du kannst ihn ja anrufen, sollte dir ein Telefon zufliegen.«

In der anderen Position zu sein, fühlte sich gut an. Jetzt besaß sie die Kontrolle und konnte Fabienne zurückzahlen, was sie ihr und anderen angetan hatte. Sie sah zu Petras Leiche und trat einen unsicheren Schritt zurück.

Beende es.

»Ich kann das«, sagte sie leise zu sich selbst. »Das wird alles hinter mir liegen. Wir machen den Film fertig, und alles wird gut.«

Fabiennes Lachen wurde lauter. »Du hast die Flasche gar nicht leer getrunken, oder? Hast den Junkie gemimt, um mich in Sicherheit zu wiegen. Man sollte netten Leuten einfach nicht trauen.« In ihrer Stimme klang ehrliche Bewunderung mit. Es war abstoßend, von dieser Frau gelobt zu werden.

Angewidert griff Marike durchs Gitter und nahm die Zigarettenschachtel. So wie sie Fabienne zugerichtet hatte, konnte die sich überhaupt nicht bewegen.

»Ich hoffe, sie sperren dich diesmal besser weg«, sagte sie wütend, nahm ihr Handy und löschte das Licht hinter sich, als sie den Keller verließ.

Bevor sie die Polizei anrief, musste sie wissen, wo sie sich überhaupt befand. An die Adresse erinnerte sie sich vage von der Autogrammkarte, die sie ahnungslos hierhergeschickt hatte. Der Gang führte an der Garage vorbei, wo ein schwarzer Lexus RX parkte. Das Flurlicht spiegelte sich auf dem Emblem.

»Okay, sie sagte, Bergedorf sei voll von Ratten. Also sind wir nicht weit weg vom Drehort.«

Die Kellertreppe führte in den Eingangsbereich einer kleinen Stadtvilla. Die Einrichtung war eher bieder, wie am Set, und das dunkle Holz erzeugte ein beklemmendes Gefühl. Im oberen Stock brannte Licht.

Ihr erster Impuls war, die Haustür zu öffnen und hinauszulaufen. Weit weg von diesem Ort, an dem sie erniedrigt und unter Drogen gesetzt worden war. Wo Petras Leiche von Maden zerfressen wurde und eine Irre im Käfig hockte. Aber da war auch diese schwelende Wut in ihr, die sich mit Fabiennes Festnahme nicht begnügen wollte. Was hatte diese Frau alles angerichtet? Gab es noch mehr Fotos, die sie kompromittieren könnten?

Marike schaltete ihr Handy ein und ging die Nachrichten durch, die Fabienne ihren Kontakten geschrieben hatte.

Frank war beleidigt worden, Lars angemacht, Paul hatte nur kurze Statusmeldungen bekommen, dass alles gut sei bei ihr, und Jutta auch.

Auf einem Tisch neben der Garderobe lag die Post der Hauseigentümer. Sie nahm einen Umschlag mit der Hausanschrift vom Stapel und ging die Treppe hinauf, um zu sehen, was sich in dem beleuchteten Zimmer befand. Sie atmete ganz ruhig und horchte nach Geräuschen. Alles war still. Im Gehen tippte sie die Nummer von Kommissar Dabels ins Handy.

Bereit, die Anruf-Taste zu drücken, sah sie durch die offene Tür in das Schlafzimmer, und konnte kaum glauben, was sie da erblickte. Der Fußboden war zugestellt mit Styroporbüsten, darauf Perücken jeglicher Haarfarben und Formen. Ein schmaler Pfad führte hindurch bis zum Schminktisch.

Auf dem Bett lagen offene Koffer mit kleinen Behältern, die Kontaktlinsen mit unterschiedlichen Augenfarben enthielten. Aber was Marike am meisten bannte, waren die Fotos, die über den Schminkutensilien am Spiegel befestigt waren. Neben einem Foto von ihr klebte Frank; er war bereits durchgekreuzt. Ebenso der Freundeskreis, dessen Fotos aus Facebook kopiert worden waren. Jutta hing auf der anderen Seite und war noch unangetastet.

Zettel mit Marikes Aufenthaltsorten und Terminen, Schnappschüsse von ihr, die durch Fenster und auf der Straße gemacht worden waren, und eine genaue Analyse ihrer Persönlichkeit.

Kann gut manipuliert werden, stand ganz oben. *Wurde perfekt isoliert.* Marike blinzelte die Tränen weg. »Leichtes Opfer«, las sie laut.

Die Handschrift variierte sehr stark, oder unterschiedliche Personen hatten diese Notizen verfasst.

Marikes Bemühen, es ständig jedem recht zu machen, lässt sie charakterlos und inkonsequent wirken, wohingegen ihr ausgeprägter Narzissmus spätestens auf der Bühne oder vor der Kamera voll zum Tragen kommt, las sie weiter. *Das Sprichwort* Stille Wasser sind tief *dürfte auf sie zutreffen. Die Gefahr unkalkulierbarer Reaktionen ist definitiv gegeben. Gut möglich, dass sie keine typischen Opferreaktionen zeigt und der gewünschte Effekt nicht zu erzielen ist. Ebenso wahrscheinlich ist, dass sie ohne sozialen Rückhalt ihre Hemmungen verliert.*

Sie blätterte weiter und sah Fotos von Frank, Lars und Jutta. Eine Liste mit ihren eigenen Gewohnheiten und ein Protokoll über die Auswirkungen der Geschehnisse auf sie selbst. Zu Lars gab es nur ein paar Randnotizen.

»Das verstehe ich alles nicht«, sagte sie leise. »Es geht doch um ihn. Warum steht hier so viel über mich?«

Sie sah sich nachdenklich um. Neben dem Schreibtisch lagen Aktenordner. Im ersten fand sie Fabiennes Krankenakte aus der Psychiatrie. Mit einem roten Stift hatte die Irre Korrekturen vorgenommen oder die Diagnosen kommentiert. Ihre chaotische Handschrift war unverkennbar.

Im zweiten Ordner befanden sich Fotos und Profile zu den Identitäten, die sie annahm. Marike erkannte die Blondine aus dem Hotel wieder. Bei zwei anderen war sie sich nicht sicher. Dann folgten einige, die ihr nicht bekannt vorkamen, bis sie ein Foto aufschlug, bei dem ihr der Ordner vor Schreck aus der Hand fiel.

Er polterte auf den Boden und blieb geöffnet liegen. Mit halb geöffnetem Mund grinste sie das dümmliche Gesicht von Annika an.

Marike zog ihr Handy aus der Tasche und las noch mal Juttas Nachrichten. »Nein, sie wusste von alldem nichts«, flüsterte sie. »Sie glaubt mich im Urlaub.«

Auf dem Foto neben ihrem war eine lachende Jutta zu sehen. »Ich muss sie warnen.« Sie wollte ihre Nummer wählen. »Aber wovor? Ich habe Fabienne eingesperrt.« Sie hielt inne.

In einer offenen Handtasche entdeckte sie Fabiennes Handy.

Marike nahm es und drückte auf den Knopf. Das Display schaltete sich ein und zeigte eine SMS, die vor einer Stunde angekommen war.

Hab Samstag richtig Spaß mit Lars. Ich will hinterher alles hören. Ich halte mich für Sonntag bereit. Ich grüße dich vom roten Teppich, wenn es so weit ist. Die Nummer gehörte eindeutig Jutta.

»Der Abend ...« Marike wurde schlagartig schlecht. »Sie haben mir was in die Drinks gemischt und zugeschaut, wie ich ...«

Seit Frank sie verlassen hatte, war Jutta ständig für sie da gewesen. Mit Trost, Beistand und so viel Verständnis. Keine seltsamen Anwandlungen mehr. Einfach nur eine gute Freundin. Dabei war das alles inszeniert, geplant worden. Die beiden arbeiteten zusammen! Die Farbbeutelattacke, die Person auf dem Balkon ...

»Jutta ...« Sie musste sich setzen. »Ich verstehe das alles nicht.«

Sie steckte ihr eigenes Handy in die Tasche des Jogginganzugs. Natürlich würde sie den Kommissar anrufen, aber erst mal musste sie wieder klar denken. »Jutta hat mein Leben zerstört«, sagte sie und wartete, was dieser Gedanke mit ihr anstellte. »Jutta und Fabienne arbeiten zusammen ...«

Kein Widerstreben, keine Ablehnung, kein Bemühen, diese Tatsache widerlegen zu wollen. Es war die nackte Wahrheit. Sie kam sich schrecklich naiv vor. Schrecklich missbraucht.

»Ich habe ihr so vieles anvertraut ... Jessika, o mein Gott, sie wusste von Jessika. Wann hat sie angefangen, mein Leben zu sabotieren?« Sie fasste sich an den Kopf. »Frank hat sich verändert. Er wollte, dass ich ihn enttäusche, damit er mich verlassen kann. Ist es nicht so?« Sie nickte. »Ja, jetzt wird alles ganz klar.«

Wiederholt fuhr sie sich mit einer Hand übers Gesicht. »Und dabei hat jeder mir die Schuld in die Schuhe geschoben, ich wollte es nicht wahrhaben ... das ist verrückt ... sie sind alle Monster.«

Ihr Blick fiel in den Spiegel. Sie sah fürchterlich aus. Blass, mit dunklen Ringen unter den Augen und einem Ausdruck, der sie selbst entsetzte. »Ich werde daran nicht zerbrechen«, versprach sie ihrem Spiegelbild. »Ich muss jetzt nur ruhig bleiben und nachdenken. Keine voreiligen Schritte.«

Nachdenklich steckte sie die Visitenkarte des Kommissars in die Hosentasche und nahm Fabiennes Krankenakte vom Boden auf. Während sie ging, las sie darin. Im Erdgeschoss suchte sie die Küche und legte Handys und Akte kurz auf den Herd, um die Schränke zu durchsuchen. Sie fand Kekse und mehrere Flaschen Wein.

Kranzgebäck, las sie missmutig die Aufschrift. *Besser als nichts.*

Mit einer geöffneten Flasche Wein, den Keksen und den anderen Sachen ging sie in den Keller zurück. Ihr Kopf fühlte sich ganz schwer an. Die Erkenntnis, dass Jutta sie die ganze Zeit getröstet und zugleich den ganzen Kummer höchstpersönlich verursacht hatte, war erniedrigender als alles, was sie in den letzten Tagen hatte durchmachen müssen. Sie nahm einen großen Schluck aus der Flasche.

Schwungvoll trat sie die Tür auf, damit sie gegen die Mauer knallte, und schaltete das Licht ein. Jetzt, da sie kurzfristig saubere Luft eingeatmet hatte, war der Gestank hier kaum zu ertragen.

Fabienne saß mit einem Lächeln im Käfig und strich sich über den kahlen Kopf. »Sag bloß, du warst ganz oben?«, sagte sie mit einer gewissen Vorfreude in der Stimme.

Marike setzte sich in einiger Entfernung gegen die Wand und las ungerührt weiter in der Akte. Zwischendurch biss sie von einem Keks ab oder trank einen Schluck Wein.

»Was meinst du, wie lange die Polizei braucht? Zehn Minuten?« Es schien Fabienne nervös zu machen, dass sie nicht antwortete. »Bislang waren es immer zehn Minuten.«

»Sie werden nicht kommen«, sagte Marike kühl. »Niemand wird kommen.«

Fabienne schüttelte den Kopf. »Doch, doch, du hast gewonnen. Lass dich retten.«

»Hier steht, du hast Studien durchgeführt, die belegen sollen, dass es genetische Schnittmuster für perfekte Beziehungen gibt. Was soll denn das für ein Scheiß sein?«

Die Albinofrau rieb sich über den besudelten Kopf, ließ getrocknetes Blut als Krümel herabrieseln und verwischte feuchte Stellen. »Wie ich schon sagte, Menschen sind wie Puzzleteile. Und es funktioniert.«

»Wie super es funktioniert, sieht man an deiner geistigen Gesundheit.« Sie tippte auf die Akte. »Du hast alles durchgestrichen und ›bipolare Störung‹ danebengeschrieben. Therapierst du dich auch selbst?«

Fabienne verdrehte die Augen und sah zur Decke. »Diese Quacksalber haben alles gefressen, was ich ihnen vorspielte. Die Sitzungen waren mir ein Fest, jede einzelne. Niemals wird jemand von denen hinter meine wahre Krankheit kommen.«

»Weil es keine gibt«, schloss Marike und warf die Akte gegen den Käfig. »Du bist eine unzufriedene, böse Frau, die nicht verwinden kann, dass sie nur für eine schnelle Nummer gut war. Und da du nicht kriegen kannst, was du willst, soll auch niemand sonst glücklich sein.« Nachdenklich setzte sie die Weinflasche an. »Ihr habt mir alles genommen«, sagte sie leise. »Du und Jutta. Sie konnte nicht ertragen, dass mir etwas Besonderes widerfuhr und ihr nicht. Wollte sich wie eine Zecke an mein Glück hängen, sich unentbehrlich machen.« Sie trank einen großen Schluck und unterdrückte ein Würgen.

»Was willst du jetzt tun? Ob der riesigen Ungerechtigkeit der Welt einen Heulkrampf kriegen?« Fabienne kratzte sich das Blut von den Händen. »Du warst ihr gegenüber nicht loyal und hast dir den ganzen Ärger selbst zuzuschreiben.«

»Und was habe ich *dir* getan?« Die zu einem Viertel leere Flasche schaukelte leicht, als Marike sie auf dem unebenen Boden abstellte. Der Wein stieg ihr zu Kopf, der Schwindel verstärkte sich, und das Reden fiel ihr schwer. »Was ist der Grund, dass du mein Leben ruiniert und mich gequält hast?«

»Du hättest dich eben nicht mit Lars einlassen dürfen. Dieser Mann ist ein Fluch für alle Frauen.« Ihre stolze Haltung sollte Marike vermitteln, dass ihr nichts etwas anhaben konnte. Aufrecht, vorgerecktes Kinn, auf den Knien ruhende Arme. Aber Marike beeindruckte das nicht länger. Sie stemmte sich an der Wand hoch und wartete einige Herzschläge, bis der Schwindel nachließ, dann ging sie langsam zum Käfig. »Was ist passiert? Ist während eurer Nummer die Perücke verrutscht? Hat er in dir den Freak erkannt, der du bist, und ist weggerannt?«

Ein Muskel zuckte unter Fabiennes rechtem Auge.

»Was hast du dir alles eingeredet, um deine Taten zu rechtfertigen? Damit du dir nicht eingestehen musst, dass es dir Spaß bereitet, andere zu quälen, unter Drogen zu setzen und zu verletzen?« Sie deutete auf Petra. »Letztendlich auch zu töten.«

Fabienne riss die Hände in die Luft. »Nein, ich töte nicht. Das hat die Schlampe ganz allein getan. Hat alles auf einmal gesoffen, obwohl sie das gar nicht vertragen hat.«

»Ach so«, höhnte Marike. »Das ist natürlich was ganz anderes. Dann nehme ich alles zurück. Du bist ein toller Mensch, voller Nächstenliebe und geradezu ein richtiger Schatz.«

Müde rieb sie sich übers Gesicht. Was sollte sie tun? Die Vernunft drängte darauf, die Polizei zu rufen, aber der Wunsch nach Vergeltung stand dem im Wege. Sie wollte Jutta in die Augen sehen, wollte ihr ins Gesicht schreien, dass sie alles wusste und sie der allerletzte, verachtenswerteste Mensch sei, dem sie jemals begegnet war. Die Handys lagen neben der Weinflasche auf dem Boden.

Ich könnte es laufen lassen, dachte sie einen kurzen Moment, verwarf diese Möglichkeit aber dann wieder. »Nein, ich werde nach Hause fahren, sie zu mir bitten, mit der Wahrheit konfrontieren und dann im Wohnzimmer einschließen, bis die Polizei kommt. So kommt sie arglos zu mir, glaubt, die Retterin in der Not zu sein, wenn ich ihr über Fabiennes Handy …«

»Das ist dein Plan?«

Marike erschrak. Ihr war nicht bewusst, dass sie laut gesprochen hatte. Sie drückte das Kreuz durch und ging zum Arbeitstisch. »Du hattest recht«, sagte sie tonlos.

Mit einer bedachten Bewegung zog sie erst Nitrilhandschuhe über die Hände, dann nahm sie eine der Flaschen von der Arbeitsfläche und füllte sie mit Wasser. »Den gleichen Hang zum Wahnsinn, nicht wahr?«

»Das war doch nur Gerede.« Den Geräuschen nach rutschte Fabienne näher an die Stäbe. »Ich werde sicher lebenslänglich kriegen. Aber du kommst davon, weil noch nichts passiert ist.«

»Na und? Macht doch keinen Unterschied, oder?« Die Aufschriften auf den kleinen Phiolen sagten ihr nicht viel. Sie nahm ein paar nacheinander und füllte jeweils einige Tropfen in die Flasche.

»Hey, du hast doch gar keine Ahnung davon. Ich bin Ärztin, ich kann das dosieren, du nicht.«

Mit einem Schulterzucken ließ sie die Flüssigkeit in der Flasche kreisen. »Dann solltest du nur kleine Schlucke nehmen.« Sie stellte die Flasche vor Fabienne ab und sah sie direkt an. »Wenn du Durst hast, solltest du jetzt trinken. Bevor ich diesen Raum verlasse, nehme ich sie wieder weg. Und ich habe keine Ahnung, wie lange es dauert, bis ich die Polizei anrufe. Hängt davon ab, wann Jutta Zeit hat, mich nach meinem traumatischen Erlebnis zu trösten.« Sie deutete auf die Akte. »Ich habe deine Notizen gelesen. Du traust mir durchaus zu, eine andere Seite zu haben. Hast sogar Bedenken, ob der gewünschte Effekt bei mir überhaupt zu erzielen sei. Was hat Jutta dazu gesagt?«

»Du solltest ihn testen«, wechselte Fabienne das Thema. »Ich wette, nach einer Nacht mit dir besinnt er sich auf seine Hanna und lässt dich eiskalt fallen.«

»Nein, wird er nicht«, sagte Marike mehr zu sich selbst. *Andererseits scheint niemand so zu sein, wie ich immer geglaubt habe.*

Entschlossen nahm sie Fabiennes Handy und schaltete es ein. Wieder erschien die SMS von Jutta, was ihr einen schmerzhaften Stich im Magen versetzte.

»Wie lautet deine PIN?«

»Willst du mich verarschen?« Fabienne trommelte mit dem Fuß gegen das Gitter.

»Wirkt das Zeug auch über die Haut?« Sie nahm eines der Fläschchen vom Tisch und drehte es auf. »Morphin«, las sie die Beschriftung vor. »Ob ich die Platzwunden treffe? Ist ja nur ein Schmerzmittel, oder? Aber ich kann ja alle nacheinander ausprobieren.«

Mit einer ausholenden Bewegung ließ sie ein paar Tropfen auf Fabienne regnen.

»Zwei-drei-eins-neun! Das ist die PIN.« Hastig rieb sie die Tropfen fort und wiederholte die Nummer so lange, bis Marike das Fläschchen sinken ließ.

Marike tippte die Zahlen ein. »Geht doch.« Sie rief die Nachrichten auf. »Aber du hättest sie mir so oder so gegeben, richtig? Jutta ist dir scheißegal, du willst nur die Show.«

»Du hättest Psychologin werden sollen.«

Marike winkte ab. »Ich will mich nicht mit fremden Federn schmücken.« Mit einem Tritt jagte sie Fabiennes Akte quer durch den Raum. »Du hast mit deinem kleinen Rotstift doch selbst geschrieben, dass du die Gesichter von Verzweifelten liebst. Die Schönheit wütender Menschen und die Genugtuung, sie zerstört zu haben.«

Das Handy zeigte 15:36 Uhr an. Nachdenklich tippte sie auf das Gehäuse. »Ich hab's«, sagte sie und sprach beim Tippen laut mit. »Wenn das Vögelchen fliegt, sei bereit.«

Dann legte sie das Handy auf die Arbeitsfläche, so wie Fabienne es zuvor mit ihrem Telefon gemacht hatte. »Wenn es gleich summt, ist das bestimmt die begeisterte Antwort von Jutta. Du kannst dir ja ausmalen, was sie schreibt. Ist eine spannende Sache, wenn man hier in der Dunkelheit festsitzt.«

Fabienne sah sie mit einem Ausdruck von Bewunderung an. »Ich habe ein Monster erschaffen«, sagte sie liebevoll. »Ein wunderschönes Monster.«

Mit der Trinkflasche in der Hand drehte Marike ihr den Rücken zu. »Ich werde heute alles beenden. Du bekommst deinen Auftritt, aber keine Genugtuung.«

Sie stellte das Gefäß neben das Handy, nahm ihr eigenes vom Boden und die Weinflasche in die Hand. »Wenn man hier lange genug sitzt, freut man sich sogar über die Geräusche der Maden und Ratten, die die Stille vertreiben.«

Das Licht zu löschen und Fabienne in der Dunkelheit zurückzulassen, fühlte sich gut an. Sie sollte durchleiden, was sie ihr angetan hatte. Durch die Tür hörte sie noch das Summen des Handys.

Vor ihrem Haus fuhr gerade ein Kleintransporter weg, so dass sie direkt vor der Tür parken konnte. Der Lexus fuhr sich gut, war aber wesentlich größer als ihr Ford Fiesta. Marike stieg aus und suchte ihre Schlüssel, die sie ebenfalls in Fabiennes Tasche gefunden hatte. Doch als sie gerade aufschließen wollte, öffnete sich die Tür von innen, und sie stand Jessika gegenüber. Beinahe wäre ihr vor Schreck der Schlüssel aus der Hand gefallen.

»Hi, Marike«, sagte Franks Ex-Freundin verunsichert.

»Was machst du hier?«, fragte sie rüde.

Jessika sah sich verlegen zur Treppe um, aber es waren keine Schritte im Haus zu hören. »Ich habe Frank nur geholfen, ein paar Sachen zu holen. Tim und Julia waren auch dabei, du hast sie gerade verpasst.«

»Und? Zieht er direkt bei dir ein?« Marike glaubte, an ihrer Wut zu ersticken.

Mit gesenktem Kopf zog Jessika die Tür weiter auf und machte den Weg frei. »Du solltest mit ihm reden, nicht mit mir.«

Am liebsten hätte Marike ihr im Vorbeigehen den Ellbogen ins verhasste Gesicht gerammt, stattdessen ging sie die Treppe hoch bis in den dritten Stock, wo die Wohnungstür nur angelehnt war. Sein Namensschild an der Klingel fehlte.

Ihr Kopf fühlte sich an wie in Watte. Geräusche drangen nur gedämpft zu ihr durch und wurden von ihrem schnellen Atem, dem rauschenden Blut und ihrem Herzschlag übertönt. Frank zog nicht aus einer Laune heraus aus, dafür ging alles viel zu schnell, aber Marike sollte glauben, dass sie an allem schuld sei.

Schon als sie die Tür aufdrückte, sah sie die Lücken im Flur. Seine Sachen waren alle fort.

»Ich bin so weit, ich wollte nur noch ...« Frank kam um die Ecke und verstummte bei ihrem Anblick.

»Nur noch was? Nachsehen, ob du nichts vergessen hast?«

Betroffen schüttelte er den Kopf. »Abschied nehmen. Es fällt mir nicht leicht, das kannst du mir glauben.«

»Dann geh nicht«, sagte sie ernst. »Du bist mir die ganze Zeit ausgewichen, hast mir keine Gelegenheit gegeben, es dir zu erklären. Und jetzt holst du hier alles klammheimlich raus?« Sie wusste nicht mal, warum sie das sagte, es fühlte sich so sinnlos an.

Erfolgreich isoliert.

Er sah ganz gut aus. Keine Augenringe, keine Zeichen der Trauer, ihm war die Situation nur unangenehm, mehr nicht.

»Marike, ich habe lange über alles nachgedacht. Es war mehr als nur diese Fotos. Einen Fehltritt hätte ich dir sicher vergeben können.«

Sie sah, wie er auf der Unterlippe herumkaute. Diese Angewohnheit hasste sie, weil sie nur auftrat, wenn er etwas schnell hinter sich bringen wollte.

»Ich bin nicht der Mann, der in einem Paralleluniversum darauf warten kann, dass du mal vorbeischaust. Als du noch am Theater warst, war alles anders. Feste Zeiten, geregeltes Leben, aber diese Filmsache ist dein Ding. Du bist ein Star, das ist dein Weg – und ich kann nicht ständig auf dich warten.«

Sie hasste es auch, wie er ihrem Blick auswich. Wie er sich wand und nur darauf aus war, aus der Wohnung und hin zu Jessika zu stürmen.

»Das sind also Entscheidungen, die du mal eben ohne mich triffst? Für die du unsere Beziehung, ohne zu zögern, über Bord wirfst?«

Nun erhob er ebenfalls die Stimme und ging zum Gegenangriff über: »Ich habe gezögert, wochenlang Nacht für Nacht alles durchgekaut …«

Mit einer herrischen Bewegung schnitt sie ihm das Wort ab. »Blödsinn. Du hast mitbekommen, was am Set passiert ist, und hast mich alleingelassen, weil du eine Entscheidung treffen musstest? Und hat dir diese Hinterhofnummer dabei geholfen, mit mir abzuschließen?« Es war an der Zeit, dass sie ebenfalls austeilte. Je nachdem, wie er reagierte, würde sie ihm die Wahrheit sagen und die Schuld von ihm nehmen.

Frank wurde blass und stützte sich mit einer Hand an der Wand ab. »Sie sagte, sie würde dir nichts verraten.« Die andere Hand legte er über die Augen. »Jutta hatte es mir versprochen. Ich hätte wissen müssen, dass sie sich nicht dran hält.«

»Sie hat dich beim Ficken erwischt?«

Die Wortwahl ließ ihn zusammenzucken. »Es ist einfach passiert. Ich weiß es nicht mehr, ich war betrunken, dann führte eines zum anderen, und plötzlich stand Jutta vor mir. Die andere lief weg, Jutta machte eine irre Szene, aber dann fingen wir an, uns zu unterhalten.« Frank atmete hörbar ein und wagte einen Blick zu Marike. »Sie gab mir den Tipp, dass du heute erst spät aus dem Urlaub wiederkommen würdest. Und nach unseren letzten Schriftwechseln hielt ich es für besser, wenn wir uns nicht über den Weg laufen.«

Marike wurde schlagartig etwas klar: Wenn Fabienne und Frank auf den Fotos zu sehen waren, wer hatte sie dann geschossen? Sie war so naiv gewesen …

In Franks Augen sah sie, dass er innerlich schon fort war. Es tat ihm leid, was er getan hatte. Dieser Mann war wie ein offenes Buch, und sie erkannte, dass sie nichts mehr retten konnte. Sie trat zur Seite und sah an ihm vorbei.

»Dann geh«, sagte sie mit brüchiger Stimme.

Sie wollte kein Mitleid mehr von ihm, er sollte nur noch gehen und sie allein lassen. Ihm hatte die Sache nicht geschadet, im Gegenteil, er wurde dadurch befreit. Die Einzige, die litt, war sie. Selbst wenn er noch Mitgefühl für sie aufgebracht hätte, wäre es das Mitleid eines Fremden gewesen.

»Vielen Dank«, sagte sie leise, als er sich in Bewegung setzte.

»Wofür?«, fragte er verunsichert und legte eine Hand auf die Klinke der offenen Tür.

»Für eine unvergleichlich schöne Zeit.«

Sie spürte einen zarten Kuss auf ihrem Haar. »Pass auf dich auf, Marike. Ich wünsche dir, dass du mit deinem Weg zufrieden bist.« Dann ging er und zog die Tür hinter sich zu. Kein Bedauern, nur die spürbare Erleichterung, dass er es nun hinter sich hatte.

Fünf Minuten blieb sie regungslos stehen und starrte in den Flur. Diese Wohnung war wie ihr Leben – alle geliebten Dinge waren herausgerissen worden, und zurück blieb Leere.

»Geh nicht«, kam ein Flüstern über ihre Lippen. Dann lauter. »Geh nicht!«

Ein Zittern durchlief ihren Körper. »Geh nicht!« Sie ließ sich zu Boden sinken. »Ich brauche dich. Ich stand doch genau vor dir, warum hast du das nicht gesehen? Warum kommst du nicht zurück?«

Sie war ein Bild des Elends, und er sah einfach darüber hinweg.

Marike weinte, ließ den gesamten Schmerz wüten, den sie seit Wochen hatte kontrollieren und unterdrücken müssen, so lange, bis sie vollkommen leer zu sein glaubte. Und dann lag sie regungslos im Flur, starrte die Decke an und bemerkte kaum, dass es langsam dunkel wurde.

Erst ihr Handy holte sie mit einem leisen Klingeln aus der Lethargie. Ihr Mund war trocken und ihr Kopf vollkommen leer.

Jutta stand in matten Buchstaben auf dem Display. Marike nahm das Gespräch an, sagte jedoch nichts.

»Hallo? Marike?«

Na, was tust du, wenn ich nicht wie erwartet reagiere?

»Hi, Jutta.«

»Geht es dir gut?«

Marike richtete sich auf. »Ja, mir geht's gut. Dir auch?«

Am anderen Ende stockte Jutta. »Ich weiß auch nicht, ich hatte so ein ungutes Gefühl. Sicher, dass bei dir alles okay ist?«

Ihr gegenüber war ein Rechteck auf dem Boden, wo zuvor Franks Schuhschrank gestanden hatte. »Du bist eben ein empathischer Mensch«, sagte Marike freundlich und stand auf. »Lass uns morgen weiterreden, ich bin total müde.«

»Sicher? Du klingst nicht gut, ich könnte sofort kommen.«

Marike ging in die Küche, zog eine Whiskeyflasche aus dem Schrank und schenkte sich reichlich ein. »Weißt du was?«, sagte sie spontan. »Ich komme lieber zu dir. Aber vorher nehme ich noch ein Bad, also stell dich darauf ein, dass es etwas länger dauert.« Jutta sollte auf sie warten, die ganze Nacht. Hauptsache, sie fuhr nicht zu dem Haus mit Fabienne im Keller. Marike fühlte sich auf einmal nicht mehr stark genug für ihren Plan. Sie musste nachdenken.

Jutta gefiel es nicht, abgewimmelt zu werden, aber sie gab ihre Bemühungen auf und versprach, genügend Wein für einen intensiven Mädelsabend im Haus zu haben.

Marike legte auf.

Schon der Geruch vom Alkohol bereitete ihr Übelkeit. »Mädelsabend«, höhnte sie. »Ob sie die betroffene Freundin schon ausgiebig eingeübt hat?«

Natürlich blieb Jutta für sie zu Hause, auf diesen Moment hatte sie schließlich lange gewartet. Mehr wollte Marike nicht erreichen. Der Alkohol brannte sich seinen Weg durch die gereizte Speiseröhre bis in den Magen.

»Tschüss, Frank«, sagte sie grimmig. »Tschüss, Freunde.«

Sie nahm das Handy und steuerte die Nachrichten an. Fabienne hatte vor zwei Tagen in ihrem Namen an Lars geschrieben, dass die PR-Romanze für sie echt sei. Und Lars teilte ihre Zuneigung. Der Name Hanna fiel mehrfach, aber trotzdem schlug Lars vor, einen Tag früher zu kommen, um sie zu sehen. Er habe alles mit Hanna geklärt und würde nur mit ihr, Marike, reden wollen – als Freund. Und am Ende auch als ein Freund, der ihr über die schwere Zeit der Trennung hinweghelfen wollte.

»Was, wenn nicht?«, fragte sie leise. »Was, wenn alles stimmt, was Fabienne gesagt hat?«

Sie erinnerte sich an die Situation im Hotelzimmer.

»Er wollte mich küssen.« Da war sie sich ganz sicher. »Jetzt könnte er es«, sagte sie bitter und verzog schmerzvoll das Gesicht. »Ich habe nichts mehr zu verlieren.«

Sie trank den Rest Whiskey und ging ins Bad. »Kommt es auf eine Erfahrung mehr noch an?«

Ihr Spiegelbild war erschreckend. Fettige Haare und der schmutzige Jogginganzug komplettierten ein jämmerliches Erscheinungsbild.

»Und du gehst einfach?«, brüllte sie gegen den Spiegel. »Ich sehe so aus, und du lässt mich allein?«

Mit vom Alkohol schweren Bewegungen drehte sie das Wasser der Wanne auf und verschloss mit dem Stöpsel den Abfluss.

»Wenn Lars hier ist, kann er mir helfen, die richtigen Entscheidungen zu treffen.« Sie erhob die Stimme. »Ja, Frank, so läuft das mit Menschen, die man mag. Man bezieht sie in seine Belange mit ein.«

Bis das Wasser hoch genug stand, setzte sie sich auf die Toilette und tippte Lars eine Nachricht, dass er um 19 Uhr bei ihr sein sollte. Es dauerte eine Weile, bis seine Bestätigung kam, dann zog sie sich aus und stieg ins warme Wasser. Dort, wo sie sich die Haut am Betonboden aufgescheuert hatte, brannte es, doch ihr war jedes Gefühl willkommen, das sie ihren Körper spüren ließ.

Mit langsamen Bewegungen wusch sie sich den Dreck von der Haut und schäumte die Haare mit Shampoo ein. »Mich kriegt ihr nicht unter«, flüsterte sie. »Ich bin stärker, als ihr denkt.« Sie dachte an Fabienne, die nun in ihrem eigenen Käfig saß. »Ich sollte dich dort schmoren lassen. Ich tue der Welt einen Gefallen, wenn ich dich verdursten lasse.« Aber sie schüttelte den Kopf. »Nein, nein, das wäre falsch. Wenn Lars hier ist, rufen wir die Polizei. Wir beenden den Alptraum, und alles wird gut.« Das war die logische Handlung, alles andere wäre falsch. Vom Kopf her wusste sie das, aber in ihrer Fassungslosigkeit führte ihr Gefühlsleben ihr immer wieder vor Augen, dass die vollkommene Demontage ihres Lebens nicht mit einer schnöden Gerichtsverhandlung aufzuwiegen wäre.

Die Badbeleuchtung war nicht sehr hell, von den Nachbarn war über die Luftschächte und durch die Wände nichts zu hören. Sie wusch sich das Shampoo aus den Haaren, ließ sich dann zurücksinken und schloss die Augen.

Erst das Klingeln an der Haustür weckte sie. Das Wasser war inzwischen schaumlos und kalt. Mühsam richtete sie sich auf und stieg aus der Wanne. Erneutes Klingeln an der Tür. »Geh nicht weg«, rief sie und beeilte sich. Mit einem großen Handtuch bekleidet, lief sie zur Tür. Nasse Fußspuren zeichneten den Weg durch den Flur. Es klopfte, Lars war offensichtlich schon oben.

Marike öffnete und entschuldigte sich gleichzeitig für ihren Aufzug. »Ich bin in der Wanne eingeschlafen.«

Lars grinste verschmitzt und sah von ihren nackten Füßen über das breite Handtuch bis in ihr Gesicht. »So bezaubernd wurde ich noch nie empfangen.« In seiner Hand schwenkte er eine Papiertüte. »Mir ist, ehrlich gesagt, nicht nach Ausgehen, also habe ich uns was vom Italiener und Wein mitgebracht. Ich hoffe, das ist okay für dich?«

Zur Begrüßung gab er ihr einen Kuss auf die Wange, und sie spürte seine freie Hand auf der Schulter. »Zieh dir was über, ich bereite schon mal das Essen vor.«

Sie sah ihm nach und schloss bedächtig die Tür. Lars war so locker und gutgelaunt.

Was, wenn es ihn nicht interessiert?

Sie schüttelte sich. Natürlich interessierte es ihn, und er würde sie in den Arm nehmen und trösten, und dann würden sie die Polizei rufen und somit Jutta und Fabienne ihrer gerechten Strafe zuführen.

Gerecht? Du meinst, es sei gerecht, dass sie in einem hübschen Anstaltszimmer mit sauberen Laken und warmem Essen lebt, während ihre Opfer Qualen durchleiden mussten?

Sie schüttelte den Kopf.

Lars plauderte irgendwas in der Küche. Der Duft erinnerte Marike daran, wie lange sie nichts Richtiges gegessen hatte. Kranzgebäck und Wein, später Whiskey – sie konnte es kaum erwarten, etwas Vernünftiges zu bekommen.

Schweigend holte sie ihr Handy aus der Küche und ging ins Bad zurück. Sie putzte sich die Zähne und tauschte das Handtuch gegen einen Frotteebademantel, dann schrieb sie Jutta eine SMS, dass es spät werden würde, da Lars gerade gekommen sei. Sie konnte sich vorstellen, wie begierig Jutta darauf wartete, dass sie sie endlich ins Vertrauen zog. Also setzte sie hinterher: *Nachher muss ich dringend mit dir reden, sei bitte da, wenn ich komme.*

Als sie wieder aus dem Bad kam, standen zwei Teller mit Lasagne auf dem Tisch, Kerzen brannten, und Lars füllte Wein in die Gläser.

»Es stört dich hoffentlich nicht, wenn ich im Bademantel bleibe?«

Nach einem kurzen Blick grinste Lars. »Du siehst in allem bezaubernd aus.«

Sie setzten sich an den Tisch, und Lars prostete ihr zu. »Auf den Endspurt.«

Marike nahm das Glas und zögerte. »Endspurt?«

»Nun«, sagte er und lehnte sich vor, »noch zwei Drehtage, und wir sind fertig. Dann heißt es nur noch: Bereitstehen, falls beim Schnitt etwas auffällt und eine Sequenz nachgedreht werden muss, aber alles in allem sind wir dann fertig.«

Das ging ihr alles viel zu schnell. Weil sie ständig unter Druck stand, hatte sie die letzten Wochen wie im Zeitraffer erlebt. »Fertig«, wiederholte sie nachdenklich und trank einen Schluck.

»Geht es dir gut? Du siehst erschöpft aus.«

In seinen Augen las sie Anteilnahme und ehrliche Sorge. Das Reden fiel ihr schwer, weil der Whiskey noch nachwirkte. Die Gedanken waren wie Fliegen, die immer dann in die Luft stoben, wenn sie sie greifen wollte.

»Frank hat das nicht gefragt«, sprach sie den ersten Gedanken aus, den sie zu fassen bekam. »Er hat seine Sachen gepackt und ist einfach an mir vorbeigegangen.« Sie nahm die Gabel auf und steckte sich einen Bissen in den Mund. Die Lasagne war heiß, würzig und mit genügend Béchamelsoße zubereitet – ganz so, wie sie es am liebsten mochte.
»Heute?«
Sie nickte und aß den nächsten Bissen.
»Konntet ihr nicht mehr miteinander reden?« Lars aß nun ebenfalls. »Hanna und ich hatten ein sehr langes Gespräch. Sie glaubt mir, dass zwischen uns nichts läuft, und wir wollen es noch einmal miteinander versuchen. Ich will sie nicht verletzen und vor allem nicht verlieren.«
Marike aß schneller, um nichts Unbedachtes zu sagen. Sie war enttäuscht, weil er ausgerechnet jetzt davon sprach. Es sollte hier um sie gehen, sie war diejenige, die alles verloren hatte und durch die Hölle gegangen war. Sie hatte neben einer Leiche geschlafen, war mit kaltem Wasser abgeduscht und unter Drogen gesetzt worden. Aber Hauptsache, Hanna wurde nicht verletzt.
Lars bemerkte die Tränen in ihren Augen. »Hey.« Er stand auf und kam um den Tisch herum. »Ich weiß, zwischen uns ist etwas, das mich an meiner Entscheidung zweifeln lässt.« Er kniete sich vor sie hin und ergriff ihre linke Hand. Die Berührung fühlte sich elektrisierend an, oder lag das am Alkohol oder den restlichen Drogen im Blut?
Sein Daumen strich sanft über ihre Haut. »Jemandem wie dir bin ich noch nie begegnet. Ich muss ständig an dich denken.«
Marike sah ihm in die Augen. »Dann bleib bei mir.«
Damit hatte er nicht gerechnet.
»Hast du keine Lust, die Liebesszene mal ohne Zuschauer und Kameras ganz auszuspielen? Oder nach den romantischen Showeinlagen für die Presse weiterzumachen? Was, wenn ich das Beste bin, das dir jemals begegnen wird? Was, wenn ich es mit dir versuchen will und dich bitte, Hanna zu verlassen?«
Was, wenn du mich nicht fallenlässt und ich Fabienne gegenüber triumphieren kann? Es wird sie quälen, wenn du mit mir mehr als nur eine Affäre hast.

Sie drehte sich auf dem Stuhl so, dass sie Lars gegenübersaß.

In seinem Kopf arbeitete es. Dass er nicht sofort ablehnte und wieder auf seinen Platz ging, nahm sie als ersten Sieg zur Kenntnis. Sie trank noch mehr Wein und fühlte sich berauscht und schwer.

»Ich weiß nicht, was ich sagen soll«, gestand er und legte seine Hände auf ihre Oberschenkel.

»Sag einfach ja«, flüsterte sie und beugte sich vor, damit sie seinem Gesicht näher kam. Ihr Herz schlug unerträglich schnell. Sie musste wissen, ob auch er mit ihr spielte, und es gab nur einen Weg, das herauszufinden.

In seinen Augen sah sie das Verlangen, das sie schon während der Dreharbeiten irritiert hatte. Sein Atem streifte sanft ihr Gesicht, aber bevor sie ihn küssen konnte, wandte er sich ab und stand auf.

Die Zurückweisung tat weh. Sie hatte sich so weit vorgewagt, und nun war es ihr peinlich, weil sie sich noch nie so aufgeführt hatte.

»Vielleicht solltest du besser gehen«, sagte sie enttäuscht.

Als er nicht gleich etwas sagte, stand sie auf und ging in den Flur. »Bitte geh.« Vor der Wohnungstür blieb sie stehen und wandte das Gesicht von ihm ab.

»Können wir nicht über alles reden?« Lars hielt seine Jacke in der Hand, machte aber nicht den Eindruck, wirklich gehen zu wollen. »Du hast getrunken. Ich will nicht, dass du morgen etwas bereust, was du vielleicht gar nicht tun wolltest.«

»Wenn du morgen noch hier bist, muss ich es nicht bereuen.«

Mit langsamen Schritten kam er auf sie zu. Marike öffnete die Tür, weil sich seine Haltung nicht änderte. Doch dann legte er eine Hand auf das Holz und drückte sie wieder zu.

Mit einem Mal fühlte sie sich schrecklich verletzlich. Herzschlag und Atmung beschleunigten sich, während das Denken unmöglich wurde. Sie sah zu ihm auf und spürte seine Hand an ihrer Stirn. Behutsam schob er ihr eine Locke aus dem Gesicht und ließ sie so lange durch seine Finger gleiten, bis er ihren Hals berührte. »Ich habe noch nie jemanden so sehr gewollt wie dich«, gestand er leise. Dann küsste er sie.

Es kam ihr vor, als stieße er sie in einen noch intensiveren Rausch, in dem sie nur noch fühlen und reagieren konnte. Nach Angst, Verzweiflung und Wut musste sie nun Nähe und Berührung dringender spüren als jemals zuvor.

Sie wusste nicht, wieso, aber als er seine Hose öffnete, drehte sie sich um – wie auf Fabiennes Fotos –, und er presste sich begeistert von hinten an sie. Was sie erlebte, war purer Sex, der nichts mit Liebe zu tun hatte. Auf diese Weise war sie noch nie genommen worden, und nichts hatte sich bislang so lebendig angefühlt. Die Mischung aus Erniedrigung und wachsender Überlegenheit stellte ihre Welt auf den Kopf.

Als sie fertig waren, zog sie ihn ins Schlafzimmer, und sie legten sich schwer atmend ins Bett. Mit einer Hand strich er über ihre Schulter, ihr Kopf ruhte auf seinem Brustkorb, so dass sie sein Herz schnell schlagen hören konnte.

Müdigkeit und Erschöpfung ließen ihr die Augen zufallen, in Lars' Armen fühlte sie sich sicher. Aber sie wollte nicht einschlafen, ohne ihm die schmerzliche Wahrheit zu sagen. Sie hoffte nur, dass er verstehen würde, warum sie bis jetzt geschwiegen hatte. Gedanklich ging sie alle möglichen Anfänge durch, womit sie die Erzählung beginnen könnte, ohne dass er sich dadurch abgeschreckt fühlte. Sie wollte diesen Moment noch genießen. Nach dem überwältigenden Sex war er noch da – er war noch da.

Bitte bleib.

Sie küsste seine Brust und richtete sich auf. »Ich muss dir etwas sagen.«

Lars wurde unruhig und schob sie sanft von sich. »Lass uns diesen Augenblick nicht mit schweren Themen belasten.«

Sie sah ihm zu, wie er aufstand und nach seiner Kleidung suchte.

»Was tust du da?«

»Ich muss jetzt gehen«, sagte er und küsste sie auf die Stirn. »Aber wir sehen uns ja in ein paar Stunden am Set.«

Sie sah auf den Wecker. 22 Uhr. »Das verstehe ich nicht. Warum willst du jetzt gehen?«

Tu das nicht!

Ihr Kopf begann, grauenhaft zu schmerzen, und sie spürte jede Bewegung ihres beanspruchten Körpers.

»Ich kann nicht bei dir bleiben, solange ich mit Hanna zusammen bin. Das war alles nicht geplant, aber du bist so sexy, so unwiderstehlich.« Er strich über ihren nackten Arm. »Und dir könnte etwas Ruhe auch guttun. Nach dem Dreh gehöre ich dann wieder ganz dir.« Letzteres sagte er mit einem dunklen Unterton.

Das Licht war aus, aber sie konnte ihn durch die Beleuchtung der Straßenlaterne vor dem Fenster gut erkennen.

Er beugte sich vor, um ihr einen richtigen Kuss zu geben, den sie nachdenklich erwiderte.

»Wirst du sie verlassen?«

In ihrem Kopf hörte sie Fabienne lachen.

»Gib mir etwas Zeit, damit ich alles regeln kann«, sagte er und küsste ihren Hals. »Und ich gehe jetzt lieber, bevor ich noch mal über dich herfalle.«

Enttäuscht sah sie ihm nach und hörte, wie er sich im Flur anzog und anschließend die Haustür ins Schloss fiel.

Eine Weile lag sie auf dem Rücken und starrte an die Decke. Was hatte sie getan?

Ich muss die Polizei anrufen.

Aber irgendwas hielt sie davon ab.

Wie soll ich das hier erklären?

Vorhin hätte man ihr noch geglaubt, dass sie traumatisiert gehandelt hatte, aber jetzt? Würde Lars das als Grund nehmen, sie abzuweisen?

Warum ist das überhaupt so wichtig? Er muss sich beweisen, nicht ich.

Der Abend hätte ganz anders laufen sollen. »Wie konnte ich es so weit kommen lassen?« Sie zog die Knie an und umfasste sie mit den Armen. »Ich habe das gebraucht.« Sie spürte, wie sie bei ihren eigenen Worten rot wurde. »Aber was weiß ich denn jetzt eigentlich?«

Sie hatte sein Versprechen noch in den Ohren, und es war genau, wie Fabienne gesagt hatte. Er besann sich auf seine Frau und ging. Keine zehn Minuten hatte er es ausgehalten, bevor er die Flucht ergriff.

»Nein, er wird sich trennen und bei mir bleiben«, sagte sie laut, als könnte sie auf diese Weise alle anderen Gedanken vertreiben. Aber die Zweifel ließen sich nicht zum Verstummen bringen. Es wurde plötzlich zu einem Zwang, Fabienne beweisen zu müssen, dass sie kein dummes Schaf war, das auf einen miesen Kerl reinfiel. »Meine Menschenkenntnis ist besser als deine«, sagte sie entschlossen. »Und du bist nur eine Irre, die hinter Gitter gehört!«

Mit weichen Knien schwang sie sich aus dem Bett und zog nachträglich die Gardinen zu, damit ihr niemand aus den gegenüberliegenden Häusern beim Anziehen zuschaute. Ohne die Angst, von der Stalkerin beobachtet zu werden, kehrte die Sicherheit in die Wohnung zurück.

Aus ihrer Kleidung wählte sie eine schwarze Jeans und ein schwarzes Oberteil. Sogar schwarze Unterwäsche. Ihr Körper kribbelte, erzählte von intensivem Sex und fühlte sich belebt an. Als hätte sie damit die Erinnerung an die Pein aus ihren Gliedern vertrieben. Bei diesem Gedanken musste sie lächeln.

Mit Frank war der Sex unspektakulär sanft gewesen. Ein Tick mehr als Kuscheln – nett. So wie sie selbst, bevor sie eingesperrt worden war.

»Gut, ich fahre jetzt dorthin und rufe die Polizei. Ich lasse das alles hinter mir.« Sie hörte nicht mehr auf zu reden, während sie sich anzog und ihre Sachen zusammensuchte. »Die können mir alle gestohlen bleiben. Ich brauche niemanden. Absolut niemanden. Und ich werde mir auch keine Ausflüchte von Jutta anhören, warum sie mein Leben zerstört hat. Nie wieder. Macht mir ständig ein schlechtes Gewissen, dabei ist sie es ... ja, sie sollte Buße tun, nicht ich.«

Im Wohnzimmer stand noch immer das Essen auf dem Tisch. Marike nahm einen Happen von der kalten Lasagne und spülte den Geschmack der Tomatensoße mit einem Schluck Wein hinunter. »Wenn ich mit der Polizei durch bin, gehe ich frühstücken. Ja, das mache ich. Allein, aber ich bin ja nicht allein. Ihr könnt alle bleiben, wo der Pfeffer wächst. Nur Lars ist noch bei mir. Und er wird bleiben!«

Die Erschöpfung setzte ihr zu. Ab und an geriet sie ins Taumeln oder konnte einzelne Wörter nicht richtig aussprechen. Im Bad fand sie eine Kopfschmerztablette, die sie mit Wein schnell runterschluckte. »Alles wird gut«, sagte sie und atmete durch. »Alles wird gut. Du musst jetzt nur die Nerven behalten!«

Mit einem Griff zog sie Dabels' Visitenkarte aus dem Jogginganzug und steckte sie in eine Handtasche. Aus dem Wohnzimmer holte sie noch Zigaretten und ein Feuerzeug. Als sie das Handy zur Hand nahm, blieb sie stehen und atmete tief durch. Sie wollte jetzt keinen Fehler machen. Jutta sollte glauben, dass alles nach Plan lief, was jetzt schon schwierig war, weil Marike gegen alle Erwartungen handelte. Juttas Nummer erschien mehrfach als verpasste Anrufe auf dem Display. Parallel hatte sie kleine Nachrichten geschrieben, fragte, wie der Abend laufen würde und ob alles in Ordnung sei.

Marike drückte auf Antworten und schrieb das, was ihr als Erstes in den Sinn kam.

Nichts ist in Ordnung. Frank ist ausgezogen, es geht mir beschissen, aber Lars ist für mich da. Ich werde heute nicht mehr zu dir kommen, weil ich über die Geschehnisse noch nicht reden kann. Nicht vor den letzten Dreharbeiten. Aber bitte sei da für mich, ich werde dich brauchen! Das sollte sie vorerst zufriedenstellen und ihr trotzdem einen kleinen Stich versetzen.

Vor der Wohnungstür blieb sie stehen und legte die Hand aufs Türblatt. »Was habe ich nur getan?«

In der Hoffnung, dass der Schrecken bald zu Ende wäre, verließ sie die Wohnung. Um die Nachbarn nicht auf sich aufmerksam zu machen, ließ sie das Licht aus und verzichtete aufs Abschließen. So hellhörig, wie das Haus war, hatten die Leute schon genug gehört an diesem Abend.

Vor dem schwarzen Lexus parkte ein blauer Honda, in dem jemand saß und telefonierte. Marike sah die Bewegungen der schattenhaften Gestalt, die zuzuhören schien und dabei nickte. Eigentlich wollte sie nur in ihren Wagen steigen und wegfahren, aber dann sagte der Mann hinter dem spaltbreit geöffneten Seitenfenster etwas, und sie erkannte Lars' Stimme.

Sie ging ein Stück näher heran.

»Wir sollten langsam auflegen, ich bin müde und muss schlafen«, hörte sie ihn sagen. »Ich freue mich auch auf Mittwoch, dann gehen wir ganz schick aus und feiern den Drehschluss ... nein, ich kann jetzt nicht zu dir kommen. Glaub mir, das würde ich liebend gerne ... ja, ich weiß ...«

Marike ging rückwärts und tastete nach dem Türgriff des Lexus. Im Seitenspiegel sah sie, dass er ihre Bewegung bemerkt hatte, also drückte sie schnell auf die Entriegelungstaste auf dem Schlüssel und stieg ein. Er kletterte eilig aus dem Wagen, beendete im Gehen das Gespräch und klopfte gegen das Fenster.

In ihr geriet das fragile Kartenhaus gefährlich ins Schwanken, als würde ein vollkommen anderer Mensch die Kontrolle übernehmen. Der Motor startete, und sie ließ das Fenster runterfahren.

»Was willst du noch?«, fragte sie mit Tränen in den Augen.

Lars fuhr sich mit der Hand über den Nacken. »Fahr nicht weg, lass uns reden«, sagte er flehend.

»Warum? Willst du mir sagen, dass dieses Telefonat bedeutungslos war und ich mich nicht aufregen soll? Dass das niemand war, über den ich mir Gedanken machen müsste?«

Er schüttelte den Kopf. »Was verlangst du von mir? Ich kann mich nicht von heut auf morgen ändern, und du wusstest das.«

Marike legte den Rückwärtsgang ein.

»Du hast mich angemacht, obwohl du wusstest, dass ich verheiratet bin. Tu nicht so, als wärst du besser als ich.«

»Weißt du was?«, sagte sie mit einer seltsamen Ruhe, die sich mit jedem Herzschlag weiter in ihr ausbreitete. Eine Ruhe, die sich schon in dem Käfig gezeigt hatte und nun über alle anderen Empfindungen dominierte. »Ich gebe einen Scheiß auf deine Ansichten! Du weißt einen Dreck über mich. Und ich bin keine von deinen Huren.«

»Nein, das bist du nicht«, stimmte er zu. »Du bist besonders. Bitte, Marike, fahr nicht weg, lass uns reingehen und über alles reden.«

Sie fuhr zurück und dann ohne Rücksicht aus der Parklücke. Im Rückspiegel sah sie, wie er ihr fassungslos nachschaute.

»Ja, ich habe dich benutzt«, sagte sie kalt. »Nicht andersherum. Meine Entscheidung, du Wichser.« Weder Tonfall noch Wortwahl entsprachen der Marike, die sie selbst seit 28 Jahren kannte, aber es war befreiend, Nettigkeit und Weichheit abzuschütteln und keine Angst mehr vor den Reaktionen anderer zu haben.

Wer braucht schon andere Menschen?

»Ich«, beantwortete sie die Frage selbst.

Dann schau dich mal um, Schätzchen, da ist niemand mehr. Sie sind alle weg.

Sie wollte weinen, aber es ging nicht. Tränen sammelten sich in ihren Augen, aber die Kontrolle besaß längst ein ganz anderes Wesen in ihr. Als habe man sie einmal komplett von innen nach außen gestülpt, hatte sich ihre Eigenwahrnehmung verloren und war durch etwas ersetzt worden, das sich seltsam befreiend anfühlte.

Die Fahrt dauerte gut 30 Minuten, dann stand sie vor der Garage der Villa und ließ über einen Knopf an der Armatur das Tor hochfahren. Das Tor schloss sich hinter ihr wieder, und sie stellte den Motor ab. Sie nahm die Handtasche vom Beifahrersitz und ging geradewegs zu Fabienne.

Den Gestank bemerkte sie bereits im Flur, und er verstärkte sich, als sie die Tür öffnete.

»Wie hältst du das nur hier drin aus?«, fragte sie tadelnd und warf ihre Tasche auf den Arbeitstisch. »Es stinkt erbärmlich.«

Fabienne richtete sich auf und setzte sich lächelnd gegen die Wand. Eine der Wunden am Kopf wässerte stark und zeigte kleine Eiterherde.

Marike drückte auf Fabiennes Handy, auf dem einige Nachrichten von Jutta erschienen. »*Was hast du mit ihr gemacht? Sie will mich nicht sehen*«, las sie laut vor. »*Das läuft nicht richtig, du hast gesagt, dass sie mich nach diesen Tagen brauchen würde. Wenn du ihr zu sehr weh getan hast, dann werde ich dir weh tun!*«

Marike musste lachen. »Wow, sie droht dir, weil ich nicht heulend an ihrer Schulter hänge. Bist du auch eine Lesbe?« In der nächsten Nachricht forderte Jutta die Adresse der Stadtvilla. Wie es aussah, hatte Fabienne sich abgesichert für den Fall, dass Jutta sich gegen sie stellte. Die anderen Nachrichten waren Beschimpfungen, weil sie keine Antwort bekam. Marike ließ das Handy über die Arbeitsfläche poltern und nahm die Wasserflasche zur Hand. »Was hast du davon, mich fertigzumachen? Reiner Spaß?«

Sie stellte das Behältnis neben den Käfig und setzte sich außerhalb von Fabiennes Reichweite an die Wand.

»Ich bin alles, was ich sein will. Lesbe, Feministin, Hausmutti, Wildkatze, Nymphomanin, ein Kerl. Im Moment bin ich Gefangene.« Sie sah unschlüssig zu der Flasche. »Sag du es mir. Macht es dir Spaß? Fühlst du die Macht?«

Marike sah sie an, empfand jedoch nichts, als sie die Wunden betrachtete.

Ich bin nicht wie du!

»Kennst du den Song *Kind of woman, that'll haunt you* von Stevie Nicks?« Sie zog die Flasche in die Zelle und begann zu singen.

Mit geschlossenen Augen hörte Marike zu.

Ich kann die Polizei jetzt nicht anrufen.

Es würde Fragen geben. Eine Menge Fragen. Was sollte sie darauf antworten? *Ich musste erst in Ruhe feststellen, dass alle Menschen scheiße sind.*

Nein, diese Antwort käme ebenso wenig in Frage wie die Erklärung, Fabienne hätte diese Behandlung verdient.

Mitten im Lied hörte Fabienne auf und öffnete die Flasche. »Und? Bist du sicher, dass ich nicht draufgehe, wenn ich davon trinke?«

»Ich schätze, wir müssen es drauf ankommen lassen.« Sie sah auf ihre Finger, die noch immer leicht zitterten. »In meinem ganzen Leben bin ich noch nie so wütend gewesen.«

Schnüffelnd überprüfte Fabienne den Inhalt und trank einen kleinen Schluck. »Das Leben ist hart«, sagte sie und schmeckte schlürfend das Wasser. »Ich war damals auch wütend. Schau, was es aus mir gemacht hat.«

»Blödsinn.« Marike holte sich eine Zigarette und zündete sie an. »Ich wette, du warst schon immer eine aufmerksamkeitshungrige Furie, weil du eine Laune der Natur bist. Und Jutta ist ein Parasit, der sich in meinem Leben festgesetzt hat. Macht mich krank, um sich als Heilerin aufzuspielen, weil sie nicht genug Persönlichkeit besitzt, um ohne so ein Drama gemocht zu werden.«

Langsam sah sie alles viel klarer.

Fabienne nahm noch einen Schluck aus der Flasche und legte mit einem Stöhnen den Kopf in den Nacken. »Du hast GHB++ benutzt, das ist scharf«, sagte sie und leckte sich über die Lippen. »Eine besondere Weiterentwicklung von mir. Noch ein paar Schlucke, und ich würde es sogar mit der seligen Petra treiben.« Sie klatschte mit der Hand gegen die Flasche. »Eine gute Wahl.«

Marike sah zu, wie sie noch mehr trank, sich wiederholt mit den Händen über den Kopf fuhr und den roten Bademantel weiter öffnete, um sich Luft zuzufächeln. Der Anblick brachte die Erinnerungen an letzte Nacht zurück. Wie aufregend es sich angefühlt hatte, als Lars ihren Bademantel öffnete.

»Gefalle ich dir?«, säuselte Fabienne.

»Nein, du hast mich nur an den Sex mit Lars erinnert, den wir heute hatten.«

Fabienne fuhr sich mit den Händen über den Körper. »Erzähl mir, wie ihr es getrieben habt.« Sie war zu high, um wütend zu sein. Was auch immer Marike da zusammengemischt hatte, es funktionierte hervorragend.

»Tja, was nützt einem all die Intelligenz, wenn man sich nicht konzentrieren kann, nicht wahr?« Der Rauch kräuselte von der Zigarettenspitze.

Es fühlte sich an, als wären die unterschiedlichen Gefühle in einen Winkel ihres Seins abgedrängt worden, impulsiv und brennend, während der Rest ihres Denkens ruhig und klar funktionierte.

Sie verstand nun die Zusammenhänge, aber wie sollte sie damit umgehen? Sie konnte nicht behaupten, nicht hier gewesen zu sein, weil überall ihre DNA verteilt war. Was sollte sie Lars sagen, wo sie den Rest der Nacht verbracht hatte?

Ihr Handy klingelte. Sie las seinen Namen auf dem Display.

Wenn man an den Teufel denkt.

»Wenn du ganz still bist, kannst du zuhören«, sagte sie kühl.

Fabienne würde keinen Laut von sich geben, selbst wenn sie es wollte. Sie war zu sehr mit Atmen beschäftigt. Sie lag ausgestreckt auf dem Boden, starrte Richtung Abfluss und atmete in schnellen, abgehackten Zügen.

Bei ihrem Anblick regte sich kein Mitleid in Marike. Gefasst nahm sie das Gespräch an.

»Können wir noch mal reden?« Er klang reumütig, was zumindest eine kleine Entschädigung war.

»Wer ist es?« Marike merkte, dass sie viel zu harsch klang. »Auch wenn du es beendest, wüsste ich es gerne. Damit ich sehe, dass du es ernst meinst.«

»Mirijam.« Er warf ihr den Namen vor wie eine Opfergabe. »Ich verspreche dir, dass ich alles beenden werde.«

Mirijam. Marike musste sich sehr zügeln, ihn nicht durch das Telefon anzubrüllen. Es vergingen einige Herzschläge, bis sie sich so weit unter Kontrolle hatte, dass sie ruhig antworten konnte.

Sie sah hinüber zu der Leiche. »Und Petra hast du auch gevögelt?«

PR-Plan hin oder her, sie würde ihn von der Presse zerfleischen lassen, wenn er sie weiter anlog.

»Ich verspreche dir, dass ich mir Hilfe suchen werde. Ich glaube, dass ich mit dir einen Neuanfang schaffen kann. Lass uns nach dem Dreh in Ruhe über alles reden, bitte.«

Marike glaubte ihm nicht.

»Wo bist du jetzt?«

Der Blick durch den Kellerraum zwang ihr ein freudloses Lächeln auf. »Die Sache mit dir hat mir die Augen geöffnet. Ich beende hier noch schnell etwas, dann steht uns nichts mehr im Wege.«

Es klang fast ehrlich, als er ihr erneut seine Zuneigung beteuerte. Das Gleiche würde er mit Mirijam tun, daran bestand für sie kein Zweifel. Männer wie er änderten sich nicht für eine Frau.

Sie legte auf und sah wieder zu Fabienne. »Ich denke, du hast genug getrunken.«

Mit einem Griff durchs Gitter nahm sie die Flasche wieder an sich und stellte sie auf die Arbeitsplatte.

»Du darfst nicken, wenn ich richtigliege.«

Der Kopf bewegte sich leicht.

»Also, als Jutta merkte, dass sie bei mir abgeschrieben war, recherchierte sie über Lars, um sich eine Hintertür zu suchen, wieder zu mir durchzudringen. Dabei stieß sie auf dich und hat zu dir Kontakt aufgenommen. Richtig so weit?«

Fabienne nickte.

»Beim Ausbruch aus der Anstalt hat sie dir geholfen, und dann habt ihr euch einen Spaß draus gemacht, einen Schlachtplan auszuhecken.«

Das Hecheln klang fast wie ein Lachen.

Sie klatschte in die Hände und ging vor Fabienne in die Knie. »Bravo, ich muss sagen, was ihr da angefangen habt, ist sauber gelaufen. Frank ist weg, meine Freunde haben mir den Rücken zugekehrt, meine beste Freundin ist ein eifersüchtiges, egoistisches Miststück, und der gute Lars wird trotz seiner wahnsinnigen Stalkerin immer attraktiv sein für das Weibsvolk.«

Fabienne konnte die Augen nicht offen halten.

»Was hältst du davon, wenn ich euer Chaos etwas aufräume?« Etwas in ihr setzte aus, derjenige Teil, der vielleicht noch fähig gewesen wäre, zum Telefon zu greifen und die Polizei anzurufen. »Wir sollten als Erstes etwas gegen diesen grauenhaften Gestank unternehmen. Und eigentlich war deine Idee gar nicht so schlecht.«

Entschlossen ging sie zum Tisch und suchte nach dem Schraubendreher, den Fabienne zuvor schon einmal in Händen gehalten hatte. Sie fand ihn auf dem Boden.

Fabienne mühte sich, etwas zu sagen, aber es drang nur ein kurzer Laut aus ihrem Mund.

»Das könnte dir Spaß machen, wo das Zeug dich doch ganz rattig gemacht hat.« Marikes Tonfall klang gefährlich zynisch. Sie wollte verletzen – mit Worten, das würde vorerst reichen.

Die Schrauben des Abflussgitters saßen fest, aber mit etwas Mühe konnte sie eine nach der anderen lösen. In dem Rohr war alles ruhig, aber das würde sich ändern, wenn sie den Raum verließ.

»Netten Menschen passieren keine netten Dinge. Sie machen sich zu Idioten, weil das Leben sie ständig verarscht. Und wenn der Preis für meinen Erfolg sein muss, dass ich aufhöre, lieb und nett zu sein, dann ist es eben so. Und während du deine neuen Freunde kennenlernst, fahre ich zu Lars ins Hotel. Ich habe mir sagen lassen, aufgewühlte Männer seien die leidenschaftlichsten Liebhaber.«

Mit einer schwungvollen Bewegung warf sie das Gitter und den Schraubendreher unter den Arbeitstisch und nahm ihre Handtasche auf. Ihr Blick fiel auf die Phiolen.

GHB++. »Nicht zu viel davon, richtig?« Sie steckte das Gefäß ebenfalls ein. An der Tür drehte sie sich ein letztes Mal um. »Gute Nacht, meine Liebe. Träum schön!«

Sie löschte das Licht und ging.

Kapitel 20

19. August 2011

Es stimmte: Aufgewühlte Männer hatten ihre Vorzüge. Anfänglich hatte er sie nicht hineinbitten wollen, aber Marike hatte keinen Zweifel daran gelassen, dass sie nicht zum Reden hergekommen war. Nun lag sie noch immer in seinem Bett, während er mit Paul unten beim Frühstück saß.

Die Tropfen hatte sie nicht gebraucht, Lars war Wachs in ihren Händen gewesen.

Zu ihrer Überraschung fühlte sie sich unglaublich gut. Erstmals gewann sie den Eindruck, dass alles so ablief, wie sie es wollte. Das Leben rauschte nicht länger über sie hinweg, um sie von den Beinen zu reißen, sondern sie stand fest wie ein Fels und ließ die Widrigkeiten einfach an sich zerbrechen.

Ohne die Entführung hätte sie sicher auch mit Lars geschlafen und wäre hinterher verständnisvoll und entgegenkommend gewesen, wenn er sie fallengelassen hätte. Nun gab sie die Spielregeln vor, und das war wesentlich befriedigender, als ständig nur auf alles zu reagieren und es jedem recht zu machen.

Entspannt rollte sie sich über das Bett und fischte ihr Handy aus der Handtasche. Sie wählte Juttas Nummer und war nicht überrascht, sie schon nach dem zweiten Klingeln dran zu haben.

»Hey, meine Liebe«, sagte sie dünn. »Tut mir leid, dass ich so unerreichbar war.«

»Was ist denn los? Du weißt, ich bin immer für dich da, egal, was es ist.«

Ihr betroffener Tonfall ließ Marike die Augen verdrehen. »Das kann ich dir nicht mal eben am Telefon erzählen. Ich kann jetzt auch nicht lange reden, ich liege noch bei Lars im Hotelzimmer.«

Nun, da Marike wusste, dass Jutta die Adresse der kleinen Villa nicht kannte, konnte sie anders mit ihr reden. Mit wohltuender Genugtuung hörte sie Jutta nach Luft schnappen. »Bei Lars?«, fragte sie brüchig.

»Ja, ich weiß auch nicht«, sagte sie. »Ich war gestern Abend so durcheinander, und wir haben uns getroffen – ja, dann führte eines zum anderen.« Sie machte eine genießerische Pause und achtete auf jeden Laut, der von Jutta kam. »Er war so liebevoll. Anfangs haben wir nur geredet. Ich glaube, dass ich mich noch nie in meinem Leben einem Menschen so sehr geöffnet habe. Lars ist bester Freund und aufregender Liebhaber in einem. Aber als er dann ging, dachte ich, er hätte ein schlechtes Gewissen wegen seiner Frau und dass alles schon wieder vorbei wäre.«

Jutta brachte kein Wort hervor.

»Mitten in der Nacht rief er an, weil er es ohne mich nicht mehr aushalten konnte. Ich weiß nicht, was ohne ihn gestern aus mir geworden wäre.«

Sie konnte förmlich sehen, wie Jutta kreidebleich wurde. Im Moment hätte sie Fabienne wohl am liebsten umgebracht.

»Mittwoch sind wir fertig, dann lass uns doch was vom Chinamann holen, und ich erzähle dir alles, okay?«

Jutta bestätigte, so gut es ihr möglich war.

Nachdem sie aufgelegt hatte, holte Marike Fabiennes Handy aus der Tasche. Es dauerte keine zwei Minuten, da erschien eine Nachricht auf dem Display. *Wir müssen reden. Alles läuft falsch.*

Vergnügt tippte Marike die Antwort. *Morgen Abend. Ich schicke dir später die Adresse.*

Dann würde sie die Polizei rufen und alles beenden. Sie tat nichts Schlimmes, es bekam nur jeder, was er verdiente.

Sie streckte sich und stand auf. Bis Lars wieder ins Zimmer kam, wollte sie fort sein. Sie würde nie wieder auf jemanden warten.

Gemächlich machte sie sich im Bad frisch und zog ihre Sachen an. In zwei Stunden gingen die Dreharbeiten los. Genug Zeit, noch mal den Text zu üben und einen Kaffee zu trinken. Es würde ihr nicht schwerfallen, die Wut auf ihren Filmpartner zu spielen. Sie würde ihn einfach anbrüllen und schlagen und es zufällig wie Schauspiel aussehen lassen.

Lächelnd blinzelte sie die Tränen fort, die sich in ihre Augen gestohlen hatten. »Die brauchst du nicht mehr«, sagte sie zu sich selbst. »Du hast genug geweint.«

**

Sie fuhr den Lexus zurück zum Haus, weil ihr bewusst wurde, dass sie besser nicht damit gesehen werden sollte. Lars hatte zu dem Auto keine Fragen gestellt; sie hoffte, dass es so bleiben würde.

Dann ging sie zu Fuß. Ein Taxi konnte sie nicht riskieren, also lief sie, bis sie eine Bushaltestelle fand.

Von den öffentlichen Verkehrsmitteln waren Busse immer ihre letzte Wahl. Sie mochte es nicht, vom Fahrstil des Fahrers abhängig zu sein und dass ihr in Kurven fremde Menschen zu dicht auf die Pelle rückten. Aber in diesem Stadtteil gab es keine Alternative.

Schon als sie in den Bus einstieg, wurde sie von einer Frau erkannt. Mit Anfang 40 war sie genau Lars Behrings Zielgruppe. Hausfrauenfrisur, fliehendes Kinn, ein Durchschnittsgesicht. Marike empfand es als sehr unangenehm, von ihr angesprochen zu werden.

»Sie drehen doch dahinten beim Schwimmbad, nicht wahr?« Die Frau stand auf und folgte Marike in den hinteren Teil des Busses, um sich dann in ihre Nähe zu setzen.

»Es ist noch ein Stückchen hinter dem Schwimmbad«, antwortete sie unverbindlich.

»Und ist Lars Behring genauso, wie er in seinen Filmen wirkt?«

Am liebsten hätte sie diese Frau aus dem Bus werfen lassen, aber derartige Belästigungen gehörten nun mal zum Geschäft.

»Er ist zauberhaft«, sagte sie freundlich. »Verraten Sie's nicht weiter, aber wir haben uns während der Dreharbeiten ganz schön ineinander verguckt.«

Die Frau lachte begeistert auf und berührte sie freundschaftlich am Oberarm. »Meine Lippen sind versiegelt«, sagte sie verschwörerisch.

An der nächsten Station wurde der Bus richtig voll, und die Frau drängte sich schnell zu Marike auf den Sitz, bevor ein anderer sich dort hinsetzen konnte.

Schweiß brannte unter Marikes Achseln, ihre Arme fingen an zu jucken.

»Und? Ist er ein guter Küsser?«

Unauffällig kratzte sie über den Stoff ihres schwarzen Oberteils und wünschte, der Fahrer würde schneller fahren.

»Meine Freundin behauptet, er hätte sie schon mal mit auf sein Zimmer genommen, aber ich glaube ihr kein Wort. So einer ist er doch nicht, oder?«

Marike schüttelte den Kopf und steckte ihre Hand in die Tasche. »Er ist ein wahrer Gentleman«, sagte sie und tastete nach der Phiole mit der Droge.

»Das denke ich nämlich auch. Meine Freundin spinnt manchmal ganz schön.«

Bilder von Fabienne, Petra und Mirijam blitzten durch ihren Geist. Sie sah, wie er Fabienne nachstellte, was er alles mit ihr gemacht hatte, erinnerte sich daran, wie leidenschaftlich es gewesen war, als er das Gleiche mit ihr tat.

»Und könnte ich ein Autogramm bekommen?«

Marike nickte und umfasste die Phiole. Ob die blöde Kuh verstummen würde, wenn sie ihr etwas davon in den Mund zwang? Als die Frau ihr einen Kugelschreiber reichte, nahm sie ihn unschlüssig mit der anderen Hand an.

Es könnte ganz schnell gehen.

Marike lächelte und ließ die Phiole wieder los, um nach einem Stück Papier zu tasten.

Sie bekam etwas zu fassen und schrieb Datum, Ort und ihre Signatur darauf. »Bitte sehr. Ich muss jetzt leider raus«, sagte sie, um diese Situation möglichst schnell hinter sich zu bringen.

»Danke!« Die Frau drückte das Papier an sich, und Marikes Blick fiel auf die Rückseite.

Die Adresse der Villa! Ihr wurde schlecht.

Aber bevor sie das Schreiben wieder zurückverlangen konnte, hielt der Bus, und die übereifrige Frau machte Platz und steckte den Zettel weg. Überfordert mit der Situation, stieg Marike aus. Sie stand irgendwo am Anfang einer Fußgängerzone.

Bist du bescheuert?

»Ich könnte sagen, der Zettel wäre schon eine Weile in meiner Tasche gewesen. Fabienne treibt doch solche Spielchen. Die Tussi wird ihn sicher irgendwo ankleben und gar nicht genau hinschauen.«

Sie setzte ihren Weg zu Fuß fort, das kostete sie wertvolle Zeit, aber in dem Bus hätte sie es keine Sekunde länger ausgehalten. Sie musste die gesamte Fußgängerzone hinuntergehen und dann noch den Weg an der Bille entlang. Und das nur wegen einer dummen Nuss, die sie nicht in Ruhe lassen konnte.

Innerlich kaute sie auf den Konsequenzen ihres Handelns herum. Was musste sie alles tun, damit die Sache kein seltsames Licht auf sie warf? Jutta und Fabienne hatten ihr geschadet, das Recht war auf ihrer Seite, aber mit jeder Minute, die sie den Anruf bei der Polizei hinauszögerte, verstrickte sie sich in Dinge, die schwer zu erfassen waren.

Sie ging schneller. Je weniger Menschen sie erkannten, desto weniger würden sich später daran erinnern, dass sie hier aus dem Bus gestiegen war.

Verschwitzt und grübelnd bog sie schließlich in die Zielstraße ein. Es hatte sich herumgesprochen, dass dies der vorletzte Drehtag war. Teenager und gestandene Frauen gleichermaßen lungerten vor dem Gartenzaun herum und warteten auf Lars. Vielleicht 15, aber im Laufe des Tages würden es sicher mehr werden.

Der Sicherheitsdienst passte auf, dass sie nicht aufs Grundstück kamen und niemanden von der Crew behinderten.

»Frau Lessing, bekomme ich ein Autogramm?« Die Erste, die das sagte, zog die anderen mit. Marike straffte sich und setzte ein herzliches Lächeln auf. Sie gab Autogramme und bedankte sich für Komplimente, beantwortete Fragen und bestätigte, dass die Romanze mit Lars die schönste sei, die sie je erlebt hätte. Als sie dann den Trubel hinter sich ließ und das Haus betrat, erstarb das Lächeln wieder.

Alles wird gut.

»Richtig.« Marike nickte.

»Was ist richtig?« Anastasia sah um die Ecke. »Was hast du denn in der Drehpause getrieben? Du hast mindestens vier Kilo abgenommen. Wenn Paul das sieht ...«

Marike setzte sich in Bewegung. »Das lass mal meine Sorge sein«, erwiderte sie stolz und ging in ihre Garderobe.

Durch die Tür hörte sie Paul, der sie offensichtlich ebenfalls schon bemerkt hatte.

Ohne zu klopfen, trat er ein und polterte sofort los. »Wie siehst du denn aus? Sag mal, spinnst du? Ich weiß nicht, ob Mirijam das so hinschminken kann, dass man den Unterschied nicht sieht. Da gibt man allen mal ein paar Tage frei und schon –«

»Schon was?«, schnitt sie ihm wütend das Wort ab.

Wird man entführt und gequält?

»Wenn dir die Sache mit der Stalkerin schon zu viel ist, solltest du überlegen, ob du für das Showbiz überhaupt geeignet bist.«

Marike drehte sich zu ihm um. »Du hältst das für eine Lappalie?«

Paul verdrehte die Augen. »Eure Romanze ist gespielt. Wenn eine das weiß, dann die Verrückte. Du hast also keinen Grund, hier wie ein Zombie zum Dreh zu kommen.«

»Raus aus meiner Garderobe, Paul. Kümmere dich um deinen Scheiß. Ich sehe zu, dass du mit den Aufnahmen glücklich wirst.« Als er sich nicht gleich in Bewegung setzte und sie nur mit offenem Mund anstarrte, nahm sie eine Bürste vom Schminktisch und warf sie nach ihm. Nur knapp verfehlte sie seinen Kopf. An der Wand blieb eine Delle zurück.

»Das wird ein Nachspiel haben«, brauste er auf und warf hinter sich die Tür zu.

Sie hörte ihn mit Anastasia reden. Worte wie *Diva*, *Überforderung* oder *zu großer Druck* fielen, aber Marike betrachtete sich regungslos im Spiegel und wusste es besser.

Eine weitere Stimme mischte sich darunter, dann schlüpfte Mirijam durch die Tür und grüßte leise. Marike sah sie nicht an.

»Oje, du hast wirklich ganz schön abgenommen«, sagte sie erschrocken.

Ich wurde ja auch in einem Keller unter Drogen gehalten.

Eine Tatsache, die sich immer noch in Zitterschüben bemerkbar machte. Immer wieder musste sie an die Phiole in ihrer Tasche denken und ob sie nicht zumindest einen winzigen Tropfen probieren sollte. Aber sie fürchtete sich davor, dass die Substanz zu unkontrolliert wirken könnte. Nachdenklich betrachtete sie ihre Finger.

Ich sollte mir die Hände waschen.

»Mir ging es nicht gut, hab beinahe die gesamte Drehpause gelitten wie ein Hund. Und dann rauscht Paul hier rein und macht mich an, statt erst mal zu fragen, was passiert ist.«

Mitfühlend strich Mirijam ihr die Haare aus dem Gesicht. »Das kriegen wir schon hin.«

»Ich habe so eine schreckliche Angst vor der Stalkerin«, sagte sie und fixierte die Maskenbildnerin, die gerade ihren Schminkkoffer auspackte.

»Ich glaube nicht, dass sie zurückkommt.«

»Ja, das dachte ich auch erst, aber jetzt, da Lars und ich tatsächlich ein Paar sind, kommt die Angst doch wieder hoch.« Sie sah genau, wie Mirijam in der Bewegung innehielt und die Augen zusammenkniff. Marike wusste, wie sich dieser Moment anfühlte. Warum sollte sie als Einzige da durchmüssen?

Mit bemerkenswerter Stärke fing sich Mirijam und brachte sogar ein glaubhaftes Lächeln zustande. »Echt? Ich wusste gar nicht, dass das mit euch doch etwas Ernstes ist. Wann ist denn das passiert?«

Marike drehte sich zu ihr, als würde sie eine gute Freundin in ein Geheimnis einweihen. »Gestern Abend. Er brachte Lasagne mit, aber zum Essen sind wir gar nicht mehr gekommen. Ich wusste ja, dass er gut küssen kann, aber dass er so zur Sache geht – wow.« Das Spiel auf dem tapferen Gesicht der Maskenbildnerin reichte Marike völlig aus. »Aber bitte, sag niemandem, dass du es weißt. Es ist mir etwas peinlich, aber ich dachte, du könntest vielleicht die Augen etwas offen halten, falls Fabienne hier auftaucht.«

Mirijam schluckte trocken. »Meinst du wirklich, dass sie noch auf seine Liebschaften losgeht?«

Mit einer geschmeidigen Bewegung ergriff sie Mirijams Hand. »Mal ganz unter uns. Wir wissen doch, dass Lars seine Finger nicht bei sich behalten kann. Hast du dich mal gefragt, ob Petra tatsächlich gekündigt hat? Was, wenn sie sich in der Gewalt der Irren befindet?«

Mirijam entwand ihr die Hand und lenkte sich mit ihrer Aufgabe ab, offensichtlich nicht länger gewillt, dieses Gespräch weiterzuführen. »Eigentlich passt es zu der anstehenden Szene, dass du total fertig aussiehst.«

»Ich stimme mich auch schon den ganzen Tag auf die Rolle ein. Ich fürchte, dass ich deshalb etwas unfreundlich rüberkomme.« Sie setzte sich wieder gerade hin und nahm das Drehbuch zur Hand. Wenn sie nur gut genug improvisierte, wäre es Paul egal, wenn nicht jedes Wort stimmte.

»Schon gut, das macht nichts.«

Noch eine Lüge.

Mirijam arbeitete schnell und schweigsam, dann warf sie die Kleidung aufs Bett und ging.

Sieh an, sie kann es kaum erwarten, Lars in die Augen zu sehen, um herauszufinden, ob es stimmt, was ich gesagt habe. Es ist alles wahr, Schätzchen. Jetzt bin ich mal die Siegerin.

Die Kleidung für die Szene war ihrer eigenen ganz ähnlich. Schwarz in Schwarz, schmucklos, nur dass diese Teile etwas eleganter geschnitten waren.

Als sie fix und fertig das Zimmer verließ, sahen einige der Crew von ihrer Arbeit auf. Marike lächelte kühl. Lars kam allein aus seiner Garderobe. Wie es aussah, musste Mirijam erst noch ihre Tränen trocknen.

»Musste das sein?«, fragte er wütend, als er ganz dicht neben ihr stand. »Du wolltest mir Zeit geben, es selbst zu regeln.«

Erschrocken legte Marike eine Hand auf den Mund. »Verzeih, das hatte ich nach unserer Nacht vollkommen vergessen. Ich gehe zu ihr und entschuldige mich.«

Aber Lars sah sie mit einem Kopfschütteln an. »Lass gut sein, du hast schon genug angerichtet.«

»Oh, heißt das, du liebst mich jetzt nicht mehr?« Sie zog eine Schnute.

Sein Schweigen war beredt genug. Auch wenn er wütend war wegen Mirijam, sie hatte ihn fest am Haken, weil sie sich von all den anhimmelnden Weibern unterschied.

Hast nur eine Frau gebraucht, die dich mal bei den Eiern packt.

Sie kam ihm ganz nahe und strich sanft mit den Fingern über seinen Oberkörper. »Showtime, gehasster Ehemann.«

Er fing ihre Hand ab und hielt sie fest. »Ich glaube, ich habe jetzt schon Angst vor dir«, scherzte er und gab ihr einen Kuss auf den Handrücken.

Marike lachte. »Solltest du auch.«

Zusammen gingen sie ins geräumige Wohnzimmer, wo bereits fleißig gearbeitet wurde. Paul mäkelte noch am Licht herum, was gleich drei Leute auf Trab hielt.

Lars ging zum Kamin und bereitete sich auf die Szene vor, Marike blieb im Türrahmen stehen und beobachtete die Crew, mit der sie so viele Tage verbracht hatte. Peters Haare fielen am Hinterkopf aus, und die Stirn war auch schon sehr hoch. In einem Jahr würde er wahrscheinlich die verbliebenen Haare abrasieren, weil keine vernünftige Frisur mehr möglich wäre. Nicht sehr vorteilhaft für den dünnen, sehnigen Mann. Er kümmerte sich um die Kamera, nahm letzte Einstellungen vor und ging mit einer Handbewegung noch mal den Schwenk durch.

Der Aufnahmeleiter saß bereits in Position. Sie hatte Martin im Laufe der Zeit zwar etwas besser kennengelernt, aber er redete ausschließlich über die Arbeit, auch wenn andere in der Runde etwas Privates von sich erzählten. Petra fehlte in dem Bild. Sie hatte meist schüchtern im Hintergrund gestanden und die Nadeln auf dem Polster an ihrem Handgelenk umgesteckt. Zusammen mit den farbigen Köpfen hatte sie Muster erzeugt und wieder zerstört, sobald sie etwas an den Kostümen ändern musste.

Nun steckt sie gar nichts mehr um.

Marike schloss die Augen und dachte an ihre Rolle. Das Happy End war abgedreht, alle Höhen und Tiefen waren durchgespielt und von Paul mit einem zufriedenen Grinsen an den Schnitt weitergegeben worden. Es fehlte nur doch der große Knall – die Erhebung der Frau gegen ihren unterdrückenden Ehemann, den sie trotz des tiefen Kummers und der Verletzungen noch immer liebte. Und der Abgang durch das verwüstete Haus als Metapher für das gemeinsame Leben, das man zerstören musste, um frei zu sein.

Ich muss auferstehen …

Der Song, den Fabienne im Keller gesungen hatte, spielte in ihrem Kopf los, als hätte jemand das Radio aufgedreht. Mit dieser Melodie fand sie in die Stimmung, die sie für die Rolle brauchte.

Ich muss dich hassen, weil mich deine Liebe vollkommen auslöscht …

Diesmal rief sie sich bewusst die Bilder von Frank, Fabienne, Jutta und Petra vors innere Auge. Die Schleusen zu brennender Wut öffneten sich mit jedem Atemzug mehr.

Paul rief etwas, der Aufnahmeleiter übernahm, und Marike hörte, wie Anastasia die Klappe ansagte.

Dieser Moment gehörte ihr, und er würde denkwürdig werden!

Noch stand sie nur mit geschlossenen Augen in der Tür. Sie konnte sich vorstellen, wie Paul unruhig wurde, weil sie sich nicht bewegte.

Wer braucht ein Herz, wenn jeder es rausreißen kann?

Erste Tränen liefen ihr über die Wangen. »Ich weiß es jetzt«, sagte sie dunkel. »Eigentlich habe ich es immer gewusst, aber ich wollte es nicht wahrhaben.«

Sie öffnete die Augen und sah Lars an. Er stand mit dem Rücken zu ihr, den Kopf geneigt. Ein Mann, der zu stolz war, sein Handeln zu rechtfertigen.

»Schau mich an, wenn ich mit dir rede!«, brüllte sie und machte einen verzweifelten Schritt auf ihn zu. »Ich gehe vor deinen Augen zugrunde, und du drehst mir den Rücken zu? Geht dich das alles denn nichts mehr an?«

Geh nicht!

Mit einer herrischen Ausstrahlung hob er das Kinn. »Du wirst hysterisch. Was habe ich dir darüber gesagt?«

Aus dem Augenwinkel sah sie Pauls Bewegungen und Anastasia, die auf ihre Zettel sah und den Kopf schüttelte. Ihnen fiel die Abweichung vom Text auf, aber sie ließen die Kamera weiterlaufen.

»Hysterisch?« Die Wut durchflutete sie und brach durch die letzten Barrieren. Außer sich vor Zorn, griff sie die leere Vase vom Tisch und warf sie dicht neben seinen Füßen gegen den Kamin. Scherben klirrten auf dem Stein und rutschten über den Teppichläufer. »*Das* ist hysterisch«, schrie sie und zog Bücher aus dem Regal. »Und das!«

Die Intensität, mit der sie blind Dinge aus den Schränken zog und durch den Raum schleuderte, heizte die Luft auf. Marike atmete schwer, weinte und schrie.

Lars drehte sich mit Verachtung im Gesicht zu ihr um. Die Falten neben seinen Nasenflügeln vertieften sich, und in seinen Augen stand eine Härte, die Marike erschaudern ließ.

»Bist du jetzt fertig mit deinem Tobsuchtsanfall?« Es war gleichgültig, was sie tat, nichts kümmerte ihn. Er würde die Unordnung aufräumen lassen und so tun, als wäre nichts passiert. Und abends würde er in seinen Wagen steigen und zu einer anderen fahren.

»Ich dachte immer, es läge an mir«, sagte sie dünn und taumelte rückwärts gegen das Regal. »Ich sei nicht mehr hübsch genug und dass du dich deshalb zu anderen Frauen hingezogen fühlst.« Mit beiden Armen umfasste sie ihren Leib und krümmte sich. Die Schmerzen waren echt. Ihr Magen krampfte, und Übelkeit zwang sie, einen Moment innezuhalten.

Die gespannte Stille vermittelte den Eindruck, niemand sonst wäre da. Als es wieder ging, fuhr sie sich mit beiden Händen durch die Haare und richtete sich auf.

»Aber das ist es nicht.« Sie lachte freudlos. »Jeden Tag hoffe ich, in deinen Augen wieder die Zuneigung zu erkennen, mit der du mich früher immer angesehen hast. Oder dass du siehst, wie sehr ich leide, und es dir etwas bedeutet, aber du hast nur noch Verachtung für mich übrig. Fasst mich nicht mehr an, es sei denn, du willst mich ficken, ansonsten schaust du an mir vorbei und sagst kaum mehr als das Nötigste. Du liebst mich schon lange nicht mehr und hast nicht den Arsch in der Hose, es mir zu sagen.«

Sie sah, wie er den Mund öffnete. Sie wusste, was er sagen würde und dass er sich daraufhin umdrehen und aus dem Zimmer gehen müsste. Aber dann kamen die Worte »Ich liebe dich nicht mehr«, und Marike verlor die Kontrolle über sich. Wie im Rausch ging sie auf ihn los, schlug auf ihn ein und brüllte alles, was ihr in den Sinn kam, gegen ihn. Und dann reagierte sie nur noch und kam erst wieder zu Bewusstsein, als sie aus dem Raum stürmte und zusammenbrach.

Schwer atmend lag sie auf dem dunklen Parkett und starrte auf die Fußleiste an der gegenüberliegenden Wand.

Nach dem »Cut« war es erst mal vollkommen still. Marike fürchtete sich davor, was Paul sagen könnte, weil sie komplett vom Script abgewichen war und sich kaum noch erinnern konnte, was sie alles gesagt und getan hatte.

»Holt mal jemand den Verbandskoffer?«

Schritte neben ihr. Jemand ging weiter, eine andere Person legte ihre Hände auf Marikes Arm. Paul half ihr auf die Füße und führte sie in die Garderobe, wo sie sich aufs Bett legen konnte.

»Geht es Lars gut?«, fragte sie ängstlich. »Habe ich ihn verletzt?«

Mit einer Hand rieb er sich über das stoppelige Kinn und atmete tief durch. »Er hat eine Delle auf der Nase.«

»Es tut mir leid, ich weiß nicht, was da gerade passiert ist. Das ist irgendwie außer Kontrolle geraten.« Schwäche und Muskelschmerzen jagten ein Zittern durch ihren Körper.

»Du musst dich nicht entschuldigen«, sagte er und strich ihr über die Wange. »So etwas habe ich während meiner gesamten Karriere noch nicht erlebt. Du warst Michaela. Hast einfach alles über Bord geworfen und sie so gespielt, wie sie als reale Person wahrscheinlich reagiert hätte. Deine Frustration und die Wut waren im ganzen Raum spürbar. Und ich glaube, Lars hatte tatsächlich Angst vor dir.« Liebevoll streichelte er ihr über den Arm und nahm dann ihre Hand. »Ich wusste, dass ich die perfekte Michaela gefunden habe. Du hast mich heute sehr stolz gemacht. Ich glaube nicht, dass wir die Szene wiederholen müssen.«

In seinem Überschwang gab er ihr einen Kuss auf die Fingerknöchel und stand wieder auf. »Ruh dich etwas aus.«

Sie sah, wie er sich unbewusst über die Lippen leckte. Sie schaute ihm nach, und es kam ihr so vor, als würde sie ständig Männern beim Fortgehen zuschauen, während sie am Boden war. Vor der Tür gab er Anweisungen. Jemand sollte ihr etwas zu trinken bringen und nach ihr sehen. Mirijam würde das nicht machen. Sie war bestimmt schon auf dem Nachhauseweg.

Raus aus der Hölle.

Die Gespräche wurden wieder lauter, der Nachhall der Szene verging.

Als die Tür sich öffnete, konnte sie sehen, was sie Lars angetan hatte. Ein Pflaster klebte auf seinem Nasenrücken, das die Wunde provisorisch verschloss, aber schon durchgeblutet war. Am Hals zeichnete sich ein roter Striemen ab, und die Kleidung war arg mitgenommen. »Sag mir nächstes Mal bitte Bescheid, wenn du improvisieren möchtest«, sagte er ruhig und schloss die Tür hinter sich. »Aber gut zu wissen, dass du so abgehen kannst«, setzte er hinzu.

Er stellte ihr eine Wasserflasche auf den Nachtschrank und gab ihr einen langen, zärtlichen Kuss. »Du warst brillant.«

»Ich fühle mich schrecklich.« Der kalte Schweiß ließ sie frösteln.

»Du hast alle umgehauen mit deiner Darbietung. Nicht einer traute sich, etwas zu sagen, nachdem die Kamera aus war. Und du hast mich so eiskalt erwischt, ich musste nicht mal groß schauspielern.« Vorsichtig bettete er sich neben sie und legte die Arme um ihren Oberkörper. Mit geschlossenen Augen schmiegte sich Marike an ihn und fühlte sich geborgen und sicher.

Bei mir wird er bleiben. Diese Umarmung fühlte sich gut und richtig an. Vielleicht war ihr Einstieg in diese Beziehung nicht der beste, aber sie würde dafür sorgen, dass er nie wieder das Verlangen verspürte, mit anderen Frauen zu schlafen. Aber damit das gelang, durfte nichts dieses Vertrauen zerstören, was gleichzeitig bedeutete, dass Fabienne verschwinden musste. Für immer.

Dass sie hier seelenruhig den Film zu Ende drehte, obwohl sie wusste, dass Petra zur gleichen Zeit von Ratten aufgefressen wurde, durfte niemals bekannt werden. Fabienne verschwinden zu lassen, mochte leicht sein, aber dann war da auch noch Jutta, die einen Teil der Wahrheit kannte.

Beruhigend streichelte Lars über ihren Arm und küsste sie am Ohr.
Ich lasse mir nichts mehr wegnehmen.

Lange Zeit lagen sie Arm in Arm auf dem Bett, und in Marikes Kopf reifte ein Plan, um das letzte bisschen Glück zu schützen, das sie noch halten konnte. Und wenn erst alles hinter ihr lag, würde sie wieder zu dem Menschen werden, der sie vor der Entführung gewesen war.
Diese Rolle muss ich noch zu Ende spielen. Das bin nicht ich. Nein – das bin nicht ich.

Die Tür wurde erneut geöffnet, und Anastasia sah vorsichtig durch den Spalt. Sie lächelte, als sie die beiden gemeinsam auf dem Bett sah. »Ich soll euch sagen, dass ihr für heute durch seid. Die Szene gefällt Paul auch nach dem dritten Anschauen außerordentlich gut.«

An ihrem Rücken spürte sie, wie Lars' Brustkorb sich hob und senkte. Erleichtert atmete er aus. »Dann sollte ich jetzt ins Krankenhaus fahren und die Wunde kleben lassen.«

»Soll ich dich begleiten?« Es gefiel ihr nicht, wie ihr Rücken kalt wurde, als er aufstand. Der Augenblick war nicht lang genug gewesen.

»Du solltest dich noch etwas ausruhen.«

So gern sie auch widersprochen hätte, ihr Körper sagte das Gleiche. Aber es gab Dinge, die sie regeln musste.

Vor Anastasia gab er ihr einen Kuss. Ein deutliches Bekenntnis, dass er es mit ihr ernst meinte und Fabienne sich im Unrecht befand. Das Lächeln der Assistentin nahm sie als schönsten Beweis, dass sie sich das nicht nur einbildete.
Es ist nicht alles schlecht, und von jetzt an wird es besser.

Und doch wurde sie das Gefühl nicht los, dass ihr irgendetwas Entscheidendes entging.

»Brauchst du noch was?«, fragte Anastasia und ließ Lars durch.

»Könntest du Mirijam bitten, mir kurz zu helfen?« Sie hatte das Bedürfnis, etwas von dem, was sie ihr angetan hatte, wieder gutzumachen.

»Na klar, ich mache mich gleich auf die Suche nach ihr.«

Als Mirijam kurz darauf eintrat, konnte Marike sich vorstellen, was in ihr vorging.

»Was möchtest du?«, fragte sie abweisend. »Mich noch kurz erniedrigen, um den Tag perfekt zu machen?«

Marike nickte. »Das habe ich wohl verdient.« Sie setzte sich aufrecht hin und legte ihre Hände in den Schoß. »Ich möchte mich entschuldigen. Für die Rolle habe ich mich so in Rage geredet, und als ich erfuhr, dass du und Lars ... Ich schätze, ich war einfach eifersüchtig.«

Mirijam kämpfte mit den Tränen. »Ich hätte es besser wissen müssen«, sagte sie leise. »Der große Lars Behring würde sich doch nie mit einer Maskenbildnerin zufriedengeben. Nein, es muss der Star des Films sein. PR-tauglich und gemeinsam auf Roter-Teppich-Kurs.« Sie umfasste sich mit beiden Armen und sah sich im Raum um. »Sag mir, was ich tun soll. Ich will endlich gehen.«

»Ich will ein Bad nehmen, würdest du mir helfen? Ich fühle mich total schwach.« Es war der jungen Frau deutlich anzusehen, dass sie Marike viel lieber angebrüllt hätte, aber stattdessen machte sie die Wanne bereit, goss einen Badezusatz in das laufende Wasser und half ihr, die verschwitzte Kleidung auszuziehen.

So war ich früher auch. Jetzt begriff sie, was so schlimm daran war: Sie verlor den Respekt vor Mirijam, weil sie nicht für sich selbst einstand.

Mirijams Miene war wie versteinert, aber sie wahrte eine gewisse Höflichkeit.

Noch schlimmer. Wäre Fabienne nicht gewesen, würden Mirijam und ich hier lässig plaudern, ohne zu wissen, dass Lars seinen Spaß mit uns beiden hatte. Und es wäre ewig so weitergegangen. Alle hätten mich weiterhin ausgenutzt, weil ich so nett war ...

Als sie wackelig vom Bett aufstand, blieb Mirijam neben ihr stehen und sah sie an. »Das war echt, oder?«

Marike erwiderte ihren Blick. »Was meinst du?«

»Du bist auf Lars losgegangen. Deine Rolle war dabei vollkommen vergessen, oder?«

Mit langsamen Schritten ging sie ins Badezimmer, ohne Mirijam anzusehen. »Nein«, log sie. »Das gehörte alles zu der Rolle.«

»Es ist mir egal, was du sagst, ich habe es gesehen. Und Lars auch.« Mit einem abfälligen Laut ging sie zur Tür. »Was soll ich sagen? Er steht drauf. Ich glaube, dass er sich gerade eben erst richtig in dich verliebt hat, als du ihm in die Fresse geschlagen hast.« Sie schulterte ihre Tasche fester. »Ich bin mir sicher, dass ich euch noch oft in der Regenbogenpresse sehen werde. Pack schlägt sich, Pack verträgt sich.«

Marike ballte die Hände zu Fäusten.

Ich habe mich entschuldigt, verschwinde!

»Den Rest musst du allein machen, ich bin nicht länger dein Lakai.«

Marike stand stumm da und versuchte, die rasende Wut zu unterdrücken, die in ihr aufstieg. Ganz gleich, ob die Ereignisse, die Drogen oder die neuen Erkenntnisse sie verändert hatten, sie wusste nur eines: So eine naive, charakterlose Person wollte sie nie wieder sein. Etwas war in ihr aufgebrochen, das bereit war, jeden in seine Schranken zu verweisen, der sie maßregeln oder verurteilen wollte.

»Du weißt gar nichts!«, sagte sie zornig. »Selbstgefällige Hure.«

Diese Beleidigung kam wie von selbst aus ihrem Mund.

Es stimmt doch.

Mirijam verließ wortlos das Zimmer. Immer musste jemand querschießen. Frustriert trat Marike an die Badewanne und schlug mit der Faust ins Wasser, so dass dicke Spritzer auf den Boden klatschten. Ruhe und Zorn wechselten sich unkontrollierbar ab, was ihre Überlegenheit ins Schwanken brachte. Es war eine ruhelose Wut, eine innere Macht, die ihren Kopf zu sprengen drohte, wenn sie diese Energie nicht freisetzte.

Sie drehte das Wasser ab und setzte sich auf den Wannenrand. »Das muss an den Drogen liegen. So bin ich nicht.«

Sie nahm ihr Handy aus der Tasche und suchte im Internet nach Informationen über die Droge GHB.

Liquid Ecstasy – eine gefährliche Partydroge, die neben Gedächtnisverlust und Atemstillstand noch weitere Risiken aufwies. Sie sei schlecht zu dosieren und je nach Person sehr unterschiedlich in der Wirkung.

Aber Fabienne hatte gesagt, sie habe die Droge modifiziert. GHB++.

Marike versuchte, sich an die Wirkung zu erinnern – wenn es denn die Substanz gewesen war, die sie ihr verabreicht hatte. Fabienne schien besonders darauf zu stehen, wenn ihre Opfer trotz größter Angst tiefe Lust empfanden. So wie sie ihre Peinigerin mit all dem Blut auf dem dreckigen Zellenboden hatte liegen sehen, sich windend vor Ekstase, musste Marike zugeben, dass dieser Anblick einen bizarren Reiz ausübte.

Sie ging zurück, holte die Phiole aus der Tasche und drehte sie zwischen den Fingern. Vielleicht ging es ihr besser, wenn sie einen Tropfen davon nahm.

»Ich muss mich konzentrieren können. Nur einen winzigen Tropfen.«

Es war wie eine Sucht nach Lebendigkeit, die über Logik und einstudierte Werte hinweghalf.

Auf dem Boden sitzend, ans Bett angelehnt, schraubte sie den Verschluss ab und ließ etwas von der Substanz auf ihren kleinen Finger laufen, um ihn dann zaghaft abzulecken. Erst glaubte sie, es würde nichts geschehen, aber dann stieg eine unerwartete Aufregung und Euphorie in ihr hoch. Wie eine Welle, die vor dem Festland nicht kleiner wurde und über alles hinwegspülte.

Mit offenem Mund atmete sie tief und schnell ein, legte den Kopf in den Nacken und genoss das Prickeln in den Wangen, auf den Lippen und zwischen ihren Beinen.

Sie konnte kaum erwarten, Lars mit einem dieser Tropfen auf den Lippen zu küssen – der Sex musste atemberaubend sein.

Lustvoll leckte sie noch mal über den kleinen Finger, um nichts übrig zu lassen. Selbstsicherheit und Lust ersetzten jeden negativen Gedanken. Sogar die Wut löste sich vollkommen auf. Nach einer Weile verwandelte sich das Verlangen in einen Zustand der Leichtigkeit und des Glücks. Sie fühlte sich kräftiger, über alles erhaben, und die klare Ruhe kehrte wieder ein.

Die Dosierung ist der Schlüssel.

Die Beschreibungen der Nebenwirkungen spielten keine Rolle für sie. Es waren Warnungen, geschrieben von Menschen, die sich drosselten, Menschen, wie sie einer gewesen war. Ihr ganzes Körpergefühl war ein einziges Vergnügen, ebenso der Blick in den Spiegel und das Wissen, dass ihr nun die Welt offenstand.

Ich bin frei!

Bevor sie das Zimmer verließ, besah sie sich ihr Gesicht genauer. Der Kajal war etwas verschmiert und sah trotzdem wie gewollt aus. Nicht der schönste Anblick, aber so konnte sie das Haus verlassen.

Alle zeigten Verständnis, dass sie nicht viel reden und schnell gehen wollte. Vor dem Haus war alles ruhig. Mit Lars waren auch die Fans verschwunden, und die Presse würde nun sicherlich das Krankenhaus belagern, in dem seine Wunde versorgt wurde.

Marike war nach Tanzen und Pirouetten zumute. Beschwingt ging sie denselben Weg zurück, den sie am Morgen gekommen war, um mit der gleichen Buslinie in die entgegengesetzte Richtung zu fahren. In ihrer Manteltasche hielt sie die Phiole umfasst, die ihr ein Gefühl der Unbesiegbarkeit vermittelte.

Sie versprach sich selbst, nur so lange darauf zurückzugreifen, wie es dauerte, alles zu regeln. Weil ein positiver Effekt dieser Droge besonders aufregend war: Erstmals in ihrem Leben verspürte sie kein schlechtes Gewissen mehr.

Kapitel 21

19. August 2011

Von außen sah das Haus aus wie das friedliche Heim einer netten Familie. Wahrscheinlich war es das auch mal gewesen, aber das Inventar zeugte davon, dass es nun von alten Menschen bewohnt wurde. Niemand würde damit rechnen, dass es in deren Abwesenheit für ganz andere Dinge missbraucht wurde.

Gerade als sie auf die Haustür zuhielt, parkte hinter ihr ein Wagen. »Warten Sie«, ertönte eine Stimme.

Marikes Herz pumpte so heftig, dass sie es in ihrem Hals spüren konnte. Auf alles gefasst, drehte sie sich um.

»Wohnen Sie hier?«

Der Uniform nach gehörte der Mann zum UPS-Lieferservice. Marike schüttelte den Kopf. »Die Eigentümer sind nicht da. Ich will hier nur etwas in den Briefkasten werfen.«

Damit er sie nicht zu lange ansehen konnte, drehte sie sich wieder um. »Okay, dann gebe ich es bei den Nachbarn ab.«

Sie schaute nicht hin, was er da aus dem Transporter holte. Sie horchte, wo er langging, und als eine Hecke die Sicht versperrte, zog sie schnell den Schlüssel aus der Tasche und schloss auf.

Der biedere Geruch des Hauses wurde vom Leichengestank aus dem Keller verunreinigt. Sie hatte gehofft, die Ratten hätten dafür gesorgt, dass der Gestank nachließ, aber wahrscheinlich war das unmöglich.

Sie steckte den Schlüssel von innen ins Schloss und sperrte ab.

Jetzt nur alles gut durchdenken.

Die Nachrichten auf ihrem Handy bezeugten, dass sie im Urlaub gewesen und erst Sonntag zurückgekommen war. Sogar die Nachrichten an und von Jutta machten das glaubhaft. Sie musste also nur die Beweise von Fabiennes Handy löschen.

»Ich muss Jutta für heute Abend noch die Adresse schicken!« Sie fasste sich an den Kopf. Diese Verabredung musste sein, sie brauchte Jutta hier, damit sie sie aus ihrem Leben entfernen konnte. Das bedeutete jedoch, dass alles etwas schneller gehen musste.

Schnell ging sie in den Keller und schaltete das Licht an. Vereinzelt huschten Ratten durch den Raum und flüchteten vor ihr in das Rohr. Von Petras Knochen war einiges an Fleisch abgenagt worden. Lange nicht genug, um die Verwesung einzudämmen, aber dafür war nun keine Zeit mehr. Sie trat an Fabiennes Käfig und betrachtete sie emotionslos. Der Atem ging regelmäßig, aber kleine Bisswunden verrieten, dass die letzten Stunden für sie die reinste Folter gewesen sein mussten.

Marike sah sich nach dem Wasserschlauch um und zog ihn so weit in den Raum, dass sie Fabienne nass spritzen konnte, ohne selbst etwas abzukriegen.

Schon mit dem ersten Schwall erwachte Fabienne schreiend. Von ihrer Überlegenheit war nichts mehr übrig. Sie zitterte, fasste sich fahrig an den Kopf, weinte und zog sich in die hinterste Ecke zurück.

Marike drehte das Wasser ab und holte die Flasche vom Tisch. »Haben sie dich gebissen, als du noch weggetreten warst, oder auch, als du dich wehren konntest?«

Fabienne starrte sie an. »Es reicht, du hattest deine Vergeltung. Ruf die Polizei.«

Marike stellte die Flasche neben die Gitterstäbe. »Im Gegensatz zu dir bin ich nicht scharf darauf, eingesperrt zu werden.«

»Posttraumatische Handlungen. Dir wird nichts passieren.« Sie war schwer zu verstehen. Ihre Zähne klapperten aufeinander, und sie schien lange auf dem Gesicht gelegen zu haben. Eine Hälfte wirkte wie gelähmt.

»Das wäre gestern noch plausibel gewesen, aber heute komme ich damit sicher nicht mehr durch. Und sieh mich mal an, mir geht es großartig.«

Fabienne kniff die Augen zusammen und betrachtete sie ganz genau. »Du hast Drogen genommen«, stellte sie fest. »Deine Pupillen sind erweitert.«

»Du hast Drogen genommen«, sagte Marike mit verstellter Stimme und kam schon fast an Fabiennes Tonfall heran. »Deine Pupillen sind erweitert.« Das klang jetzt schon nahezu perfekt.

»Was soll das werden? Psychoterror?«

Auch das wiederholte Marike und ahmte dabei Fabiennes Bewegungen nach, die sie studiert hatte, als sie selbst noch im Käfig saß. Dann lachte sie spitz und stellte ihre Erzählung über den Sex mit Lars nach. »Ich hatte ihn – mehrmals sogar, und weißt du was?« Sie wartete nicht auf eine Antwort. »Er ist ganz verrückt nach mir. Hat alle seine Huren abserviert, weil er endlich eine Frau gefunden hat, die ihm geben kann, was er braucht!« Abrupt hielt sie inne und lachte. »Du zu sein, ist gar nicht so schwer.«

Nackte Angst stand in den unnatürlich blauen Augen.

»Ah, du begreifst langsam, oder?«, sagte Marike.

»Denkst du wirklich, dass du das hinkriegst? Willst du wirklich so werden wie ich?«

Es klang beinahe aufrichtig, aber Marike verspürte kein Gewissen, das auf Fabiennes Ansprache reagieren konnte. Sie kam dem Käfig ganz nahe und senkte ihre Stimme, damit Fabienne zu sehen bekam, mit wem sie es zu tun hatte. »Ihr habt mir alles genommen. Von hier an kann ich nur noch gewinnen.« Dann stieß sie die Flasche an. »Trink, bevor ich es wieder wegstelle.«

»Was hast du vor?« Schnell nahm Fabienne die Flasche.

»Was hast du vor?«, ahmte Marike sie nach. »Ich bringe alles wieder in Ordnung.«

Offensichtlich wollte Fabienne nur ein, zwei Schluck trinken, aber der Durst war zu groß. Die Flasche fiel herunter, der Aufprall hallte von den nackten Wänden wider, während Fabienne lustvoll aufstöhnte.

Einen Augenblick hielt Marike inne und schloss die Augen. Ihre Rechte wanderte in die Tasche mit der Phiole. Sie erinnerte sich genau an das Gefühl, das Fabienne gerade tiefste Freuden bereitete. Es fiel ihr schwer, der Versuchung zu widerstehen, aber die bevorstehenden Aufgaben würden sie sehr fordern, deshalb konnte sie es sich nicht leisten, ihre Sinne zu benebeln.

Ruhig begann sie, alle Schränke und Schubladen nach brauchbaren Fesseln zu durchsuchen. Zuerst fand sie eine Rolle Panzertape, die sie sich schon mal bereitlegte, aber in der letzten Schublade kamen Kabelbinder zum Vorschein.

»Besser«, sagte sie auf Fabiennes Art und holte sie mit spitzen Fingern hervor. »Das Beste kommt ja erst noch.«

Sie rief sich alle Gesten und Gesichtsausdrücke, Körperhaltungen und Stimmenvariationen in Erinnerung, die sie bei ihr beobachtet hatte, legte alles auf dem Schreibtisch zurecht und ging dann in den ersten Stock hinauf. Die ganze Zeit ahmte sie Fabienne nach.

»Ich bin Fabienne«, sagte sie leise. »Ich bin überheblich und eingebildet, weil ich eine Laune der Natur darstelle. Und wer mich nicht liebt, wird mein Opfer.«

Das Reden half ihr, ganz in die neue Figur zu schlüpfen. »Ich zerstöre Leben, ohne mit der Wimper zu zucken – ich besitze ja auch gar keine. Aber ich bin so selbstverliebt, dass ich mich selbst gerne reden höre und gar nicht auf meine Opfer achte. Für meinen hohen IQ bin ich eigentlich ganz schön dämlich.«

Sie schaute in alle Räume des ersten Stockwerks und aus den Fenstern. Das Gästezimmer erfüllte am ehesten die Kriterien. Es lag zwischen Bad und Arbeitszimmer, war verhältnismäßig klein, und durch das Fenster waren keine direkten Nachbarn zu sehen.

Als Erstes zog sie die Gardinen zu und schob einen Schrank als zusätzlichen Schallschutz vor das Fenster, dann zog sie das Bett in die Mitte des Raumes, damit sie von allen Seiten an den Lattenrost herankommen konnte.

»Perfekt«, flötete sie, korrigierte die Betonung und sagte das Wort noch ein paarmal.

Mit federnden Schritten ging sie in den Keller zurück.

Fabienne lag würgend in ihrem Erbrochenen.

»Scheiß Drogen, nicht wahr?«, sagte sie in einem Singsang und zog sich blaue Nitrilhandschuhe über die Finger.

Die Gefangene zuckte nur noch. Marike schloss das Gitter auf und kniete sich zwischen ihre Schulterblätter. »Man weiß ja nie. Oje, du bist so dünn, ich brauchte diese langen Kabelbinder gar nicht. Da reicht ja ein Gummiband.« Mit einem hellen Geräusch zog sie den Kabelbinder fest um die Handgelenke. Nachdenklich verharrte sie in ihrer Position. »Das war nicht richtig – es muss *Gummiband* klingen«, korrigierte sie den Tonfall. Am liebsten hätte sie Fabienne wieder aufgeweckt, um sich noch mehr von ihrer Art abzuschauen.

Die Frau wog ungefähr 50 Kilo, sie selbst inzwischen gerade mal gut fünf Kilo mehr. Mit erheblichen Anstrengungen konnte sie sich den schlaffen Körper über die Schulter wuchten und dann mit der Last aufstehen und aus dem Raum gehen.

Sterne tanzten vor ihren Augen. Ihr wurde bewusst, dass sie noch immer nichts Richtiges gegessen hatte.

»Komm schon«, trieb sie sich selbst an. »Du weißt, worum es geht!«

Durchgeschwitzt und schnaufend schaffte sie es in den ersten Stock, wo sie gemeinsam mit Fabienne auf das Bett fiel. Langsam ließ sie sich heruntergleiten und rang um Atem. »Gleich hast du's geschafft!«

Aus ihrer Gesäßtasche nahm sie einen Schwung Kabelbinder und zog je zwei als ein Glied zusammen, bis sie lange Ketten bildeten, die sie am Lattenrost links und rechts neben dem Kopfende befestigen konnte.

Sie sah kurz zu Fabienne. Die Augen blieben fest verschlossen, aber die Hände verfärbten sich langsam. »Schneller«, wies sie sich an.

Im Bad fand sie eine Nagelschere, mit der sie das Plastik zerschneiden konnte, und zwei Waschlappen, die sie ebenfalls mitnahm.

Bevor sie die Fessel durchschnitt, stach sie zum Test die Schere in Fabiennes Oberarm. Ihr Opfer blieb regungslos. Selbst wenn Fabienne erwachte, könnte sie die Finger vorerst nicht benutzen. Der Kabelbinder schnürte bedenklich in das anschwellende Fleisch.

Die Schere ging nur sehr schwer durch das dicke Plastik und drohte auseinanderzubrechen, dann endlich riss das letzte Stück, und die Hände wurden wieder durchblutet.

»Gerade noch mal Glück gehabt«, sagte Marike. Diesmal war sie zufrieden mit der Stimmlage.

Sie wickelte einen Waschlappen um das erste Handgelenk und klebte ihn mit Panzertape über die gesamte Breite. Und zum Schluss fesselte sie den Arm an den Lattenrost. Sie wiederholte es auf der anderen Seite. »Gräme dich nicht«, sagte sie zu der Bewusstlosen. »Die meiste Zeit über wirst du so weggetreten sein, dass du gar keine Lust hast, an den Fesseln zu reißen.« Zuletzt zog sie alle Schlaufen so weit fest, dass die Arme nur wenige Zentimeter Spielraum hatten. »Bleib schön liegen, mein weißer Engel.«

Beim Hinausgehen zog sie den Schlüssel von innen ab und drehte ihn von der anderen Seite schon beim Einrasten der Tür. Das dauerte alles viel zu lange. Sie nahm kurz Fabiennes Handy aus der Tasche und sah nach der Uhrzeit. 15 Uhr. Bald musste sie Jutta eine Nachricht schreiben.

An Essen war nicht mehr zu denken. Sie verzichtete eine Weile auf das Einüben von Fabienne und handelte schnell und koordiniert.

An den Gestank der Leiche hatte sie sich inzwischen gewöhnt, aber der Anblick war schwer zu ertragen. Bakterien und Insekten machten sich über Petras Überreste her. Sie lag an der Wand, als würde sie sich dem natürlichen Lauf der Dinge hingeben. Sie wirkte aufgebläht, in ihrem unkenntlichen Gesicht schien eine Anklage zu stehen.

»Ich lasse sie bezahlen«, sagte Marike mit gesenkter Stimme. »Verlass dich auf mich.«

Nebenan in der Garage fand sie eine Plane, die sie über den Leichnam legen konnte. Je mehr der Verfall voranschritt, umso unheimlicher wurde der Anblick.

Schwungvoll breitete sie das dünne Plastik über den Körper aus und zog es in Form.

»Lars ist kein schlechter Mann«, flüsterte sie. »Er dachte wahrscheinlich wirklich, dass du gekündigt hast.« Sie verzichtete darauf, freundschaftlich dort auf die Plane zu klopfen, wo sie die Schulter vermutete. »Wir alle dachten das.«

Das Gefühl der Nitrilhandschuhe wurde mit der Zeit lästig. Marike mochte nicht, wie ihre Finger schwitzten, und blaue Finger sahen albern aus. Sie bevorzugte Latexhandschuhe, die wenigstens unauffällig waren.

Mit dem Wasserschlauch spritzte sie den leeren Käfig ab und beseitigte die Verunreinigungen. Vor allem dort, wo sie Fabiennes Kopf gegengeschlagen hatte.

»Schon besser«, sagte sie in Fabiennes Tonfall. Sie drehte das Wasser ab und sah zu, wie es in den Abfluss lief. »Bei dem, was kommt, kann ich leider nicht zulassen, dass ihr hier überall herumlauft.«

Gitter und Schraubendreher lagen noch unterm Arbeitstisch, aber von den Schrauben fand sie nur zwei wieder. Gut möglich, dass die anderen fortgewaschen worden waren. Sie befestigte das Gitter an zwei Ecken über dem Abfluss und legte dann das Werkzeug an seinen ursprünglichen Platz zurück.

»Ich habe hier so viel angefasst, ich muss mir etwas einfallen lassen.« Erneut sah sie auf die Uhr. »Später. Es wird Zeit.«

Sie ließ das Licht brennen und eilte zurück in den ersten Stock.

Fabienne lag auf dem Bett, ihr Atem ging regelmäßig.

»Alles wird gut.« Sie ging näher ran und betrachtete die schlaffen Gesichtszüge. »Jeder bekommt, was er verdient. Versprochen.«

Dann setzte sie sich an den Schminktisch und begann mit der Verwandlung.

***

Langsam gewöhnte sie sich an das Auto. Es bot viel Komfort, aber für die Stadt war es vollkommen ungeeignet, weil zu groß für die meisten Parklücken. Zum Glück musste sie nicht in die Hamburger Innenstadt. Sie konnte sich denken, wo Mirijam zu finden war. Sie parkte in einiger Entfernung vor dem Hotel und sah durch den einsetzenden Regen zum Fenster von Lars' Zimmer hoch. Es war bereits später Nachmittag, jetzt musste alles etwas schneller gehen. Die Vorbereitungen hatten viel zu lange gedauert.

»Du bist nicht gern der böse Junge, nicht wahr?«, sagte Marike mit verstellter Stimme. Für die nächsten Stunden würde sie voll und ganz Fabienne sein müssen. »Also nicht offiziell, nicht wahr, mein Schatz? Entschuldigst du dich? Tröstende Worte und ein Abschiedskuss?«

Ihre Finger steckten in Nitril- und Seidenhandschuhen. Mit einem Blick in den Spiegel richtete sie die blonde Perücke und überprüfte den Sitz des künstlichen Muttermals über dem Mundwinkel.

Erst hatte sie alle sichtbare Haut weiß geschminkt – sogar die Hände, die in Handschuhen steckten – und dann im Gesicht Make-up darübergelegt, das mit groben Rändern am Hals deutlich zeigen sollte, wie weiß ihre Haut tatsächlich war.

Marike hatte in ihrem gesamten Leben noch keine Kontaktlinsen getragen, und das Einsetzen der Linsen war der schwierigste Part. Lange hatte sie die unnatürlich blauen Augen im Spiegel betrachtet. Sie waren anders als Fabiennes, die durch ihren Gendefekt eine einzigartige Färbung aufwiesen, aber sie hoffte, dass der Unterschied niemandem auffiel.

Aber um ganz sicherzugehen, hatte sie zusätzlich eine Sonnenbrille aufgesetzt.

Am schönsten waren die künstlichen Zahnaufsätze, die ihr Gebiss ganz anders aussehen ließen.

Eine leise Melodie summend, griff sie zu ihrem Handy und schrieb Lars eine SMS.

Ich bin in zehn Minuten bei dir. Ich freu mich.

Nun musste sie nur noch warten. Und bis es so weit war, las sie auf ihrem Handy nach, wie man Narkosemittel richtig injizierte. Auf einer Seite fand sie sogar ein kleines Lehrvideo.

Neun Minuten verstrichen, bis Mirijam mit verschlossener Miene das Hotel verließ. Ihrer Körperhaltung nach ging es ihr miserabel. Hängende Schultern, nach vorne gebeugt, starre Schritte.

Marike wartete, bis sie um die Ecke bog, und fuhr ihr dann nach, ganz gemächlich, aufs Lenkrad gestützt und sich angestrengt umschauend. Als sie an Mirijam vorbeifuhr, sah sie sich die Häuser an, und erst fünf Meter weiter stoppte sie.

Mit einem lauten Fluch ließ sie das Fenster herunter und wartete, bis Mirijam auf gleicher Höhe war.

»Entschuldigen Sie«, rief sie. »Können Sie mir helfen?«

Mit einem Ärmel wischte Mirijam sich übers Gesicht. Ganz offensichtlich war es Lars gelungen, sich so weit bei ihr zu entschuldigen, dass sie nur noch traurig war und nicht mehr wütend.

»Ich bin nicht von hier.«

Marike lachte freundlich und winkte sie näher an das Fahrzeug. »Mein Handy hat den Geist aufgegeben, und ich müsste jetzt nur das Schwimmbad finden, dann wird alles gut.«

Sie erkannte keinen Argwohn in Mirijams Augen. Die war viel zu sehr mit sich selbst beschäftigt und dem Versuch, ihre Tränen unter Kontrolle zu halten.

Gib den Leuten, was sie sehen sollen.

Egal, welche Rolle Marike spielte, sie hatte dabei stets die Stimme ihres Schauspiellehrers in den Ohren. Er hatte ihr beigebracht, wie man von wichtigen Merkmalen ablenkte und die Aufmerksamkeit der Zuschauer auf falsche Fährten lockte. Wissen, das ihr in diesem Moment sehr zugutekam. Der Schönheitsfleck über dem Mundwinkel war ein solcher Blickfang. Wenn sie sich zu lange beobachtet fühlte, strich sie sich die Haare hinters Ohr, damit die Handschuhe in den Fokus kamen.

Ihr Lampenfieber legte sich mit jeder Sekunde, in der Mirijam kein Zeichen des Wiedererkennens zeigte.

»Das Schwimmbad kenne ich. Ist gar nicht weit, Sie müssen eigentlich nur ...« Sie sammelte sich, dann erklärte sie mühsam den Weg und gestikulierte in Fahrtrichtung.

Marike wiederholte es absichtlich falsch und verkomplizierte die Beschreibung mit Zwischenfragen. »Ich glaube, ich habe hier irgendwo einen Stadtplan. Setzen Sie sich doch kurz, dann können Sie es mir auf der Karte zeigen.« Als sie zögerte, beugte sich Marike über den Beifahrersitz und öffnete die Tür. »Sie werden ganz nass, vielleicht kann ich Sie zum Dank ein Stück mitnehmen.«

Mirijam senkte den Kopf. »Der Regen ist mir ganz lieb.«

»Das sieht nach Liebeskummer aus«, sagte sie freundlich und klopfte auf den Sitz. »Da musste ich letztes Jahr auch durch.« Mit einem amüsierten Lachen deutete sie auf das Auto. »Dafür gehört mir jetzt sein Wagen und die Hälfte seines Vermögens.«

Mirijam trat einen Schritt näher und lächelte. »So weit waren wir noch nicht.«

»Dann ist er ein Trottel, wenn er Sie gehen lässt.« Lässig streckte sie ihr eine behandschuhte Hand entgegen. »Nenn mich Anni«, wechselte sie in die persönlichere Anrede. »Die Grande Dame der Ex-Frauen.«

»Mirijam.« Der Händedruck war recht lasch. Marike war froh, Handschuhe zu tragen.

Bereitwillig stieg Mirijam ein und schloss die Tür hinter sich. »Fahren Sie los, ich zeige Ihnen den Weg, dann können Sie mich am Schwimmbad wieder rauslassen.«

Während der Fahrt plauderte Marike über ihren Ex-Mann, das angenehme Leben mit seinem Vermögen und wie verachtenswert Kerle doch eigentlich seien. Sie ging richtig auf in ihrer Rolle und fühlte sich vollkommen sicher.

»Dort, das ist das Schwimmbad.«

Marike lenkte den Wagen daran vorbei und fuhr über die Brücke weiter ins Wohngebiet. »Ich wende nur schnell irgendwo, damit ich auf der richtigen Seite halten kann«, erklärte sie. »Würden Sie mal im Handschuhfach nachschauen, ob darin eine CD liegt?«

Diese Ablenkung würde vorerst reichen, damit sie nach einer uneinsehbaren Parkgelegenheit schauen konnte.

»Ich finde keine.«

»Auch nicht unter dem Checkheft?« Ein Haus sah unbewohnt aus, und Hecken schützten die Einfahrt vor neugierigen Blicken. Marike steuerte den Wagen auf das Grundstück und ließ den Motor laufen. Als würde sie an der Suche teilnehmen wollen, schaute auch sie in das Handschuhfach. »Ah, ich weiß, ich habe sie hinten. Moment, ich hole eben eine. Die kommt Montag in den Handel: Autogenes Training für Ex-Frauen.« Sie musste über ihre eigenen Worte lachen. »So etwas gibt es noch nicht, also habe ich mich mit ein paar Leuten zusammengesetzt.«

Sie stieg aus und ging um den Wagen herum auf die andere Seite. Als sie die Tür öffnete, nahm sie sofort ihre Erzählung wieder auf, damit Mirijam nicht über die Situation nachdenken konnte.

»Erst dachten die, ich wolle sie verarschen, aber als ich ihnen das ganze Konzept vorgestellt habe, sind sie gleich mit eingestiegen.«

Aus der Tasche der Beifahrerlehne zog sie Fabiennes roten Bademantelgürtel. »Die CD wird Ihnen helfen, dass Sie Ihr Kinn nicht mehr so hängen lassen.«

Der gewünschte Effekt trat ein: Mirijam hob tapfer den Kopf und wollte etwas sagen, aber blitzschnell zog Marike den Gürtel um ihren Hals und verknotete ihn fest mit der Kopfstütze. Mirijam gab erstickte Laute von sich und versuchte mit beiden Händen, den Strick zu lösen.

Marike ließ die Enden los und sah ungläubig auf das, was sie getan hatte. Es zu planen und vorzubereiten, war eine Sache gewesen, aber jetzt sah sie zu, wie eine Frau langsam erstickte, die sie in den vergangenen Wochen kennen- und schätzen gelernt hatte.

Ein Tritt Mirijams gegen das Handschuhfach ließ sie aus ihrer Starre erwachen. Mit einem Räuspern suchte sie nach dem Beutel mit den anderen Utensilien und umrundete dann wieder den Wagen. Der kühle Regen tat gut auf ihrer Haut, frischte die Konzentration auf und gab ihr ein gewisses Körpergefühl zurück.

»Scht, nicht strampeln«, sagte sie sanft.

Mirijams Augen waren weit aufgerissen, ihr Kopf lief rot an, ihre Lippen wurden blass.

»Wenn du aufhörst zu strampeln, dann verspreche ich dir, dass ich den Knoten lockern werde. Vorher musst du mir deinen Arm geben, sonst kann ich die Spritze nicht setzen.«

In ihrer Panik fiel es Mirijam offensichtlich schwer, den Anweisungen Folge zu leisten. Als sie mit einer Hand den Gürtel losließ und sie ausstreckte, bebte ihr gesamter Körper im Todeskampf.

»Du musst ruhiger werden, du weißt doch, dass ich dir nichts tun werde. Du bleibst ein, zwei Tage bei mir, und dann kannst du wieder gehen. Das ist der Preis, wenn man Lars' Hure war.«

Marike nahm die Sonnenbrille ab und präsentierte die vorbereiteten Hautpartien und blauen Augen. Auch wenn Mirijam unter diesen Umständen gewiss schlecht sehen konnte, sie würde später Fabienne wiedererkennen.

Aus dem Beutel nahm sie eine Spritze mit einer milchigen Flüssigkeit und zog Mirijams freien Arm dichter zu sich. Etwas Luft ging noch durch, das gequälte Atemgeräusch beruhigte Marike. Sie schaltete die

Klimaanlage ein, damit die Scheiben nicht beschlugen, und suchte dann in der Armbeuge nach einer Vene.

»Es tut mir leid, wenn es gleich etwas weh tut, aber ich habe das noch nie gemacht.« Vorsichtig stach sie zu und zog etwas am Kolben. Die gewünschte rote Verfärbung blieb aus. »Ich fürchte, ich habe hindurchgestochen, gleich noch mal.«

Diesmal klappte es, feine rote Schlieren zogen in die Spritze. »Das ist Propofol. Soweit ich gehört habe, wirst du dadurch richtig schöne Träume haben und dich absolut wohl fühlen.«

Nun gab es kein Zurück mehr. Entschlossen injizierte sie das Narkotikum und sah zu, wie ihre Gefangene binnen weniger Sekunden vollkommen erschlaffte. Schnell warf sie den Beutel mit der Spritze hinter die Sitze und löste den Knoten so weit, dass Mirijam nicht ersticken, aber auch nicht mit dem Kopf auf das Armaturenbrett fallen würde. Wenn sie der Recherche Glauben schenken konnte, dann würde sich bei der verabreichten Dosis die Wirkung in 40 Minuten verlieren.

Mit kribbelnden Fingern legte sie den Rückwärtsgang ein und fuhr gesittet und unauffällig zur Villa zurück. In Gedanken war sie bereits bei dem Moment, in dem sie sich einen Tropfen aus der Phiole genehmigen könnte. Ihre Gedanken beschäftigten sich zunehmend mit dieser Droge. Sie war wie ein Rettungsboot in stürmischer See.

Während der Fahrt durch Bergedorf dachte sie nach. Wie erwartet vermisste Lars sie langsam. Ihr Handy klingelte immer wieder, und in den Pausen summte es, weil Nachrichten eingingen. Noch eine Stunde, und er würde sich ernsthaft Sorgen machen.

»Sie werden alle anrufen und fragen, wo ich bin. Niemand wird sich fragen, wo *du* bist.« Mit einer Hand tätschelte sie das Knie ihrer schlafenden Gefangenen. »Vielleicht bringt uns das gemeinsame Trauma einander wieder näher.«

Es ist so einfach. Ihr Blick blieb kurz an ihren Augen im Rückspiegel hängen. »So unfassbar einfach.«

Sie besaß tatsächlich die Macht, die Ereignisse in vollkommen neue Bahnen zu lenken. Später wäre sie immer noch das Opfer, aber sie selbst würde entscheiden, was für eines sie sein wollte.

Wehmut erfüllte sie, wenn sie daran dachte, wie brillant sie gerade die Rolle ihres Lebens spielte und dass niemand jemals davon erfahren durfte. »Mrs. Nett-und-Lieb ist eine größere Schauspielerin, als ihr Wichser ihr jemals zutrauen würdet. Wollt mich alle erziehen, behüten oder mir sagen, was ich zu tun habe. Nun schaut mich an, ich brauche niemanden von euch, ich bin göttlich!« Ihr wurde bewusst, dass sie immer noch Fabiennes Tonfall beibehielt, obwohl Mirijam davon nichts mehr mitbekam.

Zusammenreißen!

Es ging auf den Abend zu, als sie in die Garage fuhr. Die langen Tage vergingen und kündeten den Spätsommer an. Wenn alles vorbei war, würde sie viel Zeit draußen in der Sonne verbringen. »Der Regen vergeht«, sagte sie ernst und sah zu, wie sich das Tor hinter ihr senkte.

Sie stieg aus, umrundete das Auto und zog ein Taschenmesser aus der Gesäßtasche.

Mirijam bewegte sich gelegentlich. Wie es aussah, würde sie bald aufwachen. Einen Tick zu früh, aber bis zum Käfig waren es nur noch wenige Meter.

Schnell schnitt sie die Fessel durch und packte Mirijam unter den Armen. Sie stöhnte, zuckte mit den Händen, aber ihre Augen blieben geschlossen.

Die Statur dieser Frau war wesentlich schwerer und robuster. Marike keuchte angestrengt und zog sie rückwärts über die Schwelle in den anderen Kellerraum.

»Nein«, war das erste Wort aus Mirijams Mund, dann fing sie an, sich zu wehren und sich mit den Füßen einen festen Stand zu verschaffen. Ganz knapp verfehlte sie mit den Händen Marikes Gesicht und krallte sich in ihre Bluse.

Marike musste sich schnell etwas einfallen lassen, denn in einem Zweikampf wäre sie unterlegen. Mit einem Schrei ließ sie mit einer Hand los, griff nach dem Messer in der Gesäßtasche und hielt es Mirijam an die Kehle.

»Schau dort rüber«, sagte sie keuchend. »Unter der Plane da liegt Petra. Hast du sie vermisst?«

Die Gegenwehr erstarb.

»Es ist mir egal, ob ihr lebt oder sterbt, dennoch war ihr Tod überflüssig. Soll ich dich danebenlegen?« Mit dem Messer an der Kehle ließ sie Mirijam auf die Füße kommen und drängte sie zum Käfig. »Wenn er dich vermisst, wird er mit der Polizei im Schlepp hierherkommen. Wenn du ihm etwas bedeutest, wird er meinen Hinweis erkennen.«

Diese neue Idee gefiel ihr noch besser als das, was sie eigentlich für das Ende geplant hatte. Mit einem kräftigen Stoß ließ sie Mirijam in den Käfig taumeln und schloss sofort das Gitter.

Den Schlüssel zu drehen, brachte eine zufriedene Erleichterung, auch wenn sie spürte, dass die innere Unruhe zurückkehrte, die sie viel zu schnell impulsiv werden ließ.

»Ich brauche was«, sagte sie halblaut.

Mit einem Kopfschütteln sammelte sie sich – noch war sie hier nicht fertig. Vorsichtig zog sie den linken Handschuh aus, so dass Mirijam ihre weiße Hand sehen konnte. Marike bemerkte ihren Blick und schwenkte die Hand. »Ich bin ein Albino, schau mich ruhig an, ich steh drauf.« Sie setzte sich lässig auf die Arbeitsfläche und ließ die Beine baumeln.

Die Gefangene sah elend aus. Ihr Gesicht war blass, sie hielt ihre Finger auf die kleine Wunde am Hals gepresst und weinte leise.

»Echt ein Scheißtag heute, was?«

Mit einem breiten Grinsen holte sie die Phiole aus der Tasche und ließ einen winzigen Tropfen auf den kleinen Finger laufen. »Für mich auch. Ich habe das eben gemerkt, als du mir in die Falle getappt bist. Es macht keinen richtigen Spaß mehr. Diesmal hat er es wirklich übertrieben. Vielleicht sollte ich seinen kleinen Harem hier versammeln.« Genüsslich leckte sie über den Finger und erwartete mit geschlossenen Augen die erste und aufregendste Welle des Rauschs. Es fühlte sich überwältigend gut an. Wie ein Tropfen purer Lust, der sich von der Zunge aus in jede Zelle ihres Körpers ausbreitete.

»Es gibt keinen Harem«, sagte Mirijam tonlos.

Noch nicht bereit, den Rausch durch die Realität dämpfen zu lassen, blieb Marike mit angelehntem Kopf sitzen.

»Wie es aussieht, hat er seine Meisterin gefunden.«

Gerne wäre sie sich mit den Händen über den Körper gefahren, hätte die prickelnde Haut berührt. Dass ausgerechnet sie, die harmlose Marike Lessing, Macht über Lars besaß, war überwältigend.

Aber sie besann sich, öffnete die Augen und leckte sich als letzten Ausdruck der Lust über die Lippen. »Ich bin seine Meisterin«, sagte sie und sah Mirijam zusammenzucken, als sie ein irres Lachen nachsetzte. Spitz und hoch.

Das Messer warf sie achtlos auf den Arbeitstisch. Es wurde Zeit für das Finale des Tages. Schwankend stand sie auf und kratzte sich so am Kopf, dass die blonde Perücke deutlich verrutschte. Dabei vergewisserte sie sich, ob Mirijam auch alle wichtigen Details wahrnahm oder etwas anders in Szene gesetzt werden musste.

Penibel achtete sie darauf, dass sie mit der nackten Hand nichts berührte, worauf Spuren der weißen Farbe zurückbleiben konnten.

»Ich bin seine Meisterin, ich muss mich optisch nur etwas anpassen, dann wird er mich vergöttern.« Lässig schickte sie Jutta eine SMS mit der Adresse der Villa. Da sie wusste, dass sich das Haus in Bergedorf befand, lungerte sie bestimmt schon den ganzen Tag in diesem Stadtteil herum und würde schnell hier sein. Marike hob sich den absoluten Höhepunkt ihres Auftritts für diesen Augenblick auf. Das Hochgefühl war diesmal nicht so stark, wahrscheinlich brauchte sie etwas mehr von dem Stoff. Sie öffnete die Augen und sah zu Mirijam.

Angst machte Menschen hässlich und gleichzeitig faszinierend schön. Marike studierte jede Regung in dem Gesicht. Kurz ahmte sie den Ausdruck nach. »Ich gebe dir einen guten Rat«, sagte sie so leise, dass sich die Gefangene vollkommen auf ihre Stimme konzentrieren musste. »Gleich kommt meine Freundin. Von uns beiden ist sie die Durchgeknallte.« Sie ließ die Worte sacken. »An deiner Stelle würde ich mich auf den Boden legen und keinen Mucks von mir geben. Wenn sie denkt, dass du zugedröhnt bist, wird sie dich in Ruhe lassen. Sie ist etwas wütend, musst du wissen.« Sie schnalzte und verdrehte die Augen. »Wir haben da so einen kleinen Konflikt, der sich nur schwer aus der Welt räumen lässt.«

Diese Steigerung der Angst war nötig, damit Mirijam vollkommen aufmerksam war und nicht störte, wenn die Show losging. »Du musst wissen, dass sie sehr eifersüchtig ist, weil sie Marike ganz für sich allein haben will. Ich sollte sie in ihre Arme und nicht in die von Lars treiben.« Mit einem freudlosen Kichern fasste sie sich an den Kopf, die Perücke verrutschte erneut und zeigte eine hohe weiße Stirn, wodurch das Gesicht wie eine Maske wirkte. »Aber sie hat es mit Lars getrieben, ist zu seiner Hure geworden. Ich musste sie mitnehmen! Du verstehst das, oder?«

Auf Mirijams Gesicht zeichnete sich ein langsames Begreifen ab. Mit hektischen Augenbewegungen sah sie sich im Raum um.

»Das ist doch hier kein Kaffeekränzchen im Hurenklub«, brauste Marike auf, nur um im nächsten Moment scheu zu lächeln und verträumt mit der Phiole an den Lippen eine Melodie anzustimmen. Der Deckel saß fest auf der Öffnung. Erst wenn Jutta wieder fort war, würde sie einen weiteren Tropfen nehmen. »Kennst du diesen Song von Stevie Nicks?«

Den Text konnte sie sich nicht merken, aber für den Effekt reichte das Summen aus.

»Wo ist Marike?«, fragte Mirijam.

Mit einem genervten Laut beendete Marike die Melodie und ging zu der ausgebreiteten Plane. »Vielleicht liegt sie ja hier bei Petra.«

Mit einem Ruck legte sie den Leichnam frei und schnalzte amüsiert. Wie zu erwarten, schrie Mirijam entsetzt auf und wandte sich von dem verwesenden Körper ab. Zufrieden legte Marike die Plane wieder ordentlich darüber. Sie war gänzlich in ihrer Rolle angekommen und spielte Fabienne mit Bravour.

»Marike geht es gut«, sagte sie und starrte ins Leere. »Sie liegt oben in einem weichen Bett und träumt schöne Dinge. Und ihre wundervollen Haare umrahmen ihr hübsches, makelloses Gesicht.« In Gedanken sah sie Fabienne, die in ihrem jetzigen Zustand alles andere als hübsch oder wundervoll war.

Endlich klingelte es. Ihr Herz machte einen Extraschlag vor Aufregung. Jetzt würde sich zeigen, wie gut ihre schauspielerischen Fähigkeiten tatsächlich waren. Mirijam sah mit geweiteten Augen zur vermeintlichen Fabienne. »Bitte, tun Sie mir nichts!«

An der Tür blieb sie stehen und nahm genussvoll die Perücke ab, damit sich Mirijam der Eindruck der Albinoverrückten fest einbrannte. »Dann leg dich besser hin und sag kein Wort.« Mit der nackten Hand strich sie sich über die weiße, vollkommene Glatze.

Es klingelte erneut, Jutta wurde ungeduldig. Marike ging los und rückte die Perücke wieder in Form. Das Gefühl der Gummistopper auf der Kopfhaut war unangenehm. Die Menschen liebten ihre rotbraunen Locken, aber die würden nachwachsen. Die perfekte Illusion war wichtiger als Eitelkeiten.

Als sie die Haustür öffnete, kam eine regennasse Jutta hereingestürmt.

»Ich fasse es nicht, dass du mich so lange warten lässt«, polterte sie los.

»Tut mir leid.« Sie korrigierte ihr Auftreten leicht, als es von Fabienne abzuweichen drohte. Jutta gegenüberzustehen und zu begreifen, dass alles stimmte, erzeugte ein Gefühl der Erniedrigung, das sie rasend machte vor Wut. Am liebsten hätte sie ihre vermeintliche Freundin angeschrien, aber sie musste in der Rolle bleiben. Und sie würde die Rolle besser spielen, als Fabienne es selbst könnte.

»Ich bin unten noch nicht fertig, komm mit.« Sie ignorierte Juttas Widerworte und ging voran.

»Nun bleib doch mal stehen. Ich sollte gar nicht hier sein«, rief Jutta und kam ihr trotzdem nach.

»Ach nein?«, flötete Marike und betrat den Kellerraum.

»Scheiße, was stinkt hier so?« Mit einer Hand auf der Nase trat Jutta in den Lichtschein der Kellerbeleuchtung. »Ist das immer noch Petra?« Ihr Blick fiel auf Mirijam, was sie augenblicklich einen Schritt rückwärts machen ließ.

»Die ist total weggetreten, nun stell dich nicht so an. Ich weiß, was ich tue. Also, was ist dein Problem?«

Jutta blieb an der Tür stehen und wirkte unentschlossen. Eigentlich wollte sie eine Beschwerde loswerden, aber die Umstände hemmten sie.

»Es hat also nicht geklappt?«, sagte Fabienne mit einem mitfühlenden Unterton. »Sie wollte sich lieber von Lars als von dir trösten lassen.« Die richtige Wortwahl fiel ihr etwas schwer, weil die eigene Wut zu sehr hineinspielte. »Lässt ihn antanzen statt dich, und er fickt sie die ganze Nacht so richtig durch.«

»Hör auf!«

Marike grinste und leckte sich über die Lippen. »So hast du dir das nicht vorgestellt, oder?«

Jutta schüttelte benommen den Kopf. »Du wolltest mir helfen, und jetzt habe ich gar nichts! Du bist an allem schuld! Weiß sie von unserer Verbindung?«

Mit Rücksicht auf Mirijam, die sich vor Schreck verraten könnte, verzichtete Marike darauf, in einer wütenden Geste Dinge um sich zu werfen. Stattdessen ging sie auf Jutta zu und machte sich so groß sie konnte. »Für wen hältst du mich? Ich bin sehr subtil vorgegangen. Unser Geheimnis ist bei mir sicher.« Dann kicherte sie. »Und ich mache es wieder gut.«

»Wie willst du das tun?«

»Sie ist oben«, sagte Marike verschwörerisch. Dann senkte sie ihre Stimme. »Ich gehe morgen Abend zu ihm ins Hotel. Ich werde aussehen wie sie und ihm wegen dieser kleinen Schlampe da im Käfig eine Szene machen. Dann haben wir Sex, und am nächsten Morgen wird er in ihrem Blut aufwachen. Mit den richtigen Drogen wird das ein Kinderspiel.«

»Du willst ihr was antun?«, brauste Jutta auf und erweckte den Anschein, Marike sofort retten zu wollen.

»Nein, nein, ich zapfe ihr nur etwas Blut ab, nicht viel. Gerade genug, um das Bett zu besudeln. Er wird total verstört sein, und du bekommst deine Marike zurück. Denkst du wirklich, sie will ihn noch mal wiedersehen, wenn ich mit ihr fertig bin?«

Jutta ging mit einem Kopfschütteln rückwärts in den Flur. »Das klingt sehr dünn.«

Einer Eingebung folgend, trat Marike auf sie zu und drängte sie mit ihrem Körper gegen die Wand. »Hast du Angst?«, flüsterte sie in Juttas Ohr. Mit den Lippen berührte sie leicht ihre Haut. »Es war so schön, wie sie dich gebraucht hat, ihren Kopf an deine Schulter legte und weinte.«

Als Jutta sich nicht bewegte, presste sie sie noch fester gegen die Wand. »Denkst du, sie wird irgendwann so was mit dir machen?« Sie ließ leicht die Hüften kreisen. »Oder so was?« Mit ihren Lippen fuhr sie an Juttas Hals entlang. In diesem Moment gab es nur noch Fabienne in ihrem Kopf.

»Was tust du da?« Die halbherzige Gegenwehr war zu vernachlässigen. Wichtig war nur, dass Mirijam alles mitbekam.

Juttas Atem ging schneller, was Marike mit einem Kuss auf ihr Schlüsselbein belohnte. »Wenn ich mit Marike fertig bin«, sagte sie und richtete sich auf, »dann wird sie wissen, dass du der einzige Mensch auf der Welt bist, der sie tatsächlich versteht und dem sie vertrauen kann. Das willst du doch, oder?« Ihr Blick fiel auf den bebenden Mund, der halb geöffnet auf sie zu warten schien.

»Fabienne«, sagte Jutta nur.

»Wir beide sind das perfekte Paar«, sagte Marike und näherte sich langsam Juttas Gesicht. »Für das, was wir lieben, nehmen wir jede Last auf unsere Schultern. Ich verspreche dir, dass Marike dich mehr als jemals zuvor brauchen wird. Aber dafür musst du dich an den Plan halten.« Kurz vor dem Kuss hielt sie inne, betrachtete Juttas geschlossene Augen und den erwartungsvollen Ausdruck auf ihren Zügen.

Es ist so leicht.

Marike trat entschlossen von ihr zurück, quittierte Juttas Enttäuschung mit einem spitzen Lachen, dann löschte sie das Licht im Kellerraum und knallte die Tür zu.

»Du musst jetzt gehen«, sagte sie entschlossen.

»Nein, ich will sie erst sehen.«

Es war zu erwarten, dass sie diese Forderung stellte, so wie jede andere Reaktion auch. Jetzt, da Marike verstand, was für ein manipulativer Mensch Jutta war, fiel es ihr ganz leicht, sie zu durchschauen.

»Sie wäre sicher ebenso entzückt, dich zu sehen.«

»Ist sie nicht betäubt?«

Marike fuchtelte mit den Händen. »Verdammt richtig. Warum nicht auf die letzten Meter ein Risiko eingehen? Sie ist oben, tu, was du nicht lassen kannst.«

Jutta wirkte unentschlossen, trotzdem setzte sie sich in Bewegung und ging die Treppe zum ersten Stock hoch. Marike folgte ihr, die Hand um die Phiole gelegt, in der immer noch genug war, um Jutta eine Überdosis zu verpassen.

»Die zweite Tür«, sagte sie und drehte den Verschluss auf.

Ganz vorsichtig öffnete Jutta die Tür und sah durch den Spalt. Eine Lampe, die ohne Schirm am Fußende leuchtete, blendete sie. Das Bett stand mit dem Kopfende zur Tür. Die rotbraunen Locken lugten wirr unter der Bandage um den Kopf hervor.

Marike deutete auf die Hand der Schlafenden. »Ich wünschte, ich hätte so einen schönen Teint«, sagte sie und ließ ihre eigene weiße Hand kreisen.

Die Gefangene bewegte sich.

»Verdammt, sie wacht auf. Geh runter, ich regle das.«

Mit einem Stoß beförderte sie Jutta aus der Türöffnung, betrat den Raum und goss einige Tropfen von der Droge in den leicht geöffneten Mund. Fabienne stöhnte leise.

Zufrieden schob Marike die Locke wieder unter den Verband, der ihre eigenen abgeschnittenen Haare fest an Fabiennes Kopf hielt. Der Superkleber würde das Übrige tun, denn immerhin stand Fabienne noch ein Ausflug bevor, für den sie hübsch sein musste.

Mit einem Finger nahm sie einen Rest der Droge auf und führte ihn zwischen ihre Lippen.

Beschwingt verließ sie den Raum. Jutta wartete neben der Tür und zerknautschte mit den Händen den Saum ihrer Jacke.

»Du musst dir keine Sorgen machen. Und als Goodie, weil ich so einen guten Tag habe, bekommst du noch ein kleines Bonusgeschenk: Ihr Entzug wird euch so richtig zusammenschweißen.«

»Hör auf!«, sagte Jutta und erhob ihre Stimme. »Stell mich nicht so dar, als wäre ich eine notgeile Lesbe. Ich will nicht, dass sie einen Entzug erleiden muss. Ich will, dass das alles bald ein Ende hat. Also tu, was du tun musst, und dann verschwinde aus unserem Leben!«

Betroffen fasste sich Marike an die Brust. »O süßer Schmerz. Wir sollen getrennte Wege gehen?« Dann lachte sie, lauter und lauter, verhöhnte Jutta, die den Kopf senkte, die Treppe hinablief und aus dem Haus stürmte.

Als sie nicht mehr zu sehen war, erstarb Marikes Freude schlagartig. Sie ging zu dem Spiegel neben der Garderobe und betrachtete sich. »Gib den Leuten vor, was sie zu sehen haben, und sie werden blind für das, was tatsächlich vor ihnen steht.«

Wenn sie sich konzentrierte, sah sie in ihren Zügen abwechselnd sich selbst und Fabienne. »Partytime.«

Gemächlich ging sie in den Keller und beschleunigte ihre Schritte erst kurz vor dem Kellerraum. Mit einem kräftigen Stoß ließ sie die Tür gegen die Wand knallen und schlug auf den Lichtschalter. Mirijam ignorierte sie augenscheinlich und nahm doch aus dem Augenwinkel jede Regung wahr.

»Diese verfickte Schlampe«, donnerte Marike los. »Ich soll aus ihrem Leben verschwinden. Für die Drecksarbeit bin ich gut genug – dann goodbye.« Mit einer Drehung warf sie einen Blick auf Mirijam. »Willst du wissen, was sie gemacht hat?« Wie auf Knopfdruck sammelten sich Tränen in ihren Augen. »Als Petra starb, ist sie ausgeflippt, hat mich überrumpelt und zu der Toten in den Käfig gesperrt.« Die Tränen liefen über ihr zitterndes Lächeln. »Dann hat sie das Gitter vom Abfluss geschraubt und mich in der Dunkelheit mit der Leiche und den Ratten allein gelassen.«

Mit einem Fuß ließ sie das Gitter an den losen Enden klacken. »Die haben mich gebissen, die kleinen Teufel. Haben überall probiert, ob man auch ein Stück von der Lebenden abnagen könnte, aber ich habe ihnen nichts von mir abgegeben.« Sie verdrehte die Augen und lachte. »Zum Glück beruhigte sie sich und holte mich wieder da raus.«

Mirijam flehte, sagte all die Dinge, die verzweifelte Menschen daherjammerten, wenn sie an das schlechte Gewissen oder ans Mitgefühl appellieren wollten. Aber beides war von der Droge abgestellt worden, Marike fühlte nur die Macht, Dinge zu verändern. Ihr Plan ging auf, alle spielten unwissentlich mit und würden all das bezeugen, was sie brauchte, um nicht als die dumme Schauspielerin zu enden, die zum Spielball einer Verrückten geworden war.

»Du hast recht. So ist es unerträglich.« Tänzelnd ging sie zum Arbeitstisch zurück und nahm eine frische Flasche zur Hand, die sie mit Wasser füllte. »Dann wollen wir doch mal sehen, was dir das Warten etwas angenehmer machen könnte.«

Die kleinen Fläschchen mit den Drogen stießen klingelnd aneinander, als sie einen behandschuhten Finger darüber gleiten ließ. Diesmal fiel ihre Wahl auf Morphin und ein paar Tropfen GHB++.

Aus der Box holte sie einen weiteren Nitrilhandschuh und zog ihn über die freie Hand, dann mischte sie die Substanzen ins Wasser. Was immer Mirijam im Hintergrund auch sagte, sie hörte nicht hin. Die Worte waren wie das Rattern eines Zuges oder das Dröhnen einer Autobahn, ein Geräusch, das man nur beachtete, wenn man es zum ersten Mal wahrnahm. Danach war es immer noch da, aber belanglos.

Marike sah auch nicht mehr zurück, als sie die Flasche abstellte, das Licht ausschaltete und die Tür hinter sich zuknallte. Ihr stand ein anstrengender Tag bevor. Bis hier war alles gut gelaufen, aber wenn sie nur einen Fehler machte, würde sie als das Monster dastehen.

Sie ging ins Schlafzimmer und stopfte die Perücke, die Kleidung und die Kontaktlinsen in einen blauen Sack.

Nachdenklich sah sie auf die beiden Handys. »Da ich offiziell nicht entführt worden bin, haben sie mein Handy nicht geortet. Fabiennes Nummer scheint unbekannt zu sein, sonst wäre die Polizei schon hier gewesen.« Mit einem Finger tippte sie auf das Gehäuse ihres Smartphones. Lars vermisste sie. Mehrere Anrufversuche und Nachrichten wurden gemeldet. Der Akku war fest verbaut, sie konnte ihn nicht rausnehmen und somit die Ortung verhindern. Sie las genügend Krimis, um zu wissen, dass das bloße Ausschalten nicht reichte. Einer Eingebung folgend, ging sie damit in die Küche und goss Wasser in eine Schüssel. Bevor sie es hineinlegte, rief sie die Fotos auf und wählte das letzte, das sie von Frank und sich gemacht hatte. Die Bilder würden verlorengehen, aber hoffentlich auch jegliche Funktion dieses Geräts. Mit einem nüchternen Gefühl in der Brust legte sie das Telefon ins Wasser und sah zu, wie es auf den Grund der Schüssel sank. Das Display erlosch. Dann wickelte sie Alufolie um die Schüssel, stellte eine Pfanne in den

Gefrierschrank, stellte das Gefäß darauf und stülpte eine weitere darüber. Sie hoffte, dass es reichen würde. Mehr konnte sie nicht tun. Sie war zu erschöpft, noch mal das Haus zu verlassen und das Handy in die Bille zu werfen. Und niemand sollte sie mehr sehen.

Sie betrachtete die Nitrilhandschuhe, die im Moment ihre einzigen Kleidungsstücke waren.

Ich kann nicht mehr zurück. Sie ballte die Hände zu Fäusten. »Und ich will es auch nicht mehr. Ich setze diesem Alptraum ein Ende – für immer!«

Sie ging zurück ins oberste Stockwerk und ließ sich im angrenzenden Bad Wasser in die Wanne laufen. Die weiße Schminke juckte auf ihrer Haut und musste dringend abgewaschen werden. Mit einem quietschenden Geräusch zog sie die Handschuhe von den verschwitzten Fingern und stopfte sie ebenfalls in den Beutel.

Mit der Phiole in der Hand stieg sie in die Wanne, als das Wasser kaum eine Handbreit hoch stand. Nach ihren Berechnungen war der stärkste Rausch vorbei, wenn es Zeit wurde, das Wasser wieder abzudrehen. Diesmal ließ sie etwas mehr auf ihren Finger laufen und stellte die verschlossene Phiole auf die Toilette.

Aus weiter Ferne konnte sie sich selbst hören, aber die Kontrolle entglitt ihr so heftig, dass sie nicht mehr zwischen Pein und Lust unterscheiden konnte. Ihre Arme und Beine schlugen gegen die Badewanne, während sich die Ekstase so überwältigend in ihr hochschraubte, dass zu ihrem vollkommenen Glück nur noch Lars gefehlt hätte.

Kapitel 22

19. August 2011

»Warten Sie!«

Dabels war gerade auf dem Weg zur Tür, als Frau Moll ihm so laut hinterherrief, dass wahrscheinlich auch die Passanten vor dem Revier stehen bleiben würden.

Genervt sah er sich zu ihr um. Sie hatte ein Telefon am Ohr und gestikulierte wild.

Ergeben drehte er um, obwohl er den Feierabend sehnlich erwartet hatte. In seinem Privatleben tat sich gerade etwas. Das Timing war denkbar schlecht, aber man musste die Dinge nun mal so nehmen, wie sie kamen.

»Einen Moment, bitte.« Moll drückte das Gespräch in die Warteschleife und wartete, dass Dabels zu ihr zurückkam.

»Was ist so wichtig?«

»Lars Behring ist am Telefon. Wie es aussieht, ist Marike Lessing verschwunden.«

Mit gemischten Gefühlen nahm er ihr den Hörer ab. Einerseits war das womöglich genau das Salz in der Suppe, das er für seine Karriere brauchte, andererseits könnte es ihm aber auch das Genick brechen.

Moll drückte auf eine Taste, und die Verbindung wurde wieder hergestellt. »Kommissar Dabels«, meldete er sich.

»Marike ist verschwunden. Ich bin mir sicher, dass Fabienne sie entführt hat«, platzte der aufgeregte Behring los. »Sie wollte vor über einer Stunde hier sein, aber sie ist nicht gekommen.«

»Nur mit der Ruhe«, sagte Dabels und zückte seinen Notizblock. »Sie haben doch gesagt, dass zwischen Ihnen und Frau Lessing …«

Behring fiel ihm ins Wort. »Als wir miteinander gesprochen haben, stimmte das auch, aber die Dinge haben sich anders entwickelt.«

Dabels musste sich sehr beherrschen, dem aufgeregten Mann keine Standpauke zu halten wegen seiner gefährlichen Zügellosigkeit.

»Beruhigen Sie sich«, sagte er unverbindlich. »Wann und wo haben Sie Frau Lessing zuletzt gesehen?«

»Heute bei den Dreharbeiten. Vorhin schrieb sie mir eine SMS, dass sie auf dem Weg zu mir sei, aber sie kam nicht an.«

Dabels machte sich Notizen, auch wenn die Aussage nicht sehr ergiebig war. »Haben Sie es schon bei ihr zu Hause versucht?«

»Fabienne hat sie, ich bin mir ganz sicher!« Der Schauspieler schien ehrlich verzweifelt zu sein.

»Wir kümmern uns darum. Am besten bleiben Sie vorerst im Hotel, ich melde mich bei Ihnen, wenn es etwas Neues gibt. Und, Herr Behring?« Dabels machte eine bedeutsame Pause. »Sollten Sie etwas hören, melden Sie sich sofort bei uns. Keine eigenmächtigen Aktionen, verstanden? Das würde unsere Arbeit nur behindern.«

Lars Behring bestätigte, auch wenn er wohl am liebsten losgelaufen wäre, um sie selbst zu suchen. Was war das für eine seltsame Liebe, wenn er seine Herzensdame bewusst in Gefahr brachte? Erneut schüttelte Dabels den Kopf. Wahrscheinlich stand der Kerl auf Drama – anders konnte Dabels sich dieses Verhalten nicht erklären. Mit knappen Worten beendete er das Gespräch und reichte den Hörer an Frau Moll zurück.

Sie legte auf und sah ihn abwartend an.

»Frau Moll, sagen Sie mal, so als Frau gesprochen, würden Sie mit Lars Behring intim werden, wenn Sie wüssten, dass eine Wahnsinnige Sie höchstwahrscheinlich entführen und quälen wird?«

Aber er kannte die Antwort schon. Sie war nicht der Typ, der auf solche Kerle ansprang.

»Behring ist deshalb so erfolgreich, weil er mit einem Charisma gesegnet ist, das die Frauen reihenweise dahinschmelzen lässt. Ich glaube, er müsste nur pathetisch sagen, dass sie sich alle zu ihrem Schutz von ihm fernhalten sollen, und schon läuft die Sache. Ähnlich wie in *Twilight*.«

Dabels sah sie verständnislos an.

»Schon gut, ist eher ein Teeniefilm«, winkte Moll ab. »Was soll ich veranlassen? Ich nehme an, die Kollegen in Bergedorf informieren, Frau Lessing zur Fahndung ausschreiben und einen Antrag auf Handyortung beim Richter stellen?«

»Richtig, gute Arbeit, Frau Moll.« Wenn er gute Laune hatte, lobte er gerne. Und so wie die Dinge gerade privat und beruflich liefen, war er regelrecht beschwingt. »Rufen Sie mich an, wenn es Neuigkeiten gibt – egal zu welcher Uhrzeit, ich will es sofort wissen.«

Sie richtete ihren blonden Zopf und nahm den Hörer wieder zur Hand. »Selbstverständlich. Ich werde es beim Schichtwechsel auch den Kollegen auftragen.«

Zufrieden ging Dabels zwei Schritte, dann drehte er sich noch mal zu ihr um. »Was glauben Sie, was Rieckers nun tun würde?«

Frau Moll zuckte mit den Schultern. »Ich nehme an, genau das Gleiche.« Aber dann dachte sie kurz nach und ergänzte: »Und er würde auf sein Bauchgefühl hören.«

Mit einer Hand fuhr er sich über den Schnauzer. Sein Bauchgefühl sagte ihm, dass er kurz davorstand, den Jackpot zu knacken. »Was sagt denn Ihr Bauchgefühl?«

Sie sah ihn gleichmütig an und vollführte eine kleine Drehung mit dem Telefonhörer. »Es sagt, dass dieser Behring wegen seiner Sexsucht dringend eine Therapie machen sollte.«

Etwas in der Art hatte er hören wollen. Sie war seiner Meinung und brachte keine Rieckerschen Andeutungen, nach denen er irgendwas Entscheidendes übersah. Ja, es war ein guter Tag.

Kapitel 23

20. August 2011

So gut hatte Marike schon lange nicht mehr geschlafen. Im Nebenzimmer hörte sie Fabienne ab und zu wimmern, ansonsten war alles angenehm still. Ihr Körper fühlte sich schwer an, ihr Mund war trocken, aber ansonsten ging es ihr bestens.

Mit groben Bewegungen stemmte sie sich hoch und blieb auf der Bettkante sitzen. Der Schwindel würde vergehen. Sie hatte es mit der Droge übertrieben, aber das sollte sie nicht aufhalten. Sie nahm die neuen Nitrilhandschuhe vom Nachtschrank und zog sie über. Vorsichtig wagte sie ein paar Schritte, stolperte gegen einen Perückenständer und warf drei weitere um.

Zuerst erschrak sie vor ihrem ungewohnten Spiegelbild. Mit zitternden Fingern griff sie sich an den Kopf, wo die nachwachsenden Haare die Haut bereits dunkler erscheinen ließen. Dann musste sie lachen – ein fremdes Lachen, das einer Fröhlichkeit entsprang, die sie mit jeder Faser fühlte. Sie zwinkerte sich zu. »So ist es doch viel besser, nicht wahr?«

Mit einem Nicken bestätigte sie, als wären sie und das Spiegelbild zwei unterschiedliche Menschen. »Nie wieder Opfer.«

»Nie wieder nett und dumm«, bestätigte das Spiegelbild.

»Und jeder bekommt, was er verdient.«

Das Spiegelbild wurde ernst, das Nicken bedächtig. »Aber du musst aufpassen. Sie werden es nicht verstehen, wenn sie dahinterkommen.«

»Keiner wird dahinterkommen!« Marike fasste sich an den Kopf. »Ich bin doch viel zu nett für so eine Scheiße.«

»Dann sei auch die Nette, wenn sie dich befreien. Zeige niemandem, wie sehr du dich verändert hast.«

»Das werde ich nicht.«

Sie fühlte sich vom Spiegelbild unter Druck gesetzt. »Ich bin keine Anfängerin!«

»Scht, das weiß ich. Schritt für Schritt, und jetzt an die Arbeit!«

Marike wischte sich eine Träne von der Wange, dann lachte sie wieder. »Nur noch heute, dann wird alles gut.«

Alle würden Verständnis dafür aufbringen, wie sie aussah. Die dunklen Ringe unter den roten Augen und die eingefallenen Wangen. Wenn sie erst gerettet wurde, die Presse Fotos von ihr auf der Bahre machte und die Polizei alle Aussagen aufnahm, würden diese grausamen Erlebnisse hinter ihr liegen. Die Drogen in ihrem Blut wären Fabiennes Werk. Alles würde Sinn ergeben und nicht weiter hinterfragt werden.

Ich bin das Opfer!

Sie ging ins Bad und trank Wasser direkt aus dem Hahn.

Zur Sicherheit goss sie großzügig Reinigungsmilch in die Badewanne und schrubbte sie komplett ab, damit keine Rückstände von dem abendlichen Bad zu finden sein würden. Während sie mit der Handbrause den Schaum fortspülte, fasste sie sich an den Kopf.

»Und falls doch, dann hat sie mich eben ins Wasser gezwungen. Sie ist verrückt, ich kann ihr alles anhängen und glaubhaft erklären, dass ich mich durch die Drogen an nichts erinnere.«

An das Gefühl der Glatze konnte sie sich jedoch nur schwer gewöhnen.

Im Nebenzimmer wurde Fabienne lauter. Marike stellte das Wasser ab und ließ die Handbrause achtlos in die Wanne fallen. »Dann eben erst zu dir.«

Sie blieb in der offenen Tür zu Fabiennes Zimmer stehen und betrachtete ihre Gefangene, die schweißnass gegen die Fesseln ankämpfte. »Was soll das? Das bringt doch nichts.«

Fabienne verbog sich, bis sie zur Tür schauen konnte.

»Was hast du mit meinem Kopf gemacht?« Ihre Augen weiteten sich, als sie Marikes Glatze sah.

»Korrekter wäre die Frage, was *du* mit deinem Kopf gemacht hast.« Belustigt trat sie ein und stellte sich neben das Bett. Es gefiel ihr, auf Fabienne niederzuschauen. »Komm, ich zeige es dir, aber dafür muss ich erst den Verband abnehmen.« Sie setzte sich dicht neben Fabienne auf die Matratze. Es war nicht zu erwarten, dass die Gefangene genügend Kraft aufbrachte, um nach ihr zu treten.

Mit beinahe liebevoller Vorsicht löste sie das Ende des Verbands und fing an, den Kopf auszuwickeln. »Ich bin auch ganz gespannt, wie es aussieht.«

In den unnatürlich blauen Augen stand pure Furcht.

»Oh, habe ich deine Weltsicht durcheinandergebracht?«, sagte Marike mitfühlend. »Ich weiß, das läuft alles ganz verkehrt. Du bist Täterin und ich das Opfer, warum liegst du nur in diesem verdammten Bett?«

Fabienne verzog wütend das Gesicht.

»Aber keine Sorge, du bekommst deine Show. Niemand wird daran zweifeln, dass du die Königin der Geistesgestörten bist.«

Ihre Haut fühlte sich heiß an, und in unregelmäßigen Abständen lief ein Zittern durch ihren Körper.

»Du wirst dir doch nicht etwa von einer Ratte was eingefangen haben, oder?« Mit der letzten Lage gingen ein paar Haare ab, und an einigen Stellen musste Marike fest ziehen, damit sich der Verband löste.

Es sah grauenerregend aus. Die unteren Locken lagen verschwitzt an Fabiennes Hals, und direkt auf dem Kopf befand sich nur eine harte, haarige Schicht.

»Das hatte ich mir hübscher vorgestellt, aber wir setzen dir einfach eine Mütze auf.«

Sie nahm den kleinen Spiegel über der Kommode von der Wand und hielt ihn über Fabienne.

»Du krankes Miststück«, presste sie gequält hervor.

»Schätzchen, ich weiß, du hättest dasselbe für mich getan.«

»Es tut weh, ich ertrage das nicht!« Wenn sie die Gesichtsmuskeln bewegte, zeigten sich Spannungsfältchen. Marike hatte an den Rändern Sekundenkleber benutzt, damit die Haare nicht abpellen konnten, und zum Schluss genügend weitere Haare draufgedrückt, dass sie den Kleber verdeckten und unter dem Verband eine ordentliche Schicht bildeten. So weit hatte alles gut funktioniert.

Fabienne starrte die Phiole an, als könne sie das Kommende allein mit Willenskraft abwenden.

»Ich finde es sehr sympathisch, dass du aufs Jammern verzichtest. Wir beide wissen ja, dass dich das auch nicht erweicht hätte.«

Es lag etwas in diesen seltsamen Augen, das Marikes Machtgefühl noch verstärkte.

»Wie viel hast du davon genommen?«

Marike sah auf die Beschriftung und zuckte gleichgültig mit den Schultern. »Was weiß denn ich?«

Fabienne wollte ihr tatsächlich ins Gewissen reden. »Du musst schnell zu einem Arzt. Die Substanz lagert sich wie Botox im Hirngewebe ein. Nur dass deine Persönlichkeitsveränderungen bleiben werden. Ernsthaft, du musst sofort gehen!«

Marike lächelte mitleidig. »Ach, und das sagst du mir so von Freundin zu Freundin? Muss ich dich daran erinnern, dass du mir das Mittel zuerst verabreicht hast?«

»Aber doch nicht pur!«, schrie Fabienne und riss erneut an den Fesseln.

Marike ließ etwas auf ihren Finger laufen und trat an ihre Gefangene heran.

»Du wirst mich schon umbringen müssen, wenn du damit durchkommen willst«, sagte Fabienne mit sich überschlagender Stimme.

»Scht.« Marike legte ihr den Finger auf die Lippen. »Du willst doch das Ende nicht jetzt schon verraten.«

Für einen Augenblick machte es den Eindruck, als wollte Fabienne sie beißen, aber die Wirkung setzte wie gewohnt schnell ein. Marike fragte sich, ob sie wohl herausfinden könnte, was Fabienne an der Droge verändert hatte. Der Gedanke, dass alles aufgebraucht sein könnte, bevor sie bereit war, gänzlich darauf zu verzichten, gefiel ihr ganz und gar nicht. Wie sollte sie mit all den Emotionen umgehen, die von diesem Zaubermittel unterdrückt wurden?

Ihr Verstand konnte ihr noch so bildhaft ins Gewissen reden, sie verlor nicht einen Moment ihr Ziel aus den Augen, aber wenn die Wirkung nachließ, dann würden Entsetzen, Schuldbewusstsein und

Fassungslosigkeit die Wand ihrer selbstgeschaffenen Wahrheit durchbrechen.

Sie leckte mit der Zungenspitze über den Handschuh. »Ist das alles nicht einzig deine Schuld?«

Sie sah sich mit der Aufregung des Rauschs im Zimmer um. Es gab noch viel zu erledigen. Die Matratzen und Bettwäsche mussten vertauscht, alle Perücken im kleinen Zimmer aufgesetzt und anschließend auf den Boden geworfen, weiße Schminke auf dem Kopfkissen verteilt werden.

»Fabiennes Fesseln in den Sack, Waschlappen auch, später nichts vergessen.« Ihre eigene Stimme zu hören, ließ sie fokussierter ans Werk gehen. Und so erledigte sie alles nach und nach und war sehr verschwitzt, als sie endlich Fabiennes Matratze auf das Ehebett gewuchtet und zu guter Letzt den schlaffen Körper daraufgelegt hatte.

Aus dem großen Kleiderschrank im Schlafzimmer nahm sie zwei Blusen und Röcke der Hauseigentümerin, die gleich aussahen. Blauer langer Rock, hellblaue Blusen.

Sie würde die Röcke enger nähen müssen, aber das bekäme sie hin.

Zuerst zog sie ein schwarzes Shirt und eine schwarze Hose an, dann die Kleidung. Zuletzt nahm sie die eine der beiden Perücken zur Hand, die sie extra beiseitegelegt hatte. Mit den künstlichen Haaren auf dem Kopf sah sie fast so aus wie immer. Es war nicht ganz ihre Frisur, aber das würde nur ihr selbst auffallen. Im Spiegel sah sie zu Fabienne, die gerade einen Trip durch die Glückseligkeit machte.

»Wir werden wie Zwillinge aussehen«, sagte sie nachdenklich. »Sieh es als kleine Entschädigung für alles, was ich dir antun werde. Meine wird kommen, wenn alles vorbei ist.«

Aus den Koffern suchte sie passende Wimpern und braune Kontaktlinsen. »Ich habe keine Ahnung, wie man jemand anderem Kontaktlinsen einsetzt, aber irgendwie kriege ich das schon hin.«

Fabienne regte sich nicht, als Marike ihr die Augenlider aufzog und die Linsen auf die Augäpfel drückte. »Du hättest Karriere machen können, so wandelbar, wie du bist«, sagte Marike und schminkte Fabienne genau so, wie sie sich selbst geschminkt hatte. In einem anderen Koffer fand sie Augenbrauen, die ihren ähnlich sahen, und klebte sie auf die haarlosen Stellen über den Augen. »So wandelbar.«

Der Körper der Gefangenen fühlte sich heiß an, das Fieber stieg. Sie konnte sich vorstellen, wie die eiternden Kopfwunden unter dem Kleber aussahen, und hoffte, dass die Haare halten würden. Als sie Fabienne auszog, bemerkte sie mehrere Rattenbisse, die sich ebenfalls entzündet hatten. Gut möglich, dass die Biester direkt von der Leiche zu Fabienne gelaufen waren.

»Keine Sorge, in ein paar Stunden ist alles vorbei«, sagte sie sanft und zog Fabienne Bluse und Rock ohne Unterwäsche an.

Nun war alles vorbereitet. Ihre Haare waren überall verteilt, wo sie Fabienne entlangschleifte, Marikes vermeintliche Zelle sah verwüstet aus, Mirijam saß verängstigt im Keller.

»Fabienne in den Kofferraum, letzter Auftritt, und dann Lars anrufen«, zählte sie noch mal auf.

Für die unansehnliche Stelle auf dem vollgeklebten Kopf schnitt sie eine Perücke zurecht, die eine ähnliche Haarfarbe aufwies und nur diese Stelle bedecken sollte. Niemanden würde stören, dass es nicht perfekt aussah. Sie wuchtete sich die Bewusstlose über die Schultern und warf einen letzten Blick in den Spiegel.

»Alles wird gut«, versprach sie sich selbst. »Jeder bekommt, was er verdient.«

Ihr Spiegelbild nickte.

Mit einer Hand steckte sie das Handy und die Phiole in Fabiennes Handtasche und ergriff den Sack mit den Sachen.

Kapitel 24

18:15 Uhr

Ihr Körper brachte die letzten Kraftreserven auf. In ihrem Kopf wurde alles ganz ruhig und klar, weil dies ihr letzter Auftritt in diesem Schreckensszenario sein würde. Sie sah sich in jedem Raum, den sie verließ, ein letztes Mal um, als würde sie Abschied nehmen von der Pein, die sie in diesem Haus hatte erfahren müssen.

An Mirijams Kellertür ging sie ganz leise vorbei, um zuerst ihre Doppelgängerin in den Kofferraum zu legen. Dann wählte sie Juttas Nummer auf Fabiennes Handy. Wie erwartet nahm Jutta das Gespräch hastig an. Kein Zögern, Nachfragen oder genaueres Hinhören, Jutta war völlig arglos.

»Wie soll es jetzt weitergehen? Du kannst sie nicht die ganze Zeit ans Bett gefesselt lassen. Das hält sie nicht aus.«

»Du machst dir Sorgen um sie?« Marike lachte Fabiennes schönste Lache. »Weißt du was? Bevor ich Lars treffe, komme ich zu dir. Du musst dir ansehen, wie perfekt ich aussehe, und du kannst mir helfen!« Laut und deutlich sprechend, trat sie vor die Kellertür und baute darauf, dass Mirijam zuhörte.

»Dann fahre ich zu ihm und versetze ihm einen Schlag, den er nicht vergessen wird.«

Jutta wurde ganz ruhig am anderen Ende. »Wie geht es ihr?«

»Besser als mir, das kannst du mir glauben!«, schrie sie in den Hörer.

Die Stimme am anderen Ende wurde dünn und brüchig. »Du hast mir versprochen, dass ihr nichts passieren wird.«

»Und ich halte meine Versprechen. Heute um Mitternacht kannst du herkommen und sie retten. Denk dir irgendeine Geschichte aus, wie du sie gefunden hast. Vielleicht schalte ich ihr Handy wieder ein, dann kannst du glaubwürdig behaupten, sie geortet zu haben.« Marike legte den Kopf gegen die Stahltür und strich mit den behandschuhten Fingern über das Metall. »Du musst alle Nachrichten löschen. Alles, was uns miteinander in Verbindung bringen kann, muss weg. Den Rest besprechen wir gleich.«

Sie legte auf und sprach dann laut gegen die Stahltür. »Nein, ich glaube nicht, dass sie etwas mitbekommen hat ... nein, sie ist voll drauf, bei diesen Drogen wird sie sich kaum an ihren eigenen Namen erinnern ...« Durch die Tür konnte sie Bewegungen hören. »Ich bin doch nicht dein Lakai! Ich sag dir was. Wenn du herkommst, um die Heldin zu spielen, kannst du das mit Mirijam gleich selbst erledigen. Hat doch mit Petra auch funktioniert. ... das ist mir egal ... ich verletze nur, das Töten überlasse ich dir, wenn's dich glücklich macht.«

Ein leises Jammern drang durch die feinen Ritzen der kalten Tür. Marike schloss die Augen. »Wünsch mir Glück, meine wichtigste Zeugin«, flüsterte sie fast tonlos in Richtung Kellertür. »Wir sehen uns später, wenn alles gut läuft.«

Sie ging gedanklich jeden Schritt noch mal durch, bis zu dem Moment, wo sie als befreite Marike zu Mirijam in den Keller stürzen und alle Schubladen nach Werkzeug durchsuchen würde, um sie zu befreien. Es wäre anschließend ganz plausibel, dass überall ihre Fingerabdrücke zu finden waren. »Ich muss nur schnell genug sein.«

18:56 Uhr
An diesem Tag war nicht viel los auf Hamburgs Straßen. Lediglich am Berliner Tor stockte der Verkehr etwas. Marike verspürte nicht mal mehr Lampenfieber, sie war hochkonzentriert und fühlte sich in ihrer Rolle selbstsicher und stark. Sie wollte nicht lange bleiben, also riskierte sie es, den Wagen im Parkverbot abzustellen. Sollte sie ruhig einen Strafzettel bekommen ... Fabienne war betäubt genug, um im Kofferraum alles zu verschlafen.

Die Dosierung der Droge war zwar schwierig, aber Marike glaubte, den richtigen Dreh gefunden zu haben. In der Handtasche befanden sich Phiole, Taschentücher, medizinische Utensilien und Modeschmuck der Hauseigentümerin. Mit eisiger Wut sah sie zu den Fenstern hoch. Jutta machte sich also Sorgen – Sorgen wegen Ereignissen, die sie selbst verursacht hatte.

Dafür wirst du bitter büßen.

Diese Frau musste für immer aus ihrem Leben verschwinden. Sie hatte ihre Gutgläubigkeit ausgenutzt und sie manipuliert. Die ganzen Spielchen, das ständige Beobachten, um dann die Stimmung je nach Bedarf kippen zu lassen.

Wieder trug sie Nitrilhandschuhe unter Seidenhandschuhen. Rock und Bluse saßen seltsam verzogen an ihrem Körper, weil beides viel zu groß war, aber für den Moment würde es reichen.

Um ganz sicherzugehen, lagen weiche Fesseln um Fabiennes Hand- und Fußgelenke, aber nach den Erfahrungen der letzten Tage konnte Marike sicher sagen, dass die Gefangene frühestens in einer Stunde wieder ansprechbar sein würde.

Die Angewohnheit, mit dem Blut von Lars' Liebschaften etwas anzustellen, durfte sie nicht außer Acht lassen, auch wenn sie sich nicht stark genug fühlte, eine Blutabnahme durchzuführen.

Sie stieg aus und versicherte sich, dass das Auto auf Knopfdruck auch verriegelte, dann lief sie zu Juttas Haustür. Nach dem Klingeln summte es sofort. Marike zog die Sonnenbrille aus der Tasche und setzte sie auf. Ihr Mienenspiel musste vollkommen die Illusion von Fabienne aufrechterhalten.

Die Wohnungstür stand wie so oft angelehnt, diesmal kamen die Geräusche jedoch nicht aus dem Bad, sondern aus dem Schlafzimmer. Ein Reißen und Blättern.

Marike schloss die Wohnungstür hinter sich und steckte im Vorbeigehen ein paar Taschentücher mit Dreck aus dem Keller der Villa in Juttas Jacke an der Garderobe. Ihre Schuhe waren bereits vom Tatort verseucht, da musste Marike nicht weiter nachhelfen.

Leise ging sie zum Schlafzimmer und stieß die Tür auf. »Scheiße, was wird denn das hier?«

Jutta fasste sich erschrocken ans Herz und starrte Marike mit geweiteten Augen an. Ihr fehlten die Worte. Marike vergaß für einen Moment, dass sie so verkleidet war, dass sie wie sie selbst aussah. Denn das, was Jutta da gerade von ihrer Schlafzimmerwand riss, waren Fotos und Zeitungsartikel von ihr. Ausdrucke von der Liebesszene mit Lars, Handyfotos von ihrem schlafenden Gesicht in dem Käfig, Paparazzibilder und alles, was Marike oder ihre Freunde bei Facebook veröffentlicht hatten. Manches war rot markiert oder mit Notizen versehen. Sogar Theaterkarten, die belegten, dass sie Marike schon auf der Bühne gesehen hatte, bevor sie sich zufällig kennenlernten.

War das überhaupt ein Zufall gewesen?

»Marike?«, sagte sie atemlos.

Marikes Hände ballten sich zu Fäusten. Am liebsten hätte sie der falschen Schlange ihre Wut in den Schädel geprügelt. Jutta war mehr als eine vergrätzte Freundin, die ein paar schräge Entscheidungen getroffen hatte. Diese Frau war besessen von ihr und bereit, jeden Weg zu gehen, um ihr Zeckendasein zu sichern.

»Du bist es doch, oder?«

Die Hände mit den Schnipseln zitterten. Marike war früher schon mal im Schlafzimmer gewesen, aber da hatte immer eine Motivgardine vor der Wand gehangen. Soweit sie sich erinnern konnte, zeigte das Bild Marilyn Monroe. Die war nun ganz zur Seite geschoben.

»Das sieht jetzt alles ganz anders aus, als es ist«, sagte Jutta leise und beschwörend. »Ehrlich, ich wollte niemals, dass dir Schaden zugefügt wird. Ich war so sauer auf dich, als mir der Zeitungsartikel über Fabienne in die Hände fiel. Ich konnte doch nicht ahnen ...«

Konzentriere dich!

»Dass du dadurch die coolste Person der Welt treffen würdest?« Marike lachte wie irre los und drehte sich um die eigene Achse. »Ich sagte ja, du würdest staunen!«

Jutta ließ sich wie erschossen aufs Bett fallen. »Fuck, Fabienne, ich habe mir fast in die Hose gemacht.«

Kichernd setzte sich Marike auf die Bettkante und ließ unauffällig ein paar ihrer abgeschnittenen Haare auf den Boden rieseln. Mit einem Fuß schob sie einige Papierschnipsel darüber. »Ich finde, du solltest es so lassen. Eine wundervolle Collage.«

»Nein, besser, ich vernichte alles, sollte die Polizei doch aus irgendeinem Grund hier anklingeln.«

Summend stimmte Marike den Song von Stevie Nicks an, den Jutta offensichtlich auch schon gehört hatte. Sie lächelte und richtete sich auf. Damit auch die letzten Zweifel verschwanden, nahm sie die Sonnenbrille ab und sah sie mit den seltsam blauen Augen an.

»Behalte die Brille bloß auf, sonst wird er dich sofort erkennen.«

»Ich weiß, die braunen Linsen sind ruiniert. Es muss so gehen.« Sie veränderte ihre Stimme hin zu einem höhnischen Tonfall. »Er wird mir schon nicht die Sonnenbrille von der Nase reißen. Wir werden uns küssen und beteuern, wie glücklich wir sind, einander wiederzuhaben – spätestens wenn die Drogen wirken. Wir werden alles tun, was Erwachsene so miteinander machen, und am Morgen wacht er blutbeschmiert auf. Ich verschaffe dir genügend Zeit, damit du Marike retten kannst, und jeder von uns bekommt, was er haben will. Klingt das nach einem guten Plan?«

Jutta nickte. »Und dann muss das alles beendet sein.«

Marike setzte die Brille wieder auf. »Natürlich, sie wird dich mehr als irgendwen sonst brauchen. Das Werk ist vollbracht.«

Mit ihrem prüfenden Blick betrachtete Jutta die Sonnenbrille.

Marike lächelte freundlich, zeigte, dass sie ihrer Sache vollkommen sicher war. Mit der Zunge fuhr sie die künstliche Zahnreihe nach.

»Bevor du ihm die Drogen nicht gegeben hast, solltest du nicht so viel lächeln, sonst sieht er spätestens an den Zähnen, dass du nicht Marike bist. Du bist auch viel dünner als sie …«

»Lass gut sein, er wird es schon schlucken«, brauste Marike mit hoher Stimme auf.

Jutta zuckte zusammen und schaute weg.

»Ich verstehe nur nicht, was du an ihr findest. Als Gefangene ist sie schrecklich nervtötend«, sagte Marike. »Ständig jammert sie oder versucht, mir mit Verständnis zu kommen, als würde mich das milde stimmen.«

Jutta drehte sich zu den Zeitungsartikeln um und stand auf. »Schon als ich sie zum ersten Mal auf der Bühne sah, wusste ich, dass ich sie kennenlernen musste. Die Freundschaft war echt, es lag ja nur an ihrem dämlichen Freund, dass sie nicht so verlief, wie ich es mir wünschte.«

Marike wurde schlecht. »Nun, der ist ja nun weg«, sagte sie so amüsiert, wie sie konnte.

Jutta wurde ernst. »Ja, das ist er wohl.«

»Das hast du doch prima hinbekommen.« Marike musste aufpassen, nicht wütend zu klingen.

Mit einem Schulterzucken nickte Jutta. »Aber ohne dich hätte ich das nie geschafft. Ich weiß gar nicht, wie ich dir für alles danken soll.« Mit einer Hand strich sie ein halb abgelöstes Foto glatt, das Marike im Profil zeigte. Als es aufgenommen worden war, war sie noch ein vollkommen glücklicher Mensch gewesen. »Immer wenn ich etwas gegen Frank sagte, das ihre Einstellung ihm gegenüber ändern könnte, zog sie sich sofort zurück. Selbst als ich ihn in Diskussionen verwickelte, in denen ich ihn vorführen konnte, hielt sie zu ihm. Er war wie ein Geschwür, das entfernt werden musste.«

Es war dem Zaubermittel zu verdanken, dass Marike zwar wütend wurde, aber nicht die Kontrolle verlor. Später, wenn die negativen Gefühle nicht mehr gedeckelt wurden, käme all das zurück.

»Ehrlich gesagt, war ich mir zeitweise nicht sicher, ob es die richtige Entscheidung war, dir freie Hand zu lassen. Besonders als ich sie an dieses Bett gefesselt sah. Du bist ein ziemlich kranker Mensch.«

»Genau wie du«, sagte Marike ruhig und versuchte sich an einem Grinsen, das unter den Umständen eher schwach ausfiel. »Hilfst du mir mit der Blutabnahme?«

Jutta betrachtete das Set, das Marike aus ihrer Tasche zog. »Du willst dein Blut abnehmen?«

Der Themenwechsel brachte ihre Beherrschung vollends zurück. Sie winkte mit der Verpackung und lächelte. »Das ist doch der perfekte Abschluss meiner Liebesbotschaften, findest du nicht?«

»Klar«, sagte Jutta irritiert. »Ich geh mir nur kurz die Hände waschen.«

Bis eben war sie noch unschlüssig gewesen, aber nun wusste sie, wie sie alle dorthin bekam, wo sie sein mussten.

Ihre Armbeuge war weiß geschminkt. Jutta strich über die Haut und suchte die Vene. »Ich mag die Blässe deiner Haut«, sagte sie bewundernd.

»Kein Interesse. Tu einfach, was du tun sollst.« Es tat gut, unfreundlich und zurückweisend zu sein, ohne dadurch aus der Rolle zu fallen.

Jutta band den Arm mit einer Gummischlaufe ab und fand eine gute Vene. »Sollten wir die Stelle nicht desinfizieren?«

»Scheiß drauf, nun mach zu.«

Endlich saß die Nadel, und das Blut quoll sattrot aus der Öffnung. »Hier rein«, befahl Marike und reichte ihr mit der anderen Hand einen Gefrierbeutel.

»Wie viel?«

»Bis ich stopp sage.« Der Schwindel verstärkte sich. Ihr Körper war nicht bereit, noch weiter geschwächt zu werden. Schwer und unregelmäßig atmend ließ sie sich aufs Bett zurückfallen.

»Fabienne?«

»Alles gut, mach weiter.« Kleine Sterne tanzten vor der Schwärze, die wie Tinte über ihre Augen zu laufen schien. »Noch ein paar Milliliter.«

»Wenn du nicht so viele Drogen nehmen würdest, ginge es dir jetzt besser«, tadelte Jutta und beendete die Blutabnahme eigenmächtig.

Sie hielt den Beutel hoch, und Marike erkannte verschwommen ihr Blut hinter dem dünnen Plastik.

»Wunderbar«, sagte sie und zog mühsam den Schmuck und ein Gummiband aus ihrer Tasche. »Mach es zu, bitte.«

»Und was soll das?« Jutta nahm die Kette in die Hand.

Marike lachte. »Was soll ich für den heutigen Anlass tragen? Diese Kette oder doch lieber die Vogelbrosche?«

Prüfend ging Jutta die Schmuckstücke durch. »Ich würde den Vogel nehmen.«

»Großartig, wärst du so gut?«

Sie atmete tief ein, damit sich die Bluse über die Brust spannte. Juttas Finger strichen ganz vorsichtig über den Stoff und stachen sanft die Nadel hindurch.

Den restlichen Schmuck ließ Marike unauffällig unter die Bettdecke wandern.

»Dann kann der Spaß ja losgehen«, freute sie sich. »Und damit du ein perfektes Alibi hast, gehst du jetzt irgendwohin und erzählst anderen Leuten, was du bislang so den Tag über gemacht hast. Wenn ich mit Lars fertig bin, kannst du verkünden, dass ihr Handy wieder an ist und geortet werden kann. Du kannst dich auf den Weg machen und genüsslich die Früchte ernten. Wage es nicht, vor Mitternacht in die Villa zu gehen. Es ist alles genau durchgeplant.«

Zur Sicherheit ließ sie Jutta den gesamten Plan Schritt für Schritt wiederholen.

»Perfekt«, sagte sie und betrachtete ihre vermeintliche Verbündete durch die getönten Brillengläser. »Du bist so weit.« Sie beugte sich vor und berührte Juttas Ohr beinahe mit den Lippen. »Sie wird niemals wieder einem Mann trauen und vollkommen dir gehören, das verspreche ich.«

Juttas Gedanken waren offenbar vollkommen mit dem Ausmalen dieser Zukunft beschäftigt, denn sie vergaß alles im Hier und Jetzt. »Freu dich auf den Moment, wenn du sie in deine Arme schließen kannst. Dann wird sie dich endlich so sehen, wie du es verdienst!«

Tränen sammelten sich in Juttas Augen. Eine Mischung aus Reue und Vorfreude zeichnete sich auf ihrem Gesicht ab.

Zufrieden ging Marike zur Tür und ahmte Fabiennes Lache nach. »Jetzt kommt das Beste, mein Schatz«, scherzte sie und blies einen Luftkuss durchs Zimmer.

Jutta starrte sie wieder skeptisch an. »Es ist erschreckend, wie ähnlich du ihr siehst!«

Wenn du wüsstest.

Draußen nahm sie Fabiennes Handy und wählte die Nummer von Lars. Es dauerte sehr lange, bis er das Gespräch entgegennahm. Sie hoffte, dass er allein war.

»Behring.«

»Lars, bist du allein?«, flüsterte sie.

»Lass sie frei, Fabienne!«, forderte er ohne Umschweife. »Die Polizei weiß Bescheid.«

Nein, die kann ich jetzt noch nicht gebrauchen!

»Ich bin es! Ich bin geflohen!«, sagte Marike, als wäre sie weit gelaufen und vor Angst ganz atemlos. »Lars, ich habe solche Angst!«

»Marike?« Er klang aufgeregt. »Wo bist du? Ich komme zu dir.«

Darauf hatte sie gehofft. »Ich weiß nicht. Ich war lange in einem Keller gefangen, aber ich glaube, ich rieche den Dom. Gut möglich, dass ich ganz in der Nähe meiner Wohnung bin, aber die kennt sie. Was, wenn sie mich dort einholt?«

»Ich rufe die Polizei.«

Marike schrie spitz auf und rieb mit dem Handy gegen ihre Kleidung. Er sollte ihre Angst miterleben, angestrengt horchen, damit er mitbekam, was gerade passierte.

»Bitte, komm du zuerst her. Ich pack das nicht, das Ganze mit der Polizei und Presse. Allein bin ich denen vollkommen ausgeliefert. Bitte, Lars, ich habe solche Angst.«

Seine Stimme ließ keinen Zweifel daran, dass er in diesem Moment alles für sie tun würde. Die Erleichterung über ihre Flucht ließ keinen Widerspruch zu.

»Ich nehme mir sofort ein Taxi. Versteck dich irgendwo, wo viele Menschen sind.«

Marike grinste zufrieden. »Ich laufe zum Dom und verstecke mich beim *Breakdancer*. Versprich mir, dass wir die Polizei erst gemeinsam rufen. Ich brauche dich an meiner Seite! Versprich es!«

Sein Versprechen klang glaubhaft. Sie konnte hören, dass er eine Tür hinter sich schloss und loslief. Dabei stellte er viele Fragen. Ob Fabienne ihr etwas angetan habe oder sie verletzt sei, wobei er immer wieder beteuerte, wie entsetzlich leid ihm alles tat. Sie legte auf, ohne zu antworten. Er sollte sich beeilen und nicht versuchen, sich als unschuldig darzustellen.

Marike hatte nicht vergessen, dass er seine sympathische Ausstrahlung ausnutzte, um mit möglichst vielen Frauen seinen Spaß zu haben. Auch seine Zügellosigkeit war schuld an der Zerstörung ihres Lebens. Dafür sollte er seinen Preis bezahlen.

Sie steckte den Beutel mit dem Blut in die Handtasche und lief los. Sie musste zwingend vor Lars am Fahrgeschäft sein und Fabienne entsprechend in einem Versteck plazieren. Aus Bergedorf benötigte er mindestens 30 Minuten, für sie war es nur ein Katzensprung.

Das wird schon, bleib konzentriert, Marike!

Jutta müsste dem Plan entsprechend die Wohnung verlassen und ihre Aufräumarbeiten auf später verschieben. Eines der Beweismittel würde die Polizei schon finden, dafür würde sie sorgen, wenn es nicht von allein passierte. Marikes Gedanken wanderten immer wieder zu der Phiole in ihrer Tasche. Die Versuchung war groß, das Gefühlskarussell bekam durch das aufkommende schlechte Gewissen neuen Antrieb, aber sie konnte dem jetzt nicht nachgeben.

Sie stieg ins Auto, fuhr die restliche Strecke zum Dom und parkte in einer Auffahrt in der Nähe vom *Breakdancer*. Dieses Fahrgeschäft war traditionell immer auf dem Hamburger Dom zu finden.

Von hier an war es egal, ob der Wagen abgeschleppt oder geklaut wurde. Wichtig war nur, dass niemand zusah, wie sie Fabienne aus dem Kofferraum half.

Auf dem Fahrersitz lagen genug Haare verteilt; die im Kofferraum sollten sich die Beamten bei Bedarf selbst erklären.

Den Schlüssel ließ sie einfach stecken. Sie hatte dafür gesorgt, dass ihre Fingerabdrücke nur im Kofferraum zu finden waren, ebenso ein paar Blutspritzer.

Ich bin hier das Opfer.

Fabienne regte sich, als sie den Kofferraum öffnete. Sie sah elend aus. Fieber und Drogen setzten ihrem dünnen Körper zu. Wenn sie jemand vorher so gesehen hätte, wäre Marike mit ihrer Verkleidung niemals durchgekommen. Und es stimmte nicht, dass sie sich ähnlich waren. Sie nahm an, dass Fabienne ihre Puzzle-Theorie unbedingt bestärken wollte und sich die Welt dahin gehend schönredete. Dadurch, dass sie ständig anders aussah, verwirrte sie die wenigen Menschen, die kurzfristig mit ihr zu tun hatten. Nein, Marike wäre niemals mit dieser Maskerade durchgekommen, wäre Fabiennes Art nicht so auffallend speziell gewesen.

Und nein, Lars ging nicht nach einem genetischen Schnittmuster vor. Er nahm jede mit, die für ihn ihre Hüllen fallen ließ.

Aber damit ist jetzt Schluss!
Während sie Fabienne stützte, die sich kaum auf den Beinen halten konnte, fischte sie mit einer Hand den Sack und einen Beutel mit einer schwarzen, kurzhaarigen Perücke heraus.

Schon nach wenigen Schritten kam sie ins Schwitzen. Fabienne strahlte eine fiebrige Hitze aus, und Marike musste ihr ganzes Gewicht halten. Zusammen sahen sie aus wie zwei Partyluder in gleicher Verkleidung, die viel zu früh mit dem Trinken begonnen hatten. Das schwindende Tageslicht und das schlechte Wetter schützten sie weitestgehend vor neugierigen Blicken. Marike wählte den Weg so, dass sie sich hinter das Fahrgeschäft schleichen konnten.

Von Lars war noch nichts zu sehen. Ihr Herz schlug schneller. Es ging nicht länger nur um Vergeltung, sondern nur noch darum, aus dieser Sache straffrei herauszukommen und ihren Ruf zu schützen. Sie setzte Fabienne hinter dem Fahrgeschäft auf den Boden. Willenlos sackte sie zur Seite und stöhnte. Die laute Musik mischte sich mit zahlreichen Durchsagen und dem Gejohle der Besucher. Bunte Lichter flimmerten über alles, was nicht im Schatten lag.

Vorsichtig spähte sie zu den Besuchern und hielt Ausschau nach Lars. In ihrer Rocktasche hielt sie die Spritze mit *Tranxene* umfasst. Das Internet behauptete, man müsse es nur in irgendeinen Muskel spritzen, damit eine Person augenblicklich bewusstlos wurde. Es musste funktionieren. Zum Glück waren genug Menschen hier, die sich schnell um ihn kümmern könnten.

Alles wird gut!
Alle anderen Sachen hatte sie bei Fabienne zurückgelassen. So wie die aussah, war sie zu benebelt und zu schwach zum Weglaufen.

Unruhig sah sie auf das Handy und suchte dann wieder die Umgebung ab. Wenn er sie nicht fand, müsste sie ihn anrufen. Vielleicht war es doch keine gute Idee gewesen, diesen Ort zu wählen.

»Scheiße, wo bleibst du?«

Da legte sich plötzlich von hinten eine Hand auf ihre Schulter.

Kapitel 25

21:35 Uhr

»Kommissar Dabels?«

Dabels verdrehte die Augen. Das konnte er jetzt gar nicht gebrauchen. »Was ist?«

Frau Moll räusperte sich am Telefon. »Es gibt eine Leiche auf dem Dom, die Sie sicher interessieren wird. Ich habe Sie nicht erreichen können, und sie wurde bereits in die Pathologie gebracht. Der Einzige, der dazu was sagen kann, ist Lars Behring, und der liegt mit einem Schock im Krankenhaus.«

Seit Monaten hatte er endlich mal wieder eine Verabredung mit einer interessanten Frau. Nachdem die Versuche, Marike Lessings Handy zu orten, erfolglos geblieben waren, war er optimistisch gewesen, dass dieser romantische Abend ungestört verlaufen würde. Das Essen war hervorragend gewesen; dieser italienische Koch war wie ein Poet, der ihn in seinem amourösen Bestreben unterstützte.

Er hatte dieses spontane Date nicht ruinieren wollen und sich erlaubt, mal drei Stunden nicht erreichbar zu sein. Dann hatte sie vorgeschlagen, in einen angesagten Irish Pub zu gehen, und er wollte nur schnell die Adresse auf dem Smartphone heraussuchen. Nun wünschte er sich, er hätte einfach den nächstbesten Taxifahrer um Auskunft gebeten.

Selbst wenn er Moll alles Weitere überließ, wären seine Gedanken doch den ganzen Abend bei der Leiche. Sein Zögern wurde am anderen Ende der Leitung mit geduldigem Schweigen quittiert.

Mit einer leichten Drehung wandte er sich zum Durchgang zu den Toiletten um, wo Renate jeden Moment erscheinen würde. Sie war zauberhaft und angenehm bodenständig, aber würde sie auch Verständnis aufbringen, wenn er das Leichenschauhaus dem Abend mit ihr vorzog?

»Welche Pathologie?«

Bei der Adresse lief es ihm kalt den Rücken herunter. Er musste an Konrad Gall denken, den Mann mit dem Wachsgesicht, der ihn seine Karriere gekostet hatte.

»Ich bin gleich da.«

Renate kam zurück an den Tisch und strahlte ihn an. »Fündig geworden?«

Bedauernd schüttelte er den Kopf. Er konnte zusehen, wie das Strahlen auf ihrem Gesicht langsam erlosch.

»Das Präsidium hat angerufen. Es gibt da eine Leiche, die ich mir ansehen muss.« Mutig ergriff er ihre Hand und umschloss sie mit den Fingern. »Am liebsten würde ich mich zweiteilen, um diesen wundervollen Abend nicht zu ruinieren.«

Renate lehnte sich vor und zwinkerte ihm zu. »Dann machen wir doch das Zweitbeste: Ich komme mit.«

Für einige Herzschläge sah er sie nur sprachlos an. Eigentlich war sie rein äußerlich nicht sein Typ. Dunkle Haare, die sie als Bob trug, etwas fülliger und mit einem Hang zu farbenfroher Kleidung, aber so, wie sie ihn ansah, roch, redete und sich bewegte, gab es keine Ideale mehr in seinem Kopf. »Du müsstest draußen warten, willst du das wirklich?«

Sie lehnte sich noch weiter vor. »Was willst du denn?«

Genau das, was sie in diesem Moment in greifbare Nähe rückte: sie küssen. Aber Dabels zögerte einen Moment zu lange. Mit einem Räuspern fand er seine Stimme wieder. »Ist gut, ich werde es ganz kurz machen, und anschließend gehen wir in den Irish Pub, und du erzählst mir mehr über dich.«

Sie nickte und zog ihre Hand zurück. »Dann los, Herr Kommissar.«

Etwas schneller als erlaubt lenkte er den Wagen durch die Hamburger Innenstadt und parkte direkt vor dem Krankenhaus. Der Ausweis hinter der Windschutzscheibe würde ihn vorm Abschleppen bewahren. Er wollte so wenig Zeit wie möglich verschwenden. Mit einem unguten Gefühl ging er vor. Er fühlte sich unangenehm erinnert an seinen letzten Gang durch diese Flure. Es hätte ihn nicht überrascht, Rieckers hier zu begegnen, der den Fall bereits gelöst hatte.

»Alles gut? Du quetschst meine Hand.« Trotzdem klang ihre Stimme angenehm weich.

Er lockerte sofort den Griff und entschuldigte sich. »Es ist nur, weil ich schon öfter hier war …«

Mitfühlend legte Renate ihm eine Hand auf den Arm.

Vor der Automatiktür blieb er stehen. »Du wartest bitte hier. Ich bin gleich wieder da.«

Neugierig sah sie an ihm vorbei, als sich die Tür öffnete. Im Innern waren eine blonde Beamtin, ein Mediziner und ein Streifenpolizist zu sehen. Die Sicht auf den Obduktionstisch wurde von einem Utensiliencontainer versperrt.

Als sich die Tür hinter ihm schloss, nahm Dabels Haltung an und grüßte mit strengem Tonfall in die Runde.

»Was haben wir? Bitte nur die Fakten.«

Moll sah ihn kurz an, ließ den Blick über seinen schicken Anzug gleiten und zeigte keinerlei Reaktion. »Wir können jetzt schon sagen, dass es sich mit größter Wahrscheinlichkeit um Fabienne Loss handelt. Laut Lars Behring hat sie ihn angerufen und ihm vorgespielt, sie sei die entflohene Marike Lessing. Sie sei eine perfekte Kopie der Schauspielerin gewesen, als er sie auf dem Dom traf.« Moll deutete auf den entstellten Kopf, an dem grotesk große, mit Haaren verklebte Hautfetzen abstanden. Das Gesicht war zur Hälfte brutal nach innen gedrückt.

»Hat er das getan?«

»Nein, es gibt zehn Augenzeugen, die berichten, dass Fabienne Loss plötzlich durch die Besucher am *Breakdancer* getorkelt kam und kopfüber direkt zwischen die sich drehenden Gondeln stürzte. Eine Frau habe sie noch halten wollen, aber Fabienne war nicht zu stoppen.« Moll blätterte in ihren Notizen. »Drogenscreening läuft, bei Behring auch. Sie hat ihm irgendwas in den Nacken gespritzt und dann Blut über ihn gekippt. Wenn ich raten sollte, dann würde ich sagen, es ist Marike Lessings Blut.«

Nachdenklich betrachtete Dabels das verbliebene Auge der Leiche, in dem sich die braune Kontaktlinse verschoben hatte, was gespenstisch aussah. »Wissen wir, wo sie Frau Lessing gefangen hält?«

»Die Kollegen durchsuchen die Umgebung nach Hinweisen, aber bislang tappen wir im Dunkeln.«

Dabels kratzte sich im Nacken und schritt auf und ab. Wenn er es richtig verstand, befand sich irgendwo in Hamburg eine Frau, die sterben würde, wenn er sie nicht bald fand. Ein Gefühl, das er nach dem Fünf-Sterne-Killer nie wieder zu verspüren gehofft hatte.

»Dieser Unfall hätte nicht passieren dürfen!«, rief er wütend.

»Ist auch nicht gerade typisch für Fabienne, oder?« Moll kam auf ihn zu, um etwas leiser mit ihm sprechen zu können. »In den alten Berichten war keine Rede von Drogenmissbrauch.«

Dabels winkte ab. »In der Anstalt hat man ihr sicher so einiges an Drogen verabreicht. Vielleicht hat sie Gefallen daran gefunden.«

Aber Moll ließ nicht locker. »Was, wenn sie diesmal nicht allein gearbeitet hat?«

»Eine weitere verprellte Frau, die auf Rache sinnt?«

Moll zuckte mit den Schultern. »Kann doch sein.« Sie sah sich kurz um und deutete auf die Leiche. »Lars Behring hat berichtet, dass Fabienne ihm zuvor nie etwas angetan hat. Er musste dadurch leiden, dass sie seine Liebschaften quälte. Seine Ehefrau wurde lediglich beschimpft und belästigt. Warum ist sie jetzt von ihrem Muster abgewichen?«

»Vielleicht hat es ihr nicht mehr gereicht?« Nun meinte er erstmals, eine Gefühlsregung bei Moll zu erkennen. Sie war mit seiner Schlussfolgerung nicht ganz zufrieden.

»Sie haben zu viel Zeit mit Rieckers verbracht«, sagte er deshalb. »Nicht alles ist so kompliziert, wie er es gerne hätte.« Er sah auf die Wanduhr. Renate wartete vor der Tür, er wollte dieses Gespräch nicht länger als nötig hinziehen. »Setzen Sie sich mit der Bergedorfer Polizei in Verbindung. Ich gehe davon aus, dass Frau Lessing irgendwo in Bergedorf eingesperrt ist. Sie sollen die Suche auf leerstehende Lagerhallen und Häuser konzentrieren.«

Er ging zwei Schritte Richtung Ausgang.

»Haben Sie den Kollegen diese Anweisung nicht schon gegeben?« Molls Stimme klang neutral, aber Dabels meinte, einen leisen Vorwurf darin zu hören.

»Natürlich habe ich das, aber jetzt müssen sie sich auch mehr anstrengen«, erwiderte er wütend.

Katja Moll hob abwehrend die Hände und sah ihn freundlich an. »Entschuldigung, das war nicht als Kritik gemeint.« Sie schrieb etwas auf ihren Block und kaute auf dem Kugelschreiberende. »Dann hoffen wir mal, dass sie schnell gefunden wird.«

Dabels trat noch mal an die Leiche und sah Fabienne ein letztes Mal an. Ein Meilenstein seiner Karriere lag nun hier auf dem Tisch wie ein gewöhnlicher Junkie.

»Das ist die Tragik der menschlichen Psyche. Von Genie zu Wahnsinn ist es nur ein kleiner Schritt.«

Der Pathologe nickte zustimmend, während der Streifenpolizist unentwegt auf seinen Block starrte, um nicht auf die Leiche schauen zu müssen. Er war noch jung, es war nur eine Frage der Zeit, wann er genug gesehen hatte, um nicht mehr wegschauen zu müssen.

»Frau Moll, halten Sie mich auf dem Laufenden. Mein Handy ist fortan eingeschaltet.«

Er verabschiedete sich und war froh, endlich zu Renate zurückkehren zu können. Auch wenn er im Irish Pub besser keinen Alkohol anfasste, würde es trotzdem noch ein schöner Abend werden. Sie stand in dem mintgrünen Flur wie eine scharlachrote Rose und lächelte ihn strahlend an. Anscheinend imponierte ihr sein Job. Sie hakte sich bei ihm unter und schmiegte sich an ihn. »War es sehr schlimm?«

»Ich bin froh, dass du das nicht sehen musstest. Zu meinem Job gehört das leider dazu.«

»Dann sollten wir jetzt dringend was trinken gehen«, sagte sie stolz. »Das hast du dir verdient.«

Dabels legte eine Hand auf ihre und drückte den Rücken durch. »Gut möglich, dass ich heute Nacht noch fahren muss.«

Renate streichelte seinen Arm und kicherte. »Sollte das tatsächlich nötig sein, dann nehmen wir uns ein Taxi.«

Sie verließen das Gebäude. Dabels ließ ihr den Vortritt und öffnete die Autotür auf der Beifahrerseite. »So machen wir das.«

Kapitel 26

22:30 Uhr

In der Bahn kamen Marikes Gedanken zur Ruhe, und die Geschehnisse wurden plötzlich begreifbar. Mit zitternden Fingern überprüfte sie den Sitz der schwarzen Perücke und schob die Sonnenbrille auf der Nase zurück. Sie war bis zum Hauptbahnhof zu Fuß gegangen, damit keine Überwachungskamera in der Nähe des Doms sie aufzeichnen konnte. Dabei musste sie viele Pausen einlegen, weil ihr immer wieder schwarz vor Augen wurde und Schwindel sie wanken ließ. Sie durfte nicht auffallen und konnte auch niemanden um Hilfe bitten. Als sie endlich in der Bahn saß, zitterte ihr Körper vor Anstrengung, und Schweiß ließ die Kleidung feucht an ihrem Körper kleben.

Die S21 war Richtung Bergedorf ziemlich leer. Marike blieben noch knapp 90 Minuten, bis Jutta beim Anwesen ankommen würde. Sie rechnete damit, dass sie zu früh eintraf, weil sie auf diesen Moment so lange gewartet hatte. Fabienne war tot, sie konnte Jutta nicht mehr anrufen und sie bitten, später zu kommen. Das würde bei den Ermittlungen auffallen, denn Tote benutzten keine Telefone. Tränen schossen ihr in die Augen. Sie sah auf ihre Hände hinab, mit denen sie die Spritze in Lars' Nacken gesetzt und Fabienne in das Fahrgeschäft geschubst hatte. Ihre entsetzten Rufe hatten gereicht, dass alle Zeugen glaubten, sie habe der Verunglückten noch helfen wollen. Als dann Panik entstand, riss sie sich unauffällig Bluse und Perücke herunter, setzte die Kapuze des schwarzen Oberteils auf und fragte die schockierten Leute, ob sie die arme Helferin gesehen hätten, die in ihrem Schreck ganz blass ausgesehen hätte. Sie setzte ein paar Leuten unterschiedliche Bilder in den Kopf, die sie bei der Suche verbreiteten und folglich auch der Polizei geben würden. Welche, die gänzlich von ihr ablenkten.

Und obwohl alles perfekt funktioniert hatte, holte sie ihre Tat nun ein.

»Ich musste es tun«, sagte sie leise und wischte sich die Tränen aus dem Gesicht. »Ich hatte keine Wahl.« Ihr fiel auf, dass sie laut sprach, und schloss den Mund.

Sie war die Böse, ich habe mich nur gewehrt.

Das hatte sie, und sie musste sich noch einen Abend lang tapfer durchbeißen, um alles hinter sich zu bringen. Jutta würde sie niemals in Ruhe lassen. Diese Frau war besessen von ihr. Sie griff nach der Perücke und rutschte auf der Bank hin und her. Die Fahrt dauerte unerträglich lange.

Als sie schließlich in Bergedorf ausstieg und die Gleise Richtung Busbahnhof verließ, begegnete sie einigen Menschen, die desinteressiert oder in Gespräche vertieft an ihr vorbeigingen. Die Tüte mit den Kleidungsstücken, Handschuhen und Perücken befand sich in der Innenstadt in einem willkürlich ausgewählten Mülleimer, aber in der schwarzen Kleidung fühlte sie sich kein Stück wohler. Zudem fror sie erbärmlich, seit die Aufregung sich gelegt hatte.

Schnellen Schritts ging sie zu der Haltestelle, die sie zuvor schon benutzt hatte. Sie bemühte sich, nicht zu den Kameras zu schauen und möglichst entspannt zu wirken. Die Zeit lief ihr davon. Die schwarze Perücke würde sie im Wohngebiet in eine private Mülltonne werfen.

»Nur keinen Fehler machen.« Sie ging auf und ab und versuchte, die Kälte zu vertreiben.

Als der Bus endlich einfuhr, war sie kurz davor gewesen, doch ein Taxi zu nehmen. Wortlos stieg sie ein und setzte sich nach ganz hinten auf die Rückbank. Sie war der erste Fahrgast, was sich auch in den nächsten, quälenden fünf Minuten, in denen der Bus stand, nicht änderte. Der Busfahrer sah ab und an in den Innenraumspiegel, was eher routiniert als wachsam aussah.

Marike lehnte den Kopf gegen das Fenster und sah auf die dunkle Straße. Sie fühlte Tränen über ihr Gesicht laufen, auch wenn sie nicht weinte. Anstrengungen und Schuldbewusstsein führten dazu, dass sie die Kontrolle über die einfachsten Dinge verlor.

Endlich schlossen sich die Türen, und der Bus setzte sich in Bewegung. Die abendliche Fahrt würde nicht lange dauern. Marike schenkte den Menschen, die an einigen Stationen einstiegen und später den Bus wieder verließen, keine Beachtung. Endlich erkannte sie die Gegend und drückte auf den Signalknopf. Es war wie der Endspurt eines langen Marathons. Sie sammelte die letzten Kraftreserven und ging, so unauffällig sie konnte, die Straße entlang bis zu dem Haus, das in wenigen Stunden in den Medien als Tatort genannt werden würde. Sie schloss die Augen und wünschte sich, alles läge bereits hinter ihr. Plötzlich war sie sich nicht mehr sicher, ob sie die Sache bis zum Ende durchziehen konnte. Aber es gab kein Zurück mehr. Fabienne und Jutta waren schuld – auch der untreue Lars hatte seinen Teil dazu beigetragen. Sie selbst war das Opfer. Sie war entführt, unter Drogen gesetzt und verletzt worden!

Posttraumatische Störung, ging es ihr durch den Kopf. Das musste es sein. Nicht die Droge, die half ihr nur über diese grauenhafte Zeit hinweg. Ihr war alles genommen worden. Ihr Weltbild war durch Frank und Lars zertrümmert worden, durch all die Menschen, die an ihr zogen und zerrten, als wäre sie ein Stück Fleisch inmitten eines Wolfsrudels. Alles, was sie noch hatte, war die Aussicht auf den Karriereerfolg, und den würde sie sich nicht nehmen lassen. Jutta durfte nicht gewinnen.

Als sie sich sicher fühlte, riss sie die Perücke vom Kopf, stopfte sie mit der Sonnenbrille und den Handschuhen in die nächste Mülltonne und achtete darauf, dass genügend Unrat die falschen Haare unter sich begrub.

Lars war bestimmt schon aufgewacht oder gefunden worden. Sie hatte dafür gesorgt, dass er sicher und geschützt unter den rückwärtigen Bauten des Fahrgeschäfts lag. Wenn die Spritze nicht gewirkt hätte, wäre die Droge aus der Phiole zum Einsatz gekommen, aber nach dem Einstich war er ganz schwer und willenlos geworden.

Als er vor ihr zu Boden gesunken war, hatte Marike diese unbändige Angst verspürt. Sie hatte den Beutel mit dem Blut hervorgeholt und ganz mechanisch gearbeitet, ihr Geist war gelähmt gewesen von Angst. Sein Gesicht, voll mit ihrem Blut, würde ihr immer in Erinnerung bleiben. Sie war sich sicher, dass sie durch diese letzten, schrecklichen Taten ganz in Fabiennes kranker Psyche aufgegangen war.

»Aber jetzt ist es vorbei«, sagte sie beruhigend. »Wir können das Trauma gemeinsam verarbeiten, und alles wird gut. Niemand wird uns jemals wieder so zusetzen. Wir werden einander brauchen.«

Als die Villa in Sichtweite kam, schaute sie sich um. Alles war ruhig.

Mit zitternden Fingern suchte sie in dem Blumentopf nach dem Haustürschlüssel. Sie hatte es nicht gewagt, ihn bei sich zu tragen. Die dunkle Erde blieb an ihren Fingern kleben, die sich nach so langer Zeit in den Nitrilhandschuhen aufgedunsen anfühlten. Als sie den Schlüssel nicht gleich fand, wurde sie zunehmend hektisch. Unterschiedliche Schreckensszenarien gingen ihr durch den Kopf, doch dann ertastete sie endlich Metall und zog ihn heraus.

»Fingerabdrücke abwischen«, sagte sie leise, damit sie es nicht vergaß.

Der ganz eigene Geruch des Hauses empfing sie. Der Leichengestank mischte sich wie ein altes Geheimnis in den Geruch nach biederem Lebensstil und Lilien. Wenn die Bewohner anwesend waren, standen sicher frische Blumen im Eingangsbereich, vielleicht sogar auf der runden Fläche unten am Treppengeländer. Bis zu diesen Erlebnissen war ein solches Haus Marikes Traum gewesen, nun würde sie ihren Geschmack ändern und auf etwas Modernes umsteigen. »Ich lasse das alles hinter mir«, versprach sie sich selbst.

Leise drückte sie die Tür mit der durch den Ärmel geschützten Hand zu und lauschte. Er war unheimlich still, die Dunkelheit wirkte bedrohlich, obwohl Fabienne nicht länger in den Schatten lauerte. Marike hätte am liebsten das Licht eingeschaltet, aber die Aufmerksamkeit der Nachbarn konnte sie so kurz vor dem Ziel nicht riskieren.

Im Geiste ging sie noch mal alle nötigen Schritte durch. Die Handgelenke mit frischen Kabelbindern verletzen, so dass sie aus einem rausrutschen und anschließend den anderen durchbeißen konnte. Zu Mirijam in den Keller flüchten, aufgelöst und panisch, ihr alles erzählen, dabei die Schubladen nach Werkzeug für das Käfigschloss durchsuchen und von der Arbeitsfläche Mirijams Handy greifen und die Polizei anrufen. Ihre Fingerabdrücke wären somit plausibel.

Die Karte des Kommissars hatte sie danebengelegt. Die Beamten müssten kurz nach Jutta eintreffen, so dass sie auf frischer Tat ertappt und, schwer belastet von zwei Opfern, gleich hinter Gitter käme. Mit weichen Knien ging sie die Treppe hinauf. Das alte Holz knarzte unter ihrem Gewicht, was in der Stille nüchtern und störend klang.

Im provisorischen Gefängnis stand immer noch der Schrank vor dem Fenster, niemand würde sehen, wenn sie das Licht einschaltete, und trotzdem zögerte sie. Es fühlte sich falsch an, als würde sie sich erst jetzt der Folgen ihres Handelns bewusst. Bedrohlich und kalt legte sich ihr ein Gefühl in den Nacken und ließ sie unsicher verharren. Am liebsten hätte sie laut aufgeschrien, aber etwas sagte ihr, dass sie ganz still sein musste.

Es ist nicht meine Schuld. Zitternd tastete sie nach dem Lichtschalter und verharrte.

Hier drinnen ist jemand!

Und kaum hatte sie das gedacht, flammte auch schon das Licht auf, und ein Schatten huschte auf sie zu und sprang sie an.

Kapitel 27

23:02 Uhr

Renate schlug Dabels vollkommen in ihren Bann. Mit Witz und Charme verscheuchte sie die Bilder der Leiche und ersetzte sie durch Vorstellungen einer gemeinsamen Zukunft. Eigentlich sprach sie nur über ihre Reise nach Brasilien im letzten Frühjahr. Er trank bereits das vierte Pint Guinness und hing an ihren Lippen. Er hatte immer geglaubt, es gäbe keine Frau, die es mit ihm aushalten könnte. Die Anmeldung bei einer Datingplattform im Internet war eher einer whiskeylastigen Laune zu verdanken, aber nun ging ihm das Wort »Schicksal« nicht mehr aus dem Kopf.

Er musste sich etwas zügeln, damit er nicht alles mit einem übermütigen Heiratsantrag ruinierte. Aber genau danach war ihm in diesem Moment zumute: Er wollte diese Frau sofort für immer in seinem Leben wissen. Sie bewunderte ihn sogar für seinen Job, den alle anderen Frauen so sehr hassten. Schon ewig hatte er sich nicht mehr so selbstsicher und stolz gefühlt. Als sie seinen Blick bemerkte, hielt sie in der Erzählung inne und lächelte ihn bezaubernd an. »Hörst du mir überhaupt noch zu?«

»Ja, für immer«, sagte er leichthin.

Renate musste lachen. »Ist das so?«

Sie legte ihre Hand auf seinen Arm und beugte sich vor. Diesmal würde er nicht kneifen und die Gelegenheit ergreifen. Langsam kam er ihr entgegen und sah ihr in die Augen. Blaue Augen, die im Kerzenschein funkelten. Über die Lautsprecher lief *Whiskey in a jar,* manche sangen mit, andere unterhielten sich laut.

»Wenn du das möchtest.«

Der unausweichliche Kuss war nur noch wenige Zentimeter entfernt. Ihr Lächeln war wie ein Versprechen, dass die Einsamkeit nun endgültig vorbei sei. Sie nickte leicht, wartete anscheinend, dass er den Rest übernahm. Und er würde ihrer Einladung folgen.

Erst berührten sich ihre Nasenspitzen, ihr Atem strich leicht über seine Haut und verursachte einen wohligen Schauer. Dann ihre Lippen. Erst sanft und vorsichtig, dann immer mutiger. Wie von selbst legten sich seine Arme um ihren Körper, und er fühlte ihre zarten Hände durch die Haare im Nacken fahren.

Und in seinem Jackett vibrierte das Telefon.

Es war nicht zu ignorieren, weil die Tasche eng anlag und die Vibration direkt auf ihn übertrug. Renate löste sich von ihm und lächelte ihn an. »Dein Handy. Ich weiß, ich habe es auch bemerkt. Nun geh schon ran.«

Nur widerwillig ließ er sie los und zog das Handy aus der Tasche. Die Nummer von Obermeisterin Moll. Er nahm das Gespräch an und hörte angestrengt zu.

Renate zog sofort einen Kugelschreiber und einen Zettel aus ihrer Handtasche, was er dankbar annahm. »Das Fahrzeug stand herrenlos am Dom?«

Frau Moll beschrieb mit knappen Worten, wo der verdächtige Wagen gefunden worden war und wem er laut Registrierung gehörte. Dabels notierte die Adresse des Eigentümers.

»Wir treffen uns dort. Sagen Sie den Kollegen in Bergedorf, dass sie auf mich warten sollen.« Es nützte nichts, er musste dorthin. Wenn er dieses gottverdammte Revier endlich verlassen wollte, dann musste er es sein, der Marike Lessing fand – im besten Fall lebend.

Bedauernd sah er Renate an, die erwartungsvoll wartete, was es Neues gab.

»Es tut mir so unendlich leid«, sagte er und ergriff ihre Hand.

»Ach was, das ist eben dein Job. Ich komme einfach mit und warte im Taxi, was meinst du?«

Die Versuchung war groß, diesen Abend nicht hier und jetzt zu beenden. Die Verrückte lag tot in der Pathologie, was sollte also passieren?

Wenn Renate nicht bei ihm gewesen wäre, hätte er sich trotz des Alkohols noch selbst ans Steuer gesetzt. So blickte er einer gemeinsamen Taxifahrt entgegen, auf der bestimmt der ein oder andere Kuss möglich war.

»Ich schätze, ich schulde dir ein exklusives Frühstück, wenn der Abend vorbei ist.«

Renate nahm ihre Jacke und stand auf. »Bei mir zu Hause habe ich alles, was wir dafür brauchen.« Sie zwinkerte ihm vielsagend zu und ging voran.

Kapitel 28

23:32 Uhr

Ein stechender Schmerz fuhr durch Marikes Schulter, zusammen mit der Angreiferin prallte sie gegen das Treppengeländer, hinter dem es drei Meter in die Tiefe ging.

»Was hast du ihr angetan?«, kreischte Jutta und zog das Messer aus Marikes Schulter. »Rede, verdammt noch mal!«

Marike sah ihr Blut an der Klinge. Jutta schleuderte sie herum und drückte sie mit dem Unterarm an der Kehle gegen die Wand. Ihr wurde übel, ein lautes Rauschen pulsierte in ihren Ohren, während sie gegen die Ohnmacht ankämpfte.

»Was hast du mit ihr gemacht?«

Wieder stach Jutta zu, durchschnitt Fleisch und Knorpel direkt unter der Schulter.

Marike schrie auf. Schock und Panik verwehrten ihr die Kontrolle über ihren Körper.

»Dachtest du wirklich, ich würde seelenruhig warten, bis du mir deine Erlaubnis gibst, hierherzukommen? Du wolltest mich nur zu einem bestimmten Zeitpunkt herlocken, weil etwas schiefgegangen ist. Ich bin doch nicht blöd! Du hast dich verraten, als du dein eigenes Blut statt Marikes genommen hast. Also, wo ist sie?«

Rasend vor Wut, packte sie Marike am Kragen und schleuderte sie den ersten Stufen entgegen. Haltlos fiel Marike über die erste hinweg und prallte nach vier weiteren hart gegen die Wand. Ihr Kopf bekam einen brutalen Schlag ab, Blut floss aus einer Platzwunde über dem rechten Auge.

»Du bist zu weit gegangen, Fabienne«, rief sie. »Ich sagte dir, dass du ihr nichts antun darfst. Als du vorhin weggefahren bist, wurde mir klar, dass ich all das niemals hätte zulassen dürfen.«

Marike versuchte, sich aufzurichten. Abwehrend hielt sie Jutta eine Hand entgegen und strengte sich an, einen klaren Gedanken zu fassen. »Jutta, nein!«

»Dann sag mir, wo sie ist!«

So, wie sie ohne Haare aussah, würde Jutta ihr kein Wort glauben, wenn sie die Wahrheit sagte. Warum auch? Sie war zurückgekehrt, hatte die Tür aufgeschlossen und sich zielsicher durchs Haus bewegt. Sie war ganz offensichtlich Fabienne.

»Sie ist in Sicherheit«, sagte sie stattdessen. »Ich hielt es für lustiger, sie in Lars' Bett zu legen.«

Jutta sprang vor und versetzte ihr einen Tritt, so dass sie die restliche Treppe hinabstürzte. »Blödsinn«, schrie Jutta. »In deiner Eifersucht hast du erst Petra getötet, und jetzt hast du Marike was angetan. Wo ist sie?«

Beim letzten Aufprall brach etwas in Marikes Körper. Vielleicht eine Rippe. Sie konnte weder den Schmerz noch das laute Knacken einordnen. In ihrer Hosentasche wurde es feucht. Die Phiole war zerbrochen, und einige Splitter stachen ihr ins Bein.

Augenblicklich fühlte sich die Stelle warm an, die Droge gelangte über die Haut in ihr Blut. Keuchend bäumte sie sich auf, empfand Lust und panische Angst zugleich. Ihre Haut brannte und prickelte, wollte berührt werden, ganz gleich, ob lustvoll oder brutal.

»Komm her«, sagte sie stöhnend. »Ich zeige dir, was passiert ist.«

Ihre eigene Stimme klang fremd und weit weg. Es jagte genug Adrenalin durch ihre Adern, dass sie nicht bewusstlos wurde. Mit kaum zu kontrollierenden Bewegungen fasste sie in ihre Hosentasche und zog einen nassen Glassplitter hervor. Jutta war nur ein Schemen im spärlichen Licht, das von oben aus dem Zimmer fiel.

»Du kannst es beenden.« Sie sprach jetzt ganz leise.

Wie erwartet ging Jutta in die Hocke. Marike wartete, bis sie dicht genug herankam, damit sie ihren Nacken packen konnte. Diesmal traf sie das Messer in den Oberarm, aber Marike ließ nicht los. Sie zog sich dichter an sie heran und gab ihr einen Kuss. Diese unerwartete Ablenkung genügte, um ihr mit der anderen Hand die Scherbe in den Hals stechen zu können.

Augenblicklich stieß Jutta sie weg und taumelte rückwärts. Die Verletzung war nicht bedrohlich, aber sie reichte aus, dass auch sie nun der Droge ausgeliefert war. Ihr Atem ging plötzlich schneller, Marike hörte das Klirren der Scherbe, als sie auf den Boden fiel.

Ihr gesamter Körper schien nur noch aus Schmerz zu bestehen. Keuchend stemmte sie sich auf die Beine. Es wäre so leicht gewesen, Jutta nachzusetzen und ihr das eigene Messer ins Herz zu rammen, aber auch sie würde sterben, wenn keine Hilfe käme.

Die Enge in der Brust wurde unerträglich. Sie schmeckte Blut auf der Zunge und hörte ihre eigenen gequälten Atemzüge – rasselnd und unregelmäßig.

Sie schleppte sich zur Haustür, Scheinwerferlicht drang durch die geriffelten Scheiben und blendete sie.

Statt eines Schreis spritzte Blut aus ihrem Mund. Mit letzter Kraft erreichte sie die Tür und legte eine Hand auf die Klinke.

Helft mir!

»Nicht so schnell«, schrie Jutta, riss sie zurück und warf sie auf den Boden. »Du kommt hier nicht mehr lebend raus!«

Das Scheinwerferlicht erhellte den Raum so stark, dass sie einander ansehen konnten. Marike hatte keine Kraft mehr, die Arme zu heben. Ihre Gegenwehr erstarb, und sie sah Jutta sterbend in die Augen.

Mit schwerfälligen Bewegungen zog die das Messer aus Marikes Arm und holte zum letzten Stich aus, als sich etwas in ihrem Gesichtsausdruck änderte. Sie ließ die Waffe sinken und betrachtete ihr angestrengt atmendes Opfer genauer.

»Wie kannst du ihr nur so ähnlich sehen?«, sagte sie fassungslos. Mit einer Hand berührte sie das blutige Gesicht unter ihr. »Ich weiß, dass du wandelbar bist, aber ich erinnere mich genau, dass du ein ganz anderes Kinn, eine kleinere Nase und schmalere Lippen hast. Jetzt ist es, als würde Marike hier liegen.«

Marike wurde schwarz vor Augen. Sie erstickte, es spielte keine Rolle mehr, ob Jutta ihr das Messer in die Brust rammte oder nicht. Es war zu spät.

Kapitel 29

23:35 Uhr

»Du bleibst hier im Wagen«, sagte Dabels freundlich und gab Renate einen zaghaften Kuss auf die Hand. »Lassen Sie bitte die Scheinwerfer so auf das Haus gerichtet«, wies er den Taxifahrer an. Der nickte nur und strich mit einem Finger über das Taxameter, als würde er Staub entfernen.

Nach ihm traf ein Streifenwagen ein, kurz darauf erschien auch Frau Moll mit ihrem privaten roten Toyota Yaris. Die Kollegen waren entweder sehr langsam, oder Frau Moll hatte ihm einen Vorsprung verschafft.

Gemeinsam gingen sie zur Tür.

»Sichern Sie die Rückseite des Hauses«, wies Katja Moll die uniformierten Beamten an.

»Fabienne ist tot, wer sollte da weglaufen?« Dabels schüttelte den Kopf.

Sie beließ es dabei. Mit gezogener Waffe stellte sie sich neben die Tür und ließ ihn klingeln. Dabels fand ihr Verhalten übertrieben und albern. Wenn sie sich tatsächlich am richtigen Tatort befanden, würden sie nur auf eine verängstigte Marike Lessing treffen. Im schlimmsten Fall auf eine Tote. Die Rieckersche Denkweise, Fabienne könnte plötzlich nicht mehr allein arbeiten, war lächerlich. Er kannte diese kranke Frau. Sie war narzisstisch und extrovertiert, begierig auf den alleinigen Ruhm, nachdem sie Behring so richtig erniedrigt hatte. Und jetzt war sie tot.

Der Form halber klingelte er noch mal. Hinter der Scheibe bewegte sich jemand. Durch das geriffelte Glas konnte er die Bewegung einer aufspringenden Person ausmachen, die sich dann jedoch von der Tür wegbewegte.

Neben sich hörte er Frau Moll über das Funkgerät einen Krankenwagen anfordern. Als er sich kurz zu ihr umsah, deutete sie auf die roten Spritzer auf dem Glas der Haustür.

»Scheiße«, entfuhr es ihm wütend. Er zog ebenfalls seine Waffe und trat mit ganzer Kraft gegen die Tür.

Es war ein altes Haus; wenn sie einfach nur zugezogen worden war, würde das Material nachgeben. Nach drei Tritten brach der Riegel heraus, und die Tür schlug gegen ein Hindernis. Schritte hallten durch den angrenzenden Raum. Moll gab Anweisungen per Funk an die Kollegen hinterm Haus.

Der blutüberströmte Körper hinter der Tür war auf den ersten Blick schwer zu identifizieren. Die weiße Glatze erinnerte an Fabienne, nur dass ihr Gesicht nicht nach innen gedrückt war. Die Verfolgung überließ Dabels den Kollegen. Er kniete sich hin und tastete nach dem Puls.

Frau Moll schaltete das Licht ein und sah nur kurz auf die Verletzte herab.

»Lebt sie noch?«

Da war ganz schwach noch etwas fühlbar, aber die weit aufgerissenen Augen reagierten nicht auf das Licht, und die flache Atmung erstarb immer mehr.

»Sie scheint Blut in der Lunge zu haben«, sagte er hilflos.

»Der Krankenwagen sollte bald hier sein.« Katja Moll trat auf die andere Seite. »Ich glaube, das ist Marike Lessing.«

»Scheiße«, entfuhr es ihm ein weiteres Mal. »Wie beatmet man jemanden mit Blut in der Lunge?«

Moll steckte ihre Waffe weg und bewegte die Verletzte in die stabile Seitenlage. »Ich fürchte, mehr können wir nicht tun.«

Ein Martinshorn hallte durch das abendliche Bergedorf. Die Verstärkung und hoffentlich der Krankenwagen würden jeden Moment eintreffen.

Dabels sah auf das Blut, das aus dem offenen Mund lief. Er hätte Frau Moll sagen müssen, dass sie recht gehabt hatte, was die Theorie eines Komplizen anging, aber es ärgerte ihn zu sehr. »Bleiben Sie bei ihr, ich durchsuche das Haus.«

»Fangen Sie im Keller an«, sagte Moll. »Sollte oben noch jemand sein, kommt er an mir nicht vorbei, aber die Keller dieser alten Häuser haben fast immer eine Außentür.«

Er nickte und erlaubte sich nicht noch mal, zu stolz zu sein, um auf sie zu hören.

Je weiter er in den Keller vordrang, umso stärker wurde der Leichengeruch. Ein Gestank, den er immer und überall sofort erkennen würde.

Mit gezogener Waffe ging er den schmalen Flur entlang und öffnete die nächstbeste Tür. Dahinter lag eine leere Garage. Er ging weiter und öffnete die schräg gegenüberliegende Tür. Leise Geräusche drangen zu ihm, als er hastig das Licht einschaltete und die Waffe in den Raum richtete. Hier war der Gestank am schlimmsten.

Auf alles gefasst, musste er dennoch trocken schlucken, als er in einem Käfig eine zusammengekauerte, verängstigte Frau entdeckte. Zunächst sicherte er den Raum, bevor er die Waffe wegsteckte und auf sie zuging. Sie war anscheinend dehydriert, aber sie bewegte sich mühsam, als sie ihn sah. Stumme Tränen liefen ihr übers Gesicht, ihr Körper begann zu zittern.

»Es wird alles gut. Wir holen Sie da raus und bringen Sie in Sicherheit.«

Er sah sich nach einem Schlüssel um, fand aber auf Anhieb keinen. Die Spurensicherung würde sich um die Gegenstände kümmern, die auf dem Arbeitstisch verstreut lagen, und um die Leiche, die Dabels unter der Plane vermutete. Er erinnerte sich an die Gesichter von Fabienne Loss' Opfern. Im Moment der Rettung war die ganze unterdrückte Panik über sie hereingebrochen. So auch jetzt bei dieser Frau. Sie wollte raus aus dem Käfig und keine Sekunde länger warten.

»Wir brauchen hier ein Rettungsteam, das Schlösser aufbrechen kann«, rief er die Treppe hoch und bekam von Frau Moll eine Bestätigung.

»Haben Sie Marike gefunden?« Die Stimme des Opfers im Käfig klang dünn und brüchig.

Dabels nickte.

»Ist sie ...«

Er ging dichter an den Käfig heran und hockte sich vor die Frau. »Was ist hier passiert?«

»Es war diese Jutta.« Die Frau wischte sich übers Gesicht und atmete viel zu schnell. »Ich hoffe, Marike geht es gut. Unsere letzten Worte waren nicht gerade freundlicher Natur, aber das hat sie nicht verdient!«

Dabels griff durch die Gitterstäbe und hielt ihre Hand. »Die Ärzte tun, was sie können. Frau Lessing wurde schwer verletzt, aber sie war noch am Leben, als wir sie fanden.«

Endlich hörte er Schritte im Flur, und dann kam Frau Moll mit zwei Rettungskräften in den Raum. Sie war professionell genug, nichts zu den Gegebenheiten zu sagen, aber ihr Blick sprach Bände.

Dabels redete der Frau noch mal gut zu, dann verließ er den Keller.

»Die Flüchtige konnte festgenommen werden.«

Mit dem Zeigefinger strich er sich über den Schnauzer. »Ich will beim Verhör dabei sein.«

Frau Moll nickte bestätigend.

Er ging zurück ins Erdgeschoss, an den Sanitätern vorbei, die um Marike Lessings Leben kämpften, und steuerte das Taxi an.

Renate saß still auf dem Rücksitz und sah durch die offene Tür den Rettungskräften zu. Der Taxifahrer hatte das Taxameter angehalten und die Scheinwerfer ausgeschaltet. Sicherlich war das hier etwas, was er nicht alle Tage sah und sicher nie wieder sehen wollte. Dabels setzte sich kurz neben Renate in das Fahrzeug.

»Die Untersuchungen werden hier noch die ganze Nacht dauern«, sagte er bedauernd. »Und trotz dieser Sache war das der schönste Abend meines Lebens.« Genau genommen hätte er gar nicht erfolgreicher laufen können.

Wieder schenkte sie ihm dieses Strahlen, von dem er nicht genug kriegen konnte. »Komm zu mir, wann immer du hier fertig bist«, sagte sie. »Ich verstehe, dass hier ohne dich nichts läuft. Ganz ehrlich, ich habe während der ganzen Zeit deine Kollegen beobachtet. Die scheinen alle nicht viel zu taugen. Ich finde auch, dass Frauen nicht Polizisten werden sollten, die sind dafür einfach nicht gemacht.«

Liebevoll strich er ihr über die Wange. Wie konnte eine so wundervolle Frau bis zu diesem Abend noch Single gewesen sein?

»So viel Verständnis tut gut. Sobald ich hier wegkann, komme ich direkt zu dir.« Er erlaubte sich trotz der überall präsenten Kollegen, seiner neuen Freundin einen Kuss zu geben. Einen Kuss und das stille Versprechen auf mehr.

Er gab dem Fahrer eine großzügige Summe, um ihn für das Warten und die Fahrt zu ihrer Adresse zu entschädigen, dann nahm er wieder Haltung an und machte sich bereit, viele Befehle zu erteilen. Die beiden Frauen wurden auf Bahren in Krankenwagen verfrachtet. In einem Streifenwagen entdeckte er die Gefangene, die hasserfüllt der Schwerverletzten hinterhersah. Er konnte sich gut vorstellen, was für Beweggründe sie hervorbringen würde, warum sie anderen Menschen so viel Leid angetan hatte. Die kranken Psychen von Mördern und Peinigern waren ihm bestens vertraut.

»Dann wollen wir mal.« Er winkte Frau Moll zu sich und hörte hinter sich das Taxi zurücksetzen. Nachbarn standen auf der Straße oder an den Fenstern und beobachteten das Geschehen.

»Ein Beamter soll die Nachbarn über die Hauseigentümer befragen, und ob sie in den letzten Tagen hier etwas bemerkt haben.«

Moll nickte.

»Wann wird die Spurensicherung hier sein?« Dabels mochte Abkürzungen wie »Spusi« nicht. Worte wie diese verniedlichten eine Arbeit, an der absolut nichts niedlich war.

»Zehn Minuten.«

»In welches Krankenhaus werden die Opfer gebracht?« Dabels rieb sich übers Gesicht. Alles war eindeutig, der Fall geklärt. Wenn innerhalb von 20 Minuten keine Presse zum Tatort gestürmt kam, würde er sich auf den Weg zu Renate machen.

»Boberg. Das Opfer konnte so weit stabilisiert werden, aber ihr Zustand ist äußerst kritisch. Wenn die Ärzte in Boberg sie nicht retten können, dann waren die Verletzungen definitiv zu schwer.«

Es war unnötig, ihm zu sagen, wie hervorragend der Ruf der Unfallchirurgie war. Die Türen wurden zugeschlagen, und die Ambulanzen fuhren mit Blaulicht los. Diese Frau musste überleben, weil es bedeutete, dass er zur rechten Zeit am rechten Ort erschienen war. Genau das, was er für seine Personalakte brauchte.

Gemeinsam gingen sie zum Streifenwagen mit der Gefangenen. Schon als sie zu ihnen aufsah, erkannte er, dass sie unter Drogen stand. Er würde mit ihr reden, wenn sie wieder klar war. Durch die Scheibe hörte er sie gedämpft immer den gleichen Satz wiederholen: »Sie war es.«

»Kommissar Gabriel will noch mit Ihnen reden«, kündigte Moll mit gesenkter Stimme an und hielt ihm ein Kaugummi entgegen.

»Was soll das?«

»Mit Verlaub, Sie riechen etwas nach Alkohol. Sie und ich wissen, dass Sie eigentlich nicht im Dienst waren, aber ich denke, es wäre besser ...«

Mit einer abfälligen Handbewegung lehnte er ab. »Ganz richtig. Ich war nicht im Dienst und bin dennoch hier. Das nennt man Einsatz, Frau Moll.«

Ein Wagen bog in die Straße ein, die Presse war da. »Gehen Sie an Ihre Arbeit, ich erledige nun meine.«

Er hatte es vermisst, vor den Kameras die Fragen der Reporter zu beantworten. Und jetzt, da er wusste, dass Renate ihn später im Fernsehen sehen würde, straffte er sich und setzte seine Expertenmiene auf.

Showtime.

Epilog

10. September 2012

Marike saß in der Garderobe und betrachtete sich im Spiegel. *Talk mit Marberg* stand auf dem Programm, heute mal ohne Lars. Es gab ihr mehr Sicherheit, wenn er an ihrer Seite saß, ihre Hand hielt und die schwierigen Fragen beantwortete. Aber es würde auch so gehen.

Die Maskenbildnerin hatte die roten Locken der Perücke mit viel Haarspray fixiert. Ihre eigenen Haare waren zwar ein beträchtliches Stück nachgewachsen, aber so lang wie im Film waren sie noch nicht wieder, und Marike wollte ihrem Film-Ich so ähnlich wie möglich sehen. Paul und Lars fanden es albern, aber nach den traumatischen Erlebnissen redete ihr niemand mehr rein.

Sie nahm ihr Handy aus der Handtasche und wählte Lars' Nummer.

Es dauerte, bis er das Gespräch entgegennahm. »Alles gut bei dir?«, meldete er sich besorgt, was Marike mit einem genervten Schnauben beantwortete. Seine Fürsorge konnte er sich dorthin stecken, wo die Sonne nicht schien.

»Ja, ich wollte nur noch mal deine Stimme hören.«

»Ich bin bei dir, Marike, du schaffst das.«

Natürlich war er das. Er war Wachs in ihren Händen, vor allem, wenn sie die Krallen ausfuhr. Das hielt ihn zwar nicht davon ab, andere Weiber zu vögeln, aber abends kam er zu ihr nach Hause. Offiziell waren sie das Traumpaar der deutschen Filmszene. Benedikt Zitzow hatte ihr ohne große Verhandlungen einen Agenturvertrag geschickt, und seitdem kamen täglich neue Angebote. Sie hatte Bewunderung geerntet, weil sie nach ihrer Genesung stark und selbstbewusst an die Öffentlichkeit ging. Anfänglich hatten alle sie für das schwache Opfer gehalten – und wurden eines Besseren belehrt.

»Und? Wo bist du gerade?«

Sie hörte sich seine Versuche zu lügen an und zog an einer langen Kette eine kleine Phiole hervor, die unter dem Kleid versteckt gewesen war. Sie sah aus wie ein exklusives Schmuckstück. »Ach, so langweilig, dein Meeting?«

Vorsichtig schraubte sie das Behältnis auf und nahm einen winzigen Tropfen auf den kleinen Finger. Genießerisch steckte sie den Finger zwischen die Lippen und atmete tief durch. Das normale GHB, das sie hatte erwerben können, stellte sie zwar nicht ganz zufrieden, aber es war besser als nichts.

»Schluss jetzt mit dem Scheiß«, sagte sie streng. »Du weißt, was dir blüht, wenn ich nach Hause komme. Und wehe, du bist nicht da.«

Ohne auf seine Antwort zu warten, legte sie auf. Ja, auf diese Weise funktionierten die Dinge. Nicht mit lieb, nett und verständnisvoll – das sparte sie sich für die Öffentlichkeit auf. Privat war sie hart, fordernd und, wenn nötig, strafend. Es kam ihr vor, als spiele sie permanent unterschiedliche Rollen, weil der Mensch, der sie mal gewesen war, irgendwo zwischen den Ereignissen verlorengegangen war.

Jutta saß hinter Gittern. Niemand nahm ihre Aussagen ernst. Die Beweislast war zu groß, die Aussagen von Mirijam und ihr zu belastend. Einzig Jutta und sie kannten die Wahrheit. Bei einer Pressekonferenz hatte sie Vergebung in die Kamera geheuchelt und Jutta gewünscht, die professionelle Hilfe zu finden, die sie benötigte. Damit hatte sie der Öffentlichkeit imponiert.

»Die Menschen lieben uns«, sagte sie zu ihrem Spiegelbild in der Garderobe.

Und Jutta hatte versucht, sie umzubringen, beinahe mit Erfolg. Dass sie es nicht vollendet hatte, weil sie Marike im letzten Moment erkannte, ließ sie wie eine Spinnerin dastehen, die argumentativ nach dem letzten Strohhalm griff.

»Vielleicht bin ich ja wirklich tot«, flüsterte sie.

Als sie den fertigen Film zum ersten Mal gesehen hatte, war es, als würde sie sich erneut sterben sehen, von der offenen, lebendigen Marike zum mordenden Monster werden.

»Ich werde wieder sein, wie ich war. Das braucht nur Zeit.«

Sie erholte sich nur schwer von den Verletzungen, und die Ereignisse warfen einen dunklen Schatten über den Erfolg, den sie mit *Wege zu gehen* feierte.

»Niemand ist je wieder, wie er mal war, wenn er eine solche Entwicklung erfahren hat«, hielt ihr Spiegelbild dagegen. »Sei stolz auf die Person, die du bist.«

Von einem No-Name zum Superstar über Nacht. Sie sah sich um. Das Gefühl, beobachtet zu werden, verging nicht. Stimmen drangen aus den Nebenzimmern zu ihr, das geschäftige Treiben gehörte zu den routinierten Abläufen der Talkshow.

Ihre Finger legten sich um den kleinen Flakon. Sie wollte die Droge so lange einnehmen, wie sie sie brauchte, und derzeit war sie noch nicht bereit, auf die künstlich erzeugten Hochgefühle zu verzichten. Die Substanz vermied, dass die Bilder zu heftig zurückkamen – oder die Gewissensbisse, die Schuld und das Begreifen. Sie musste dazu nicht viel zu sich nehmen, nur ein gewisses Level halten.

Der Moderator hatte eine lange Liste mit Fragen bekommen, die er nicht stellen durfte, aber es war niemand bei ihr, der ihr im Notfall zur Seite stehen konnte.

Sie betrachtete ihr Smartphone, auf dem nie wieder Juttas Nummer erscheinen würde. Ihre ehemalige Freundin hatte getobt, als das Urteil gesprochen wurde. Sie hatte all ihre Anklagen laut hinausgeschrien, aber niemand hatte ihr geglaubt. Selbst die Presse zeigte kein Interesse, ihrer Geschichte Aufmerksamkeit zu schenken, weil das, was sie Marike, Mirijam und Petra angetan hatte, schon kompliziert und grausam genug war für die Öffentlichkeit.

»Solltest du je wieder auf freien Fuß kommen, werde ich dich erwarten«, versprach Marike und strich über das Display. »Ich werde nicht weglaufen. Und ich werde dir immer einen Schritt voraus sein.«

»Frau Lessing?« Die Assistentin steckte ihren Kopf durch den Türspalt. »Sind Sie so weit?«

Marike setzte ihr herzlichstes Lächeln auf. »Selbstverständlich.« The show must go on. »Ich bin in einer Sekunde da.«

Sie drehte sich noch mal zum Spiegel und erschrak, weil sich unter der Perücke weiße Ränder abzeichneten. Hektisch suchte sie auf dem Tisch nach Make-up.

»Keiner wird es sehen«, flüsterte sie, als käme es vom Spiegelbild. »Du siehst gut aus. Geh da raus und bezaubere die Menschen.«

Sie betrachtete sich erneut. *Da waren blaue Augen.*

Marike unterdrückte einen Schrei, blinzelte und sah wieder das normale Braun.

»Sei Everybody's Darling«, sagte das Spiegelbild sanft.

»Aber die Assistentin, die hat es gesehen.« Sie schaute sich nach einer möglichen Waffe um. »Sie hat mich angestarrt.«

»Komm schon«, sagte sie gelassen. »Nimm einen Topfen und geh einfach da raus. Um alles andere kümmern wir uns später.«

Vertrauensvoll sah sie sich selbst in die Augen und wurde ruhig. Mit einer Hand schraubte sie den kleinen Flakon auf und leckte sich einen kleinen Tropfen vom Finger. Das schnelle, starke Herzklopfen war beruhigend.

»Gut, ich bin gleich wieder da.«

Als sie den Raum verließ, konnte sie spüren, wie sie sich selbst stolz hinterhersah. Ein gutes Gefühl, wenigstens eine Vertraute bei sich zu wissen.

Die Assistentin nahm sie freundlich in Empfang.

Die starrt mich immer noch an.

Danksagung

Ich bin ein kreativer Mensch – schon allein diese Tatsache bringt mich dazu, zuerst meiner Familie danke zu sagen. Meine Familie, alle Kreativen und Mitmenschen von Kreativen werden wissen, warum.

Außerdem bedanke ich mich bei denjenigen, die mich unterstützen, motivieren, inspirieren, Zweifel auch mal wegblockieren und mir helfen, niemals dem Stillstand anheimzufallen. Ob nun als Freunde, Fachleute, Testleser oder alles in einem. Danke an Bücher-Löwin Moni, Markus Heitz, Hanka Jobke, Katharina Jobke, Birgit Joel, das Team von dotbooks, Monika Külper, Ralf Reiter, Jan Rüther, Christa Rohbohm und Thomas Schmidt.

Wie immer gilt mein Dank auch dem Facettenreichtum der Menschlichkeit. Man muss nur mit offenen Augen durchs Leben gehen, um sich Geschichten wie diese auszudenken.

Und ich möchte mich bei allen Leserinnen und Lesern bedanken.

Wenn sich andere auf die eigenen Geschichten einlassen und dafür begeistern, weiß man, warum man so viele Tage, Wochen, Monate mit dem Schreiben und Schleifen von Texten verbringt. Ich freue mich jedes Mal, wenn ich Feedback zu meinen Thrillern oder Horrorgeschichten erhalte und dadurch sehe, dass meine Figuren in gewisser Weise lebendig geworden sind.

Diesen Thriller habe ich David Bowie gewidmet. Anfänglich kam es mir etwas hochgestochen vor, einen so berühmten Künstler zu benennen, aber mich hat sein Tod sehr berührt. Ich bin mit seiner Musik aufgewachsen, habe *Die Reise ins Labyrinth* gefühlte hundert Mal geschaut und diesen Künstler als sein eigenes Kunstwerk betrachtet. Wenn ich also das Buch ihm widme, dann im gleichen Maße der Individualität, dem Mut, der Kreativität, dem Schaffen und dem Wunsch, wieder mehr eigensinnige Künstler im Rampenlicht zu sehen.